**Raymond Thornton Chandler** (1888-1959) es el gran maestro de la novela negra americana. Nació en Chicago, pero pasó la mayor parte de su infancia y juventud en Inglaterra, donde estudió en el Dulwich College y acabó trabajando como periodista freelance en *The Westminster Gazette* y *The Spectator*. Durante la Primera Guerra Mundial, se alistó en la Primera División Canadiense, que servía en Francia, y más adelante entró a formar parte de la Royal Air Force (RAF). En 1919 regresó a Estados Unidos y se instaló en California, donde ejerció como directivo de varias compañías petroleras independientes. Sin embargo, la Gran Depresión terminó con su carrera en dicho sector en 1933. Chandler tenía cuarenta y cinco años cuando empezó a escribir relatos detectivescos para revistas baratas de género negro, más conocidas como pulps: *Black Mask* y *Dime Detective*. Sus novelas destacan por el realismo duro y la mirada social crítica. En *El sueño eterno* (1939), su primera novela, presentó en sociedad al impetuoso pero noble Philip Marlowe. Pronto la siguieron *Adiós, muñeca* (1940), *La ventana alta* (1942), *La dama del lago* (1943), *La hermana menor* (1949), *El largo adiós* (1953) y *Playback* (1958). Mantuvo una relación estrecha y turbulenta con Hollywood, que llevó sus novelas a la gran pantalla y para cuya industria cinematográfica trabajó de guionista entre 1943 y 1950. En 1958 fue elegido presidente de la organización Mystery Writers of America. Murió en La Jolla, California, el 26 de marzo de 1959.

RAYMOND CHANDLER

# El largo adiós

*Traducción de*

JUSTO E. VASCO

PENGUIN CLÁSICOS

Papel certificado por el Forest Stewardship Council®

MIXTO
Papel | Apoyando la silvicultura responsable
FSC® C117695

Penguin Random House Grupo Editorial

Título original: *The Long Good-Bye*

Primera edición: enero de 2026



*Printed in Spain* – Impreso en España

ISBN: 978-84-9105-789-5
Depósito legal: B-19.649-2025

Impreso en Liberdúplex
Sant Llorenç d'Hortons (Barcelona)

PG 5 7 8 9 5

# Sobre esta colección

En 1934, al regresar a Londres tras visitar a su amiga Agatha Christie, el joven editor Allen Lane hizo un alto en el quiosco de libros de la estación Exeter St Davids y notó que solo se vendían libros caros y de mala calidad. Comprendió que al público lector le haría falta justo lo contrario: buenos libros a un precio asequible. Al año siguiente fundó con sus dos hermanos Penguin Books, la empresa con la que creó el libro de bolsillo e inició una revolución editorial en todo el mundo.

El primer lote de libros de Penguin se lanzó en julio de 1935 y consistió en diez títulos. Los libros tenían un diseño distintivo y uniforme: cubiertas con dos bandas horizontales de color naranja y el logotipo de un pingüino impreso en el frontal. Esta uniformidad contribuyó a que fueran fácilmente reconocibles, mientras que la calidad de la selección demostraba el atractivo de la colección. En los diez meses siguientes al lanzamiento se vendieron más de un millón de ejemplares a seis peniques cada uno.

Los hitos siguieron sucediéndose. En su afán por acercar los libros al público, en 1937 Lane ideó la Penguincubator, una máquina expendedora que ofrecía una selección de libros de bolsillo en la estación de Charing Cross Road, Londres, para que nadie se quedara sin su libro al esperar el tren. Con mayor impacto aún, en 1946 la empresa lanzó la colección Penguin Classics, a fin de que los mejores libros jamás escritos estuviesen a disposición de todos. Su primer título, la *Odisea* en traducción de E. V. Rieu, se convirtió en un best seller.

En la actualidad, Penguin Clásicos, heredera de Penguin Books, sigue haciendo honor a los principios fundadores de Allen Lane. Y con ello bien presente esta serie de clásicos quiere rendir homenaje al diseño original que tanto contribuyó a crear un referente en el mundo de la lectura.

# El largo adiós

[illegible]

[illegible] estado alcohol [illegible] que [illegible] conserva la misma [illegible] que [illegible] de etiqueta que se [illegible] de [illegible] dinero [illegible] que no existe más que [illegible]

[illegible]

# 1

La primera vez que vi a Terry Lennox él estaba borracho en un Rolls-Royce modelo Silver Wraith delante de la terraza de The Dancers. El empleado del aparcamiento había sacado el coche y mantenía abierta la puerta, porque el pie izquierdo de Terry Lennox seguía colgando fuera como si se hubiera olvidado de que era suyo. Tenía un rostro juvenil, pero el pelo de un blanco marfileño. Sus ojos denotaban que llevaba demasiado alcohol en el cuerpo, pero por lo demás conservaba la misma apariencia que cualquier otro jovenzuelo en traje de etiqueta que se ha gastado demasiado dinero en un sitio que no existe más que para eso.

A su lado había una chica. Su pelo desprendía encantadores destellos color rojo oscuro, en sus labios había una sonrisa distante y sobre los hombros llevaba un visón azul que casi hacía que el Rolls-Royce pareciera un coche cualquiera. Casi. Nada lo logra.

El aparcacoches era el típico tipo más o menos duro, con una chaqueta blanca con el nombre del restaurante bordado en rojo en el bolsillo. Empezaba a hartarse.

—Oiga, señor —dijo con un toque de hostilidad en la voz—, ¿le importaría meter el pie dentro del coche para que pueda cerrar la puerta? ¿O quiere que la abra del todo para que usted se caiga?

La chica le lanzó una mirada que debería haberlo atravesado y haberle salido al menos diez centímetros por la espalda. Pero el tipo ni se inmutó. A The Dancers acude gente que hace que uno pierda la esperanza en la capacidad que tiene el dinero para mejorar a una persona.

Un deportivo descapotable, de fabricación extranjera y carrocería baja, se deslizó en el aparcamiento. Del coche salió un hombre que encendió un cigarrillo extralargo con el encendedor del salpicadero. Vestía un polo a cuadros de manga corta, unos pantalones amarillos y unas botas de montar. Echó a andar dejando una estela de humo y ni siquiera se molestó en mirar hacia el Rolls-Royce. Probablemente lo consideraba anticuado. Al pie de la escalera que llevaba a la terraza, se detuvo para ajustarse el monóculo.

—Tengo una gran idea, cariño —dijo la chica, de repente encantadora—: ¿por qué no dejamos este coche en tu casa y cogemos el descapotable? Hace una noche preciosa para dar un paseo por la costa hasta Montecito. Tengo unos amigos que dan un baile allí, junto a la piscina.

—No sabes cuánto lo siento, pero ya no tengo el descapotable —se disculpó cortésmente el joven del cabello blanco—, me vi obligado a venderlo.

Por su voz y su forma de articular las palabras, nadie habría supuesto que había tomado algo más fuerte que zumo de naranja.

—¿Que lo has vendido, cariño? ¿Qué quieres decir?

La chica se desplazó en el asiento apartándose de él, y su voz se alejó a una distancia mucho mayor.

—Quiero decir que tuve que hacerlo —respondió el hombre—. Para comer.

—Vaya, ya veo.

Si en ese instante hubiera caído una cucharada de helado sobre la piel de la chica, no se habría derretido.

El joven de cabello blanco acababa de entrar en el radio de acción del aparcacoches: en el segmento de población de ingresos precarios.

—Oye, tío —le dijo—, tengo que sacar un coche. Te veré en otro momento. Quizá.

Dejó que la puerta se abriera del todo. Al instante el borracho se deslizó del asiento y quedó sentado sobre el asfalto. Fue entonces cuando decidí hacer una buena acción y considero que meterse con un borracho es siempre un error. Aunque te conozca y le caigas bien, se puede mosquear y romperte los dientes. Lo agarré por debajo de los brazos y lo ayudé a ponerse en pie.

—Se lo agradezco mucho —me dijo en un tono educado.

La chica se deslizó tras el volante.

—Cuando se emborracha, se pone tan malditamente inglés... —comentó con voz de acero inoxidable—. Gracias por echarle una mano.

—Lo meteré en el asiento de atrás —sugerí.

—Lo siento muchísimo. Llego tarde a un compromiso. —Puso la primera y el Rolls comenzó a moverse—. No es más que un perro abandonado —añadió con una sonrisa fría—. ¿Por qué no le busca un hogar? Está muy bien enseñado. Bueno, más o menos.

Y el Rolls siguió avanzando por el camino de salida hacia Sunset Boulevard, giró a la derecha y desapareció. Cuando el aparcacoches regresó, yo seguía mirando hacia el lugar por donde se había ido. Y aún sostenía erguido al hombre, que se había quedado profundamente dormido.

—Bueno, es una manera de resolver el problema —le dije al de la chaqueta blanca.

—Desde luego —respondió con cinismo—. ¿Por qué iba a desperdiciarlo todo con un borracho? Esas curvas, ese cuerpazo.

—¿Lo conoce?

—Oí que la chica lo llamaba Terry. Por lo demás, no lo conozco de nada. Aunque solo llevo aquí dos semanas.

—¿Me trae mi coche? —le pedí, y le di el resguardo.

Para cuando llegó mi Oldsmobile, me sentía como si estuviera cargando un saco de plomo. El de la chaqueta blanca me ayudó a acomodarlo en el asiento del copiloto. El joven abrió un ojo, nos dio las gracias y volvió a dormirse.

—Es el borracho más cortés que he visto en mi vida —le comenté al aparcacoches.

—Los fabrican en todas las tallas y modelos, y con todo tipo de modales —dijo—. Y todos son unos pobres diablos. A este parece que le hicieron la cirugía plástica.

—Ya.

Le puse un dólar en la mano y me dio las gracias. Tenía razón en lo de la cirugía plástica. El lado derecho del rostro de mi nuevo amigo estaba rígido y blancuzco, lleno de cicatrices finas y tenues. Alrededor de las cicatrices, la piel tenía un aspecto lustroso. Un trabajo de cirugía plástica, y drástico.

—¿Qué va a hacer con él?

—Llevármelo a casa y darle café hasta que esté en condiciones de decirme dónde vive.

El de la chaqueta blanca me guiñó un ojo.

—Vale, amigo. Si yo estuviera en su lugar, lo tiraría en la cuneta y me largaría. Estos borrachos asquerosos no traen más que problemas. Yo tengo mi filosofía sobre estos asuntos. Tal como están las cosas hoy en día, con tanta competencia, uno tiene que reservar las fuerzas para defenderse en el cuerpo a cuerpo.

—Ya veo que ha llegado usted muy lejos con esa filosofía —le repliqué.

Me miró con desconcierto y, acto seguido, comenzó a mosquearse, pero yo ya estaba dentro del coche y en marcha.

Claro que tenía razón en parte. Terry Lennox me causó muchísimos problemas. Pero, al fin y al cabo, ese es mi trabajo.

Aquel año yo vivía en una casa de Yucca Avenue, en el distrito de Laurel Canyon. Era una pequeña casa en la ladera de una colina, en una calle sin salida flanqueada por eucaliptos, con un largo tramo de escalones de secuoya que llevaba a la puerta de entrada. Estaba amueblada y pertenecía a una mujer que se había marchado a Idaho a vivir una temporada con su hija viuda. El alquiler era bajo, en parte porque la dueña quería tener la posibilidad de volver sin avisar con mucha antelación, y en parte debido a los escalones. Estaba envejeciendo demasiado como para enfrentarse a ellos cada vez que regresaba a casa.

Quién sabe cómo logré llevar al borracho hasta arriba. Él estaba dispuesto a colaborar, pero sus piernas parecían de goma y se quedaba dormido a mitad de cada disculpa. Abrí la puerta, lo arrastré dentro y lo acomodé en el sofá grande. Le eché una manta por encima y lo dejé dormir. Roncó como una morsa durante una hora. Más tarde, se despertó de repente y quiso ir al baño. Cuando regresó, me miró inquisitivo, entrecerrando los ojos, y me preguntó dónde rayos estaba. Se lo dije. Él me respondió que se llamaba Terry Lennox, que vivía en un apartamento en Westwood y que nadie lo esperaba. Su voz era clara y pronunciaba correctamente.

Dejó caer que le vendría bien una taza de café. Cuando se la traje, sorbió el líquido con cuidado, sosteniendo el plato debajo de la taza.

—¿Cómo he llegado hasta aquí? —preguntó mientras miraba a su alrededor.

—Salió borracho de The Dancers en un Rolls. Su amiga lo dejó plantado.

—Vaya. Sin duda, no le faltaron motivos.

—¿Es inglés?

—He vivido en Inglaterra, pero no nací allí. Si me permite que llame a un taxi, me marcharé ahora mismo.

—Aquí tiene uno esperando.

Bajó los peldaños por su propio pie. En el trayecto hasta Westwood no dijo gran cosa, salvo que había sido una gentileza de mi parte y que lamentaba causar tantas molestias. Probablemente le había dicho eso a tanta gente, con tanta frecuencia, que se había convertido en algo automático.

Su apartamento era pequeño e impersonal, y estaba mal ventilado. Parecía haberse mudado allí la tarde anterior. Sobre una mesita baja, frente a un duro sofá verde oscuro, había una botella de whisky escocés medio llena, hielo derretido en un cuenco, tres botellas vacías de agua con gas, dos vasos y un cenicero de vidrio lleno de colillas, algunas con manchas de pintalabios. En aquel sitio no había una sola fotografía, ni objetos personales de ningún tipo. Podía tratarse de una habitación de hotel alquilada para una reunión o una despedida, para conversar y tomar unas copas, o para darse un revolcón. No parecía un hogar.

Me ofreció una copa, le dije que no, gracias, y no me senté. Cuando me iba, volvió a darme las gracias, pero no como si yo hubiera escalado una montaña para salvarlo, aunque tampoco como si se tratara de una cosa sin importancia. Parecía algo inseguro y tímido, aunque cortés hasta la muerte. Se quedó de pie junto a la puerta abierta hasta que llegó el ascensor y entré en él. Podía carecer de cualquier cosa, menos de modales.

No había vuelto a mencionar a la chica. Tampoco mencionó el hecho de que no tenía trabajo ni perspectivas, ni que había gastado sus últimos dólares pagando la cuenta en The Dancers para pasar un rato con una muñequita de la alta sociedad que ni siquiera permaneció a su lado el tiempo suficiente para cerciorarse de que los agentes de un coche patrulla no lo metieran en el calabozo, o de que un taxista no lo atropellara para dejarlo abandonado en un solar.

Mientras bajaba en el ascensor, sentí el impulso de regresar y quitarle la botella de whisky. Pero aquello no era asunto mío y, de todos modos, nunca sirve de nada. El que quiere beber siempre encuentra la manera de conseguir alcohol.

Durante el camino de vuelta a casa estuve reflexionando sobre lo ocurrido. Se supone que soy un tipo duro, pero aquel tío tenía algo que me gustaba. No sabía qué era, tal vez el pelo blanco, la cara llena de cicatrices, la voz clara y la cortesía. Tal vez eso bastara. Lo más probable era que no volviera a verlo. Como había dicho la chica, no era más que un perro abandonado.

## 2

Volví a verlo una semana después de Acción de Gracias. Las tiendas de Hollywood Boulevard comenzaban a llenarse con parafernalia navideña a precios desmesurados, y los diarios ya anunciaban lo terrible que sería no hacer las compras de Navidad con suficiente anticipación. De todos modos, sería terrible: siempre es terrible.

A unas tres manzanas del edificio donde tengo el despacho vi un coche de policía aparcado en doble fila, y a los dos uniformados que miraban algo en la acera, junto al escaparate de una tienda. Ese algo era Terry Lennox —o lo que quedaba de él—, y no era un espectáculo agradable.

Estaba recostado contra la fachada de una tienda, porque tenía que recostarse contra algo. Llevaba la camisa sucia, con el cuello abierto, que le salía por debajo de la chaqueta. No se había afeitado en cuatro o cinco días. La nariz se veía afilada. Estaba tan pálido que apenas se distinguían las cicatrices, largas y finas. Y sus ojos parecían agujeros taladrados en la nieve. Era obvio que los polis del coche patrulla estaban a punto de echarle el guante, así que apuré el paso y lo agarré por el brazo.

—Enderécese y camine —le dije haciéndome el duro mientras le hacía un guiño—. ¿Puede? ¿Está borracho como una cuba?

Me miró vagamente y esbozó aquella sonrisita suya de medio lado.

—Lo estaba —suspiró—. Creo que ahora estoy algo... vacío.

—Bien, pero mueva los pies. Están a punto de meterlo en el calabozo por borracho.

Hizo un esfuerzo y me permitió guiarlo entre los transeúntes hasta llegar al bordillo. Allí había una parada de taxis. Fui a abrir de un tirón la puerta del más cercano.

—Aquel es el primero —dijo el conductor señalando con el pulgar el coche que tenía delante; volvió la cabeza y vio a Terry—. Si lo acepta —añadió.

—Es una emergencia. Mi amigo se encuentra mal.

—Sí —confirmó el taxista—. Pero que vaya a ponerse peor a otra parte.

—Cinco pavos —le dije—, y quiero ver esa hermosa sonrisa suya.

—Bueno, vale —aceptó, y escondió tras el espejo una revista con un marciano en la portada.

Estiré la mano y abrí la puerta. Metí dentro a Terry Lennox al mismo tiempo que la sombra del coche patrulla bloqueaba la ventanilla opuesta. Un policía canoso bajó del coche y se acercó. Di la vuelta al taxi y me dirigí a su encuentro.

—Un momento, amigo. ¿Qué tenemos aquí? ¿El caballero de la americana sucia es de verdad íntimo amigo suyo?

—Lo bastante íntimo como para que me dé cuenta de que necesita un amigo. No está borracho.

—Sin duda, por razones económicas. —Él tendió la mano y le entregué mi licencia. Le echó un vistazo y me la devolvió—. Vaya, vaya. Un detective privado pescando un cliente. —Su tono cambió y se puso duro—. Ahora ya sé algo sobre usted, señor Marlowe. ¿Y qué hay de él?

—Se llama Terry Lennox. Trabaja en el cine.

—Qué bonito —repuso con sarcasmo. Metió la cabeza por la ventanilla del taxi y clavó los ojos en Terry, que estaba acurrucado en un rincón—. Pues parece que no ha trabajado mucho últimamente. Ni tampoco debe de haber dormido mucho bajo techo últimamente. Me atrevería a decir que es un payaso y quizá deberíamos meterlo en el calabozo.

—Escuche, su récord de arrestos no puede ser tan bajo —le dije—. Estamos en Hollywood.

El poli siguió observando a Terry.

—¿Cómo se llama su amigo? —le preguntó.

—Philip Marlowe —pronunció Terry con lentitud—. Vive en Yucca Avenue, en Laurel Canyon.

El agente sacó la cabeza de la ventanilla, se volvió e hizo un gesto con la mano.

—Puede habérselo dicho hace un momento.

—Sí, pero no lo he hecho.

Me miró fijamente durante uno o dos segundos.

—Por esta vez fingiré que me lo creo. Sáquelo de en medio.

Subió al coche patrulla y se marchó.

Me metí en el taxi, recorrimos las tres manzanas que había hasta mi aparcamiento y entramos en mi coche. Le tendí al taxista el billete de cinco dólares. El hombre me miró, inflexible, y negó con la cabeza.

—Lo que marca el taxímetro, colega, o como mucho un dólar, si se siente generoso. Yo también he estado fuera de combate. En Frisco. Y nadie me recogió y me metió en un taxi. Es una ciudad sin corazón.

—San Francisco —corregí de modo mecánico.

—Yo la llamo Frisco. Todos esos grupos minoritarios que se vayan al diablo. Gracias.

Cogió el dólar y se marchó.

Nos acercamos a una cafetería donde se puede pedir desde el coche. Allí servían unas hamburguesas que no sabían a comida de perro en mal estado. Compré dos para Terry Lennox, así como una botella de cerveza, y lo llevé a mi casa. Seguía costándole trabajo subir los peldaños, pero sonrió, jadeó y lo logró. Una hora después, estaba bañado y afeitado, y volvía a tener aspecto humano. Nos sentamos a beber unas copas muy suaves.

—Menos mal que se acordaba de mi nombre —le dije.

—Era importante para mí. Y averigüé su dirección. Qué menos.

—¿Y por qué no me llamó? Yo siempre estoy aquí. También tengo un despacho.

—¿Y por qué iba a molestarlo?

—Me parece que debería haber molestado a alguien. Creo que no tiene muchos amigos.

—Sí que tengo amigos... más o menos. —Hizo girar la copa encima de la mesa—. No resulta fácil pedir ayuda, sobre todo cuando uno tiene la culpa de todo. —Levantó la vista con una sonrisa cansada—. Quizá algún día pueda dejar de beber. Todos dicen lo mismo, ¿verdad?

—Se tarda unos tres años.

—¿Tres años? —Pareció consternado.

—Por lo general, sí. Es un mundo diferente. Hay que acostumbrarse a colores menos brillantes, a sonidos más quedos. Puede haber recaídas. Todas las personas que conocía le parecerán un poco extrañas. La mayoría ni siquiera le caerán bien, y usted a ellas tampoco.

—No notaría la diferencia —dijo. Se volvió y miró el reloj—. En la consigna de la estación de autobuses de Hollywood tengo una maleta que vale doscientos dólares. Si pudiera recuperarla, la empeñaría y me compraría una barata; así me quedaría lo suficiente para llegar hasta Las Vegas en autobús. Allí puedo conseguir un empleo.

No dije nada. Me limité a asentir y seguí sentado con la copa en la mano.

—Ya sé lo que está pensando, que yo debería haberlo pensado antes —comentó con una voz tranquila.

—Lo que estoy pensando es que detrás de todo esto hay algo que no es asunto mío. ¿Es seguro lo del trabajo o es solo una esperanza?

—Es seguro. Un tipo, al que conocí muy bien en el ejército, dirige allí un gran local, el Club Terrapin. En parte es un estafador, claro, como todos, pero también es buena persona.

—Puedo darle lo del autobús y algo más. Pero, puestos a gastar dinero, prefiero que sea en algo que le dure un poco más. ¿Por qué no lo llama por teléfono?

—Gracias, pero no hace falta. Randy Starr no me fallará. Nunca me ha fallado. Y la maleta se puede empeñar por cincuenta dólares. Lo sé por experiencia.

—Le daré lo que necesite —insistí—. No soy uno de esos babosos de corazón tierno. Así que coja lo que le estoy ofreciendo y pórtese bien. Quiero quitármelo de encima porque tengo un presentimiento con respecto a usted.

—¿De veras? —Miró su copa; estaba bebiendo a sorbitos—. Solo nos hemos visto dos veces y las dos ha sido más que generoso conmigo. ¿Qué tipo de presentimiento?

—Presiento que la próxima vez lo encontraré metido en un lío mucho más grave, del que no podré sacarlo. No sé por qué tengo esa sensación, pero la tengo.

El hombre se tocó delicadamente el lado derecho del rostro con la yema de dos dedos.

—Quizá sea por esto. Supongo que me da un aire siniestro. Aunque es una herida honorable, o al menos su consecuencia.

—No se trata de eso. Las cicatrices no me preocupan. Soy detective privado. Usted es un problema que yo no tengo que solucionar. Pero el problema está ahí. Se podría decir que es un presentimiento. Siendo muy cortés, podría decir que es una impresión personal. Quizá esa chica no lo abandonó en The Dancers solo porque estaba borracho. Quizá ella también tuviera un presentimiento.

Esbozó una sonrisa.

—Estuvimos casados. Se llama Sylvia Lennox. Me casé con ella por su dinero.

Lo miré con desagrado y me puse de pie.

—Le prepararé unos huevos revueltos. Tiene que comer algo.

—Espere un segundo, Marlowe. Usted se pregunta por qué no puedo pedirle unos cuantos pavos a Sylvia si estoy en las últimas y ella es rica. ¿Sabe lo que es el orgullo?

—Me muero de risa, Lennox.

—¿De veras? Mi orgullo es diferente. Es el orgullo del hombre que no cuenta con nada más. Si eso lo incomoda, lo lamento.

Me fui a la cocina y le hice unos huevos revueltos con beicon, café y tostadas. Desayunamos en la mesa de la cocina. En los tiempos en que se construyó la casa siempre se dejaba espacio para algo así.

Le dije que tenía que pasar por el despacho y que recogería su maleta en el camino de vuelta. Me dio el resguardo de la consigna. Su rostro había adquirido algo de color y ya no tenía los ojos tan hundidos como antes, que casi había que buscarlos.

Antes de salir, puse la botella de whisky en la mesa, delante del sofá.

—Ejercite su orgullo con esto —le dije—, y llame a Las Vegas, aunque solo sea por hacerme un favor.

Se limitó a sonreír y a encogerse de hombros. Bajé por la escalera con ese presentimiento aún dentro de mí. No sabía por qué, de la misma manera que tampoco sabía por qué alguien pasaría hambre y viviría a la intemperie en vez de empeñar su guardarropa. Terry se atenía a sus reglas, fueran las que fuesen.

La maleta era la cosa más increíble que había visto en mi vida. Era de piel de cerdo, y cuando fue nueva debió de tener un color crema pálido. Los herrajes eran de oro. La habían fabricado en Inglaterra y, si la vendieran aquí, su precio sería más cercano a los ochocientos dólares que a los doscientos.

La deposité en el suelo, delante de él. Eché un vistazo a la botella sobre la mesa: no la había tocado. Estaba tan sobrio como yo. Fumaba, pero no parecía disfrutarlo.

—He llamado a Randy —me explicó—. Se ha enfadado porque no lo he llamado antes.

—Parece que solo lo ayudan los desconocidos —le dije—. ¿Es un regalo de Sylvia? —pregunté señalando la maleta.

Miró por la ventana.

—No. Me la dieron en Inglaterra, mucho antes de conocerla. Mucho, mucho antes. Si tiene una más vieja que pueda prestarme, preferiría dejársela aquí.

Saqué de la billetera cinco billetes de diez pavos y se los puse delante.

—No necesito que me deje nada en garantía.

—No se trata de eso. Usted no es un prestamista. Sencillamente, no quiero llevármela a Las Vegas. Y no necesito tanto dinero.

—Bien, quédese con la pasta y yo me quedo con la maleta. Pero en esta casa cualquiera puede robar.

—No me importa —repuso con indiferencia—, no me importa en absoluto.

Se cambió de ropa y cenamos en Musso's a eso de las cinco y media. Sin alcohol. Cogió el autobús en Cahuenga y yo me marché a casa dándole vueltas a la cabeza. Su maleta vacía estaba sobre mi cama, allí donde la había vaciado para meter sus cosas en la que le presté. Tenía una llave de [illegible] en una de las cerraduras. Cerré la maleta, até la llave al asa y la coloqué en la balda superior del armario. No parecía vacía del todo, pero lo que había dentro no era de mi incumbencia.

Era una noche silenciosa y la casa parecía más desierta que de costumbre. Saqué el tablero de ajedrez y me puse a jugar una defensa francesa contra Steinitz. Me derrotó en cuarenta y cuatro movimientos, pero lo hice sudar en varias ocasiones.

El teléfono sonó a las nueve y media, y la voz que oí no me resultaba desconocida.

—¿El señor Marlowe?

—Sí, soy yo.

—Soy Sylvia Lennox, señor Marlowe. Nos vimos un momento delante de The Dancers una noche, el mes pasado. Después me enteré de que tuvo la amabilidad de llevar a Terry a casa.

—Así es.

—Supongo que sabe que ya no estamos casados, pero sigo preocupándome por él. Dejó el apartamento que tenía en Westwood y al parecer nadie sabe dónde está.

—La noche que nos conocimos me di cuenta de lo preocupada que estaba.

—Mire, señor Marlowe, estuve casada con él. No me dan pena los borrachos. Puede que fuera insensible, y puede que tuviera algo muy importante que hacer. Usted es detective privado y, si lo prefiere, podríamos tratar el tema de manera profesional.

—No hay que tratar el tema de ninguna manera, señora Lennox. Está en un autobús, camino de Las Vegas. Allí tiene un amigo que le va a dar trabajo.

Ella se mostró más animada.

—Vaya... ¿Las Vegas? Qué sentimental. Allí fue donde nos casamos.

—Supongo que se le habrá olvidado —dije—, o se habría ido a alguna otra parte.

En lugar de colgar, se echó a reír. Tenía una risa adorable.

—¿Siempre es usted tan insolente con sus clientes?

—Usted no es mi cliente, señora Lennox.

—Podría serlo algún día. ¿Quién sabe? Digamos, entonces, que con sus amigas.

—Le digo lo mismo. El tipo estaba fuera de juego, hambriento, sucio y sin un centavo. Si lo hubiera querido para algo, podría haberlo encontrado. Terry no quería nada de usted, y es probable que ahora tampoco.

—Eso es algo que usted no sabe —replicó con una voz gélida—. Buenas noches. —Y colgó.

Por supuesto, ella tenía toda la razón y yo estaba totalmente equivocado. Pero no me lo parecía. Solo estaba dolido. Si me hubiera llamado media hora antes, habría estado tan dolido como para darle una buena paliza a Steinitz, salvo por el hecho de que llevaba muerto cincuenta años y la partida de ajedrez la había sacado de un libro.

## 3

Tres días antes de Navidad recibí un cheque de cien dólares de un banco de Las Vegas, junto con una nota, escrita en una hoja con el membrete de un hotel. Me daba las gracias, me deseaba feliz Navidad y todo tipo de cosas buenas, y decía que esperaba verme pronto. La sorpresa venía en la posdata: «Sylvia y yo hemos comenzado una segunda luna de miel. Le ruega que no le guarde rencor por querer intentarlo de nuevo».

Me enteré del resto en una de esas columnas escritas por un esnob en las páginas de sociedad del diario. No las leo a menudo, solo cuando se me acaban las cosas que me disgustan.

> Vuestro corresponsal está muy anonadado ante la noticia de que los estimados Terry y Sylvia Lennox han decidido volver a unirse en Las Vegas. Ella es la hija menor del multimillonario Harlan Potter, de San Francisco, y de Pebble Beach, por supuesto. Sylvia ha contratado a Marcel y Jeanne Duhaux para redecorar completamente su mansión de Encino, desde el sótano hasta la azotea, en el más *devastador dernier cri.* Curt Westerheym, queridos, el penúltimo marido de Sylvia, le dio esa chocita de dieciocho habitaciones como regalo de boda. ¿Os preguntáis qué le ocurrió a Curt? ¿De veras? La respuesta está en Saint Tropez y, según he oído, es permanente. Hay también cierta condesa francesa, de sangre

muy, muy azul, que tiene dos niños adorables. Y también os estaréis preguntando qué piensa Harlan Potter de que se hayan vuelto a casar. Solo puedo adivinarlo. El señor Potter es una persona que *nunca* da una entrevista. Cuán exclusivos podemos ponernos, queridos amigos.

Tiré el diario a un rincón y encendí la tele. Tras la vomitona de la página de sociedad, hasta la lucha libre parecía aceptable. Pero, probablemente, lo que decía era cierto. Tratándose de la página de sociedad, es mejor que lo sea.

Me había hecho una imagen mental del tipo de choza con dieciocho habitaciones que hacía juego con unos cuantos de los millones de Potter, por no hablar de la decoración de Duhaux, según el último estilo subfálico. Pero no me venía ninguna imagen mental de Terry Lennox, paseando en zapatillas y bermudas en torno a una de las piscinas y llamando al mayordomo por radioteléfono para ordenarle que pusiera el champán a enfriar y las perdices al horno. No había razón alguna para imaginármelo. Si el tipo quería ser el osito de peluche de alguien, no se me iban a caer los dientes por ello. Simplemente no quería volver a verlo nunca más. Pero sabía que lo vería, aunque fuera a causa de su maldita maleta de piel de cerdo con hebillas de oro.

Eran las cinco de la tarde de un húmedo día de marzo cuando hizo su entrada en mi depauperado emporio de materia gris. Su aspecto había cambiado. Estaba más viejo, muy sobrio y severo, y maravillosamente sereno. Parecía una persona que había aprendido a asimilar los golpes. Llevaba un impermeable blanco nacarado y guantes, iba sin sombrero y su pelo blanco era tan liso como las plumas del pecho de un pájaro.

—Vayamos a algún bar tranquilo a beber algo —dijo como si hubiera pasado por allí diez minutos antes—. Si tiene tiempo, claro.

No nos estrechamos la mano. Nunca lo habíamos hecho.

Los ingleses no se pasan la vida estrechándose la mano como los estadounidenses, y aunque él no era inglés, tenía algunas de sus maneras.

—Vayamos a mi piso a recoger su elegante maleta —repuse—. Me preocupa un poco.

—Sería muy amable por su parte que me la guardara —me pidió negando con la cabeza.

—¿Por qué?

—Simplemente me apetece. ¿Le molesta? Es algo así como un vínculo con una época en la que yo era un derrochador inútil.

—Vaya tontería —le dije—. Pero como usted quiera.

—Si le preocupa porque cree que se la pueden robar...

—Eso también es asunto suyo. Vayamos a tomar esa copa.

Fuimos a Victor's. Me llevó en un Jowett Jupiter de color naranja con una fina capota de lona, bajo la cual solo quedaba espacio para nosotros dos. Los asientos eran de cuero pálido, con herrajes que parecían de plata. Normalmente no me fijo mucho, pero aquel puñetero coche logró que se me hiciera la boca agua. Me explicó que alcanzaba los cien kilómetros en segunda. La barra de los cambios era corta y gruesa, y apenas le llegaba a la rodilla.

—Cuatro marchas —dijo—. Aún no se ha inventado un cambio automático que funcione como uno de estos. En realidad, no haría falta. Se puede poner en marcha en tercera incluso cuesta arriba y, de todas maneras, con tanto tráfico nunca puedes poner una marcha más.

—¿Un regalo de bodas?

—Solo un regalito casual, del tipo «vi este cacharro en un escaparate». Soy una persona muy consentida.

—Excelente —dije—, siempre que no venga con la etiqueta del precio.

Me lanzó una mirada rápida y sus ojos volvieron a clavarse en el pavimento mojado. Unos limpiaparabrisas dobles barrían delicadamente el cristal delantero.

—¿La etiqueta del precio? Siempre hay una etiqueta con un precio, amigo. ¿Cree que quizá no soy feliz?

—Lo siento. He sido impertinente.

—Soy rico. ¿Quién demonios quiere ser feliz?

En su voz había una amargura que me resultaba nueva.

—¿Cómo le va con la bebida?

—Con elegancia, viejo amigo. Por alguna extraña razón, parece que soy capaz de controlarme. Pero nunca se sabe, ¿verdad?

—Quizá nunca se ha emborrachado de veras.

En Victor's nos sentamos en una esquina de la barra y pedimos gimlets.

—Aquí no saben cómo prepararlo —dijo—. Lo que ellos denominan gimlet es un poco de zumo de lima o limón con ginebra, un pellizco de azúcar y tónica. Un gimlet de verdad es mitad ginebra, mitad zumo de lima Rose's y nada más. Un martini no puede competir con eso.

—Nunca he sido quisquilloso a la hora de beber. ¿Qué tal le fue con Randy Starr? En mi barrio dicen que es un tipo duro.

Se reclinó en el asiento y se quedó pensativo.

—Supongo que lo es. Supongo que todos ellos son tipos duros. Pero no lo aparenta. Podría decirle el nombre de un par de tipos que se dedican a los mismos chanchullos en Hollywood que sí lo parecen. Randy ni se molesta. En Las Vegas es un empresario legal. La próxima vez que vaya, debe conocerlo. Se harán amigos.

—No lo creo. No me gustan los matones.

—Eso es solo una palabra, Marlowe. Es el mundo que tenemos. Lo que nos queda después de dos guerras, y vamos a conservarlo así. Randy, otro tipo y yo nos metimos una vez en un lío. Eso creó algo parecido a un vínculo entre nosotros.

—Entonces, ¿por qué no le pidió ayuda cuando la necesitaba?

Se bebió su copa y le hizo una seña al camarero.

—Porque no podía negarse.

El camarero trajo otra ronda.

—Para mí —dije—, eso no es más que palabrería. Si, por alguna casualidad, el tipo le debía algo, póngase en su lugar. Le habría gustado tener una oportunidad de pagar la deuda.

—Sé que tiene razón —concedió negando lentamente con la cabeza—. Claro que le pedí trabajo. Y lo cumplí mientras hubo algo que hacer. Pero pedir favores o donaciones, no.

—Aunque si se las da un desconocido, las acepta.

Me miró a los ojos.

—Un desconocido puede seguir su camino y hacer como que no oye.

Nos habíamos bebido tres gimlets sencillos, y aquello no le había causado el menor efecto. Esa cantidad bastaba para comenzar una auténtica borrachera. Pensé que quizá ya se había curado.

Me llevó de regreso al despacho.

—Cenamos a las ocho y cuarto —dijo—. Solo los millonarios se lo pueden permitir. En estos tiempos, solo los sirvientes de un millonario lo aceptarían. Viene mucha gente encantadora.

A partir de entonces comenzó a dejarse caer por allí alrededor de las cinco, lo que se convirtió en una costumbre. No íbamos siempre al mismo bar, pero visitábamos Victor's con más frecuencia que cualquier otro sitio. Quizá para él estuviera asociado a algo que yo desconocía. Nunca bebía mucho y eso lo sorprendía.

—Debe de ser algo así como las fiebres tercianas —dijo—. Cuando tienes un ataque, lo pasas mal. Pero cuando no, es como si nunca lo hubieras tenido.

—Lo que no entiendo es por qué a un tipo de su posición le gusta beber con un detective privado venido a menos.

—¿Un ataque de modestia?

—No. Solo me intriga. Soy un hombre razonablemente amistoso, pero usted y yo no vivimos en el mismo mundo. Ni siquiera sé dónde vive, solo que su casa está en Encino. Debo entender que su vida hogareña es la adecuada.

—No tengo ninguna vida hogareña.

Otra vez bebíamos gimlets. El lugar estaba casi desierto. Como siempre, había algunos bebedores compulsivos sentados a la barra poniéndose a punto, de esos que cogen muy despacio la primera copa, vigilando la mano para no tirar nada.

—No lo entiendo. ¿Se supone que debería entenderlo?

—Una gran producción, pero sin argumento, como se dice en los estudios de cine. Creo que Sylvia es lo bastante feliz, aunque no necesariamente conmigo. En nuestro ambiente, eso no tiene mucha importancia. Si uno no tiene que trabajar o que ahorrar, siempre hay otras cosas que hacer. No es muy divertido, pero los ricos no lo saben. Nunca se han divertido de veras. Nunca han deseado nada con vehemencia, excepto la mujer de otro, y eso es un deseo bastante superficial comparado con la manera en que la mujer del fontanero quiere cortinas nuevas para el salón.

No dije nada. Le dejaba llevar la conversación.

—Básicamente, mato el tiempo, pero se resiste. Un poco de tenis, un poco de golf, un poco de natación, paseos a caballo y el exquisito placer de contemplar cómo los amigos de Sylvia tratan de aguantar hasta la hora de comer antes de ponerse a cortar la resaca.

—La noche que usted se fue a Las Vegas ella me dijo que no le gustaban los borrachos.

Hizo una mueca pícara. Me había acostumbrado tanto a su rostro lleno de cicatrices que solo las notaba cuando algún cambio de expresión enfatizaba la inexpresividad de uno de sus lados.

—Se refería a los borrachos sin dinero. Con dinero, no

son más que gente que bebe mucho. Si vomitan en el porche, es problema del mayordomo.

—Pero usted no tenía por qué aceptar que las cosas fueran así.

Terminó su copa de una sola vez y se puso de pie.

—Debo irme corriendo, Marlowe. Además, lo estoy aburriendo, y Dios sabe que me aburro también a mí mismo.

—No me está aburriendo. Soy bueno para escuchar. Tarde o temprano puede que entienda por qué le gusta ser un perrito faldero.

Se tocó levemente las cicatrices con la yema de un dedo. Esbozó una pequeña sonrisa distante.

—Podría preguntarse por qué ella quiere tenerme cerca, no por qué yo quiero estar allí, esperando con paciencia sobre mis cojines de satén a que me den unas palmaditas en la cabeza.

—A usted le gustan los cojines de satén —comenté mientras me levantaba para marcharme con él—. Le gustan las sábanas de seda, los timbres para llamar a los sirvientes y que llegue el mayordomo con su sonrisa obsequiosa.

—Podría ser. Crecí en un orfanato de Salt Lake City.

Salimos al cansino atardecer y dijo que quería caminar. Habíamos ido en mi coche y por una vez yo había sido lo bastante rápido para coger la cuenta. Lo vi perderse de vista. Por un momento, la luz de un escaparate destacó el brillo de su pelo blanco mientras desaparecía en la niebla luminosa.

Me gustaba más borracho, abandonado y fuera de juego, o hambriento, apaleado y orgulloso. ¿De veras? Quizá solo me gustaba estar por encima de él. Era difícil adivinar sus motivos. En mi negocio hay un tiempo para hacer preguntas y un tiempo para dejar que tu hombre hierva a fuego lento hasta que se ablande del todo. Eso lo sabe todo buen policía. Es un buen asunto, como el ajedrez o el boxeo. Hay gente a la que tienes que presionar y hacerle perder el equilibrio. Y otra con la que solo boxeas, y acaba golpeándose a sí misma.

Me habría contado la historia de su vida si se lo hubiera pedido. Pero nunca le pregunté siquiera cómo le habían destrozado la cara. Si lo hubiera hecho, y él me lo hubiera contado, posiblemente habría salvado algunas vidas. Solo posiblemente, eso es todo.

# 4

La última vez que tomamos unas copas en un bar fue en mayo, a una hora más temprana de lo habitual, poco después de las cuatro. Parecía cansado y más delgado, pero miraba a su alrededor con una perezosa sonrisa de placer.

—Me gustan los bares cuando acaban de abrir por la tarde. Cuando dentro el aire aún está frío, todo brilla y el encargado del bar se mira por última vez en el espejo para ver si lleva la corbata recta y si va bien peinado. Me encantan las botellas ordenadas detrás de la barra, los vasos brillantes y la expectación. Ver cómo el hombre prepara la primera copa de la tarde, la coloca sobre un posavasos reluciente y pone la pequeña servilleta doblada al lado. Degustarla lentamente. La primera copa tranquila de la tarde en un bar tranquilo, ¡qué maravilla!

Estuve de acuerdo con él.

—El alcohol es como el amor —dijo—. El primer beso es mágico, el segundo es íntimo, el tercero es rutina. Después de eso, desnudas a la chica.

—¿Y eso es malo? —le pregunté.

—Es muy emocionante, aunque se trata de una emoción impura, impura en un sentido estético. No ridiculizo el sexo. Hace falta y no tiene por qué ser feo. Pero siempre hay que administrarlo con cuidado. Hacer que sea fascinante es una industria que mueve millones de dólares, y se necesita hasta el último centavo. —Miró a su alrededor y bostezó—. No he dormido bien últimamente. Es agradable estar aquí. Dentro de un rato los borrachos llenarán este sitio, se pondrán a hablar en voz alta y a reírse, y las puñeteras mujeres comenzarán a agitar las manos, a hacer muecas, a sacudir sus malditas pulseras y a maquillarse con esos polvos compactos que más tarde, al caer la noche, tendrán un leve pero inconfundible olor a sudor.

—No se lo tome tan a pecho —dije—. Son humanos, así que sudan, se ensucian y tienen que ir al baño. ¿Qué esperaba, mariposas doradas flotando en una niebla rosa?

Vació su copa, la puso boca abajo y contempló cómo se formaba una gota en el borde, que luego tembló y cayó.

—Lo siento por ella —confesó lentamente—. Es una zorra de cuidado. Quizá le tengo cariño de alguna manera extraña. Un día me necesitará y yo seré el único hombre que esté cerca de ella sin un afilador en la mano. Y lo más probable es que en ese momento no dé la talla.

Me lo quedé mirando.

—Se hace una propaganda excelente —dije tras una pausa.

—Sí, lo sé. Soy débil de carácter, sin redaños o ambiciones. Encontré un anillo de latón y me dolió descubrir que no era de oro. Un tipo como yo tiene un único gran momento en la vida, un único salto en el gran trapecio. Luego pasa el tiempo que le queda intentando no resbalar de la acera y caerse al arroyo.

—¿Y eso adónde nos lleva?

Saqué una pipa y comencé a llenar la cazoleta.

—Ella tiene miedo. Tiene muchísimo miedo.

—¿De qué?

—No lo sé. Ya casi no hablamos. Quizá teme a su padre. Harlan Potter es un hijo de puta sin corazón. Por fuera, pura dignidad victoriana. Por dentro, es tan implacable como un verdugo de la Gestapo. Sylvia es una golfa. Él lo sabe y lo odia, y no puede hacer nada al respecto. Pero espera, vigila, y si alguna vez Sylvia se mete en un buen lío, él la partirá por la mitad y enterrará los pedazos a mil kilómetros uno del otro.

—Usted es su marido.

Levantó la copa vacía y la estrelló contra el borde de la mesa. Se rompió con un tintineo. El camarero levantó la vista pero no dijo nada.

—Como esto, amigo, como esto. Sí, soy su marido. Eso es lo que dicen los papeles. Yo soy los tres peldaños blancos, la gran puerta verde de la entrada y la aldaba de latón con la que das un toque largo y dos cortos, y la doncella te franquea la entrada al prostíbulo de cien dólares.

Me puse de pie y dejé algo de dinero sobre la mesa.

—Habla demasiado —dije—, y demasiado sobre usted mismo. Hasta la vista.

Salí a la calle y lo dejé allí sentado, pasmado, pálido, según podía juzgar por la típica luz de los bares. Me dijo algo mientras me iba pero seguí caminando.

Diez minutos más tarde lo lamentaba. Pero diez minutos más tarde yo estaba en otra parte. No volvió a pasar por el despacho. Nunca más, ni una sola vez. Había hurgado en su herida más dolorosa.

No supe nada de él durante un mes. Cuando lo vi de nuevo eran las cinco de la mañana, apenas amanecía. El timbre insistente de la puerta me hizo saltar de la cama. Corrí por el pasillo, atravesé el salón y abrí. Allí estaba, con el aspecto de quien no ha dormido en una semana. Vestía un impermeable ligero con el cuello alzado y parecía que temblaba. Llevaba un sombrero oscuro de fieltro hundido hasta los ojos.

Tenía una pistola en la mano.

## 5

La pistola no apuntaba hacia mí, simplemente la sostenía. Era una automática de calibre mediano, hecha en el extranjero, desde luego no era una Colt o una Savage. Con el rostro pálido, las cicatrices, el cuello vuelto hacia arriba, el sombrero calado hasta los ojos y la pistola, parecía salido de una vieja película de gángsteres, del tipo «rómpeles la jeta».

—Usted me va a llevar a Tijuana para tomar un vuelo a las diez y cuarto —dijo—. Tengo un pasaporte y un visado, y estoy listo, salvo por el transporte. Por algunas razones no puedo tomar un tren, un autobús o un avión para salir de Los Ángeles. ¿Quinientos dólares sería un pago aceptable por un viaje en coche?

Yo permanecí de pie en la puerta y no me moví para dejarlo entrar.

—¿Quinientos dólares y la pipa? —pregunté.

Bajó la vista y la miró con aire ausente. A continuación se la guardó en el bolsillo.

—Podría servir como protección —dijo—. A usted, no a mí.

—Entre.

Me eché a un lado y él corrió al interior. Cansado, se dejó caer en una silla.

El salón estaba oscuro debido a los grandes arbustos que la dueña había dejado crecer para ocultar las ventanas. Encendí una lámpara, me llevé un cigarrillo a los labios y lo encendí.

Miré al recién llegado. Me rasqué el pelo, bastante despeinado. Mi rostro recuperó su vieja mueca de cansancio.

—¿Qué demonios me pasa, que quiero dormir en una mañana tan encantadora? ¿A las diez y cuarto, eh? Bueno, tenemos muchísimo tiempo. Vayamos a la cocina, haré un poco de café.

—Estoy metido en un gran lío, sabueso.

Era la primera vez que me llamaba sabueso. Pero de alguna manera era coherente con la manera en que había entrado, con la ropa que traía, la pistola y todo lo demás.

—Va a ser un día delicioso. Con una brisa ligera. Se oye a los viejos eucaliptos susurrando entre sí. Hablando de los viejos tiempos en Australia, cuando los ualabíes saltaban bajo las ramas y los koalas se revolcaban unos encima de otros. Sí, he captado por encima la idea de que está metido en algún lío. Ya hablaremos de eso cuando me haya bebido un par de tazas de café. Cuando me despierto, tengo siempre la cabeza llena de humo. Vayamos a conferenciar con el señor Huggins y el señor Young.

—Oiga, Marlowe, este no es el momento...

—No tema nada, hombre. El señor Huggins y el señor Young son de lo mejorcito. Fabrican el café Huggins-Young para mí. Es la obra de sus vidas, su orgullo y su alegría. Un día de estos me voy a encargar de que reciban el reconocimiento que merecen. Por el momento, lo único que sacan es dinero. No se puede esperar que eso les satisfaga.

Con esas sabias palabras lo dejé allí sentado y me dirigí a la cocina. Giré el grifo del agua caliente y saqué la cafetera del estante. Eché el café en el depósito superior y esperé a que el agua saliera con vapor. Llené el depósito inferior del cacharro y lo puse al fuego. Coloqué encima la otra parte y le di una vuelta para fijarla.

Él me había seguido. Se recostó un momento en el marco de la puerta, después atravesó la cocina hasta la mesa y se deslizó en una de las sillas. Todavía temblaba. Tomé una botella de Old Grand-Dad del estante y le serví un buen trago en un vaso alto. Sabía que necesitaba un vaso alto. Y, de todos modos, tuvo que usar las dos manos para llevárselo a la boca. Bebió, puso el vaso sobre la mesa con un sonido seco y se reclinó de golpe en el asiento.

—Casi me desmayo —masculló—. Me siento como si llevara en pie una semana entera. Anoche no dormí nada.

La cafetera estaba a punto de hervir. Bajé el fuego y contemplé cómo subía el agua. Se detuvo un momento en el fondo del tubo de vidrio. Subí el fuego lo suficiente como para que dejara atrás el codo y enseguida lo bajé. Removí el café y lo tapé. Marqué tres minutos en mi reloj de cocina. Marlowe es un tío muy metódico. No admite interferencias en su técnica para preparar el café. Ni siquiera una pistola en manos de un personaje desesperado.

Le serví otra copa.

—Quédese sentado ahí —dije—. No diga nada, solo quédese sentado.‘

Esta vez logró manejarse con una sola mano. Me aseé deprisa en el baño, y el reloj de cocina comenzó a sonar en el momento en que regresaba. Apagué el fuego y puse la cafetera sobre la mesa, encima de un salvamanteles de paja. ¿Por qué doy tantos detalles? Porque la tensa atmósfera hacía que cualquier minucia pareciera una hazaña, un movimiento singular y de gran importancia. Era uno de esos momentos hipersensibles en los que todos los gestos automáticos, no importa cuán habituales sean o desde cuándo los hagas, se convierten en actos volitivos independientes. Eres como una persona que aprende a caminar después de la polio. No das nada por seguro, absolutamente nada.

El café se había asentado del todo y el aire entraba en la cafetera con el silbido habitual. El líquido burbujeó y después se apaciguó. Quité la tapa y la puse sobre el escurridor.

Serví dos tazas y añadí a la suya un chorrito de licor.

—Para usted, negro, Terry.

Eché en la mía dos terrones de azúcar y algo de leche. Estaba a punto de despertarme del todo. No recordaba haber abierto la nevera para sacar el cartón de leche.

Me senté frente a él. No se había movido. Estaba rígido, recostado a la esquina de la mesa. De pronto, y sin avisar, dejó caer la cabeza sobre la mesa y comenzó a sollozar.

Cuando estiré el brazo y saqué la pistola de su bolsillo, no reaccionó. Era una Mauser 7,65, una belleza. La olí. No la habían disparado. Saqué el cargador. Estaba completo. Nada en la recámara.

Levantó la cabeza, vio el café y bebió un poco con lentitud, sin mirarme.

—No he disparado a nadie —dijo.

—Bueno, al menos no recientemente. Y tendría que haber limpiado la pistola antes. No sé cómo podría disparar a alguien con esto.

—Se lo hubiera dicho —respondió.

—Espere un minuto. —Bebí mi café tan deprisa como me lo permitió su temperatura; volví a llenar mi taza—. Preste atención. Tenga mucho cuidado con lo que me cuenta. Si de verdad quiere que lo lleve hasta Tijuana, hay dos cosas que debe decirme. Primera... ¿Me está escuchando?

Asintió con un leve movimiento de cabeza. Miraba con ojos ausentes la pared sobre mi cabeza. Esa mañana sus cicatrices eran más claras. Su piel era de un blanco casi mortecino, pero las cicatrices destacaban igualmente.

—Primera —repetí despacio—, si ha cometido un delito o algo que sea considerado un delito según la ley, quiero decir un delito grave, no me lo puede decir. Segunda, si sabe con certeza que se ha cometido un delito de ese tipo, tampoco me lo puede decir. No puede, al menos si quiere que lo lleve a Tijuana. ¿Está claro?

Me miró a los ojos. Sus pupilas me enfocaban pero carecían de vida. Se había bebido el café. Estaba pálido, pero se mantenía firme. Le serví más café y añadí otro poco de licor.

—Ya le he dicho que estaba metido en un lío.

—Lo he oído. Y no quiero saber qué clase de lío es. Tengo que ganarme la vida y que proteger mi licencia.

—Podría apuntarlo con la pistola —dijo.

Sonreí burlón y empujé la pistola hacia él por encima de la mesa. La miró, pero no la tocó.

—No podría apuntarme de aquí a Tijuana, Terry. Ni en el paso de la frontera o en la escalerilla del avión. Soy una persona que maneja armas de vez en cuando. Olvidemos la pistola. Qué bien nos iría al contarles a los polis que tenía tanto miedo que tuve que hacer todo lo que me decía. Suponiendo, por supuesto, que hubiera algo que contar a la policía, que eso yo no lo sé.

—Oiga —dijo —, a mediodía o un poco más tarde alguien llamará a la puerta. El servicio sabe que no puede molestarla cuando duerme hasta tarde. Pero, más o menos a mediodía, la doncella llamará y entrará. Ella no estará en la habitación.

Di un par de sorbos al café, sin decir nada.

—La doncella verá que nadie ha dormido en su cama —prosiguió—. Entonces se le ocurrirá que puede buscar en otro lugar. Hay una gran casa de invitados a cierta distancia, tras la residencia principal. Tiene su propio camino de acceso y su propio garaje; Sylvia ha pasado la noche allí. La doncella acabará encontrándola.

Fruncí el entrecejo.

—Tengo que ser muy cuidadoso con lo que voy a preguntarle, Terry. ¿No podría ella haber pasado la noche fuera de casa?

—Su ropa estará tirada por la habitación. Nunca cuelga nada. La doncella deducirá que se puso una túnica por encima del pijama y que salió vestida así. Por lo tanto, solo puede haber ido a la casa de invitados.

—No necesariamente —repuse.

—Tiene que ser la casa de invitados. Rayos, ¿cree que no saben lo que ocurre en la casa de invitados? Los sirvientes siempre están enterados.

—Omítalo —dije.

Se pasó un dedo por el borde de la mejilla sana con la suficiente fuerza como para dejar una marca roja.

—Y una vez en la casa de invitados —continuó con lentitud—, la doncella va a encontrar...

—A Sylvia con una borrachera de muerte, inconsciente, llena de licor hasta las cejas —completé con crueldad.

—Hum... —Lo pensó con calma—. Por supuesto, eso es lo que encontrará —añadió—. Sylvia no es una bebedora habitual. Cuando se pasa, lo hace de una forma drástica.

—Y ese es el final de la historia —le ayudé—. O casi. Déjeme improvisar. No sé si recuerda que la última vez que bebimos juntos fui grosero con usted, me largué y lo dejé plantado. Logró irritarme hasta sacarme de quicio. Más tarde, me di cuenta de que usted presentía un desastre y trataba de restarle importancia. Dijo que tenía un pasaporte y un visado. Conseguir un visado para México lleva cierto tiempo. No dejan entrar a cualquiera. Por lo tanto, hace algún tiempo que planea una fuga. Me preguntaba cuánto tiempo más iba a quedarse por aquí.

—Supongo que de alguna manera me sentía obligado a estar cerca de ella, podía necesitarme como algo más que una fachada para que su viejo no husmee demasiado. A propósito, he intentado llamarlo de madrugada.

—Duermo profundamente. No lo he oído.

—Entonces he ido a unos baños turcos. He estado allí un par de horas, he tomado un baño de vapor, me he dado una zambullida, una ducha fría a presión, un masaje y he hecho un par de llamadas desde allí. He dejado el coche en la esquina de La Brea con Fountain. He venido caminando. Nadie me ha visto tomar esta calle.

—¿Esas llamadas tienen que ver conmigo?

—La primera ha sido a Harlan Potter. El viejo voló ayer a Pasadena por negocios. No había pasado por casa. Me ha costado bastante pescarlo. Pero, finalmente, se ha puesto al teléfono. Le he dicho que lo sentía pero que me largaba.

Al decir esto, miró de soslayo a la ventana sobre el fregadero y a la madreselva que arañaba la persiana.

—¿Cómo se lo ha tomado?

—Ha dicho que lo sentía. Me ha deseado suerte. Me ha preguntado si necesitaba dinero. —Terry se rió con aspereza—. Dinero. Son las seis primeras letras de su alfabeto. Le he contestado que tenía bastante. Luego he llamado a la hermana de Sylvia. Más o menos la misma historia. Eso es todo.

—Quiero preguntarle otra cosa: ¿la ha encontrado alguna vez con un hombre en la casa de invitados?

Negó con la cabeza.

—Nunca lo he intentado. No habría sido difícil. De ninguna manera.

—Se le enfría el café.

—No quiero más.

—Muchos hombres, ¿eh? Pero usted regresó y se casó de nuevo con ella. Me doy cuenta de que es una mujer de bandera, pero de todos modos...

—Le dije que no sirvo para nada. Demonios, ¿por qué la abandoné la primera vez? ¿Por qué, después de eso, me emborrachaba como un cerdo cada vez que la veía? ¿Por qué me hundí en el fango antes de pedirle dinero? Antes de lo nuestro, se casó cinco veces. Cualquiera de ellos regresaría al mínimo gesto por su parte. Y no solo por un millón de pavos.

—Es una mujer espléndida —comenté y miré mi reloj—. ¿Y por qué tenemos que estar en Tijuana a las diez y cuarto?

—En ese vuelo siempre hay sitio. En Los Ángeles nadie quiere volar por encima de las montañas en un DC-3 cuando puede tomar un Constellation y llegar a Ciudad de México en siete horas. Y los Constellations no hacen escala donde yo quiero ir.

Me puse de pie y me recosté contra el fregadero.

—Vamos a resumir, y no me interrumpa. Ha venido a verme esta mañana muy alterado y me ha pedido que lo llevara a Tijuana para tomar uno de los primeros vuelos. Llevaba una pistola en el bolsillo, pero yo no tengo por qué haberla visto. Me ha dicho que había aguantado aquello todo el tiempo que había podido, pero que anoche había estallado. Había encontrado a su esposa con una borrachera de muerte, y había estado con otro hombre. Ha salido y se ha ido a unos baños turcos para esperar a que amaneciera, y después ha llamado a los dos parientes más cercanos de su esposa para decirles lo que iba a hacer. Adónde va es algo que no me incumbe. Tiene los documentos necesarios para viajar a México. Tampoco me interesa cómo viajará. Somos amigos, y yo he hecho lo que me pedía sin discutir. ¿Por qué no lo iba a hacer? Usted no me ha pagado nada. Tiene su propio coche, pero estaba demasiado nervioso para conducir. Eso solo es de su incumbencia. Es una persona muy emotiva y, durante la guerra, lo hirieron de gravedad. Creo que debo recoger su coche y meterlo en un garaje.

Buscó en los bolsillos y empujó hacia mí un llavero de cuero por encima de la mesa.

—¿Qué tal suena? —preguntó.

—Depende de quién lo escuche. No he terminado. Usted solo se ha llevado la ropa que tiene puesta y algo de dinero que le dejó su suegro. Ha dejado atrás todo lo que ella le regaló, incluido ese precioso vehículo que está aparcado en La Brea con Fountain. Quiere marcharse tan ligero como sea posible, pero se marcha de todos modos. Perfecto. Yo me lo creería. Ahora me afeito y me visto.

—¿Por qué lo hace, Marlowe?

—Tómese otra copa mientras me afeito.

Lo dejé allí, encogido en la esquina de la mesa del desayuno. Todavía llevaba puesto el sombrero y el abrigo. Parecía más animado.

Entré en el baño y me afeité. Estaba en mi habitación, anudándome la corbata, cuando apareció y se quedó de pie en el umbral.

—Por si acaso, he fregado las tazas y el vaso —dijo—. He estado pensando. Sería mejor que llamara a la policía.

—Llame usted mismo. Yo no tengo nada para ellos.

—¿Quiere que lo haga?

Giré bruscamente y lo miré con dureza.

—¡Maldita sea! —grité—. ¿Es que no puede dejar las cosas como están?

—Lo siento.

—Claro que lo siente. Los tipos como usted siempre lo sienten, y siempre demasiado tarde.

Dio media vuelta y echó a andar por el pasillo hacia el salón.

Terminé de vestirme y cerré con llave la parte trasera de la casa. Cuando entré en el salón, se había quedado dormido en una silla, con la cabeza ladeada, el rostro blanco como una sábana y el cuerpo totalmente desmadejado por el agotamiento. Tenía un aspecto lastimoso. Le toqué el hombro y se despertó poco a poco, como si el lugar donde se encontraba estuviera muy lejos de donde estaba yo.

—¿Qué tal le iría una maleta? —le pregunté cuando vi que me prestaba atención—. Todavía tengo la de piel de cerdo guardada en mi armario.

—Está vacía —contestó sin mucho interés—. Además, es demasiado llamativa.

—Sin equipaje, aún será usted más llamativo.

Regresé al dormitorio, subí la escalera del armario de la ropa y retiré la maleta de piel de cerdo blanca del estante superior. La trampilla cuadrada del techo estaba justo sobre mi cabeza, así que la levanté, metí la mano hasta donde pude llegar y dejé caer el llavero de cuero tras una de las vigas polvorientas o lo que fuera.

Bajé con la maleta, le quité el polvo y metí dentro algunas cosas: un pijama sin estrenar, pasta de dientes y un cepillo, toallas y toallitas baratas, unos pañuelos de algodón, un tubo de crema de afeitar de quince centavos, y una de esas maquinillas de afeitar que regalan con los paquetes de hojas. Nada usado, nada marcado, nada llamativo, aunque habría sido mejor que se tratara de sus propios objetos personales. Añadí una botella de bourbon, aún dentro de una bolsa de papel. Cerré la maleta, dejé la llave en una de las cerraduras y la llevé hasta la entrada. Lennox se había vuelto a dormir. Abrí la puerta sin despertarlo, llevé la maleta al garaje y la puse en mi descapotable, detrás del asiento delantero. Saqué el coche, cerré el garaje con llave y subí de nuevo los peldaños para despertarlo. Terminé de cerrar la casa y nos largamos.

Conduje deprisa, pero no tanto como para llamar la atención. Apenas hablamos por el camino. Tampoco paramos a comer. No disponíamos de tanto tiempo.

Los de la frontera no nos dijeron nada. En la meseta barrida por el viento, donde está el aeropuerto de Tijuana, aparqué cerca de las oficinas y permanecí en el coche mientras Terry compraba el billete. Las hélices del DC-3 ya giraban lentamente, lo suficiente para mantener caliente el motor. Un encanto de piloto, alto, de uniforme gris, estaba hablando con un grupo de cuatro personas. Había uno que medía como un metro noventa y llevaba un fusil en una funda. A su lado estaban una chica con pantalones, un hombre de mediana edad de baja estatura y una mujer de pelo gris, tan alta que empequeñecía aún más al hombre. Tres o cuatro personas, de aspecto a todas luces mexicano, también esperaban por allí. Parecía ser todo el pasaje. La escalerilla ya se encontraba ante la puerta, pero nadie mostraba signos de querer subir. Llegó una azafata, se detuvo junto a la escalerilla y permaneció allí. Creo que no había sistema de altavoces. Los mexicanos subieron al avión, pero el piloto siguió conversando con los estadounidenses.

A mi lado estaba aparcado un Packard grande. Bajé y eché un vistazo a la matrícula. Quizá algún día aprendería a ocuparme solo de mis propios asuntos. Cuando levantaba la cabeza, vi a la mujer alta que miraba en mi dirección.

Entonces Terry regresó cruzando el polvoriento camino de grava.

—Estoy listo —dijo—. Aquí nos despedimos.

Me tendió la mano. Se la estreché. Tenía un aspecto bastante bueno, solo estaba cansado, muy cansado.

Saqué la maleta de piel de cerdo del Oldsmobile y la dejé sobre los guijarros. La miró muy enfadado.

—Le he dicho que no la quería —dijo con irritación.

—Dentro hay una botella de matarratas, Terry. También un pijama y otras cosas. Y todo es anónimo. Si no la quiere, déjela en la consigna. O tírela.

—Tengo mis razones —insistió muy tieso.

—Yo también.

De repente sonrió. Recogió la maleta y me palmeó el brazo con su mano libre.

—Está bien, amigo. Usted manda. Y recuerde, si las cosas se ponen difíciles, tiene un cheque en blanco. No me debe nada. Hemos salido a beber varias veces, nos hemos hecho amigos y le he hablado demasiado de mí. Le he dejado cinco billetes de cien en la lata del café. No se enoje conmigo.

—Preferiría que no lo hubiera hecho.

—Nunca podré gastar ni la mitad de lo que tengo.

—Buena suerte, Terry.

Los dos estadounidenses subían la escalerilla para entrar al avión. Un tipo bajito, de cara ancha y morena, salió de las oficinas, agitó los brazos y señaló hacia la nave.

—Suba —le dije—. Sé que usted no la mató. Por eso estoy aquí.

Trató de dominarse. Todo su cuerpo se puso rígido. Se volvió lentamente y me miró.

—Lo siento —repuso con calma—. Pero en eso se equivoca. Voy a caminar muy despacio hacia el avión. Tiene el tiempo suficiente para detenerme.

Echó a andar. Lo observé. El tipo a la puerta de las oficinas esperaba sin impaciencia. Los mexicanos nunca se impacientan. Bajó una mano y dio unas palmadas a la maleta, después sonrió a Terry. Luego se hizo a un lado y lo dejó entrar. Poco después, Terry salió por la puerta del otro lado, donde están los funcionarios de aduana cuando uno llega de viaje. Caminó poco a poco por la grava hacia la escalerilla. Al llegar, se detuvo y me miró. No se despidió ni hizo un gesto con la mano. Yo tampoco. Entonces subió al avión y retiraron la escalerilla.

Monté en el Oldsmobile, encendí el motor, fui marcha atrás, giré y me dirigí a la salida del aparcamiento. La mujer alta y el hombre bajito todavía estaban de pie en la pista. Ella había sacado un pañuelo para despedirse. El avión comenzó a rodar hacia un extremo levantando gran cantidad de polvo. Dio media vuelta al llegar al final y los motores aumentaron sus revoluciones con un rugido ensordecedor. Comenzó a avanzar incrementando la velocidad de forma paulatina.

El polvo se levantaba a su paso formando nubes. Despegó. Lo vi ascender lentamente en el aire borrascoso y desaparecer por el sudeste en el límpido cielo azul.

Entonces me marché. En el puesto fronterizo nadie me miró, como si mi rostro tuviera tanta importancia como las manecillas de un reloj.

## 6

El viaje desde Tijuana es largo, así como una de las rutas más aburridas del estado. Tijuana no es nada: lo único que quieren allí son los dólares. El niño que se inclina sobre tu coche, te mira con enormes ojos melancólicos y te dice: «Diez centavos, señor, por favor», en la próxima frase intentará venderte a su hermana. Tijuana no es México. Una ciudad fronteriza no es más que una ciudad fronteriza, de la misma manera que una zona portuaria no es más que una zona portuaria. ¿San Diego? Una de las bahías más hermosas del mundo, pero lo único que hay en ella son buques de guerra y algunos barcos de pesca. Por la noche parece un cuento de hadas. El oleaje es tan delicado como una anciana cantando himnos religiosos. Pero Marlowe tiene que volver a casa y asegurarse de que no falta nada.

La carretera que va al norte es tan monótona como el canturreo de un marino. Uno atraviesa una ciudad, baja una colina, recorre un tramo de playa, atraviesa otra ciudad, baja otra colina y recorre otro tramo de playa.

Cuando llegué a casa eran las dos y me estaban esperando en un sedán negro sin placas de la policía ni luz roja, solo la antena doble, y no solo los coches patrulla la tienen. Había dejado atrás la mitad de los peldaños cuando salieron del coche y me llamaron a gritos. Era la pareja habitual, con los trajes habituales, con la pétrea displicencia habitual en los movimientos, como si el mundo, asustado y en silencio, estuviera esperando a que ellos le dijeran lo que tenía que hacer.

—¿Es usted Marlowe? Queremos hacerle unas preguntas.

Me dejó ver el brillo de una placa. Por lo que pude atisbar, podía tratarse del Control de Plagas. Era rubio ceniza y parecía un tipo pegajoso. Su compañero era alto, bien parecido, pulcro, y mostraba un aura de maldad bien definida, digamos que un esbirro educado. Ambos tenían ojos inquisitivos y atentos, ojos pacientes y cuidadosos, ojos desdeñosos, ojos de polizonte. Se los dan en el desfile de graduación de la Academia de Policía.

—Sargento Green, de la Central de Homicidios. Este es el detective Dayton.

Seguí adelante y abrí la puerta. Uno no le da la mano a los polis de las grandes ciudades. Semejante intimidad sería un exceso.

Tomaron asiento en el salón. Abrí las ventanas y la brisa comenzó a susurrar. Green se encargaba de las preguntas.

—¿Conoce a un hombre llamado Terry Lennox?

—Salíamos de copas de vez en cuando. Vive en Encino, se casó con una mujer rica. No he estado nunca en su casa.

—De vez en cuando —repitió Green—. ¿Con cuánta frecuencia es eso?

—Es una manera de hablar. Pero quería decir exactamente eso. Puede ser una vez cada quince días o una vez cada dos meses.

—¿Conoce a su esposa?

—La vi una vez apenas unos momentos antes de que se casaran.

—¿Cuándo lo vio por última vez y dónde?

Saqué una pipa de un cajón y llené el depósito. Green se inclinó, acercando su rostro al mío. El tipo alto estaba más lejos, con un bolígrafo, listo para escribir en un bloc de bordes rojos.

—Aquí es cuando pregunto: «¿De qué va todo esto?», y ustedes responden: «Las preguntas las hacemos nosotros».

—Entonces limítese a responderlas, ¿de acuerdo?

Encendí la pipa. El tabaco estaba demasiado húmedo. Encenderla me llevó algún tiempo y tres cerillas.

—No tengo prisa —dijo Green—, pero ya hemos estado mucho tiempo esperándolo. Así que suéltelo, señor. Sabemos quién es usted. Y usted sabe que no hemos venido para hacer tiempo.

—Solo estaba haciendo memoria —repuse—. Íbamos con bastante frecuencia a Victor's, más que a The Green Lantern y a The Bull and Bear, ese es el sitio que está abajo, al final del Strip, que aspira a parecerse a una posada inglesa.

—Déjese de rodeos.

—¿Quién ha muerto? —pregunté.

El detective Dayton habló entonces. Tenía una voz fuerte y juiciosa, del tipo «no creas que puedes burlarte de mí».

—Responda a las preguntas, Marlowe. Estamos realizando una investigación rutinaria. Eso es todo lo que necesita saber.

Quizá yo estaba cansado y de mal humor. Quizá me sentía un poco culpable. Podría detestar a aquel hombre sin conocerlo siquiera. Podría verlo al fondo de una cafetería y sentir deseos de romperle los dientes de una patada.

—No me venga con esas, hombre. Deje esos embustes para el Departamento de Menores. Hasta ellos se morirían de risa.

Green se rió entre dientes. En el rostro de Dayton no hubo ningún cambio perceptible, pero de repente pareció envejecer diez años y tener veinte años más de maldad. El aire que pasaba por su nariz silbaba levemente.

—Ha aprobado los exámenes de derecho —dijo Green—. No puede tomarle el pelo a Dayton.

Me levanté despacio y me dirigí a la estantería. Cogí un ejemplar encuadernado del Código Penal de California. Se lo ofrecí a Dayton.

—¿Tendría la amabilidad de encontrar la sección donde dice que yo tengo que responder a las preguntas?

Se comportaba con mucho aplomo. Iba a darme un puñetazo, y los dos lo sabíamos. Pero esperaría el momento adecuado. Lo que quería decir que no confiaba en que Green lo apoyara si se saltaba las normas.

—Todo ciudadano debe cooperar con la policía —recitó—. De todas las maneras posibles, incluso mediante el uso de la fuerza física, y en especial respondiendo a todas las preguntas de naturaleza no incriminatoria que la policía considere necesario formular. —Mientras lo decía, su voz era dura, clara y serena.

—Así funciona —repuse—. Básicamente, mediante un proceso de intimidación directa o indirecta. La ley no especifica ninguna obligación de ese tipo. Nadie tiene que contarle nada a la policía, en ningún momento y en ningún sitio.

—Vamos, cállese —intervino Green con impaciencia—. Está tratando de darnos largas y lo sabe. Siéntese. La mujer de Lennox ha sido asesinada en la casa de invitados de su residencia en Encino. Lennox ha desaparecido. No hemos podido encontrarlo. Así que estamos buscando a un sospechoso en un caso de asesinato. ¿Satisfecho?

Tiré el libro sobre una silla y regresé al sofá, al otro lado de la mesa, frente a Green.

—¿Y por qué vienen a verme? —pregunté—. No he estado nunca cerca de la casa. Ya se lo he dicho.

Green se frotó los muslos, arriba y abajo, arriba y abajo. Me miraba tranquilo, y sonriente. Dayton estaba inmóvil en su asiento. Me comía con los ojos.

—Porque su número de teléfono fue escrito en las últimas veinticuatro horas en un bloc que encontramos en la habitación de Lennox. Es una agenda y el día de ayer estaba arrancado, pero se podían ver las marcas en la página correspondiente al día de hoy. No sabemos cuándo lo llamó. No sabemos adónde ha ido, por qué o cuándo. Pero tenemos que preguntárselo, hombre.

—¿Por qué en la casa de invitados? —pregunté sin esperar que él respondiera. Lo hizo.

—Al parecer, ella iba allí con mucha frecuencia. De noche. —Se sonrojó levemente—. Recibía visitas. El servicio puede ver, a través de los árboles, si la luz está encendida. Entraban y salían coches, a veces tarde, a veces muy tarde. Digamos que demasiado. No se engañe, Lennox es nuestro hombre. Recorrió ese camino como a la una de la madrugada. Da la casualidad de que el mayordomo lo vio. Regresó solo, unos veinte minutos más tarde. Y después de eso, nada. Las luces siguieron encendidas. Por la mañana Lennox no estaba. El mayordomo fue a la casa de invitados. La mujer estaba desnuda en la cama, como una sirena, y déjeme decirle que no pudo reconocerla por la cara. Prácticamente no tiene. Se la destrozaron con una estatuilla de bronce que representa un mono.

—Terry Lennox no haría nunca semejante cosa —afirmé—. Es verdad que ella lo engañaba. Desde siempre. Se divorciaron y se volvieron a casar. No creo que eso lo hiciera muy feliz pero ¿por qué habría de volverse loco por eso a estas alturas?

—Nadie sabe la respuesta —contestó Green con paciencia—. Es algo que pasa constantemente. Con hombres y con mujeres. Un tipo aguanta, aguanta y aguanta. De repente, ya no aguanta más. Es probable que ni él mismo sepa por qué se ha vuelto loco en un determinado momento. Pero ocurre, y alguien muere. Entonces tenemos que ocuparnos de eso. Y le hacemos una sola pregunta muy sencilla. Deje de hacer el tonto o lo metemos entre rejas.

—No le contará nada, sargento —dijo Dayton en tono agrio—. Ha leído el código. Como mucha gente que lee el código, se cree que la ley está ahí dentro.

—Limítese a tomar apuntes —replicó Green—, y no piense. Si hace bien su trabajo, lo dejaremos cantar baladas en la sala de fumadores de la comisaría.

—Váyase a la mierda, sargento, con todo el respeto posible a su rango.

—Pelee con él —azucé a Green—. Lo recogeré cuando caiga al suelo.

Dayton puso a un lado el bloc de notas y el bolígrafo con mucho cuidado. Se levantó con un destello en los ojos y dio unos pasos hasta quedar frente a mí.

—De pie, chico listo. El hecho de que yo haya ido a la universidad no significa que un tarado como usted pueda tomarme el pelo.

Comencé a levantarme. Cuando me golpeó, aún estaba incorporándome. Me pegó un limpio gancho de izquierda y me cruzó con la derecha. Oí campanitas, pero no para anunciar la cena. Me senté y sacudí la cabeza. Dayton seguía en el mismo lugar. Sonreía.

—Probemos una vez más —dijo—. Usted aún no estaba preparado. No fue del todo legal.

Miré a Green. Se estaba examinando el pulgar, como si estudiara un padrastro. No me moví ni dije nada, esperando a que levantara los ojos. Si me ponía nuevamente de pie, Dayton volvería a pegarme y yo lo haría pedazos, porque sus golpes mostraban que era un boxeador de manual. Colocaba los golpes en el sitio correcto, pero necesitaría muchos para acabar conmigo.

—Buen trabajo, chico. Le ha dado justo lo que quería: un motivo para no hablar. —Alzó la vista y dijo con suavidad—: Otra vez, Marlowe. La última vez que vio a Terry Lennox, ¿dónde y cómo fue, de qué hablaron y de dónde acababa de llegar? Sí... ¿o no?

Dayton estaba allí parado, en perfecto equilibrio. Sus ojos tenían un brillo blando, casi de dulzura.

—¿Y qué hay del otro tipo? —pregunté sin prestarle atención.

—¿De qué otro tipo habla?

—Del que se revolcaba en el heno en la casa de invitados. Desnudo. No me va a decir que ella iba allí a hacer solitarios.

—Eso es para después, cuando tengamos al marido.

—Magnífico. Si no es demasiado trabajo cuando ya han pescado a un pringado.

—Si no habla nos lo llevamos, Marlowe.

—¿Como testigo de los hechos?

—De eso nada. Como sospechoso. Sospechoso de cómplice en un caso de asesinato. De ayudar a escapar a un sospechoso. Mi suposición es que ha llevado a ese tipo a algún lugar. Y en este momento lo único que necesito es una suposición. El jefe estos días está que echa humo. Conoce las reglas, pero a veces se distrae. Podría ser muy duro para usted. De un modo u otro, conseguiremos su declaración. Cuanto más cueste sacársela, más seguros estaremos de que es lo que necesitamos.

—Todo eso es basura para él —dijo Dayton—. Conoce el código.

—Para cualquiera es basura —repuso Green con calma—. Pero todavía funciona. Vamos, Marlowe, le estoy dando el último aviso.

—Muy bien —dije—. Aviso recibido. Terry Lennox era mi amigo. He invertido en él mucho afecto. Lo suficiente para no traicionarlo solo porque un agente me dice que hable. Tienen cargos contra él, quizá más de lo que me cuentan. El motivo, la oportunidad y el hecho de haber puesto pies en polvorosa. El motivo es agua pasada, neutralizado desde hace mucho tiempo, era casi parte del acuerdo. No me gustan ese tipo de acuerdos, pero Lennox es así, algo débil y muy dócil. Lo demás no quiere decir nada, salvo que si sabía que ella estaba muerta, sabía también que era presa fácil para ustedes. En la investigación, si se lleva a cabo y me citan, tendré que responder a las preguntas. No tengo que responder las suyas. Me doy cuenta de que usted es una buena persona, Green. De la misma manera, veo que su compañero no es más que otro tipo con complejo de poder a quien le gusta lucir la placa. Si quiere meterme en un lío de verdad, deje que me pegue otra vez. Le voy a romper el puñetero bolígrafo.

Green se levantó y me miró con tristeza. Dayton no se había movido. Era un tipo duro, de corto alcance. Necesitaba un descanso para mostrar su arrogancia.

—Voy a llamar por teléfono —dijo Green—. Aunque sé cuál será la respuesta. Usted es un tonto ingenuo, Marlowe. Muy ingenuo. Apártese de mi camino. —Esto último se lo dijo a Dayton, que se dio la vuelta y recogió su bloc.

Green fue hasta el teléfono y lo levantó despacio, con el rostro llano marcado por aquella rutina dura, larga y desagradecida. Este es el problema con los policías. Estás preparado para odiarlos y entonces aparece uno que te trata como a un ser humano.

El capitán dijo que me llevaran detenido, sin contemplaciones.

Me esposaron. No registraron la casa, lo que me pareció un descuido por su parte. Posiblemente imaginaron que yo tendría la suficiente experiencia como para no guardar allí algo que me comprometiera. En eso se equivocaban. En un registro a fondo hubieran hallado las llaves del coche de Terry Lennox. Y cuando encontraran el vehículo, cosa que ocurriría tarde o temprano, probarían las llaves y sabrían que él había estado en casa.

A fin de cuentas, como se vería después, eso no tuvo importancia. La policía nunca encontró el coche. Lo robaron por la noche, lo más probable es que lo llevaran hasta El Paso, le cambiaran las cerraduras, le hicieran papeles falsos y lo pusieran en venta, con toda seguridad en Ciudad de México. Es el procedimiento habitual. El dinero suele regresar en forma de heroína. Es parte de la política de buena vecindad, según la interpretan los delincuentes.

# 7

Ese año el jefe de Homicidios era un tal capitán Gregorius, un tipo de poli que es cada vez más raro, pero que no se puede considerar extinto, de los que esclarecen los crímenes mediante el reflector de alta intensidad, la porra blanda, la patada en los riñones, el rodillazo en el bajo vientre, el puñetazo en el diafragma y el palo en la rabadilla. Seis meses más tarde lo acusaron de perjurio ante un gran jurado, lo expulsaron sin juicio, y posteriormente fue coceado hasta la muerte por un semental enorme en su rancho de Wyoming.

Cuando nos conocimos, para él yo era un trozo de carne cruda. Estaba sentado detrás de su escritorio, se había quitado la chaqueta y llevaba las mangas de la camisa recogidas casi hasta los hombros. Era tan calvo como una bola de billar, y la grasa comenzaba a acumulársele alrededor de la cintura, como les pasa a todos los hombres musculosos de mediana edad. Sus ojos eran de un color gris sucio. Su enorme nariz era una red de capilares rotos. Bebía café de forma ruidosa. Sus manos, fuertes y bastas, tenían una gruesa capa de vello negro en el dorso. De sus orejas asomaban mechones canosos. Palpó algo que tenía sobre el escritorio y miró a Green.

—Lo único que tenemos contra él, jefe, es que no nos va a contar nada. Lo encontramos por el número de teléfono. Salió, pero no dice adónde fue. Conoce bien a Lennox, pero no dice cuándo lo vio por última vez —informó el sargento.

—Se cree duro —comentó Gregorius con indiferencia—. Eso lo podemos arreglar —añadió, como si le diera lo mismo una cosa u otra. Probablemente no le importaba. Para él no había tipos duros—. El problema es el fiscal del distrito, se huele muchos titulares sobre este asunto. Sabiendo quién es el padre de la chica, lo entiendo. Creo que lo mejor es que le hagamos hablar.

Me miró como si yo fuera una colilla o una silla vacía. Simplemente algo en su campo de visión, sin el menor interés para él.

—Es evidente que con su actitud intenta crear una situación que le permita negarse a hablar —intervino Dayton con respeto—. Nos ha citado la ley y me ha sacado de quicio para que le pegara. Ahí me he extralimitado, capitán.

Gregorius lo miró con una expresión sombría.

—No debe de ser difícil sacarle de quicio si este mamarracho lo ha conseguido. ¿Quién le ha quitado las esposas?

Green dijo que había sido él.

—Vuelva a ponérselas. Bien apretadas. Así se animará.

Green comenzó a ponerme de nuevo las esposas.

—Las manos a la espalda —ladró Gregorius.

Green me esposó las manos a la espalda. Yo estaba sentado en una silla de respaldo recto.

—Más apretadas. Que se le claven en la carne.

Green las apretó más. Se me comenzaron a dormir las manos.

Gregorius me miró con tristeza.

—Ahora empiece a hablar. Deprisa.

No le respondí. Se inclinó hacia atrás e hizo una mueca. Estiró la mano despacio hacia la taza de café. Se inclinó un poco hacia delante. Me lanzó el café, pero logré esquivarlo tirándome de lado y zafándome de la silla. Aterricé de manera violenta sobre un hombro, rodé por el suelo y me levanté despacio. Tenía las manos completamente entumecidas. Insensibles. Los brazos comenzaban a dolerme por encima de las esposas.

Green me ayudó a sentarme de nuevo. Había café por el respaldo y parte del asiento, pero casi todo había ido a parar al suelo.

—No le gusta el café —dijo Gregorius—. Es ágil. Se mueve deprisa. Buenos reflejos.

Nadie dijo nada. Gregorius me miró con sus ojos de pez.

—Aquí, amigo, una licencia de detective no vale más que una tarjeta de visita. Ahora declarará, primero verbalmente, y después lo transcribiremos. Que sea minucioso. Digamos, un informe completo de sus movimientos desde las diez de la noche de ayer. Sin agujeros. Esta oficina está investigando un asesinato y el sospechoso principal ha desaparecido. Usted está relacionado con él. El tipo pesca a su mujer con otro, le aplasta la cabeza hasta convertirla en carne molida, huesos y pelo empapado de sangre. Nuestra vieja amiga, la estatuilla de bronce. Nada original, pero funciona. Si piensa que un puñetero detective privado va a recordarme la ley en un caso así, amigo, no se imagina lo que le puede caer encima. En este país no hay una sola comisaría que pueda hacer su trabajo con la ley en la mano. Usted tiene información y yo la necesito. Podría haber dicho que no, y yo podría no haberle creído. Pero ni siquiera ha dicho que no. No me considere imbécil, amigo. No vale la pena. Hable.

—¿Me quitaría las esposas, capitán? —pregunté—. Digo, si hago una declaración.

—Quizá. Hágame un adelanto.

—Si le dijera que no he visto a Lennox en las últimas veinticuatro horas, que no he hablado con él y que no tengo ni idea de dónde puede estar, ¿sería suficiente, capitán?

—Quizá. Si lo creyera.

—Si le dijera que lo he visto y dónde y cuándo lo he visto, pero que no sabía que había matado a alguien o que se hubiera cometido un crimen, y que, además, no tengo ni idea de dónde podría estar en estos momentos, tampoco le satisfaría, ¿verdad, capitán?

—Si me da más detalles, quién sabe. Dónde, cuándo, qué aspecto tenía, de qué hablaron, adónde pensaba ir. Se podría sacar algo de ahí.

—Por la manera en que me trata, probablemente eso me convertiría en cómplice.

Los músculos de la mandíbula se le tensaron. Sus ojos se volvieron hielo sucio.

—¿Y?

—No sé —dije—, necesito asesoramiento legal. Me encantaría colaborar. ¿Qué le parece si llamamos a alguien de la Oficina del Fiscal del Distrito?

Soltó una risotada corta y estridente. Enseguida paró. Se levantó despacio y rodeó el escritorio. Se inclinó hacia mí sonriendo, con una manaza sobre la madera. Acto seguido, sin cambiar de expresión, me golpeó en un lado del cuello con un puño que parecía de hierro.

La mano apenas recorrió veinte o veinticinco centímetros. El golpe casi me arranca la cabeza. La boca se me llenó de bilis. Percibí su sabor, mezclado con el de la sangre. Solo oía un zumbido dentro del cráneo. Gregorius se inclinó sobre mí, sonriendo aún, con la mano izquierda todavía sobre el escritorio. Su voz parecía venir desde un lugar muy lejano.

—Solía ser duro, pero me estoy volviendo viejo. Ahí tiene un buen puñetazo, amigo, es lo único que le daré. En la cárcel de la ciudad tenemos gente que debería trabajar en el matadero. Quizá no deberíamos tener gente así, porque no son simpáticos, no pegan suave como Dayton, aquí presente. No tienen cuatro hijos y un jardín con rosales, como Green. Viven y se divierten de otra manera. Hay gente de todas clases y el trabajo no abunda. ¿Se le ocurre alguna otra idea sobre lo que debería decir, en caso de que se moleste en decirlo?

—No mientras esté esposado, capitán.

Incluso hablar me dolió.

Se inclinó aún más y me llegó el olor de su sudor y de su aliento podrido. A continuación se irguió, rodeó el escritorio y colocó su sólido trasero en la silla. Tomó una regla triangular y pasó el dedo por uno de los bordes, como si se tratara de un cuchillo. Miró a Green.

—¿Qué espera, sargento?

—Órdenes —masculló Green como si odiara el sonido de su propia voz.

—¿Se lo tienen que decir? Según su historial, usted es un hombre con experiencia. Quiero una declaración detallada de los movimientos de este individuo en las últimas veinticuatro horas. Quizá durante más tiempo, pero comencemos con ese intervalo. Quiero saber qué hizo en cada minuto. La quiero firmada, con los nombres de los testigos y contrastada. La quiero dentro de dos horas. Entonces lo traen de vuelta aquí, limpio, arreglado y sin marcas. Y otra cosa, sargento... —Hizo una pausa y lanzó a Green una mirada que habría congelado a una patata recién asada—. La próxima vez que le haga unas cuantas preguntas corteses a un sospechoso, no quiero tenerlo ahí parado mirándome como si le hubiera arrancado una oreja.

—Sí, señor. —Green se volvió hacia mí y ordenó con aspereza—: Vamos.

Gregorius me enseñó los dientes. Necesitaban una limpieza urgente.

—Vamos, amigo, la frase de despedida

—Sí, señor —dije cortés—. Probablemente no era esa su intención, pero me ha hecho un favor. Con la ayuda del detective Dayton. Me ha resuelto un problema. A ningún hombre le gusta traicionar a un amigo, y yo no traicionaría ni a un enemigo para ponerlo en sus manos. No solo es usted un gorila, es también un incompetente. No sabe cómo llevar a cabo una investigación de lo más sencilla. Yo estaba en el filo de una navaja y usted podría haberme inclinado hacia un lado u otro. Pero me ha maltratado, me ha tirado café a la cara y me ha machacado a puñetazos cuando lo único que podía hacer era encajar los golpes. De ahora en adelante, no le voy a decir ni la hora que marca su reloj de pared.

Por alguna extraña razón permaneció sentado, completamente inmóvil, y me dejó decirle todo aquello. A continuación sonrió.

—Amigo, usted es uno de esos tíos que odian a los policías. Eso es usted, sabueso, solo otro que odia a los policías.

—Hay sitios donde no odian a los policías, capitán. Pero en esos lugares usted no llevaría un uniforme.

También se tragó aquello. Supongo que se lo podía permitir. Le habrían dicho cosas peores en muchas ocasiones. Entonces el teléfono que tenía sobre el escritorio comenzó a sonar. Lo miró e hizo un gesto. Dayton se acercó con diligencia y levantó el auricular.

—Oficina del capitán Gregorius. Al habla el detective Dayton.

Escuchó un instante. Una leve arruga aproximó sus cejas bien dibujadas.

—Un momento, señor —dijo en voz baja. Le tendió el teléfono a Gregorius—: El comisionado Allbright, señor.

—¿Sí? —Gregorius hizo una mueca burlona—. ¿Qué quiere ese mocoso gilipollas? —Tomó el teléfono, lo sostuvo en la mano un instante y suavizó la expresión—. Soy Gregorius, comisionado. —Escuchó atento—. Sí, está aquí en mi despacho, comisionado. Le he hecho algunas preguntas. No coopera. No coopera en absoluto... ¿Cómo? ¿Le importaría repetirlo? —Una mueca súbita y feroz convirtió su rostro en nudos sombríos, la sangre le oscureció la frente, pero el tono de voz no cambió ni un ápice—. Si se trata de una orden directa, debe llegar mediante el jefe de detectives, comisionado... Claro, me atendré a ella hasta que la confirmen. Seguro... Claro que no. Nadie le ha puesto la mano encima... Sí, señor. De inmediato.

Colgó el teléfono. Me pareció que la mano le temblaba un poco. Levantó los ojos, me miró primero a mí y después a Green.

—Quítele las esposas.

Green cumplió la orden. Me froté las manos, a la espera de los pinchazos y el hormigueo de la circulación.

—Llévelo a la cárcel del condado —ordenó Gregorius muy despacio—. Sospechoso de asesinato. El fiscal del distrito nos ha quitado el caso de las manos. Menudo sistema tenemos aquí.

Nadie se movió. Green estaba a mi lado respirando con dificultad. El jefe buscó a Dayton con la vista.

—¿Qué está esperando, bombón? ¿Un cucurucho de helado?

—No me ha dado ninguna orden, patrón —respondió Dayton sofocado.

—¡Llámeme señor, maldita sea! Para los sargentos y los de más arriba soy el patrón. Pero para usted, no, niñato. Para usted, no. Fuera.

—Sí, señor.

Dayton caminó deprisa hacia la puerta y salió.

Gregorius se puso de pie y fue hacia la ventana, donde se quedó de espaldas a la sala.

—Vamos, andando —me masculló Green al oído.

—Sáquelo de aquí antes de que le reviente la cara a patadas —dijo Gregorius, de cara a la ventana.

Green se dirigió hacia la puerta y la abrió. Me dispuse a salir del despacho.

—¡Espere! —ordenó el jefe de repente—. ¡Cierre la puerta!

Green la cerró y recostó la espalda contra ella.

—¡Usted, venga aquí! —me ladró Gregorius.

No me moví. Permanecí de pie mirándolo con mucha lentitud. Green tampoco se movió. Hubo una pausa tensa. Entonces Gregorius atravesó la habitación y se detuvo frente a mí. Metió las manos, enormes y duras, en los bolsillos. Se balanceó sobre los talones.

—Nunca le he puesto un dedo encima —dijo por lo bajo, como hablando consigo mismo.

Su mirada era distante e inexpresiva. Movía la boca convulsivamente.

Entonces me escupió en la cara. Dio un paso atrás.

—Eso es todo. Gracias.

Se dio la vuelta y regresó junto a la ventana. Green volvió a abrir la puerta.

La crucé mientras sacaba mi pañuelo.

# 8

La celda número 3, en la sección de delitos graves, tiene dos catres de extensión, pero no había muchos detenidos, así que disponía de la celda entera para mí. En la sección de delitos graves te tratan bastante bien. Te dan dos mantas, ni sucias ni limpias, y una colchoneta apelmazada de cinco centímetros de grosor que se pone sobre un bastidor de tiras metálicas entrecruzadas. Hay un inodoro con cisterna, un lavabo, toallas de papel y un arenoso jabón gris. El bloque de celdas está limpio y no huele a desinfectante. Los presos de confianza hacen el trabajo. El contingente de presos de confianza es siempre numeroso.

Los celadores te revisan con gran sabiduría. A no ser que estés borracho o que seas un psicópata, o que actúes como si fueras uno de ellos, puedes conservar el tabaco y las cerillas. Hasta la vista preliminar, sigues llevando tu propia ropa. Luego te dan el uniforme de mezclilla de la prisión, sin corbata, ni cinturón ni cordones de zapatos. Te sientas en la litera a esperar. No hay nada más que hacer.

La sección de los borrachos no es tan buena. No hay literas, ni sillas, ni mantas; nada de nada. Tienes que tumbarte sobre el suelo de cemento. Te sientas en el inodoro y vomitas en tu propio regazo. Es lo más profundo de la abyección. Yo lo he visto.

Aunque aún era de día, las luces ya estaban encendidas. Por la parte interior de la puerta de acero del bloque de celdas había una malla de acero protegiendo la mirilla. Las luces se controlaban desde el otro lado. Las apagaron a las nueve de la noche. Nadie entró por la puerta, nadie dijo nada. Podías estar a la mitad de una frase, leyendo un periódico o una revista. La oscuridad, sin un clic o un aviso. Y ahí estabas, hasta el amanecer estival, sin otra cosa que hacer excepto dormir, si podías fumar, si tenías tabaco, y pensar si tenías algo en qué pensar que no te hiciera sentir peor que no pensar en absoluto.

En la cárcel el ser humano carece de personalidad. Se convierte en un pequeño problema de distribución y en unas escasas anotaciones en los registros. A nadie le importa quién lo ama o lo odia, qué aspecto tiene o qué ha hecho con su vida. Nadie reacciona, a no ser que ocasione problemas. Nadie lo maltrata. Lo único que te piden es que vayas en silencio a la celda correcta y permanezcas allí sin hacer ruido. No hay nada contra lo que pelear, no hay nada que te enoje. Los carceleros son hombres callados, sin animosidad ni sadismo. Todo lo que lees sobre hombres que gritan y chillan, que se lanzan contra los barrotes, que hacen ruido con una cuchara, sobre celadores que entran corriendo con bastones en la mano, todo eso ocurre en las penitenciarías grandes. Una buena cárcel es uno de los lugares más tranquilos del mundo. Si atraviesas un bloque de celdas por la noche y miras a través de los barrotes, solo verás un bulto bajo una manta marrón, o una cabellera, o un par de ojos que miran a ninguna parte. Se puede oír algún ronquido. Muy de tarde en tarde se puede oír a alguien que tiene una pesadilla. La vida en una cárcel está en suspenso, carente de objetivo o significado. En otra celda puedes ver a un hombre que no logra dormir, o que ni siquiera lo intenta. Se sienta al borde de su litera sin hacer nada. Te mira, o no te mira. Tú lo miras a él. No dice nada, y tú tampoco. No hay nada que comunicar.

En la esquina del bloque de celdas puede haber una segunda puerta de acero que conduce a la sala de reconocimientos. Una de las paredes es una tela metálica pintada de negro.

En la pared posterior hay escalas dibujadas para medir la estatura. Arriba hay reflectores. Como regla, uno entra ahí por la mañana, antes de que el capitán del turno de noche termine la jornada. Te paras delante de las escalas; el reflector te encandila, pero al otro lado de la malla de alambre no hay luz. Sin embargo, en ese sitio hay mucha gente: polis, detectives, ciudadanos a los que han robado, asaltado, estafado, echado de sus coches a punta de pistola, o despojado de los ahorros de toda su vida. Tú no los ves ni los oyes. Escuchas la voz del capitán del turno de noche. Lo oyes hablar alto, con claridad. Te ordena que camines como si fueras un perro en una exposición canina. Está cansado, es cínico y competente. Es el director de escena de la obra que lleva más tiempo representándose en la historia, pero ya no le interesa.

—Muy bien, tú mismo. Ponte derecho. Mete la panza. Mete la barbilla. Echa los hombros hacia atrás. Mantén la cabeza a ese nivel. Mira al frente. Gira a la izquierda. Gira a la derecha. Mira de nuevo al frente y extiende las manos. Con las palmas hacia arriba. Hacia abajo. Súbete las mangas. No tiene cicatrices visibles. Cabello castaño, algunas canas. Ojos castaños. Estatura: un metro ochenta y uno; peso: noventa y dos kilos. Nombre: Philip Marlowe. Ocupación: detective privado. Bien, bien, qué gusto verlo, Marlowe. Eso es todo. El siguiente.

Muchas gracias, capitán. Gracias por su atención. Se ha olvidado de pedirme que abra la boca. Tengo algunos empastes magníficos y una preciosa funda de porcelana de gran calidad. Ochenta y siete dólares de funda de porcelana. Tampoco me ha revisado la nariz por dentro, capitán. Allí habría encontrado muchas cicatrices. Me operé el tabique, y el tipo era un carnicero. Dos horas, en aquella época. He oído que ahora solo tardan veinte minutos. Me pasó jugando al fútbol americano, capitán, un leve error de cálculo al intentar bloquear un despeje. En lugar de ello, bloqueé el pie del tipo después de que pateara el balón. Un castigo de quince metros, y ese fue más o menos el largo de la venda ensangrentada que me sacaron de la nariz el día siguiente a la operación, dos centímetros cada vez. No estoy presumiendo, capitán, solo se lo cuento. Las pequeñas cosas son las que importan.

Al tercer día, un celador abrió la puerta de mi celda a media mañana.

—Su abogado está aquí. Apague la colilla, pero no en el suelo.

La eché al inodoro. Me llevó a la sala de reuniones. Allí estaba un hombre alto y pálido, de cabello oscuro, mirando por la ventana. Sobre la mesa había un grueso portafolios marrón. El hombre se volvió y esperó a que cerraran la puerta. Entonces se sentó junto al portafolios, en el extremo más lejano de una mesa de roble llena de quemaduras, que procedía del Arca de Noé. Él la compró de segunda mano. El abogado abrió una pitillera de plata martillada, la dejó frente a sí y me examinó.

—Siéntese, Marlowe. ¿Quiere un cigarrillo? Me llamo Endicott. Sewell Endicott. Me han contratado para que lo represente, sin costo o gasto alguno para usted. Imagino que querrá salir de aquí, ¿no?

Me senté y cogí uno de los cigarrillos. Sostuvo el mechero para mí.

—Me alegro de volver a verlo, señor Endicott. Nos hemos visto antes, cuando usted era fiscal del distrito.

Asintió.

—No me acuerdo, pero es posible. —Esbozó una sonrisa—. Ese cargo no era muy de mi gusto. Creo que no tengo suficiente ferocidad.

—¿Quién lo envía?

—No estoy autorizado a decírselo. Si me acepta como abogado, alguien se ocupará de mis honorarios.

—Imagino que eso significa que lo han atrapado.

Se limitó a mirarme. Di una calada. El cigarrillo era de los que tienen filtro. Sabía a niebla de altura pasada por lana de algodón.

—Si se refiere a Lennox, y sin duda es así, no, no lo han atrapado.

—¿Y por qué tanto misterio, señor Endicott, sobre la persona que lo envía?

—Mi cliente desea permanecer en el anonimato. Tiene esa prerrogativa. ¿Me acepta?

—No lo sé —repuse—. Si no han pescado a Terry, ¿por qué me retienen? Nadie me ha preguntado nada, nadie se me ha acercado.

Frunció el ceño y se miró los dedos blancos, largos y delicados.

—Springer, el fiscal del distrito, se ha encargado de este caso. Es posible que esté demasiado ocupado para venir a interrogarlo. Pero usted tiene derecho a que se le formulen cargos y a una vista preliminar. Puedo sacarlo de aquí bajo fianza, mediante un recurso de *habeas corpus*. Probablemente usted conozca los fundamentos jurídicos.

—Estoy detenido por sospechas de asesinato.

Se encogió de hombros con impaciencia.

—Eso es un cajón de sastre. Podrían haberlo detenido por viajar a Pittsburgh o por cualquier otra cosa. Es probable que quiera decir que es cómplice del delito. Usted llevó a Lennox a algún sitio, ¿no es así?

No respondí. Dejé caer al suelo el insípido cigarrillo y lo apagué de un pisotón. Endicott volvió a encogerse de hombros y frunció el ceño.

—Asumamos que lo hizo, aunque sea para contar con una suposición. Para declararlo cómplice, tienen que demostrar que hubo una intención. En tal caso, eso querría decir que sabía que se había cometido un crimen y que Lennox era un fugitivo. En cualquier caso, la fianza es aplicable. Pero en este estado no se puede mantener en prisión a una persona como testigo material salvo por orden judicial. Y no es un testigo material a no ser que un juez lo declare así. Pero la fuerza pública siempre puede encontrar una vía para hacer lo que se proponga.

—Sí —dije—. Un detective llamado Dayton me golpeó. Un capitán de Homicidios llamado Gregorius me tiró un café por encima, me golpeó en el cuello con suficiente fuerza como para reventarme una arteria, ya ve que todavía está inflamado, y cuando una llamada de Allbright, el comisionado de policía, le impidió entregarme a los chicos que hacen el trabajo sucio, me escupió en la cara. Tiene toda la razón, señor Endicott. Los chicos de la ley siempre pueden hacer lo que quieren.

Miró su reloj de muñeca con demasiada intensidad.

—¿Quiere salir bajo fianza o no?

—Gracias, pero creo que no. Un tipo que sale bajo fianza siempre es culpable a medias para la opinión pública. Si lo absuelven después, es que tiene un abogado listo.

—Eso es una tontería —respondió con impaciencia.

—Bien, es una tontería. Soy tonto. De lo contrario, no estaría aquí. Si está usted en contacto con Lennox, dígale que deje de preocuparse por mí. No estoy aquí por él. Estoy aquí por mí. No me quejo. Es parte del trato. En mi oficio, la gente viene a verme porque tiene problemas. Problemas grandes, problemas pequeños, pero siempre se trata de problemas que no quieren que la policía conozca. ¿Seguirán acudiendo a mí si cualquier matón con placa puede ponerme cabeza abajo y obligarme a hablar?

—Entiendo sus razones —dijo lentamente—. Pero déjeme aclararle un punto. No estoy en contacto con Lennox. Apenas lo conozco. Soy un funcionario del tribunal, como todos los abogados. Si supiera dónde está Lennox, no podría ocultarle la información al fiscal del distrito. Lo máximo que podría hacer sería acordar su entrega en un lugar y a una hora determinados después de entrevistarme con él.

—Nadie más se molestaría en mandarlo aquí para que me ayudara.

—¿Me está llamando mentiroso?

Se inclinó para pisotear la colilla de su cigarrillo debajo de la mesa.

—Creo recordar que es usted de Virginia, señor Endicott. En este país tenemos algo así como una fijación histórica con los nativos de Virginia. Los consideramos la flor de la caballerosidad y el honor sureños.

—Muy bien dicho. —Sonrió—. Me encantaría que fuera verdad. Estamos perdiendo el tiempo. Si hubiera tenido usted algo de sensatez, le habría dicho a la policía que no había visto a Lennox desde hacía una semana. Y siempre podría haber contado la verdad bajo juramento. No hay ninguna ley que prohíba mentir a la policía. Eso es lo que ellos esperan. Son mucho más felices cuando se les miente que cuando alguien se niega a hablar con ellos. Es un desafío directo a su autoridad. ¿Qué pretendía ganar con ello?

No respondí. En realidad, no tenía una respuesta. Se levantó, tomó su sombrero, cerró la pitillera y la guardó en el bolsillo.

—Tenía usted que representar su drama —dijo con frialdad—. Defender sus derechos, hablar de la ley. ¿Cuán ingenuo puede ser un hombre, Marlowe? Sobre todo un hombre como usted, que supuestamente sabe de qué va la cosa. La ley no es la justicia. Es un mecanismo muy imperfecto. Si pulso solo los botones correctos y además tiene suerte, en la respuesta puede estar la justicia. Un mecanismo, eso es lo que se supone que es la ley, nada más. Creo que usted no quiere que lo ayuden. Por lo tanto, me retiro. Si cambia de opinión, puede llamarme.

—Seguiré en mis trece uno o dos días más. Si atrapan a Terry, no les importará cómo escapó. Lo único que les importará es el circo que pueden organizar durante el juicio. El asesinato de la hija del señor Harlan Potter es carne de titulares en todo el país. Un tipo como Springer, sabe complacer a la plebe, puede aprovechar ese espectáculo para llegar a fiscal general, y de ahí al sillón de gobernador, y de ahí... —Callé y dejé que lo demás quedara flotando en el aire.

Endicott sonrió despacio, desdeñoso.

—No creo que sepa mucho sobre Harlan Potter —dijo.

—Y si no pescan a Lennox, no querrán saber cómo escapó, señor Endicott. Querrán olvidarlo todo lo más deprisa posible.

—Ya lo ha calculado todo, ¿verdad, Marlowe?

—He tenido el tiempo suficiente. Lo único que sé de Harlan Potter es que se supone que vale cien millones de pavos y que es propietario de nueve o diez periódicos. ¿Qué tal va la publicidad?

—¿La publicidad? —preguntó con voz gélida.

—Sí. Ningún periodista ha venido a entrevistarme. Yo esperaba hacer mucho ruido con este asunto en los periódicos, para conseguir un montón de clientes. Detective privado va a la cárcel antes que denunciar a un amigo.

Fue hasta la puerta y se volvió con la mano en el pomo.

—Usted me divierte, Marlowe. En cierto sentido, es como un niño. Es verdad que cien millones de dólares pueden comprar mucha publicidad. Pero, amigo mío, si se utilizan con astucia, también pueden comprar muchísimo silencio.

Abrió la puerta y salió. A continuación, entró un celador y me llevó de vuelta a la celda número 3, en el bloque de delitos graves.

—Pensé que si había contratado a Endicott, no estaría mucho tiempo aquí —dijo amablemente mientras me encerraba.

Le respondí que esperaba que tuviera razón.

# 9

El celador del primer turno de noche, un tipo grande, rubio, de hombros musculosos y expresión amistosa, era de mediana edad y hacía tiempo que había prescindido tanto de la lástima como de la ira. Quería disfrutar de ocho horas sin complicaciones, y su aspecto advertía que, por su parte, sería muy difícil crear alguna. Abrió la puerta de mi celda.

—Tiene visita. Un tipo de la Oficina del Fiscal del Distrito. ¿No tiene sueño?

—Es muy temprano para mí. ¿Qué hora es?

—Las diez y catorce.

Permaneció de pie en la puerta y examinó la celda. Había una manta extendida sobre la litera de abajo y otra doblada como almohada. En el cubo de la basura había un par de papeles usados, y el borde del lavabo estaba cubierto por una fina capa de papel higiénico. Movió la cabeza con aprobación.

—¿Hay algo personal aquí?

—Solo yo.

Dejó abierta la puerta de la celda. Recorrimos un pasillo desierto hasta el ascensor y bajamos hasta el mostrador de admisión. Allí esperaba un hombre gordo, de traje gris, que fumaba una pipa hecha con una mazorca de maíz. Olía mal y tenía las uñas sucias.

—Soy Spranklin, de la Oficina del Fiscal del Distrito —me dijo con una voz dura—. El señor Grenz quiere verlo arriba. —Buscó algo en su bolsillo trasero y sacó un par de esposas—. Veamos si le sirven.

El celador y el funcionario de la recepción lo miraron divertidos.

—¿Qué pasa, Sprank? ¿Tiene miedo de que le asalte en el ascensor?

—No quiero problemas —gruñó—. Un tipo se me escapó una vez. Me hicieron la vida imposible. Vamos, muchacho.

El funcionario de la recepción le entregó un impreso, y Spranklin lo firmó.

—No corro riesgos sin necesidad —añadió—. En esta ciudad, uno nunca sabe con qué se va a encontrar.

Llegó un policía que traía a un borracho con una oreja sangrando. Fuimos hasta el ascensor y entramos.

—Está metido en un lío, muchacho —me dijo Spranklin—. En un lío muy feo. —Al parecer, aquello le causaba una cierta satisfacción—. En esta ciudad uno puede meterse en un buen lío.

El hombre del ascensor giró la cabeza, me miró y me hizo un guiño. Le respondí con una sonrisa.

—No intente nada, muchacho —me advirtió Spranklin con severidad—. Una vez le pegué un tiro a uno. Quiso huir. Me hicieron la vida imposible.

—Le sucede con mucha frecuencia, ¿verdad?

Lo pensó un instante.

—Sí. Por una u otra cosa, pero siempre te hacen la vida imposible. Es una ciudad difícil. No hay respeto.

Salimos del ascensor y entramos por las puertas dobles de la Oficina del Fiscal del Distrito. La centralita telefónica estaba desierta, aunque había varias líneas conectadas para toda la noche. Las sillas de la sala de espera se hallaban vacías. Había luz en algunas oficinas. Spranklin abrió la puerta de una pequeña habitación, donde había un escritorio, una caja con archivadores, una o dos sillas de respaldo recto y un hombre fornido, de mandíbula cuadrada y mirada estúpida.

Tenía la cara roja y estaba metiendo algo en el cajón del escritorio.

—Debió llamar —le gruñó a Spranklin.

—Lo siento, señor Grenz —balbuceó—. Me preocupaba el detenido. —Me empujó dentro del despacho—. ¿Le quito las esposas, señor Grenz?

—No sé por qué demonios se las ha puesto —respondió en tono agrio.

Observé a Spranklin mientras me quitaba las esposas este. Tenía la llave en un enorme manojo, del tamaño de un pomelo, y le costó trabajo encontrarla.

—Bien, piérdase —le ordenó Grenz—. Y espere fuera para llevarlo de vuelta.

—Mi horario de servicio ha terminado, señor Grenz.

—Su horario de servicio termina cuando yo lo digo.

Spranklin enrojeció y su voluminoso trasero desapareció por la puerta. Grenz lo siguió con una mirada de rabia, y cuando la puerta se cerró, posó la mirada en mí. Cogí una silla y me senté.

—No le he dicho que se sentara —ladró.

Saqué un cigarrillo del bolsillo y me lo llevé a la boca.

—Y tampoco he dicho que pudiera fumar —tronó.

—Me permiten fumar en el bloque de celdas. ¿Por qué aquí no?

—Porque es mi despacho. Y aquí yo dicto las reglas.

Un olor a whisky barato flotaba sobre el escritorio.

—Échese otro trago —dije—. Lo calmará. Creo que lo interrumpimos al entrar.

Su espalda golpeó con fuerza el respaldo de la silla. La cara se le puso púrpura. Prendí una cerilla y encendí el cigarrillo.

—Bien, tipo duro —dijo después de un largo minuto—. Es usted todo un hombre, ¿verdad? ¿Sabe una cosa? Aquí entran de todos los tamaños y formas, pero salen siempre igual: pequeñitos y hundidos.

—¿Para qué quería verme, señor Grenz? Y si quiere echarse otro trago de esa botella, no me preste la menor atención. Yo también suelo hacerlo cuando estoy cansado o he trabajado demasiado.

—No parece importarle mucho el lío en el que está metido.

—No creo que me haya metido en ningún lío.

—Eso ya lo veremos. Mientras tanto, quiero que haga una declaración completa. —Señaló con un dedo una grabadora a un lado de su escritorio—. La enregistraremos ahora y mañana la transcribirán. Si el vicefiscal se queda satisfecho con su historia, podría dejarlo libre bajo promesa de no salir de la ciudad. Vamos.

Puso en marcha el aparato. Su voz era fría, decidida y todo lo desagradable que podía. Aunque su mano derecha seguía apuntando hacia el cajón. Era demasiado joven para tener la nariz cubierta de venitas, pero ahí estaban, y el blanco de sus ojos tenía mal color.

—Estoy harto de todo esto —dije.

—¿Harto de qué? —preguntó irritado.

—De hombrecillos duros, en despachitos duros, que dicen palabritas duras que no significan nada. He pasado cincuenta y seis horas en la sección de delitos graves. Nadie me ha presionado, nadie ha intentado demostrarme que es un tipo duro. No lo necesitan. Tienen la dureza a mano, por si les hace falta. ¿Y por qué estoy aquí? Me detuvieron por sospechas. ¿Qué puñetero sistema legal es este que permite que un hombre sea encerrado en un bloque de delitos graves porque no respondió una pregunta de un policía? ¿Qué pruebas tenía? Un número de teléfono en un bloc. ¿Y qué quería demostrar encerrándome? Nada, salvo que tenía el poder necesario para ello. Ahora usted está en la misma línea, tratando de que yo entienda el poder que ostenta en esta caja de habanos que llama su despacho. Ha mandado a ese canguro asustado, a altas horas de la noche, para que me trajera hasta aquí. ¿Y cree que esas cincuenta y seis horas a solas con mis pensamientos me han hecho papilla el cerebro? ¿Cree que voy a llorar en su regazo y a pedirle que me acaricie la cabeza porque estoy muy solo en esa enorme celda? Vamos, Grenz. Tómese un trago y vuélvase humano; estoy dispuesto a asumir que usted solo está haciendo su trabajo. Pero quítese el puño americano antes de comenzar. Si es lo bastante grande, no lo necesita, y si lo necesita, entonces no es lo bastante grande para zarandearme.

Estaba allí sentado, escuchando y mirándome. A continuación sonrió con acritud.

—Buen discurso. Ahora que ha echado fuera todas las toxinas, sigamos con la declaración. ¿Quiere responder a preguntas específicas o simplemente contarlo todo a su manera?

—Les hablaba a los pájaros del bosque —dije—. Solo para oír cómo sopla la brisa. No voy a hacer ninguna declaración. Usted es abogado, y sabe que no tengo la obligación de hacerla.

—Tiene razón —repuso calmado—. Conozco la ley. Conozco el trabajo de la policía. Le estoy dando una oportunidad para que lo aclare todo. Si no la quiere, no me importa. Puedo formular cargos mañana a las diez, y presentarlo a la vista preliminar. Quizá pueda salir bajo fianza, aunque yo me opondré, y si lo logra, será elevada. Le costará mucho dinero. Podemos hacer las cosas así.

Leyó un papel que tenía sobre el escritorio y lo puso boca abajo.

—¿De qué se me acusa? —pregunté.

—Sección treinta y dos. Complicidad en un delito. Un delito grave. Le pueden caer hasta cinco años en Quentin.

—Sería mejor que primero atraparan a Lennox —dije con cautela.

Grenz sabía algo, me daba cuenta por su modo de comportarse. No podía adivinar de qué se trataba, pero sin duda sabía algo.

Se reclinó en el asiento, cogió una pluma y la hizo girar

suavemente entre las manos. Después sonrió. Se estaba divirtiendo.

—Es difícil esconder a una persona como Lennox. Para la mayoría de la gente hace falta una foto, una buena foto bien nítida. Pero con un tipo que tiene media cara cubierta de cicatrices, no. Sin hablar del pelo blanco, o de que tiene menos de treinta y cinco años. Tenemos cuatro testigos, quizá más.

—¿Testigos de qué?

Sentía un sabor a bilis en la boca, como después del puñetazo del capitán Gregorius. Eso me recordó que aún tenía el cuello hinchado y que me dolía. Me lo acaricié con delicadeza.

—No sea zoquete, Marlowe. Un juez del Tribunal de Apelación de San Diego y su mujer estaban despidiendo a su hijo y a su nuera, que tomaban ese avión. Los cuatro vieron a Lennox, y la esposa del juez vio el coche en el que llegó y a la persona que lo acompañaba. No tiene usted la menor oportunidad.

—Qué bien. ¿Cómo los encontró?

—Un boletín especial por la radio y la televisión. Bastó con una descripción completa. El juez nos llamó.

—Tiene buena pinta —dije en tono legal—. Pero necesita algo más, Grenz. Tiene que atraparlo y demostrar que ha cometido un crimen. Y después, demostrar que yo lo sabía.

Golpeó el dorso del telegrama con un dedo.

—Creo que me voy a tomar ese trago. He trabajado demasiado por las noches. —Abrió el cajón y puso sobre la mesa una botella y un vaso de chupito. Llenó el vaso hasta el borde y lo vació de un solo trago—. Mejor, mucho mejor. Lo siento, no puedo invitarlo mientras esté detenido. —Tapó la botella con el corcho y apartó a un lado, dejándola a su alcance—. Ah, sí, tenemos que demostrar algo, dice usted. Pues podría ser que ya tuviéramos una confesión, amigo. Mal van las cosas, ¿no?

Un dedo pequeño, pero muy frío, me recorrió la columna vertebral de arriba abajo, como un insecto de hielo.

—¿Y para qué necesita mi declaración?

—Nos gustan los casos claros. —Sonrió—. Traeremos de vuelta a Lennox para procesarlo. Necesitamos todo lo que podamos conseguir. Lo que queremos de usted no es tanto como lo que estamos dispuestos a perdonarle si coopera.

Lo miré. Revolvió un poco los papeles, se acomodó en su silla, lanzó una mirada a la botella y tuvo que hacer acopio de voluntad para no echarle mano.

—Quizá le gustaría conocer todo el argumento —dijo de repente, observándome de soslayo con una expresión extraña—. Bueno, tío listo, aunque solo sea para convencerlo de que no bromeo, aquí está todo.

Me incliné por encima de su escritorio, él pensó que iba a por la botella, la cogió y la escondió otra vez en el cajón. Yo solo quería apagar una colilla en el cenicero. Me recliné de nuevo en mi asiento y encendí otro cigarrillo.

—Lennox bajó del avión en Mazatlán, una ciudad de unos treinta y cinco mil habitantes, donde confluyen muchas líneas aéreas. —Hablaba a toda prisa—. Desapareció durante dos o tres horas. A continuación, un hombre alto y moreno, de pelo negro, con lo que parecían cicatrices de cuchillo en la cara, reservó un pasaje para Torreón con el nombre de Silvano Rodríguez. Su español era bueno, pero no lo suficiente para una persona con ese nombre. Era demasiado alto para ser un mexicano de piel morena. El piloto mandó un informe sobre el tipo. Los policías fueron demasiado lentos en Torreón. Los policías mexicanos no son lo que se dice un rayo. Lo que mejor se les da es disparar a la gente. Cuando lograron ponerse en movimiento, el tipo ya había alquilado un avión y se había largado a un pequeño poblado en las montañas, llamado Otatoclán, un centro turístico estival junto a un lago. El piloto del chárter se entrenó en Texas como piloto de combate. Habla bien el inglés. Lennox fingió que no entendía lo que decía.

—En el caso de que fuera Lennox —tercié.

—Espere, amigo. Claro que era Lennox. Bien, bajó en Otatoclán y se registró en el hotel, esta vez como Mario de Cerva. Llevaba una pistola, una Mauser 7,65, lo que no tiene mucha importancia en México, por supuesto. Pero el piloto del chárter pensó que el tipo no era trigo limpio, así que fue a hablar con la policía local. Se pusieron a vigilarlo. Hicieron algunas comprobaciones en Ciudad de México y actuaron.

Grenz cogió una regla y la recorrió con los ojos, un gesto sin sentido con el que evitaba mirarme.

—Vaya, vaya. Qué tío más listo el piloto del chárter —comenté—, qué amable con sus clientes. Esta historia huele mal.

De repente levantó la vista hacia mí.

—Lo que queremos —dijo con sequedad— es un juicio rápido, que se declare culpable de homicidio en segundo grado, cosa que aceptaremos. Hay algunos aspectos que preferiríamos no tocar. A fin de cuentas, la familia es muy influyente.

—Quiere decir Harlan Potter.

Asintió con un rápido movimiento de cabeza.

—Por lo que a mí respecta, todo es muy extraño. A Springer le encantaría. Tiene de todo. Sexo, escándalo, dinero, una bella esposa infiel, un marido héroe de guerra, supongo que de ahí sacó las cicatrices. Diablos, hay titulares para varias semanas. Todos los periódicos sensacionalistas del país matarían por ese material. Y por eso debemos lograr que desaparezca deprisa. —Se encogió de hombros—. Bien, si eso es lo que quiere el jefe, es cosa suya. ¿Va a declarar?

Se volvió hacia la grabadora, que durante todo ese tiempo había estado zumbando quedamente con una lucecita encendida en el panel frontal.

—Apáguela —dije.

Me encaró y me lanzó una mirada malévola.

—¿Le gusta la cárcel?

—No está tan mal. Allí no se tropieza uno con gente distinguida, pero ¿a quién demonios le gusta eso? Sea razonable, Grenz. Quiere que me convierta en un delator. Quizá yo sea obstinado, incluso sentimental, pero también soy un tipo práctico. Suponga que tiene que contratar a un detective privado, sí, ya sé que detestaría tener que hacerlo, pero suponga que se encuentra en una situación donde no le quedara otro remedio. ¿Contrataría a uno que delatara a sus amigos?

Me miró con odio.

—Un par de cosas más. ¿No le sorprende el hecho de que las tácticas de Lennox para huir fueran demasiado obvias? Si quería que lo atraparan, no tenía razones para tomarse todas esas molestias. Y si no lo quería, es lo bastante listo como para intentar disfrazarse de mexicano en México.

—¿Y eso qué quiere decir?

—Grenz me miraba con una expresión feroz.

—Que podría haberme contado un montón de mentiras que se ha inventado, que no hay ningún Rodríguez con el pelo teñido, que ningún Mario de Cerva ha pisado Otatoclán, y que sabe tanto sobre el paradero de Lennox como sobre el lugar donde el pirata Barbanegra enterró el tesoro.

Sacó de nuevo la botella. Se sirvió un trago y se lo bebió con tanta celeridad como antes. Fue relajándose. Giró en la silla y desconectó la grabadora.

—Me habría encantado procesarlo —dijo enojado—. Es usted la clase de tipo listo al que me gustaría poner en su lugar. Va a arrastrar este caso durante mucho tiempo. Caminará con él, comerá con él y dormirá con él. Y la próxima vez que cruce la raya, lo mataremos con él. Pero en este preciso momento tengo que hacer algo que me revuelve las tripas.

Pasó la zarpa por encima del escritorio, agarró la hoja de papel que había puesto boca abajo, le dio la vuelta y la firmó. Uno siempre puede darse cuenta cuando una persona escribe su propio nombre. La mano se mueve de una manera particular. Grenz se levantó, fue a la puerta de su caja de zapatos y llamó a Spranklin a gritos.

El hombre gordo entró acompañado por sus olores corporales. Grenz le entregó el papel.

—Acabo de firmar su puesta en libertad —dijo—. Soy un funcionario público y a veces tengo que cumplir deberes desagradables. ¿Le interesa saber por qué lo he hecho?

Me puse de pie.

—Si quiere decírmelo.

—El caso Lennox está cerrado, amigo. No existe el caso Lennox. Esta tarde ha escrito una confesión completa en la habitación del hotel y se ha pegado un tiro. En Otatoclán, como ya le he dicho.

Permanecí inmóvil, sin mirar a ninguna parte. Con el rabillo del ojo vi retroceder a Grenz poco a poco, como si temiera que fuera a darle un puñetazo. Por un momento debí de poner una expresión muy desagradable. A continuación regresó a su lugar tras el escritorio y Spranklin me cogió por el brazo.

—Vamos, muévase —me increpó con una voz algo quejumbrosa—. De vez en cuando me gusta estar en casa por la noche.

Salí con él y cerré la puerta. La cerré tan silenciosamente como si fuera la de una habitación donde alguien acababa de morir.

## 10

Saqué la copia del recibo de mis objetos personales, la entregué y firmé el original. Guardé mis pertenencias en los bolsillos. Había un tipo recostado en el extremo del mostrador de recepción que cuando me alejaba se enderezó y me dirigió la palabra. Medía algo más de un metro noventa y era flaco como un alambre.

—¿Quiere que lo lleve a casa?

A la débil luz del lugar, parecía a la vez joven y viejo, cansado y cínico, pero no tenía aspecto de bribón.

—¿Por cuánto?

—Gratis. Soy Lonnie Morgan, del *Journal.* Ya he terminado mi turno.

—Sección de sucesos, ¿eh?

—Solo esta semana. Suelo ocuparme del ayuntamiento.

Salimos del edificio y buscamos su coche en el aparcamiento. Miré al cielo. Se veían algunas estrellas, aunque aún había demasiado resplandor. Era una noche fresca y agradable. Respiré hondo. A continuación monté en el vehículo y nos largamos de allí.

—Vivo lejos, en Laurel Canyon. Déjeme donde le convenga.

—Traen a la gente aquí —dijo—, pero no les importa cómo van a volver a casa. Este caso me interesa, aunque en un modo desagradable.

—Parece que no hay caso alguno. Terry Lennox se ha pegado un tiro esta tarde. Eso dicen, eso dicen.

—Muy conveniente —dijo Lonnie Morgan mirando a través del parabrisas. El coche avanzaba pausadamente por calles desiertas—. Eso les ayuda a construir su muralla.

—¿Qué muralla?

—Alguien está erigiendo una muralla en torno al caso Lennox, Marlowe. Usted es lo bastante inteligente para darse cuenta, ¿verdad? No se le presta la atención que merecería. El fiscal del distrito ha ido esta noche a Washington. A no sé qué convención. Se ha largado, huyendo de la mejor posibilidad para hacerse publicidad que ha tenido en años. ¿Por qué?

—No tiene sentido que me lo pregunte. He pasado estos días en la nevera.

—Pues porque alguien ha hecho que eso merezca la pena, por eso. No estoy hablando de nada tan grosero como un montón de pasta. Alguien le ha prometido algo que para él es más importante, y solo hay una persona conectada con el caso que pueda hacerlo. El padre de la chica.

Recliné la cabeza en un rincón del coche.

—No parece muy probable —dije—. ¿Y la prensa? Harlan Potter es dueño de varios periódicos, pero ¿y la competencia?

Me echó un vistazo divertido y se concentró en la conducción.

—¿Ha trabajado alguna vez en un periódico?

—No.

—Los propietarios de los periódicos son ricos. Y todos los ricos pertenecen al mismo club. Sí, existe competencia, una competencia dura y violenta en cuanto a la circulación, las exclusivas y las noticias de última hora, siempre que no dañe el prestigio, los privilegios y la posición de los propietarios. Si eso ocurre, entonces se pone la tapadera. Amigo mío, en el caso Lennox han puesto la tapadera. El caso Lennox, tratado adecuadamente, podría haber vendido un montón de ejemplares. Tenía todo lo necesario. El juicio hubiera congregado a enviados especiales de todo el país. Pero no va a haber ningún juicio porque Lennox ha desaparecido antes de que se pudiera hacer algo. Como he dicho, muy conveniente para Harlan Potter y su familia.

Me enderecé y lo miré con dureza.

—¿Me está diciendo que aquí hay tongo?

Torció la boca en una mueca sardónica.

—Pudo ocurrir que alguien ayudara a Lennox a suicidarse. Que se resistiera un poco. Los maderos mexicanos siempre tienen ganas de apretar el gatillo. Me juego lo que quiera a que nadie ha contado los agujeros de bala.

—Creo que se equivoca —respondí—. Conocía bastante bien a Terry Lennox. Se dio de baja hace muchísimo tiempo. Si lo hubieran repatriado vivo, él mismo les habría permitido hacer lo que quisieran. Se habría declarado culpable de homicidio.

Lonnie Morgan negó con la cabeza. Yo sabía lo que iba a decir, y lo dijo.

—De eso nada. Si le hubiera pegado un tiro o le hubiera roto el cráneo, quizá. Pero fue demasiado brutal. El rostro de la chica estaba hecho pulpa. Lo mejor que podría haber conseguido es asesinato en segundo grado, y hasta eso habría sido escandaloso.

—Puede que tenga razón.

Me miró de nuevo.

—Ha dicho que conocía al tipo. ¿Acepta toda esa puesta en escena?

—Estoy cansado. Esta noche no estoy en condiciones de pensar.

Se hizo una pausa muy prolongada.

—Si yo fuera un tipo verdaderamente listo, y no un gacetillero de tres al cuarto —dijo Lonnie Morgan en voz baja—, pensaría que quizá no fue él quien la mató.

—Es una posibilidad.

Se puso un cigarrillo entre los labios, raspó una cerilla contra el salpicadero y lo encendió. Fumó en silencio, frunciendo sin cesar el entrecejo de su rostro delgado. Llegamos a Laurel Canyon y le dije dónde debía salir del bulevar para luego torcer y entrar en mi calle. El coche gruñó mientras subía la colina y se detuvo al pie de la escalera de secuoya de mi casa.

—Gracias por acompañarme, Morgan. ¿Quiere un trago?

—Otro día. Creo que usted preferirá estar solo.

—Tengo mucho tiempo para estar solo. Demasiado.

—Tiene un amigo a quien decirle adiós. Deberá ser su amigo si dejó que lo metieran en una celda por su culpa.

—¿Quién dice que yo hice eso?

Esbozó una sonrisa.

—Que yo no pueda publicarlo no quiere decir que no lo sepa, colega. Hasta la vista. Nos vemos.

Cerré la portezuela del coche, él se volvió y se alejó colina abajo. Cuando sus luces traseras desaparecieron, subí los escalones, recogí los periódicos y entré en la casa vacía. Encendí todas las luces y abrí todas las ventanas. Dentro el aire estaba viciado.

Hice café y bebí una taza, y saqué de la lata los cinco billetes de cien. Los había enrollado muy apretados y estaban hundidos en el café, junto a la pared de la lata. Di zancadas de un lado a otro con la taza de café en la mano, encendí el televisor, lo apagué, me senté, me levanté y volví a sentarme. Revisé los periódicos que se habían acumulado en la entrada. El caso Lennox había comenzado con fuerza, pero esa mañana ya lo habían relegado a la crónica local. Había una foto de Sylvia, pero ninguna de Terry. Había una foto mía, de cuya existencia no estaba enterado. «Detective privado de L. A. detenido para ser interrogado.» Aparecía una gran foto de la casa de Lennox en Encino. Era de estilo seudoinglés, con varios techos a dos aguas, y solo limpiar las ventanas debía de costar cien pavos. Se alzaba sobre una loma, rodeada por media hectárea de terreno, lo que supone un área muy grande para la zona de Los Ángeles. También había una foto de la casa de invitados, que era como el edificio central, pero en miniatura. Estaba rodeada de árboles. Obviamente, ambas fotos habían sido tomadas desde lejos, ampliadas y recortadas. No figuraba ninguna de lo que los diarios llamaban «la habitación de la muerte».

Todo eso ya lo había visto en la cárcel, pero volví a leerlo y a revisarlo con otros ojos. Solo me decía que una mujer hermosa y rica había sido asesinada y que la prensa había sido apartada con gran tacto. Las influencias habían empezado a funcionar enseguida. Los reporteros de sucesos debieron de rechinar los dientes en vano. Si Terry había conversado con su suegro en Pasadena la misma noche en que ella fue asesinada, una docena de guardias de seguridad habrían estado custodiando la propiedad antes de que la policía recibiera el aviso.

Pero había algo de lo que no se hablaba: el modo en que la habían golpeado. Nadie podía convencerme de que Terry había hecho eso.

Apagué las luces y me senté junto a una ventana abierta. Fuera, en un arbusto, un sinsonte dejó escapar algunos trinos, y se quedó muy satisfecho de sí mismo antes de recogerse para pasar la noche.

Me picaba el cuello, así que me afeité y me di una ducha. Me metí en la cama y me acosté boca arriba a escuchar, como si pudiera oír una voz en la noche, una voz serena y paciente que lo aclarara todo. No la oí y sabía que no la oiría. Nadie me iba a explicar el caso Lennox. No hacía falta ninguna explicación. El asesino había confesado y estaba muerto. Ni siquiera habría una investigación.

Como había recalcado Lonnie Morgan, del *Journal*, era muy conveniente. Si Terry Lennox había matado a su esposa, estupendo. No había necesidad de procesarlo y sacar a la luz todos los detalles desagradables. Si no la había matado, estupendo también. Un muerto es lo mejor del mundo para servir como chivo expiatorio. Nunca desmiente nada.

# 11

Por la mañana volví a afeitarme, me vestí, conduje hasta el centro como de costumbre y aparqué en el lugar de siempre; si el mozo del aparcamiento sabía que yo era un personaje público importante, hizo un enorme esfuerzo para disimularlo. Subí la escalera, crucé el pasillo y saqué las llaves para abrir la puerta de mi despacho. Un tipo moreno, de aspecto pulcro, me estaba observando.

—¿Marlowe?

—¿Sí?

—Espere aquí —dijo—. Hay una persona que quiere verlo.

Despegó la espalda de la pared y echó a andar lánguidamente.

Entré en el despacho y recogí el correo del suelo. Había más correspondencia encima del escritorio, donde la había dejado la mujer que limpiaba por las noches. Abrí las ventanas y después hice otro tanto con los sobres, y tiré lo que no me hacía falta, casi todo. Conecté el timbre de la otra puerta, llené la pipa, la encendí y me quedé allí esperando a que alguien gritara pidiendo ayuda.

Pensé en Terry Lennox con cierto distanciamiento. Comenzaba a desvanecerse en la distancia, con su pelo blanco y su rostro quemado, su débil encanto y su peculiar orgullo. No quería juzgarlo o analizarlo, de la misma manera que jamás le pregunté cómo lo habían herido o cómo había acabado casándose con una persona como Sylvia. Era como cualquier individuo con el que uno se tropieza a bordo de un barco: crees que has llegado a conocerlo muy bien, aunque en realidad no lo conoces en absoluto. Se había ido como esa misma persona cuando te dice adiós en el muelle, no perdamos el contacto, amigo, y sabes que no lo llamarás, ni él tampoco. Lo más probable es que nunca vuelvas a verlo. Y si lo ves otra vez, será una persona muy diferente, solo otro miembro más de los rotarios en un vagón restaurante. «¿Cómo van los negocios? Pues nada mal. Tiene muy buen aspecto. Usted también. He engordado mucho. Eso les pasa a todos. ¿Se acuerda de aquel viaje en el *Franconia*? —O comoquiera que se llamara—. Claro que sí, qué gran viaje, ¿no cree?»

De gran viaje, nada. Estabas mortalmente aburrido. Solo conversabas con aquel tipo porque no había nadie cerca que te interesara. Quizá eso fue lo que nos pasó a Terry Lennox y a mí. No, no fue lo mismo. En parte, me pertenecía. Había invertido en él tiempo y dinero, además de tres días en la trena, sin mencionar un puñetazo en la mandíbula y un golpe en el cuello que aún me dolía cada vez que tragaba. Pero estaba muerto y ni siquiera podía devolverle los quinientos pavos. Eso me pesaba. Lo que te duele son siempre las pequeñas cosas.

El timbre de la puerta y el teléfono sonaron a la vez. Respondí primero al teléfono, pues el timbre solo quería decir que alguien había entrado en mi diminuta sala de espera.

—¿El señor Marlowe? Lo llama el señor Endicott. Un momento, por favor.

Se puso al teléfono.

—Soy Sewell Endicott —se presentó, como si no supiera que su puñetera secretaria ya me había dicho de quién se trataba.

—Buenos días, señor Endicott.

—Me alegra oír que lo han liberado. Creo que fue una gran idea no ofrecer resistencia.

—No fue una idea. Fue simple obstinación.

—No creo que vuelvan a molestarlo por eso. Pero si lo incordian y necesita ayuda, póngase en contacto conmigo.

—¿Por qué iban a molestarme? El hombre está muerto. Les resultaría muy difícil demostrar que estuvo cerca de mí. Además, tendrían que demostrar que yo sabía que se había cometido un delito. Y, por último, que Lennox lo había cometido o que era un fugitivo.

Se aclaró la garganta.

—Quizá no le han informado —anunció con cuidado— de que dejó una confesión completa.

—Me lo contaron, señor Endicott. Usted es abogado. ¿Me extralimito si le sugiero que también habría que demostrar que la confesión es genuina y veraz?

—No tengo tiempo para una discusión legal —replicó cortante—. Vuelo a México para cumplir un deber luctuoso. Seguro que se imagina cuál.

—Eso depende de a quién represente usted. No me lo dijo, ¿lo recuerda?

—Lo recuerdo perfectamente. Bien, Marlowe, adiós. Mi ofrecimiento de ayuda sigue en pie. Pero déjeme darle un pequeño consejo: no esté tan seguro de que ha quedado libre de toda sospecha. Su oficio es bastante vulnerable.

Colgó. Puse el auricular en su sitio con cuidado. Me quedé sentado un instante, con la mano sobre el teléfono y con el ceño fruncido. A continuación deshice el gesto de mi rostro y me levanté para abrir la puerta que daba a la sala de espera.

Había un hombre sentado junto a la ventana hojeando una revista. Llevaba un traje gris azulado con cuadros azul pálido casi invisibles. Calzaba unos zapatos negros bajos, tipo mocasín, de los que tienen dos ojetes y son casi tan cómodos como unas pantuflas, y no destrozan los calcetines cada vez que recorres una manzana. Llevaba un pañuelo blanco doblado con primor, detrás del cual asomaba el extremo de unas gafas de sol. Tenía el cabello espeso, oscuro y ondulado. Estaba muy bronceado. Me miró con brillantes ojos de pájaro y sonrió bajo un bigote finísimo. Su corbata era marrón oscuro, con un nudo triangular sobre una camisa blanquísima.

Dejó la revista a un lado.

—Vaya porquería se publica —dijo—. Estaba leyendo un artículo sobre Costello. Sí, lo saben todo sobre Costello. Igual que yo sobre Helena de Troya.

—¿En qué puedo servirlo?

Me miró de pies a cabeza sin prisa.

—Tarzán montado en una gran moto roja —dijo.

—¿Qué?

—Usted, Marlowe. Tarzán montado en una gran moto roja. ¿Lo maltrataron mucho?

—Algo hubo. ¿Y eso qué le importa?

—¿Y después de que Allbright hablara con Gregorius?

—No. Después no.

Asintió levemente.

—Algo le habrá caído a usted si le pidieron a Allbright que le parara los pies a ese cretino.

—Le he preguntado por qué le interesa eso. A propósito, no conozco al comisionado Allbright y no le he pedido que hiciera nada. ¿Por qué razón iba a hacer algo por mí?

Me miró malhumorado y se levantó despacio con la elegancia de una pantera. Cruzó la habitación y echó un vistazo al interior de mi despacho. Me hizo un gesto con la cabeza y entró. Era la clase de tipo que se adueñaba del sitio donde estuviera. Lo seguí y cerré la puerta. Se detuvo junto al escritorio y miró divertido a su alrededor.

—Tiene usted poca categoría —dijo—. Muy poca categoría.

Me acomodé detrás de la mesa y aguardé.

—¿Cuánto gana al mes, Marlowe?

No respondí y encendí la pipa.

—Setecientos cincuenta, como máximo —aventuró.

Tiré la cerilla quemada en un cenicero y me dediqué a echar humo.

—Es usted un tramposo, Marlowe. Un ladrón de cacahuetes. Es de tan poca monta que haría falta una lupa para verlo.

No dije una sola palabra.

—Está lleno de emociones baratas. Es completamente barato. Conoce a un tipo, bebe unas copas con él, le oye decir algunas tonterías, le da un poco de pasta cuando está en las últimas y se le entrega en cuerpo y alma. Como un colegial que ha leído las aventuras de Frank Merriwell. No tiene agallas, ni cerebro, ni relaciones, ni inteligencia, por eso adopta una actitud fingida y espera que la gente lo compadezca. Tarzán montado en una gran moto roja. —Sonrió cansado—. Según mis cálculos, no vale más de cinco centavos.

Se inclinó por encima de la mesa y me abofeteó con el dorso de la mano, de forma descuidad y con desprecio, sin la intención de hacerme daño, con la sonrisita en la cara. A continuación, cuando ni siquiera eso me hizo moverme, se sentó poco a poco, apoyó un codo en la mesa y dejó reposar su bronceada quijada en su bronceada mano. Los brillantes ojos de pájaro me miraban sin que hubiera en ellos nada más que el brillo.

—¿Sabe quién soy, muerto de hambre?

—Se apellida Menéndez. Los chicos lo llaman Mendy. ¿Trabaja en el Strip?

—¿Sí? ¿Y cómo he llegado tan alto?

—No podría decirlo. Probablemente comenzó como chuloputas en un lupanar mexicano.

Sacó del bolsillo una pitillera de oro y encendió un cigarrillo marrón con un mechero de oro. Exhaló un humo acre y asintió con la cabeza. Dejó la pitillera sobre la mesa y la acarició con la yema de los dedos.

—Soy un tipo importante y malo, Marlowe. Gano muchísima pasta. Tengo que ganar muchísima pasta para untar a quienes tengo que untar. Poseo una casa en Bel-Air que cuesta noventa de los grandes y ya he gastado mucho más que eso para redecorarla. Tengo una esposa, una encantadora rubia platino, y dos hijos en colegios privados del este. Mi mujer posee piedras que valen ciento cincuenta mil dólares, y pieles y ropa que valen otros setenta y cinco mil. Tengo un mayordomo, dos doncellas, un cocinero y un chófer, sin contar al gorila que va siempre detrás de mí. Dondequiera que voy, soy un encanto. Tengo lo mejor de todo, la mejor comida, la mejor bebida, la mejor ropa, las mejores suites de hotel. Tengo una casa en Florida y un yate con una tripulación de cinco hombres. Tengo un Bentley, dos Cadillacs, una furgoneta Chrysler y un MG para mi hijo. Dentro de un par de años mi hija tendrá uno también. ¿Qué tiene usted?

—No mucho —respondí—. Este año tengo una casa para vivir, toda para mí.

—¿No tiene mujer?

—No. Además de eso, tengo lo que puede ver aquí, y mil doscientos dólares en el banco, y varios miles en bonos del Estado. ¿Eso responde su pregunta?

—¿Cuánto es lo máximo que ha ganado por un trabajo?

—Ochocientos cincuenta.

—Dios mío, cuán bajo puede caer un tipo.

—Deje de parlotear y dígame qué quiere.

Apagó su cigarrillo a medio fumar y encendió otro enseguida. Se reclinó en la silla. Sus labios se torcieron en una mueca.

—Éramos tres tipos comiendo en un pozo de tirador —dijo—. Hacía un frío de mil demonios, había nieve por todas partes. Comíamos de las latas. Comida fría. Algunos proyectiles, muchos obuses de mortero. Estábamos azules de frío, azules de verdad, Randy Starr, yo y Terry Lennox. Un obús cayó justo entre nosotros, y quién sabe por qué no estalló. Esos alemanes tenían muchos trucos. Tienen un perverso sentido del humor. A veces creíamos que era un proyectil defectuoso, pero tres segundos más tarde no lo era. Terry lo cogió y salió del pozo antes de que Randy y yo pudiéramos apartarnos siquiera. Qué rapidez, amigo. Como quien juega al béisbol. Se tiró boca abajo y lanzó aquella cosa lejos, pero estalló en el aire. Casi toda la metralla pasó por encima de su cabeza. Sin embargo, un fragmento le dio en un lado de la cara. En ese momento, los fritzes iniciaron un ataque, y lo siguiente que supimos es que ya no estábamos allí.

Menéndez se interrumpió y me dedicó el resplandor persistente de sus ojos oscuros.

—Gracias por contármelo —dije.

—Usted aguanta bastante, Marlowe. Está bien. Randy y yo hablamos mucho de eso y llegamos a la conclusión de que lo que le había pasado a Terry Lennox era suficiente para volver loco a cualquiera. Durante mucho tiempo creímos que había muerto, pero nos equivocamos. Cayó en manos de los alemanes. Estuvieron dándole palizas durante un año y medio. Lo trabajaron bien y lo dejaron destrozado. Nos costó mucho dinero averiguarlo y encontrarlo. Por suerte, después de la guerra ganamos mucha pasta en el mercado negro. Nos lo podíamos permitir. Lo único que obtuvo Terry por salvarnos la vida fue la mitad de una cara nueva, el pelo blanco y los nervios hechos un desastre. Cuando regresó se dio a la bebida, lo arrestaron varias veces; parecía que se iba a derrumbar. Tenía algo en mente, pero nunca averiguamos qué. Lo siguiente que supimos fue que se había casado con esa dama rica y que andaba cabalgando por las altas esferas. Se divorció de ella, volvió a tocar fondo, se casó de nuevo con ella y luego la mujer murió. Randy y yo no pudimos hacer absolutamente nada por él. No nos dejó hacer nada, salvo aquel trabajo corto en Las Vegas. Y cuando se metió en un lío de verdad, fue a buscar a un muerto de hambre como usted, un tipo al que los maderos pueden mangonear. Entonces él se murió sin decirnos adiós y sin darnos la oportunidad de resarcirlo. Tengo contactos en México, podrían haberlo escondido allí para siempre. Yo podría haberlo sacado del país en menos tiempo del que se tarda en barajar un paquete de cartas. Pero acudió llorando a usted. Eso me duele. Un muerto de hambre, un tipo al que los maderos pueden mangonear.

—La policía puede mangonear a cualquiera. ¿Qué quiere que haga al respecto?

—Que lo olvide —respondió Menéndez con dureza.

—¿Que olvide qué?

—Intentar sacar pasta o publicidad del caso Lennox. Eso está cerrado y enterrado. Terry está muerto y no queremos que lo molesten más. Sufrió mucho.

—Un matón sentimental —dije—. Me asombra.

—Cuidado con lo que dice, muerto de hambre. Cierre la boca. Mendy Menéndez no discute con la gente. Da órdenes. Búsquese otra manera de ganarse unos billetes. ¿Vale?

Se levantó. La charla había terminado. Recogió sus guantes. Eran de piel de cerdo blanca. Por su aspecto parecía que nunca se los había puesto. Un tío bien vestido, el tal Menéndez. Pero muy duro bajo su elegancia.

—No busco publicidad —dije—. Y nadie me ha ofrecido dinero. ¿Qué razón tendrían para dármelo, para qué?

—No me engañe, Marlowe. No pasó tres días en la nevera por ser un chico bueno. Le pagaron. No diré quién fue, pero tengo cierta idea. Y la persona en la que estoy pensando tiene muchísima más pasta. El caso Lennox está cerrado y así se queda, aunque... —Calló y golpeó el borde del escritorio con los guantes.

—Aunque Terry no la matase —dije.

Su sorpresa fue tan falsa como el oro de un anillo de bodas de fin de semana.

—Me encantaría coincidir con usted, muerto de hambre. Sin embargo, no tiene el menor sentido. Pero si lo tuviera, y Terry quería que todo quedara así, así se queda.

No dije nada. Un momento después sonrió despacio.

—Tarzán montado en una gran moto roja —pronunció—. Un tipo duro. Me deja entrar y pisotearlo. Un tipo que trabaja por dos céntimos y al que cualquiera zarandea. Sin dinero, sin familia, sin perspectivas, sin nada. Hasta la vista, muerto de hambre.

Yo seguía sentado, con la mandíbula muy tensa, observando el brillo de su pitillera dorada en un extremo del escritorio. Me sentía viejo y cansado. Me levanté despacio y cogí la pitillera.

—Se deja esto —dije mientras rodeaba el escritorio.

—Tengo media docena —se burló.

Cuando estuve lo suficientemente cerca de él, se la ofrecí. Su mano la buscó con indiferencia.

—¿Y qué tal una docena de estos? —le pregunté al mismo tiempo que le pegaba un puñetazo con todas mis fuerzas en pleno vientre.

Se dobló gimiendo. La pitillera cayó al suelo y Mendy retrocedió hasta la pared, sacudiendo las manos convulsivamente. Le costaba que le llegara aire a los pulmones. Estaba sudando. Se enderezó muy despacio, con un gran esfuerzo, hasta que volvimos a estar cara a cara. Levanté la mano y le pasé un dedo por la mandíbula. Permaneció quieto. Al final en su rostro moreno apareció una sonrisa.

—No pensaba que tendría agallas.

—La próxima vez traiga una pistola, o no me llame muerto de hambre.

—Tengo a uno que lleva la pistola.

—Pues que venga con usted. Lo va a necesitar.

—Es difícil sacarlo de sus casillas, Marlowe.

Me acerqué la pitillera con el pie, me incliné, la recogí y se la ofrecí. La tomó y se la guardó en un bolsillo.

—No podía entender por qué perdía el tiempo viniendo a insultarme. Después se ha vuelto aburrido. Todos los tipos duros son aburridos. Es como jugar con una baraja en la que solo hay ases. Lo tiene todo y no tiene nada. Estaba ahí sentado mirándose el ombligo. Ahora entiendo por qué Terry no fue a pedirle ayuda. Habría sido como pedirle prestado a una puta.

Se apretó delicadamente el estómago con dos dedos.

—Siento que haya dicho eso, muerto de hambre. Podría pasarse de la raya.

Fue hacia la puerta y la abrió. Fuera, el guardaespaldas se irguió separándose de la pared y se volvió. Menéndez hizo un gesto con la cabeza. El matón entró en la oficina y se quedó allí parado, examinándome sin expresión alguna.

—Míralo bien, Chick —dijo Menéndez—. Asegúrate de conocerlo por si acaso. Tú y él podríais tener un asunto que discutir un día de estos.

—Ya lo he visto, jefe —masculló el tipo sombrío, acicalado, con esa voz entre dientes que todos ellos adoptan—. No me importaría.

—No dejes que te pegue en la tripa —le aconsejó Menéndez con una mueca avinagrada—. Tiene un gancho de derecha bastante serio.

El guardaespaldas me miró riéndose.

—No lo dejaré acercarse tanto.

—Bueno, muerto de hambre, nos vemos —me dijo Menéndez, y salió.

—Hasta la vista —se despidió el guardaespaldas con desenvoltura—. Me llamo Chick Agostino. Espero que me reconozca.

—Como si fuera un periódico sucio —respondí—. Recuérdeme que no le pise la cara.

Los músculos de la quijada se le tensaron. Luego se dio la vuelta de repente y salió en pos de su jefe.

El dispositivo neumático hizo que la puerta se cerrara despacio. Escuché con atención pero no oí sus pasos alejándose por el pasillo. Caminaban con suavidad, como gatos. Solo para cerciorarme abrí de nuevo la puerta un minuto después y eché un vistazo. El pasillo estaba vacío.

Regresé al escritorio, me senté y pasé un tiempo pensando por qué Menéndez, un gángster local de cierta importancia, se tomaba la molestia de venir personalmente a mi oficina para decirme que sacara la nariz del asunto apenas unos minutos después de recibir una advertencia similar por parte de Sewell Endicott, aunque expresada de manera distinta.

Aquello no iba a llevarme a ninguna parte, así que decidí igualar el marcador. Levanté el teléfono y llamé al Club Terrapin, en Las Vegas, de persona a persona, Philip Marlowe llamando a Randy Starr. No me dieron largas. El señor Starr estaba de viaje, ¿no querría hablar con otra persona? No. Ni siquiera me apetecía hablar con Starr. Solo había sido un impulso momentáneo. Estaba demasiado lejos para darme una paliza.

Después de aquello, durante tres días no ocurrió nada. Nadie me golpeó, me disparó o me llamó por teléfono para decirme que sacara la nariz de algún asunto. Nadie me contrató para encontrar a la hija descarriada, a la esposa que había huido, el collar de perlas perdido o el testamento desaparecido. Me quedé allí sentado, mirando a la pared. El caso Lennox había muerto casi tan deprisa como había nacido. Hubo una breve pesquisa, a la que no me citaron. Se celebró a una hora poco habitual, sin previo aviso y sin jurado. El forense presentó sus propias conclusiones: la muerte de Sylvia Potter Westerheym di Giorgio había sido causada con intención homicida por su esposo, Terence William Lennox, fallecido posteriormente fuera de la jurisdicción de la oficina del forense. Es posible que se leyera la confesión, para incluirla en el acta. Es probable que la hubieran revisado para satisfacer al forense.

Entregaron el cuerpo para darle sepultura. Lo enviaron por avión al norte y lo enterraron en el panteón familiar. No invitaron a la prensa. Nadie concedió ninguna entrevista, y menos el señor Harlan Potter, que nunca daba. Era tan inasequible como el Dalai Lama. Los tipos que tienen cien millones de dólares tienen una vida muy peculiar, tras una muralla de sirvientes, guardaespaldas, secretarias, abogados y ejecutivos amaestrados. Es probable que coman, duerman, se corten el pelo y lleven ropa. Pero nunca estás seguro de ello. Todo lo que lees u oyes sobre ellos ha sido procesado por una pandilla de expertos en relaciones públicas que ganan mucho dinero por crear y mantener una personalidad utilizable, algo limpio, simple y afilado como una aguja esterilizada. No tiene que ser verdad. Solo debe concordar con los hechos conocidos, que se pueden contar con los dedos de una mano.

El tercer día, a última hora de la tarde, sonó el teléfono y me puse a hablar con un hombre que dijo llamarse Howard Spencer, representante de una editorial de Nueva York, que se encontraba en California en un breve viaje de negocios y tenía un problema que quería discutir conmigo, para lo cual debíamos vernos al día siguiente, a las once de la mañana, en el bar del hotel Ritz-Beverly.

Le pregunté de qué tipo de problema se trataba.

—Es bastante delicado, pero no presenta un conflicto ético. Naturalmente, si no nos ponemos de acuerdo, espero recompensarle por su tiempo.

—Gracias, señor Spencer, pero no será necesario. ¿Alguien que yo conozca le ha recomendado mis servicios?

—Alguien que sabe de usted, incluso de su reciente tropezón con la ley, señor Marlowe. Yo diría que eso es lo que me ha interesado. Sin embargo, mi asunto no tiene nada que ver con ese trágico suceso. Ya lo discutiremos mientras tomamos una copa, en lugar de hacerlo por teléfono.

—¿Está seguro de que quiere hablar de eso con una persona que ha estado encerrado?

Se echó a reír. Tanto su risa como su voz eran agradables. Hablaba como solían hablar los neoyorquinos antes de que aprendieran el dialecto de Flatbush.

—Desde mi punto de vista, señor Marlowe, eso es una recomendación. Y déjeme añadir que no se trata del hecho de que estuviera, como ha dicho usted, encerrado, sino del hecho de que usted parece ser extremadamente reticente, incluso bajo presión.

Era un tipo que hablaba con comas, como en una novela de muchas páginas. Al menos por teléfono.

—Bien, señor Spencer, ahí estaré mañana por la mañana.

Me dio las gracias y colgó. Me pregunté quién le habría dado mi nombre. Pensé que podría haber sido Sewell Endicott, y lo llamé para averiguarlo. Llevaba toda la semana de viaje y aún estaba fuera. No era tan importante. Hasta en mi negocio aparece de vez en cuando un cliente satisfecho. Y yo necesitaba trabajo porque me hacía falta el dinero, o eso creía hasta que llegué a casa esa noche y encontré la carta con un retrato de Madison dentro.

# 12

La carta estaba en el buzón rojo y blanco con forma de pajarera, situado al pie de los escalones de mi casa. El pájaro carpintero sujeto al extremo del brazo movible del buzón estaba levantado, y, a pesar de ello, podría no haber mirado dentro porque nunca recibía correo en casa. Pero el pájaro carpintero había perdido la punta del pico hacía poco. La madera llevaba poco tiempo partida. Algún niño listo le había disparado con su pistola atómica.

En el sobre ponía «Correo aéreo», en español, y había un montón de sellos mexicanos, así como una caligrafía que podría no haber reconocido de no haber tenido ese país en la cabeza sin cesar los últimos días. No pude leer el matasellos de la oficina de Correos. Había sido estampado a mano, y el tampón apenas tenía tinta. El sobre era grueso. Subí los escalones y me senté en el salón a leerla. La noche parecía muy silenciosa. Quizá la carta de un muerto trae consigo su propio silencio.

Comenzaba sin fecha ni preámbulo.

> Estoy sentado junto a la ventana de una habitación en el segundo piso de un hotel no muy limpio, en un pueblo llamado Otatoclán, un lugar montañoso con un lago. Debajo de la ventana hay un buzón de correos, y cuando entre el mozo con el café que he pedido, meterá la carta allí, levantándola de manera que yo pueda ver cómo la deja caer den-

tro. Así ganará un billete de cien pesos, que para él es muchísimo dinero.

¿Por qué estas artimañas? Junto a la puerta hay un personaje moreno, con los zapatos de puntera fina y una camisa sucia, vigilando. Está a la espera de algo. No sé de qué se trata, pero no me dejará salir. Eso no importa, siempre que logre enviar la carta. Quiero que se quede con este dinero porque no lo necesito, y seguro que en la comisaría local se lo apropiarían. No pretendo pagar nada. Considérelo una disculpa por causarle tantos problemas, y una muestra de mi estima hacia una persona muy decente. Como de costumbre, lo he hecho todo mal, pero aún conservo la pistola. Tengo la impresión de que probablemente usted ha sacado sus propias conclusiones sobre cierto punto. Pude haberla matado, y quizá lo hice, pero jamás habría hecho lo demás. Ese tipo de brutalidad no tiene nada que ver conmigo. Así que hay algo muy retorcido. Pero no tiene importancia, ninguna importancia. Ahora lo fundamental es evitar un escándalo inútil e innecesario. Su padre y su hermana nunca me han hecho ningún daño. Tienen su propia vida por delante, y aquí estoy yo, asqueado de la mía. Sylvia no me convirtió en un golfo, yo ya lo era. No puedo darle una respuesta clara sobre la razón por la que se casó conmigo. Supongo que no fue más que un capricho. Al menos, ha muerto joven y bella. Se dice que la lujuria hace envejecer al hombre, pero mantiene joven a la mujer. Se dicen muchas tonterías. Se dice que los ricos siempre pueden protegerse a sí mismos, y que en su mundo siempre es verano. He vivido entre ellos, y son gente aburrida y solitaria.

He escrito una confesión. Me siento algo enfermo y bastante asustado. En los libros encuentras situaciones semejantes, pero nunca lees la verdad. Cuando te pasa, cuando lo único que tienes es la pistola en el bolsillo, cuando estás acorralado en un pequeño hotel sucio, en un país extraño, y solo te queda una salida, créame, amigo, eso no tiene nada de fantástico o de elevado. No es más que algo sucio, sórdido, gris y siniestro.

Así que olvídese de todo eso y olvídese de mí. Pero primero vaya a Victor's y bébase un gimlet por mí. Y la próxima vez que haga café, sírvame una taza y échele un poco de bourbon, encienda un cigarrillo y póngalo junto a la taza. Y, después de eso, olvídese de todo el asunto. Terry Lennox pasó y se fue. Así que adiós.

Llaman a la puerta. Creo que es el mozo con el café. Si no, habrá un tiroteo. Por lo general me caen muy bien los mexicanos, pero no me gustan sus cárceles.

Hasta la vista.

TERRY

Eso era todo. Volví a doblar la carta y la metí de nuevo en el sobre. Había sido el mozo con el café. De lo contrario, yo nunca habría recibido la carta. Y menos con un retrato de Madison dentro. Un retrato de Madison es un billete de cinco mil dólares.

Lo tenía delante, verde y brillante sobre la mesa. Jamás había visto ninguno. Muchas personas que trabajan en bancos tampoco lo han visto. Es muy probable que gente como Randy Starr y Menéndez los utilicen para hacer rollitos de dinero. Si uno va a un banco y pide uno, no tienen. Se tiene que solicitar a la Reserva Federal. En todo el país apenas circulan unos mil. El mío tenía un resplandor precioso a su alrededor. Creaba un pequeño rayo de sol, totalmente privado y personal.

Permanecí sentado, mirándolo durante mucho tiempo. Al fin lo guardé en el cajón de las cartas y fui a la cocina a preparar la taza de café. Sentimental o no, hice lo que me había pedido. Serví dos tazas, eché un poco de bourbon en la suya y la coloqué en el lado de la mesa que él había ocupado la mañana en que lo acompañé al avión. Encendí un cigarrillo para él y lo dejé en un cenicero al lado de la taza. Contemplé el vapor que se elevaba de la taza y el fino hilo de humo que se alzaba del cigarrillo. Fuera, en los arbustos, un pájaro se acicalaba y hablaba consigo mismo, emitiendo quedos trinos y sacudiendo levemente las alas de vez en cuando.

Al rato, el café dejó de humear, el cigarrillo se apagó y se convirtió en una colilla al borde de un cenicero. La tiré a la basura, debajo del fregadero. Vertí el café por el desagüe, lavé la taza y la guardé.

Eso fue todo. No me pareció suficiente para justificar cinco mil dólares.

Al cabo de un rato me fui a ver una película en la última sesión. No tenía mucho sentido. Apenas entendí lo que ocurría. Simples ruidos y rostros enormes. Cuando volví a casa, me puse a jugar una aburrida apertura Ruy López, pero eso tampoco tenía mucho sentido. Así que me fui a la cama.

Sin embargo, no me dormí. A las tres de la madrugada estaba deambulando por la casa y escuchando a Jachaturián, que trabajaba en una fábrica de tractores. Él lo denominaba concierto para violín. Y yo decía que era una correa de ventilador suelta, y que se fuera al infierno.

Para mí, pasar una noche en blanco es algo tan raro como un cartero obeso. Si no hubiera sido por el señor Howard Spencer, alojado en el Ritz-Beverly, me hubiera bebido una botella para quedar fuera de combate. Y la próxima vez que viera a un personaje cortés borracho en un Rolls-Royce modelo Silver Wraith, me alejaría a todo trapo en cualquier dirección. No hay trampa más letal que la que uno se tiende a sí mismo.

# 13

A las once en punto estaba sentado en el tercer reservado a mano derecha entrando desde el anexo al comedor. Tenía la espalda contra la pared y podía ver a todo aquel que entraba o salía. Era una mañana clara, sin calima, sin nubes altas siquiera, y el sol lanzaba destellos cegadores a la superficie de la piscina, que comenzaba justo detrás de la pared acristalada del bar y se extendía hasta el extremo más lejano del comedor. Una chica de silueta tentadora, con un bañador ajustado, subía la escalerilla hacia el trampolín superior. Observé la franja blanca que aparecía entre el borde del bronceado de los muslos y el bañador. La miraba con un interés carnal. Luego desapareció de mi vista, oculta por el alero del tejado. Un instante después la vi descender haciendo un salto mortal y medio. Las salpicaduras se levantaron lo suficiente como para captar la luz del sol y formar un arcoíris que era casi tan bello como la chica. Enseguida salió de la piscina, se quitó el gorro blanco y se sacudió el cabello desteñido. Paseó el trasero hasta una pequeña mesa blanca y se sentó junto a un leñador que llevaba unos pantalones blancos de dril y gafas de sol, y que lucía un bronceado tan oscuro y uniforme que era imposible que no fuera el socorrista de la piscina. Estiró la mano y palmeó el muslo de la chica. Ella abrió tanto la boca que parecía un hidrante y se echó a reír. Eso puso punto final al interés que me despertaba. No podía oír su risa, pero me bastó con ver el agujero en su boca cuando separaba los dientes.

El bar estaba bastante vacío. Tres reservados más allá, dos charlatanes intentaban venderse el uno al otro fragmentos de la Twentieth Century Fox, gesticulando con ambos brazos en lugar de usar dinero. Había un teléfono sobre la mesa, entre los dos, y cada dos o tres minutos uno amenazaba con llamar a Zanuck para venderle una idea brillante. Eran jóvenes, morenos, entusiastas y rebosaban de vitalidad. Desplegaban tanta actividad muscular en la conversación telefónica como yo si tuviera que llevar un gordo a cuestas hasta un cuarto piso.

Sentado en un taburete en la barra, había un tipo triste que conversaba con el camarero, quien sacaba brillo a un vaso y escuchaba con esa sonrisa de plástico que pone la gente cuando está haciendo esfuerzos por no gritar. El cliente era de mediana edad, iba bien vestido y estaba borracho. Quería hablar y no podría haber parado aunque realmente no le apeteciera hablar. Era cortés y amistoso, y hablaba con bastante claridad, pero se notaba que se había levantado con una botella que solo había dejado al irse a dormir la noche anterior. Y sería así durante el resto de su existencia, pues su vida era así y nada más. Uno jamás llegaría a saber por qué había tomado ese camino, pues aunque él lo contara, no sería la verdad. En el mejor de los casos, lo que sabía sería un recuerdo distorsionado de la verdad. En cada bar tranquilo del mundo hay un hombre así.

Miré mi reloj: el poderoso editor llegaba con veinte minutos de retraso. Esperaría media hora más y después me iría. Nunca es bueno dejar que el cliente imponga las reglas. Si puede mangonearte, creerá que otros también pueden, y no te contrata para eso. Y en ese preciso momento no necesitaba trabajar con tanta urgencia como para permitir que me utilizara para sujetarle el caballo un cretino de la Costa Este, uno de esos ejecutivos de despacho tapizado en madera en un piso ochenta y cinco, con intercomunicador, con una hilera de interruptores y una secretaria vestida con un modelito Hattie

Carnegie, especial para chicas profesionales, y unos ojazos bellos, grandes y prometedores. Ese era el tipo de jefe que te diría que llegaras a las nueve en punto, y si no te encontrara sentado allí en silencio, con una sonrisa de complacencia en la cara cuando él llegara dos horas más tarde, con un traje cruzado, tendría un ataque de capacidad ejecutiva ultrajada que requeriría cinco semanas en Acapulco antes de volver a estar en forma.

El viejo camarero del bar se me acercó despacio y echó un vistazo a mi escocés con agua. Le dije que no con la cabeza, él asintió con un movimiento de su pelo blanco y en ese momento entró un ser de ensueño. Por un instante me pareció que en el bar se hacía un silencio absoluto: los charlatanes dejaron de parlotear, el borracho del taburete dejó de quejarse; fue como en el momento siguiente a que el director golpea el atril con la batuta, levanta los brazos y los deja en suspensión.

Era esbelta y bastante alta, vestía un traje sastre de lino blanco y llevaba un pañuelo blanco de lunares negros en torno al cuello. Su pelo era de color oro pálido, como el de una princesa de cuento de hadas. Llevaba un sombrero en el que su cabello rubio se acomodaba como un pájaro en su nido. Tenía los ojos de un azul aciano, un color poco frecuente, y las pestañas largas y bastante pálidas. Se detuvo ante una mesa al otro lado del pasillo y, mientras se quitaba un largo guante blanco, el viejo camarero le limpió la mesa de una manera que ningún camarero haría nunca por mí. Se sentó, metió los guantes bajo la correa de su bolso y le dio las gracias con una sonrisa tan amable y tan exquisitamente candorosa que estuvo a punto de dejar paralizado al hombre. Le dijo algo en voz muy baja. El camarero se alejó deprisa, inclinado hacia delante. Ahí iba un hombre que de pronto tenía una misión en la vida.

Yo seguía mirándola. Ella me sorprendió mirándola. Levantó la vista un centímetro y yo dejé de estar allí. Pero dondequiera que estuviese, estaba conteniendo el aliento.

Hay rubias y rubias, y hoy en día la palabra rubia es casi un chiste. Todas las rubias tienen algo bueno, quizá con la excepción de las rubias metálicas, que bajo el tinte son tan rubias como un zulú, y cuyo carácter es tan blando como una acera. Está la pequeña rubia guapa, que pía y gorjea, y la gran rubia escultural, que te pone en tu lugar con su gélida mirada azul. Está la rubia que te mira con reverencia, perfumada y reluciente, que se cuelga de tu brazo y siempre está cansada, muy cansada, cuando la llevas a casa. Hace ese gesto de indefensión y tiene esa maldita jaqueca, y tú tienes deseos de darle un puñetazo, pero te consuela un poco el haber sabido lo de la jaqueca antes de haber invertido demasiado tiempo, dinero y esperanzas en ella. Porque la jaqueca siempre estará ahí, es un arma que nunca pierde su eficacia, y es tan mortífera como una daga o la ampolla de veneno de Lucrecia Borgia.

Está la rubia suave, dispuesta y alcohólica, a la que no le importa lo que viste, siempre que sea visón, o adónde va, siempre que sea a un salón bajo las estrellas y haya mucho champán. Está la rubia pequeña, vivaz y algo pálida que quiere pagar lo suyo y que rebosa de buen humor y sentido común, y sabe judo desde que era adolescente y puede lanzar a un camionero por encima del hombro sin perderse más de una frase del editorial del *Saturday Review.* Está la rubia muy, muy pálida, con un tipo de anemia que no es mortal pero sí incurable. Es muy lánguida y misteriosa, y habla quedamente, como si se hubiera esfumado, y no puedes ponerle un dedo encima porque, en primer lugar, no te apetece y, en segundo, está leyendo *La tierra baldía* o a Dante en el original, o a Kafka, o a Kierkegaard, o estudia provenzal. Adora la música y, cuando la Filarmónica de Nueva York toca a Hindemith, puede decirte cuál de las seis violas entró un cuarto de compás demasiado tarde. He oído que Toscanini también puede. Ya son dos.

Y, por último, está la mujer maravillosa, que sobrevivirá a tres grandes mafiosos y después se casará con un par de millonarios, a millón por cabeza, y terminará con una villa color rosa pálido en Cap d'Antibes, un sedán Alfa Romeo con piloto y copiloto, y un círculo de aristócratas gastados, a quienes tratará con la cariñosa indiferencia con la que un duque anciano le da las buenas noches a su mayordomo.

El sueño sentado al otro lado del pasillo no era ninguna de esas rubias, ni siquiera pertenecía a esos mundos. Era inclasificable, tan remota y límpida como el agua de un manantial de montaña, tan ilusoria como sus colores. Todavía la estaba contemplando cuando oí una voz junto a mi codo.

—Me he retrasado muchísimo. Le pido mil disculpas. Es culpa de esto. Me llamo Howard Spencer. Doy por sentado que usted es Marlowe.

Volví la cabeza y lo miré. Era de mediana edad, más bien grueso, vestido como si no le hubiera prestado atención a la ropa pero muy bien afeitado, de cabello ralo peinado con cuidado hacia atrás sobre una cabeza bastante ancha. Llevaba un chaleco cruzado algo chillón, de los que rara vez ves en California, a no ser que se trate de un visitante de Boston. Tenía puestas unas gafas sin montura y daba palmadas en el borde de un portafolios viejo y gastado, que a todas luces era «esto».

—Tres manuscritos inéditos, tamaño libro. Ficción. Sería una vergüenza perderlos antes de tener la oportunidad de rechazarlos. —Le hizo una seña al viejo camarero, que acababa de poner algo verde y alto delante del sueño—. Me encanta la ginebra con naranja. Una bebida algo tonta. ¿Lo mismo para usted? Excelente.

Asentí y el viejo camarero se marchó.

—¿Cómo sabe que los va a rechazar? —pregunté señalando el portafolios.

—Si fueran buenos, sus autores no los habrían dejado en persona en mi hotel. Los tendría algún buen agente de Nueva York.

—Entonces, ¿por qué se los lleva?

—En parte, para no herir los sentimientos de nadie. En

parte, por esa oportunidad entre mil que todo editor espera. Pero, sobre todo, porque cuando vas a una fiesta te presentan a todo tipo de personas, y algunas de ellas han escrito novelas, y estás lo suficientemente bebido como para sentirte benévolo y rebosar de amor por el género humano, así que respondes que te encantaría leer el manuscrito. Entonces te lo dejan en el hotel a una velocidad tan nauseabunda que no te queda más remedio que hacer como si lo estuvieras leyendo. Pero supongo que usted no tiene mucho interés por los editores o sus problemas.

El camarero trajo las bebidas. Spencer cogió su copa y bebió con ansiedad. No hacía el menor caso a la mujer dorada que estaba al otro lado del pasillo. Toda su atención se centraba en mí. Era un hombre ideal para el contacto personal.

—Si es parte del trabajo, puedo leer un libro de vez en cuando —dije.

—Uno de nuestros autores más importantes vive cerca —dijo sin darle mucha importancia—. Quizá haya leído algo suyo. Roger Wade.

—Pues no.

—Ya veo. —Sonrió con tristeza—. A usted no le interesan las novelas históricas de amor. Pero se venden como rosquillas.

—No es eso, señor Spencer. Una vez estuve hojeando uno de sus libros. Pensé que era basura. ¿Estoy diciendo algo que no deba?

Hizo una mueca.

—Qué va. Mucha gente estaría de acuerdo con usted. Sin embargo, ahora todos sus libros se convierten automáticamente en best sellers. Y con los costos de hoy en día, todo editor tiene que tener eso en cuenta.

Eché un vistazo a la mujer dorada. Había terminado de beber su refresco de lima o lo que fuera, y estaba consultando su reloj de muñeca microscópico. El bar comenzaba a llenarse, pero aún no había mucho ruido. Los dos charlatanes seguían agitando las manos y el bebedor solitario del taburete junto a la barra estaba con un par de amigos que lo acompañaban. Miré de nuevo a Howard Spencer.

—¿Tiene algo que ver con su problema? —le pregunté—. Quiero decir ese tipo, Wade.

Asintió. Me examinaba con detenimiento.

—Hábleme de usted, señor Marlowe. Si no tiene objeción, por supuesto.

—¿Qué quiere saber? Desde hace bastante tiempo soy detective privado con licencia. Soy un lobo solitario, soltero, llegando a la mediana edad y sin mucho dinero. He estado más de una vez en la cárcel y no me dedico a casos de divorcio. Me gusta la bebida, las mujeres y el ajedrez, y algunas otras cosas. No le caigo muy bien a la policía, pero tengo buenas relaciones con un par de ellos. Soy de aquí, nací en Santa Rosa, mis padres están muertos, no tengo hermanos ni hermanas, y cuando me liquiden en un callejón oscuro, si es que me pasa, como podría pasarle a cualquiera de mi oficio y hoy en día a muchísima gente de cualquier oficio o sin oficio, nadie va a tener la sensación de que su vida se ha quedado sin sentido.

—Ya veo —dijo—. Pero nada de eso me dice exactamente lo que quiero saber.

Me acabé la ginebra con naranja. No me gustó. Sonreí a Spencer.

—Hay algo que no he mencionado, señor Spencer. Tengo un retrato de Madison en el bolsillo.

—¿Un retrato de Madison? Me temo que no le...

—Un billete de cinco mil dólares —expliqué—. Siempre lo llevo. Es mi amuleto.

—Dios —dijo bajando la voz—. ¿No es muy peligroso?

—¿Quién dijo que a partir de cierto punto todos los peligros son iguales?

—Creo que fue Walter Bagehot. Hablaba de un reparador de chimeneas. —A continuación sonrió divertido—. Lo siento, pero yo soy editor. Usted me gusta Marlowe. Me arriesgaré. Si no, me mandaría al infierno, ¿verdad?

Le devolví la sonrisa. Llamó al camarero y le pidió otras dos copas.

—Se trata de lo siguiente —dijo con cautela—. Tenemos un grave problema con Roger Wade. No puede terminar su último libro. Está perdiendo el control, y hay algo detrás de eso. Al parecer, se está desmoronando. Tiene ataques de alcoholismo y estallidos de ira. De vez en cuando desaparece durante varios días. Hace poco tiró a su mujer por la escalera y ella acabó en el hospital con cinco costillas rotas. Ellos no tienen ninguno de los problemas habituales, ninguno. Simplemente, cuando bebe se vuelve loco. —Spencer se recostó y me miró sombrío—. Necesitamos que termine el libro. Nos hace muchísima falta. Mi trabajo depende de eso en cierta medida. Pero necesitamos más. Queremos salvar a un escritor de mucho talento que puede crear cosas mucho mejores que las que ha hecho hasta ahora. Algo no funciona en absoluto. En este viaje no ha querido verme. Ya sé que esto parece más bien un trabajo para un psiquiatra. La señora Wade no coincide conmigo. Está convencida de que su marido está sano pero que algo lo preocupa mucho. Un chantajista, por ejemplo. Los Wade llevan casados cinco años. Puede haber salido a flote algo del pasado de Roger. Podría ser, por poner un ejemplo, un accidente mortal del que se dio a la fuga y que alguien lo esté extorsionando. No sabemos de qué se trata. Queremos averiguarlo. Y estamos dispuestos a pagar bien para solucionar el problema. Si resulta que se trata de una cuestión médica, pues asunto concluido. En caso contrario, tiene que haber una respuesta. Y mientras tanto hay que proteger a la señora Wade. La próxima vez podría matarla. Nunca se sabe.

Llegó la segunda ronda de bebidas. No toqué la mía y observé a Spencer beberse la mitad de la suya de un solo trago. Encendí un cigarrillo y me dediqué a mirarlo.

—Usted no quiere un detective —le dije—. Usted quiere

un mago. ¿Qué rayos podría hacer yo? Si estuviera allí en el momento preciso por pura casualidad, y si no me resultara difícil manejarlo, podría dejarlo fuera de combate y llevarlo a la cama. Pero tendría que estar allí. La probabilidad es de uno entre cien. Usted lo sabe.

—Es más o menos de su tamaño —adujo Spencer—, y no tiene su forma física. Además, usted podría estar allí todo el tiempo.

—Es difícil. Y los borrachos son astutos. Buscaría un momento en el que yo no estuviera cerca para hacer el numerito. No busco trabajo de enfermero.

—Un enfermero no sería de ninguna utilidad. Roger Wade no aceptaría un enfermero. Es un tipo con mucho talento que ha perdido los papeles. Ha ganado mucho dinero escribiendo basura para cretinos. Pero la única salvación de un escritor es escribir. Si queda algo bueno dentro de él, saldrá a la superficie.

—Bien, me encanta el tipo —dije con desgana—. Es estupendo. Pero también es muy peligroso. Tiene un secreto terrible e intenta ahogarlo en alcohol. No me dedico a ese tipo de problemas, señor Spencer.

—Ya veo. —Miró su reloj de muñeca con un gesto de preocupación que le hizo fruncir el rostro y parecer más viejo y pequeño—. Bueno, no me culpe por haberlo intentado.

Estiró la mano en busca de su grueso portafolios. Miré a la mujer dorada. Se disponía a marcharse. El camarero viejo se inclinaba a su lado con la cuenta. Ella le dio algo de dinero y una sonrisa deliciosa, y él puso cara de haberle estrechado la mano a Dios. La rubia se retocó los labios y se puso los guantes, y el camarero apartó bien la mesa para que pudiera salir.

Miré a Spencer de soslayo. Con el ceño fruncido, observaba la copa vacía junto al borde de la mesa. Tenía el portafolios sobre las rodillas.

—Escuche —le dije—, iré a ver a ese hombre e intentaré

hacerme una idea de la situación, si quiere. Hablaré con su esposa. Pero creo que me echará de la casa.

—No, señor Marlowe, no lo creo —respondió una voz que no era la de Spencer—. Al contrario, creo que usted podría gustarle.

Alcé la vista hacía un par de ojos azul violeta. Ella estaba de pie al lado de la mesa. Me levanté y me recosté contra la parte trasera del reservado, en la postura incómoda que adopta quien se levanta cuando no puede salir.

—No se levante, por favor —dijo con una voz como la tela con la que se forran las nubes de verano—. Sé que le debo una explicación, pero me parecía importante poder observarlo antes de presentarme. Soy Eileen Wade.

—No está interesado, Eileen —gruñó Spencer.

—No estoy de acuerdo —respondió ella con suavidad.

Traté de serenarme. Estaba medio levantado, en equilibrio precario, con la boca abierta y suspirando por ella como una colegiala emocionada. Era realmente una maravilla. Vista de cerca, uno se quedaba sin aliento.

—No he dicho que estuviera interesado, señora Wade. Lo que he dicho, o he intentado decir, es que no creo que pudiera hacer nada bueno, y que intentarlo podría ser un gran error. Podría causar mucho daño.

Se había puesto muy seria y ya no sonreía.

—Toma decisiones con demasiada rapidez. No debe juzgar a las personas por lo que hacen. Y si se permite juzgarlas, que sea por lo que son.

Asentí sin mucha convicción. Porque eso era justo lo que había pensado con respecto a Terry Lennox. Por sus hechos, no era precisamente una perita en dulce, con excepción de aquel breve destello de gloria en un pozo de tirador, siempre que Menéndez hubiera contado la verdad al respecto, pero los hechos no contaban toda la historia. Había sido un hombre al que era imposible no cogerle cariño. ¿Cuántas personas conoce uno a lo largo de la vida de las que se pueda decir lo mismo?

—Y para eso tiene que conocerlas —añadió con delicadeza—. Adiós, señor Marlowe. Si cambia de opinión... —Abrió el bolso y me dio una tarjeta—. Y gracias por venir.

Se despidió de Spencer con un gesto de la cabeza y se marchó. La contemplé mientras salía del bar y recorría el anexo acristalado hasta el comedor. Caminaba con absoluta elegancia. La vi girar bajo la arcada que llevaba al vestíbulo del hotel. Atisbé el último destello de su falda de lino blanco cuando dobló la esquina. Entonces me dejé caer en el asiento y cogí la ginebra con naranja.

Spencer me observaba. Había cierta dureza en sus ojos.

—Excelente trabajo —dije—, pero tendría que haberla mirado en algún momento. Una mujer de ensueño como ella no está sentada veinte minutos al otro lado de la habitación sin que uno se dé cuenta.

—Qué estupidez, ¿verdad? —Intentaba sonreír pero no le apetecía. No le gustaba el modo en que yo la había mirado—. La gente tiene ideas muy raras sobre los detectives privados. Cuando uno piensa cómo sería tener uno en casa...

—No piense que va a tener a este en casa —repuse—. De todos modos, primero invéntese otra historia. Algo mejor que intentar hacerme creer que alguien, borracho o sobrio, tiraría a ese encanto escaleras abajo y le rompería cinco costillas.

Se ruborizó. Sus manos se tensaron sobre el portafolios.

—¿Me considera un mentiroso?

—¿Y cuál es la diferencia? Ha hecho su jugada. Quizá la dama no le es del todo indiferente.

Se puso de pie súbitamente.

—No me gusta su tono. Y no estoy seguro de que usted me guste. Hágame el favor de olvidar todo este asunto. Creo que esto compensará su tiempo.

Tiró un billete de veinte sobre la mesa y añadió algo más para el camarero. Se quedó allí parado un momento, mirándome de arriba abajo. Los ojos le brillaban y aún tenía la cara enrojecida.

—Estoy casado y tengo cuatro hijos —dijo de sopetón.

—Enhorabuena.

Hizo un ruido con la garganta, se dio la vuelta y se marchó. Caminaba muy deprisa. Lo seguí un trecho con la vista y después aparté los ojos. Tomé el resto de mi copa, saqué los cigarrillos, cogí uno, me lo llevé a la boca y lo encendí. El viejo camarero se acercó y echó un vistazo al dinero.

—¿Le traigo algo más, señor?

—Nada. La pasta es toda suya.

La recogió despacio.

—Hay un billete de veinte dólares, señor. El caballero se ha equivocado.

—Sabe leer. Le he dicho que la pasta es toda suya.

—Le aseguro que estoy muy agradecido. Si está seguro, señor...

—Seguro del todo.

Inclinó la cabeza y se alejó con aspecto preocupado. El bar se estaba abarrotando. Pasaron dos medio vírgenes aerodinámicas canturreando y saludando con la mano. Conocían a los dos charlatanes del otro reservado. El aire empezó a llenarse de gritos como «cariño» y uñas carmesí.

Fumé la mitad del cigarrillo, haciendo muecas de disgusto, y después me levanté para irme. Me volví para coger el tabaco y algo duro tropezó con mi espalda. Era justo lo que necesitaba. Di media vuelta y descubrí el perfil de un seductor de multitudes, sonriente, que vestía un traje Oxford de franela con demasiadas hombreras. Tenía el brazo extendido, propio de los personajes populares, y la sonrisa panorámica del tipo que nunca pierde un buen negocio.

Le agarré el brazo extendido y lo hice girar.

—¿Qué le pasa, amigo? ¿Los pasillos son demasiado estrechos para su personalidad?

Liberó su brazo de una sacudida y se hizo el duro.

—No se ponga gracioso, amigo, que puedo partirle la cara.

—Ja, ja —repuse—. Claro, y también en el campo central con los Yankees y batea cuadrangulares con una barra de pan.

Cerró un puño voluminoso.

—Cariño, piense en su manicura.

El hombre intentó controlarse.

—Lárguese, tipo listo —dijo despectivo—. En otra ocasión, cuando tenga menos cosas en la cabeza.

—¿Aún menos?

—Vamos, desaparezca —masculló—. Otra bromita y va a necesitar una dentadura nueva.

Lo miré burlón.

—Llámeme cuando quiera. Pero mejore esos diálogos.

Su expresión cambió y se echó a reír.

—¿Trabaja en el cine, amigo?

—No, solo salgo en las fotos que cuelgan en Correos.

—Lo veré en algún archivo policial —dijo y se alejó sin perder su sonrisa burlona.

Todo aquello fue muy tonto, pero logré que se me pasara el mal humor. Atravesé el anexo y crucé el vestíbulo del hotel hasta llegar a la entrada principal. Me detuve allí para ponerme las gafas de sol. Solo cuando estuve dentro del coche se me ocurrió echar un vistazo a la tarjeta que me había dado Eileen Wade. Era una tarjeta impresa en relieve, pero no se trataba de una tarjeta de visita, pues tenía un número de teléfono y una dirección. «Señora de Roger Stearns Wade. Idle Valley Road, 1247. Teléfono de Idle Valley: 5-6324.»

Sabía muchas cosas sobre Idle Valley, sabía que había cambiado mucho desde la época en que tenía la caseta del guarda a la entrada, policía privada y un casino en el lago, y chicas alegres a cincuenta dólares. Tras el cierre del casino, el dinero respetable se había apoderado del lugar. Ese dinero más respetable había convertido la zona en el sueño de un vendedor de parcelas. El lago y las tierras circundantes eran propiedad de un club, y si no te admitían, no podías divertirte en el agua. Era exclusivo, en la única acepción de la palabra que no significa simplemente caro.

Yo encajaba en Idle Valley como una cebollita encurtida en un banana split.

Howard Spencer me llamó casi al anochecer. Había logrado vencer su enojo y quería decirme que lo sentía, que no había manejado correctamente la situación y que deseaba saber si yo había cambiado de opinión.

—Iré a ver al señor Wade si él me lo pide. De lo contrario, no.

—Entendido. Habrá una gratificación importante...

—Mire, señor Spencer —le interrumpí con impaciencia—, no puede contratar al destino. Si la señora Wade tiene miedo a su marido, puede mudarse. Ese es su problema. Nadie puede protegerla de su esposo veinticuatro horas al día. No existe semejante protección en todo el mundo. Pero además, eso no es todo lo que quiere. Usted quiere saber por qué, cómo y cuándo el hombre se salió de sus casillas, y arreglar las cosas para que no vuelva a ocurrir, al menos hasta que termine el libro. Y eso depende de él. Si tiene suficientes ganas de escribir el maldito libro, puede dejar a un lado el alcohol hasta que lo acabe. Usted pretende demasiado.

—Todo va unido. Es un único problema. Aunque creo que lo entiendo. Tal vez sea demasiado sutil para el tipo de asuntos a los que usted se dedica. Bien, adiós. Esta noche vuelo de regreso a Nueva York.

—Que tenga un buen viaje.

Me dio las gracias y colgó. Olvidé decirle que le había dado su billete de veinte al camarero. Pensé en devolverle la llamada para contárselo, pero me di cuenta de que ya era bastante infeliz.

Cerré el despacho y eché a andar en dirección a Victor's para tomarme el gimlet que Terry me había pedido que bebiera en su carta. Cambié de idea. No me sentía lo suficientemente sentimental. Fui a Lowry's y pedí un martini y costillas con pudin Yorkshire.

Cuando llegué a casa encendí la tele y me puse a ver el boxeo. Nada bueno, solo una panda de maestros de baile que deberían estar trabajando para Arthur Murray. Lo único que hacían era extender los brazos, cabecear arriba o abajo y hacer fintas fingiendo que perdían el equilibrio. Ninguno de ellos podía pegar con la fuerza suficiente como para despertar a su abuela de una siesta poco profunda. La multitud los abucheaba y el árbitro daba palmaditas, incitándolos a la acción, pero seguían balanceándose, saltando y lanzando largos golpes con la izquierda. Cambié de canal para ver una serie policíaca. La acción se desarrollaba en una tienda de ropa, los rostros se veían cansados, eran muy conocidos y nada hermosos. Los diálogos eran tan malos que no los hubiera empleado ni siquiera Monogram. El protagonista tenía un criado negro para las frases cómicas. Aunque no lo necesitaba, él solito ya era bastante cómico. Y la publicidad habría hecho vomitar hasta a una cabra que ha crecido comiendo alambre de espino y botellas de cerveza rotas.

Apagué la tele y me fumé un cigarrillo largo y delicioso de tabaco bien apretado. Fue un alivio para mi garganta. El tabaco era magnífico. Olvidé mirar la marca. Estaba a punto de irme a dormir cuando me llamó el sargento Green, el detective de Homicidios.

—He pensado que le gustaría saber que a su amigo Lennox lo enterraron hace dos días en el poblado mexicano donde murió. Un abogado viajó allí en representación de la familia y estuvo presente. En esta ocasión ha tenido mucha suerte, Marlowe. La próxima vez que se le ocurra ayudar a un amigo a salir del país, no lo haga.

—¿Cuántos agujeros de bala tenía?

—¿A qué viene esa pregunta? —ladró, y después calló un momento. A continuación añadió con demasiado cuidado—: Diría que uno. Cuando un tipo se vuela la cabeza, por lo general le basta con uno. El abogado trae un juego de fotos y todo lo que tenía en los bolsillos. ¿Quiere saber algo más?

—Sí, pero usted no me lo puede decir. Me gustaría saber quién mató a la mujer de Lennox.

—Rayos, ¿no le dijo Grenz que dejó una confesión completa? De todos modos, salía en los periódicos. ¿Ya no lee los periódicos?

—Gracias por llamar, sargento. Ha sido un detalle por su parte.

—Mire, Marlowe —dijo irritado—, si tiene alguna idea rara sobre este caso, puede buscarse muchas desgracias si la comenta por ahí. El caso está cerrado, acabado y conservado en naftalina. Y tiene mucha suerte de que así sea. En este estado ser cómplice conlleva cinco años de prisión. Y déjeme decirle algo más. He sido policía durante mucho tiempo, y he aprendido que no siempre te encierran por lo que haces, sino más bien por cómo te comportaste cuando el asunto llega a los juzgados. Buenas noches.

Me colgó sin esperar respuesta. Puse el teléfono en su sitio, pensando que un policía honesto con mala conciencia siempre se hace el duro. Igual que un policía deshonesto. Igual que cualquier persona, yo incluido.

## 14

A la mañana siguiente, el timbre sonó en el momento en que me estaba sacudiendo el talco del lóbulo de una oreja. Cuando llegué a la puerta y la abrí, vi un par de ojos azul violeta. Esta vez vestía lino marrón, con una bufanda color pimentón, sin pendientes ni sombrero. Estaba algo pálida, aunque no como si alguien la hubiera tirado escaleras abajo. Me regaló una sonrisa llena de dudas.

—Sé que no debería haber venido a molestarlo, señor Marlowe. Probablemente ni siquiera haya desayunado. Pero no quería ir a su despacho y odio hablar de asuntos personales por teléfono.

—Desde luego. Entre, señora Wade. ¿Le gustaría tomar una taza de café?

Entró en el salón y se sentó en el sofá, sin mirar hacia ninguna parte. Colocó el bolso en equilibrio sobre su regazo y se quedó allí, con los pies muy juntos. Parecía muy remilgada. Abrí las ventanas, levanté las cortinas venecianas y retiré un cenicero sucio de la mesa que ella tenía delante.

—Gracias. Café solo, por favor. Sin azúcar.

Fui a la cocina y extendí una servilleta de papel sobre una bandeja metálica verde. Parecía tan ordinaria como un cuello de celuloide. La retiré y saqué una de esas cosas caladas que vienen en un juego con pequeñas servilletas triangulares. Estaba en la casa, como casi todos los muebles. Puse dos tazas de café modelo Desert Rose, las llené y fui al salón con la bandeja.

Ella bebió un sorbo.

—Es excelente —dijo—. Prepara usted un buen café.

—La última vez que alguien tomó café conmigo fue precisamente antes de ir a la cárcel. Creo que usted sabe que estuve encerrado, señora Wade.

Asintió con la cabeza.

—Por supuesto. Sospechaban que lo había ayudado a escapar, ¿no?

—No lo dijeron. Encontraron mi número de teléfono en un bloc en su habitación. Me hicieron preguntas que nunca respondí, sobre todo por la manera en que me las hicieron. Pero no creo que a usted le interese.

Puso la taza con cuidado sobre la mesa, se recostó y me sonrió. Le ofrecí un cigarrillo.

—No fumo, gracias. Claro que me interesa. Un vecino nuestro conocía a los Lennox. Debió de volverse loco. No parecía esa clase de hombre.

Llené la pipa y la encendí.

—Eso creo. Seguro que se volvió loco. Durante la guerra lo hirieron de gravedad. Está muerto y todo ha terminado. Y no creo que usted haya venido aquí a hablar sobre eso.

Ella negó despacio con la cabeza.

—Era su amigo, señor Marlowe. Estoy segura de que tiene una opinión muy firme. Y creo que es usted un hombre muy decidido.

Presioné el tabaco de mi pipa y volví a encenderla. Me llevó cierto tiempo y, mientras lo hacía, la observaba por encima de la cazoleta.

—Mire, señora Wade —dije al fin—, mi opinión no significa nada. Eso pasa todos los días. La gente más inverosímil comete los crímenes más inverosímiles. Ancianas encantadoras envenenan a familias enteras. Chicos bien educados realizan asaltos y tiroteos. Directores de bancos, de historial inmaculado en los últimos veinte años, resultan ser malversadores a largo plazo. Y novelistas exitosos y populares, que se supone que son felices, se emborrachan y mandan a su mujer al hospital. Sabemos muy poco sobre qué mueve incluso a nuestros mejores amigos.

Pensé que aquello le escocería, pero se limitó a apretar los labios y a entornar los ojos.

—Howard Spencer no debería habérselo contado. Fue culpa mía. No sabía lo suficiente para mantenerme a distancia. Entonces aprendí que lo peor que se puede hacer con alguien que bebe demasiado es intentar impedírselo. Probablemente usted lo sabe mucho mejor que yo.

—Está claro que no bastan palabras. Si tiene suerte, y si tiene la fuerza suficiente, a veces puede evitar que se haga daño o que le haga daño a otra persona. Pero hasta para eso se necesita suerte.

Tomó su taza de café y el platillo con movimientos suaves. Sus manos eran encantadoras, como toda ella. Llevaba las uñas cuidadas y bien pulidas, cubiertas con un esmalte muy leve.

—¿Le contó Howard que no había visto a mi marido en este viaje?

—Sí.

Terminó su café y colocó la taza con cuidado en la bandeja. Jugueteó con la cucharilla durante varios segundos. A continuación habló sin mirarme.

—No le dijo la razón porque no la sabía. Aprecio mucho a Howard, pero es de los paternalistas que quieren encargarse de todo. Está convencido de que es muy eficaz.

Esperé sin decir nada y se hizo un nuevo silencio. Su mirada se detuvo en mí un instante antes de apartar los ojos.

—Mi esposo lleva tres días desaparecido —confesó muy bajito—. No sé dónde está. He venido para pedirle que lo encuentre y lo traiga a casa. De hecho, ha pasado otras veces.

Una vez se fue en coche hasta Portland y se puso enfermo en un hotel, tuvo que llamar a un médico para que le quitara la borrachera. Es un milagro que llegara tan lejos sin meterse en problemas. Llevaba tres días sin comer nada. En otra ocasión estuvo en Long Beach, en un baño turco, uno de esos sitios suecos donde hacen irrigación del colon. Y la última vez estuvo en un pequeño sanatorio privado, probablemente de dudosa reputación. Eso fue hace menos de tres semanas. No me quiso decir el nombre ni la dirección del sanatorio, solo que se había sometido a una cura y que estaba bien. Pero se quedó muy pálido y débil. Vi un instante al hombre que lo llevó a casa. Un tipo alto, con un traje de vaquero demasiado elaborado, de esos que solo se ven en escenarios o en películas musicales en tecnicolor. Dejó a Roger en el camino de acceso, dio marcha atrás y se marchó enseguida.

—Podría ser un rancho que funciona como un sanatorio. Algunos de esos vaqueros de mentira se gastan hasta el último centavo en trajes como ese. Las mujeres se vuelven locas por ellos. Para eso están ahí.

Abrió el bolso y sacó un papel doblado.

—Le he traído un cheque por quinientos dólares, señor Marlowe. ¿Lo aceptará como anticipo?

Dejó el cheque doblado sobre la mesa. Lo miré pero no lo toqué.

—¿Por qué? —pregunté—. Dice que lleva tres días desaparecido. Un hombre necesita de tres a cuatro días para volver a estar sobrio y comer algo. ¿No va a volver a casa como en ocasiones anteriores? ¿O esta vez hay algo diferente?

—No creo que pueda soportarlo mucho más, señor Marlowe. Eso lo matará. Los intervalos son cada vez más cortos. Estoy muy preocupada. Más que preocupada, estoy asustada. No es normal. Llevamos casados cinco años. Roger siempre ha sido bebedor, pero no un borracho psicópata. Algo va muy mal. Quiero que lo encuentre. Apenas he dormido una hora.

—¿Tiene idea de por qué bebe?

Los ojos de color aciano me miraban fijamente. Esa mañana parecía algo frágil, pero no indefensa. Se mordió el labio inferior y negó con la cabeza.

—A no ser que sea yo —dijo al fin casi en un susurro—. Los hombres dejan de amar a su esposa.

—Solo soy un psicólogo aficionado, señora Wade. Una persona de mi oficio tiene que serlo. Más bien diría que se ha desenamorado del tipo de libro que escribe.

—Es muy posible —concedió con serenidad—. Me imagino que todos los escritores sufren ataques semejantes. Es verdad que no parece que pueda terminar el libro en el que está trabajando. Pero tampoco es que necesite terminarlo para pagar el alquiler. No creo que esa sea razón suficiente.

—¿Qué clase de persona es cuando está sobrio?

—Bueno, no puedo ser imparcial. —Sonrió—. Creo que es una persona encantadora.

—¿Y cuando ha bebido?

—Horrible. Es brillante, duro y cruel. Cree que está siendo ingenioso cuando solo es malvado.

—No ha dicho que sea violento.

Alzó sus cejas leonadas.

—Solo ocurrió una vez, señor Marlowe. Y se ha hablado demasiado de eso. Yo nunca le hubiera dicho nada a Howard Spencer. Se lo contó Roger.

Me levanté y me puse a dar vueltas por la habitación. El día iba a ser caluroso. Ya hacía calor. Bajé la persiana de una de las ventanas para que no entrara el sol. Entonces me decidí a hablarle sin tapujos.

—Ayer por la tarde busqué su nombre en el *Quién es quién.* Tiene cuarenta y dos años, se ha casado una sola vez y no tiene hijos. Su familia es de Nueva Inglaterra, estudió en Andover y en Princeton. Estuvo en la guerra y tiene un buen historial militar. Ha escrito doce de esas voluminosas novelas históricas, de sexo y espadachines, y todas han aparecido en la lista de los más vendidos. Debe de haber ganado bastante pasta. Si hubiera dejado de amar a su esposa, creo que se lo habría dicho y se hubiera divorciado. Si estuviera tonteando con otra mujer, probablemente usted lo sabría y, de todos modos, él no tendría que emborracharse para demostrar lo mal que se siente. Si llevan cinco años de matrimonio, eso quiere decir que él tenía treinta y siete cuando se casaron. Creo que para entonces él ya sabía casi todo lo que hay que saber sobre las mujeres. Y digo casi todo, porque nadie llega a saberlo todo nunca.

Callé, la miré y ella me sonrió. No estaba hiriendo sus sentimientos.

—Howard Spencer sugirió, e ignoro en qué se basaba —proseguí—, que el problema de Roger Wade es algo que ocurrió mucho antes de que se casaran, algo que ha aflorado ahora y lo golpea con más fuerza de lo que puede resistir. Spencer pensaba en un chantaje. ¿Lo sabría usted si así fuera?

Negó despacio con la cabeza.

—Si lo que me pregunta es si Roger ha estado pagando mucho dinero a alguien, no, yo no lo sé. No me inmiscuyo en su contabilidad. Podría estar pagando grandes sumas sin que yo lo supiera.

—De acuerdo. Sin conocer al señor Wade, no puedo hacerme una idea de cómo reaccionaría si intentaran chantajearlo. Si tiene un carácter violento, podría partirle la crisma a alguien. Si el secreto, sea el que sea, puede poner en peligro su nivel social o profesional, o en caso extremo hacer que la policía ande dando vueltas a su alrededor, quizá podría pagar, al menos durante un tiempo. Pero nada de eso nos lleva a ninguna parte. Usted quiere que lo encuentren, está preocupada, más que preocupada. Pues quiero saber cómo lo encuentro. No quiero su dinero, señora Wade. Al menos no ahora.

Registró de nuevo el bolso y sacó dos hojas de papel amarillo. Parecían de papel de copia, estaban dobladas y una de ellas, arrugada. Las alisó y me las tendió.

—Una la encontré en su escritorio. Era muy tarde, o más bien muy temprano por la mañana. Yo sabía que había estado bebiendo y que no había subido al dormitorio. A eso de las dos bajé para ver si se encontraba bien, o relativamente bien, si estaba inconsciente en el suelo, en el sofá o algo así. Se había ido. El otro papel estaba en la papelera, más bien colgando del borde, no había caído dentro.

Miré la primera hoja, la que no estaba arrugada. En ella solo había un corto párrafo escrito a máquina, nada más. Decía: «No me importa estar enamorado de mí mismo y ya no hay nadie de quien pueda estar enamorado. Firmado: Roger (F. Scott Fitzgerald) Wade. P.D.: Por eso nunca terminé *El último magnate*».

—¿Significa algo para usted, señora Wade?

—Es solo una pose. Siempre ha sido un gran admirador de Scott Fitzgerald. Dice que Fitzgerald es el mejor escritor borracho desde Coleridge, que tomaba drogas. Fíjese en la mecanografía, señor Marlowe. Clara, recta, sin errores.

—Ya me he fijado. La mayoría de la gente, cuando está bebida, ni siquiera puede escribir su nombre correctamente.

Pasé al papel arrugado: también mecanografiado, sin errores o saltos. Decía: «Usted no me gusta, doctor V., pero en este preciso momento es el hombre que necesito».

—No tengo la menor idea de quién es el doctor V. —se anticipó mientras yo leía el papel—. No conocemos a ningún doctor con un apellido que comience con esa letra. Supongo que será el director del sitio donde Roger estuvo la última vez.

—Cuando el vaquero lo llevó a casa, ¿su marido no mencionó ningún apellido? ¿Ni siquiera nombres de lugares?

—Nada. —Negó con la cabeza—. He revisado la guía. Hay decenas de médicos de un tipo u otro cuyos apellidos comienzan con V. Además, puede que no sea su apellido.

—Es posible que ni siquiera sea un médico. Eso trae a colación el tema del dinero en efectivo. Un profesional acreditado aceptaría un cheque, pero un farsante no. Podría convertirse en una prueba. Y un tipo así no sale barato. En una casa así, el alojamiento y la comida costarían bastante. Sin mencionar los pinchazos.

—¿Los pinchazos? —preguntó intrigada.

—Todos esos charlatanes utilizan medicamentos con sus clientes. Es la manera más fácil de tratarlos. Los dejan inconscientes durante diez o doce horas, y cuando vuelven en sí son chicos buenos. Pero el uso de narcóticos sin licencia puede llevar a ser huésped del Tío Sam. Y eso es verdaderamente caro.

—Ya veo. Lo más probable es que Roger llevara varios cientos de dólares. Siempre tenía bastante dinero en su escritorio. No sé por qué. Supongo que solo es un capricho. Ahora allí no hay nada.

—Bien. Trataré de encontrar al doctor V. No sé exactamente cómo, pero haré todo lo que pueda. Recoja el cheque, señora Wade.

—¿Por qué? ¿Acaso no merece...?

—Más adelante, gracias. Y preferiría que me lo diera el señor Wade. En cualquier caso, no le va a gustar lo que haga.

—Pero si está enfermo e indefenso...

—Podía haber llamado a su propio médico o pedirle a usted que lo hiciera. No lo hizo. Eso significa que no quería.

Ella volvió a guardar el cheque en el bolso y se levantó. Parecía desolada.

—Nuestro médico se negó a tratarlo —dijo con amargura.

—Hay centenares de médicos, señora Wade. Cualquiera de ellos lo habría atendido al menos una vez. La mayoría se hubiera mantenido a su lado durante un tiempo. Hoy en día la medicina es un negocio muy competitivo.

—Ya veo. Claro, usted debe de estar en lo cierto.

Se dirigió poco a poco hacia la puerta, la acompañé y se la abrí.

—Podría haber llamado usted a un médico por su cuenta. ¿Por qué no lo hizo?

Me miró fijamente. Le brillaban los ojos. Vi un asomo de lágrimas en ellos. Una criatura divina, sin la menor duda.

—Porque amo a mi marido, señor Marlowe. Haría cualquier cosa por ayudarlo. Pero también sé qué clase de hombre es. Si yo llamara a un médico cada vez que bebe demasiado, no tendría marido por mucho tiempo. No se puede tratar a un hombre adulto como a un niño con dolor de garganta.

—Se puede si está borracho. A menudo no queda otro remedio.

Estaba muy cerca de mí. Olía su perfume. O me lo parecía. No se lo había aplicado con un pulverizador. Quizá solo fuera el aroma de un día de verano.

—Suponga que hay algo vergonzoso en su pasado —comentó, pronunciando lentamente las palabras, como si cada una de ellas tuviera un sabor amargo—. Algo delictivo incluso. Para mí eso no cambiaría nada. Pero no quiero que lo descubran por mi culpa.

—Pero ¿está bien que Howard Spencer me contrate para averiguarlo?

Sonrió muy despacio.

—¿De veras cree que yo esperaba que le diera a Howard una respuesta diferente a la que le dio, un hombre que prefirió ir a la cárcel antes que traicionar a un amigo?

—Gracias por la propaganda, pero no me encerraron por esa razón.

Tras un momento de silencio asintió con la cabeza, se despidió y comenzó a bajar los peldaños de secuoya. La observé mientras entraba en su coche, un Jaguar gris de líneas aerodinámicas que parecía nuevo. Me hizo un gesto de adiós con la mano enguantada al tiempo que se alejaba colina abajo. El coche dobló por la esquina y desapareció.

Había una adelfa roja pegada a la fachada de la casa. Oí un aleteo que venía de allí y vi a un polluelo de ruiseñor que comenzó a piar ansioso. Lo descubrí posado en una de las ramas superiores, moviendo las alas como si le resultara difícil mantener el equilibrio. Desde el ciprés, en la esquina de la pared, llegó un solo trino áspero de aviso. El piar cesó al momento y el pequeño pájaro gordezuelo se quedó en silencio.

Entré en la casa, cerré la puerta y lo dejé con sus clases de vuelo. Los pájaros también tienen que aprender.

## 15

Aunque te consideres muy listo, tienes que contar con algún punto de partida: un nombre, una dirección, un barrio, unos antecedentes, un ambiente o una referencia de algún tipo. Lo único que tenía era un texto mecanografiado en una hoja amarilla arrugada que decía: «Usted no me gusta, doctor V., pero en este preciso momento es el hombre que necesito». Con eso podía localizar con exactitud el océano Pacífico, pasar un mes revolviendo las listas de media docena de asociaciones médicas de diferentes condados y concluir con un enorme y redondo cero. En nuestra ciudad los charlatanes se multiplican como conejos. A un kilómetro y medio del ayuntamiento hay ocho condados, y en cada uno de sus poblaciones hay médicos, algunos de verdad, y otros simplemente graduados por correspondencia, con licencia para rebanar callos o saltar sobre tu columna vertebral. Entre los auténticos médicos, algunos prosperan y otros son pobres, algunos son éticos y otros no están seguros de poder permitírselo. Un paciente acaudalado con un principio de delírium trémens puede reportar mucho dinero a muchos vejetes que se han quedado atrás en el negocio de las vitaminas y los antibióticos. Pero sin una pista no había por dónde comenzar. Yo no tenía pista alguna, y Eileen Wade tampoco, o al menos no sabía que la tenía. E incluso si encontraba alguien que coincidiera y tuviera la inicial correcta, podría resultar que fuera un mito, al menos por parte de Roger Wade. Aquella frase podía ser algo que se le hubiera pasado por la cabeza mientras se emborrachaba. Igual que la alusión a Scott Fitzgerald podía ser una manera poco convencional de decir adiós.

En una situación así, el hombre pequeño intenta aprovechar la información del hombre grande. Por eso llamé a un conocido que trabajaba en la organización Carne, una llamativa agencia de Beverly Hills especializada en la protección de la industria del transporte, y aquí protección cualquier cosa que tuviera un pie dentro de la ley. El tipo se llamaba George Peters y dijo que podía dedicarme diez minutos si me daba prisa.

La organización ocupaba la mitad del segundo piso de uno de esos edificios de cuatro plantas, color rosa caramelo, donde las puertas de todos los ascensores se abren automáticamente mediante ojos eléctricos, donde los pasillos están frescos y en silencio, el aparcamiento tiene un nombre en cada plaza, y el farmacéutico de enfrente tiene la muñeca dislocada de llenar frascos de pastillas para dormir.

La puerta, por fuera, era de un gris sobrio, con letras metálicas en relieve, limpias y cortantes como un cuchillo nuevo. «Organización Carne. Gerald c. Carne, presidente.» Debajo, en letras más pequeñas: «Entrada». Podría haber sido un fondo de inversiones.

Dentro había un vestíbulo pequeño y feo, pero la fealdad era deliberada y cara. Los muebles eran rojo escarlata y verde oscuro, las paredes de un verde mármol, y los cuadros tenían marcos de un verde tres tonos más oscuro que el de las paredes. Eran cuadros de tipos con chaquetas rojas, cabalgando en enormes caballos ansiosos por saltar vallas altísimas. Había dos espejos sin marco, de un desagradable color rosado muy pálido. Las revistas sobre la mesa de caoba blanca pulida eran recientes, y todas estaban metidas en cubiertas de plástico transparente. El tipo que había decorado la sala era alguien a quien le asustaban los colores. Probablemente llevaba una camisa color pimentón, pantalones morados, zapatos de piel de cebra y calzoncillos bermellón, con sus iniciales grabadas en un agradable color mandarina.

Todo aquello no era más que pura fachada. Los clientes de la organización Carne pagaban un mínimo de cien pavos al día, y esperaban el servicio a domicilio. No iban a sentarse en recibidores de ninguna clase. Carne era un antiguo coronel de la policía militar, un tío enorme, de piel blanca y sonrosada, duro como una tabla. Me había ofrecido trabajo en una ocasión, pero nunca llegué a estar tan desesperado como para aceptarlo. Hay ciento noventa maneras de ser un hijo de mala madre, y Carne las conocía todas.

Se abrió un panel deslizante de vidrio esmerilado y apareció una recepcionista. Tenía una sonrisa acerada y unos ojos que podían ver el dinero que uno llevaba en los bolsillos.

—Buenos días. ¿En qué puedo ayudarle?

—Quiero ver a George Peters, por favor. Me llamo Marlowe.

Colocó sobre la mesa un libro de registro encuadernado en piel verde.

—¿Tiene una cita, señor Marlowe? No veo su nombre en la lista.

—Es un asunto personal. Acabo de hablar con él por teléfono.

—Ya veo. ¿Cómo se escribe su apellido? ¿Y cuál es su nombre de pila, por favor?

Se lo dije. Lo anotó en un formulario largo y estrecho, cuyo extremo deslizó bajo un reloj para fichar.

—¿A quién pretende impresionar con eso? —le pregunté.

—Aquí somos muy quisquillosos con los detalles —replicó con frialdad—. El coronel Carne dice que nunca se sabe cuándo el hecho más trivial puede resultar vital.

—O todo lo contrario —repuse, pero no me oyó.

Cuando terminó de hacer las anotaciones, levantó la vista.

—Voy a avisar al señor Peters —me informó.

Le dije que me alegraba. Un minuto después se abrió una puerta en la pared y Peters me invitó a entrar en un pasillo color gris acorazado que discurría entre pequeños despachos que parecían celdas. El suyo tenía aislamiento acústico en el techo, un escritorio metálico color gris acero con dos sillas a juego, un dictáfono gris sobre un atril gris, un teléfono y bolígrafos del mismo color de las paredes y el suelo. Había un par de fotos en las paredes, una de Carne en uniforme con el casco puesto, y otra de Carne vestido de civil, sentado tras un escritorio con una mirada inescrutable. En la pared también había un pequeño cartel edificante impreso en letras de acero sobre un fondo gris. Decía: «Un funcionario de la organización Carne viste, habla y se comporta como un caballero, en todo momento y lugar. Esta regla no admite excepciones».

Peters cruzó la habitación en dos zancadas y apartó uno de los marcos. Detrás, en la pared gris, había un brazo retráctil con un micrófono. Lo extrajo, desconectó un cable y lo colocó de vuelta en su lugar. Volvió a cubrirlo todo con el retrato.

—Ahora mismo me echarían del trabajo si no fuera porque el hijo de perra anda sacándole las castañas del fuego a un actor que conducía borracho. Los interruptores de todos los micrófonos están en su despacho. Ha cableado todo el lugar. Hace días le sugerí que instalara una cámara con luz infrarroja detrás de un espejo semitransparente en el vestíbulo. No le gustó mucho la idea. Quizá porque se le había ocurrido a otro y no a él.

Se sentó en una de las duras sillas grises. Lo miré fijamente. Era un hombre desgarbado, de largas piernas, rostro huesudo y calva incipiente. Su piel tenía el aspecto envejecido y curtido de la gente que ha pasado mucho tiempo a la intemperie en toda clase de climas. Tenía los ojos hundidos en el cráneo y un labio superior casi tan prominente como la nariz. Cuando sonreía, la mitad inferior de su rostro desaparecía entre dos enormes arrugas que iban desde los agujeros de la nariz hasta las comisuras de su ancha boca.

—¿Cómo soportas esto? —le pregunté.

—Siéntate, amigo. Respira despacio, no levantes la voz y recuerda que entre un funcionario de Carne y un sabueso de saldo como tú hay la misma diferencia que entre Toscanini y el mono de un organillo. —Hizo una pausa y sonrió—. Lo soporto porque me importa un pimiento. Gano bastante dinero y, cuando Carne empiece a actuar como si yo fuera uno de los presos de esa cárcel de máxima seguridad que dirigía en Inglaterra, cogeré mi cheque y me largaré. ¿Qué problema tienes? Oí que hace unos días las pasaste canutas.

—No me quejo de eso. Me encantaría ver vuestro archivo sobre los chicos de las ventanas con rejas. Sé que tenéis un archivo así. Eddie Dowst me lo contó después de marcharse de aquí.

—Eddie era demasiado sensible para la organización Carne —dijo asintiendo con la cabeza—. El archivo del que hablas es secretísimo. Bajo ninguna circunstancia se puede facilitar información confidencial a personas ajenas. Te lo traigo.

Salió y me quedé mirando la papelera gris, el linóleo gris y las esquinas de cuero gris del secante. Peters volvió con un archivador de cartón gris en las manos. Lo colocó sobre el escritorio y lo abrió.

—Por Dios, ¿hay algo en este lugar que no sea gris?

—Los colores de la institución, amigo. El espíritu de la organización. Pero sí, tengo algo que no es gris.

Abrió un cajón y sacó un habano de unos veinte centímetros.

—Un Upmann treinta —dijo—. Me lo regaló un anciano caballero que ha vivido cuarenta años en California y todavía sigue hablando de «telegrafía inalámbrica». Sobrio, no es más que un viejo sarasa con bastante encanto superficial, lo cual me gusta, porque la mayor parte de la gente no tiene ningún encanto, ni superficial ni de otro tipo, incluido Carne. El jefe tiene tanto encanto como los calzoncillos de un metalúrgico. Cuando no está sobrio, ese cliente tiene la extraña costumbre de emitir cheques de bancos que nunca han oído hablar de él.

Siempre acaba pagándolos, y con mi sentida colaboración, hasta el momento se ha mantenido fuera de la cárcel. Él me lo dio. ¿Nos lo fumamos juntos como un par de jefes indios que planean una masacre?

—No fumo habanos.

Peters miró el enorme puro con tristeza.

—Yo tampoco —reconoció—. Pensé regalárselo a Carne. Pero no es un habano para que se lo fume una sola persona, aunque sea él. —Frunció el entrecejo—. ¿Sabes qué? Estoy hablando demasiado de Carne. Debo de estar tenso. —Dejó caer el habano en el cajón y miró el archivador abierto—. ¿Y qué buscamos?

—Estoy buscando a un alcohólico solvente, con gustos caros y el dinero suficiente para satisfacerlos. Nunca le han devuelto un cheque. Al menos, que yo sepa. Tiene una vena violenta y su esposa está preocupada. Cree que se ha escondido en alguno de esos lugares donde se ocupan de desintoxicar a los borrachos, pero no está segura. La única pista es una frase en la que menciona a un tal doctor V. Solo la inicial. Mi hombre lleva tres días perdido.

Peters me miró pensativo.

—No es tanto tiempo. ¿Por qué te preocupa?

—Si lo encuentro, me pagan.

Me miró unos segundos más y negó con la cabeza.

—No lo entiendo, pero da igual. Veamos. —Comenzó a pasar las páginas—. No es tan fácil. Esa gente va y viene. Una sola letra no sirve de mucho. —Sacó una hoja del archivador, pasó unas cuantas más, sacó otra y por último una tercera—. Aquí tenemos tres. Doctor Amos Varley, osteópata. Un sitio impresionante en Altadena. Sus visitas nocturnas cuestan, o costaban, cincuenta pavos. Dos enfermeras diplomadas. Hace un par de años tuvo un tropezón con el grupo de narcóticos de la policía estatal y se vio obligado a entregar el recetario. Esta información no está actualizada.

Anoté el nombre y la dirección en Altadena.

—Luego tenemos al doctor Lester Vukanich. Otorrinolaringólogo, edificio Stockwell, en Hollywood Boulevard. Este es una joya. Básicamente atiende en su consulta y parece que está especializado en sinusitis crónica. Es una rutina sin problemas. Vas a verlo y te quejas de una jaqueca causada por sinusitis, y te lava las cavidades. Por supuesto, antes te anestesia con novocaína. Pero si le gustas, no tiene que ser novocaína. ¿Lo captas?

—Claro. —Y anoté sus datos.

—Bien, entonces... —continuó Peters mientras leía algo más—. Obviamente, su problema es el suministro. Así que nuestro doctor Vukanich sale mucho de pesca cerca de Ensenada y vuela hasta allí en su propio avión.

—No creo que dure mucho si él mismo regresa con la droga.

Peters lo pensó y negó con la cabeza.

—No estoy de acuerdo. Si no es demasiado codicioso, puede durar tanto como quiera. Su único peligro real es un cliente descontento, perdón, un paciente. Pero es probable que sepa cómo manejar la situación. Lleva quince años en la misma dirección.

—¿Y de dónde demonios sacáis la información? —pregunté.

—Somos una organización, amigo mío. No un lobo solitario como tú. Los clientes nos cuentan cosas, y también algo logramos indagar. A Carne no le preocupa gastar dinero. Cuando le interesa, es muy sociable.

—Le encantaría esta conversación.

—Que le den. Nuestra última oferta de hoy es un sujeto llamado Verringer. El tipo que hizo el informe se esfumó hace tiempo. Al parecer, una poetisa se suicidó en el rancho que posee Verringer en Sepulveda Canyon. Dirige algo así como una colonia artística para escritores y gente que busca un retiro privado con un ambiente adecuado. Los precios son moderados. Parece algo legítimo. Se presenta como doctor, pero no ejerce la medicina. Podría ser un doctor en cualquier otro campo. Francamente, no sé por qué está incluido en este expediente. A no ser que haya algo especial relativo a ese suicidio. —Tomó un recorte de periódico pegado en una hoja en blanco—. Claro, sobredosis de morfina. Aunque no parece que Verringer supiera nada del asunto.

—Me gusta Verringer —dije—, me gusta muchísimo.

Peters cerró el archivador y le dio una palmada.

—No lo has visto nunca.

Se levantó y abandonó el despacho. Cuando regresó, yo me levantaba para marcharme. Comencé a darle las gracias pero me cortó con un gesto.

—Mira, tu hombre podría estar en cientos de lugares.

Le dije que ya lo sabía.

—Y, a propósito, oí algo sobre tu amigo Lennox que podría interesarte. Uno de nuestros muchachos se tropezó hace cinco o seis años con un tipo en Nueva York que responde exactamente a su descripción. Aunque me dijo que el tipo no se llamaba Lennox, sino Marston. Por supuesto, podría estar equivocado. El tipo estaba borracho todo el tiempo, así que no es posible estar seguro.

—Dudo que fuera la misma persona. ¿Por qué iba a cambiar de apellido? Tenía un historial militar que cualquiera podría verificar.

—No tenía ni idea de eso. Nuestro hombre está ahora mismo en Seattle. Cuando regrese, puedes hablar con él. Se llama Ashterfelt.

—Gracias por todo, George. Han sido diez minutos muy largos.

—Algún día necesitaré tu ayuda.

—La organización Carne nunca necesita nada de nadie.

Hizo un gesto grosero con el pulgar. Lo dejé en su celda de color gris metálico y me fui cruzando el vestíbulo. Me gustó. Los colores chillones tenían sentido después del gris del bloque de celdas.

## 16

No lejos de la carretera, en el fondo de Sepulveda Canyon, había dos postes amarillos rectangulares. De uno de ellos colgaba un portón abierto de cinco barrotes. Sobre la entrada había un cartel que pendía de un alambre: «Carretera privada. Prohibido el paso». El aire era cálido y sereno, lleno del intenso olor a gato macho propio de los eucaliptos.

Me metí por ahí y seguí un camino de grava que rodeaba una colina, ascendiendo por una suave cuesta y bajando por el otro lado hacia un valle umbrío. En el valle hacía calor, seis u ocho grados más que en la carretera. De repente vi que el camino terminaba en una rotonda, en torno a un macizo de hierba rodeado de piedras encaladas. A mi izquierda había una piscina vacía, y nada tiene un aspecto más vacío que una piscina sin agua. En tres de sus lados quedaban restos de césped, con tumbonas de madera y cojines desteñidos encima que habían sido de varios colores: azul, verde, amarillo, naranja y rojo ladrillo. Las costuras de los bordes se habían roto en algunos sitios, los botones habían saltado y los cojines se habían hinchado. En el cuarto lado se veía la alta cerca metálica de una cancha de tenis. El trampolín de la piscina vacía parecía encorvado y cansado. La cubierta de hule colgaba en tiras y los remaches metálicos estaban oxidados.

Llegué a la rotonda y me detuve ante un edificio de madera con un tejado precario y un amplio porche. La entrada tenía una doble puerta con mosquitera. Unos enormes moscones negros dormían sobre la tela metálica. Varios caminos se perdían entre robles de California, siempre verdes y polvorientos, y entre ellos se veían cabañas rústicas, dispersas sin orden por las laderas de la colina, algunas casi ocultas por completo. Las que se veían mostraban un aspecto abandonado, de fuera de temporada. Las puertas estaban cerradas; las ventanas, tapadas por cortinas de tela de arpillera o algo semejante. Casi se podía palpar la gruesa capa de polvo en los alféizares.

Apagué el motor y me quedé allí sentado, escuchando, con las manos sobre el volante. No se oía ningún sonido. El lugar parecía tan muerto como los faraones, aunque la puerta interior tras la tela metálica estaba abierta y algo se movía detrás, en la penumbra de una habitación. Después oí un silbido, quedo y preciso, y apareció la silueta de un hombre tras la tela mosquitera. La abrió de un empujón y bajó los peldaños. Era todo un espectáculo.

Llevaba un sombrero de gaucho con el cordón trenzado bajo la barbilla. Vestía una camisa de seda, impecable, con el último botón desabrochado, los puños muy ceñidos y las mangas muy anchas. Lucía un pañuelo negro atado al cuello de manera desigual, de modo que uno de los extremos era más largo que el otro. Le ceñía la cintura una ancha banda negra y unos pantalones negros, muy ajustados en las caderas, pespunteados con hilo dorado hasta donde se abrían formando una campana, con botones dorados a ambos lados de la abertura. Calzaba unos zapatos de baile de charol.

Se detuvo al pie de los peldaños y me miró sin dejar de silbar. Era ágil como un látigo. Bajo las largas pestañas sedosas se veían sus ojos color humo, los más grandes y vacíos que había visto nunca. Sus rasgos eran delicados y perfectos sin ser débiles. Tenía la nariz recta y casi fina, una boca atractiva, un hoyuelo en la barbilla y las orejas pequeñas, apretadas con gracia contra la cabeza. La piel mostraba la palidez lechosa de quien no ha sido tocado nunca por el sol.

Adoptó una pose estudiada, apoyando la mano izquierda en la cadera, mientras la derecha describía un leve arco en el aire.

—Enhorabuena —dijo—. Un día precioso, ¿verdad?

—Para mí aquí hace demasiado calor.

—Me gusta el calor.

La declaración era terminante y final, y cerraba la discusión. No le importaba en absoluto lo que me gustara a mí. Se sentó en un peldaño, sacó de alguna parte una larga lima y comenzó a arreglarse las uñas.

—¿Es del banco? —preguntó sin mirarme.

—Estoy buscando al doctor Verringer.

Dejó de trabajar con la lima y miró la tórrida lejanía.

—¿Quién es? —preguntó sin mostrar el menor interés.

—El dueño del lugar. Es usted muy lacónico, ¿verdad? Como si no lo supiera.

Volvió a su lima y a sus uñas.

—Cariño, se equivoca. El dueño del lugar es el banco. Lo han cerrado por una hipoteca o algo así. Se me han olvidado los detalles.

Levantó la vista hacia mí, con la expresión de una persona a la que no le importan los detalles. Me apeé de mi Oldsmobile, me recosté en la puerta recalentada y a continuación me desplacé hacia un sitio donde hubiera un poco de aire.

—¿Qué banco es?

—Si usted no lo sabe, es que no viene de allí. Y si no viene de allí, no tiene nada que hacer aquí. Lárguese, cariño. Piérdase en un pispás.

—Tengo que ver al doctor Verringer.

—El negocio no funciona, cariño. Como dice el letrero, es una carretera privada. Algún topo olvidó cerrar el portón.

—¿Usted es el encargado?

—Algo así. No pregunte nada más, cariño. Tengo un humor muy variable.

—¿Qué hace cuando se enoja? ¿Baila un tango con una ardilla?

Se levantó de repente y con gracia. Sonrió un instante con una expresión huera.

—Parece que tendré que meterlo de vuelta en su viejo descapotable.

—Más tarde. Ahora dígame: ¿dónde puedo encontrar al doctor Verringer?

Se guardó la lima en la camisa y en su mano derecha apareció otra cosa. Un movimiento leve y me mostró que acababa de ponerse un puño americano. La piel de los pómulos se le tensó y en sus grandes ojos color humo apareció una profunda llama.

Caminó hacia mí. Retrocedí buscando espacio. Siguió silbando, pero esta vez el silbido era agudo y estridente.

—No tenemos por qué pelear —le dije—. No hay ninguna razón. Se le podrían descoser esos preciosos pantalones.

Fue rápido como un relámpago. Se lanzó contra mí con un salto ágil y su brazo izquierdo se movió como una serpiente. Yo esperaba un directo y esquivé bien con la cabeza, pero él buscaba mi muñeca derecha y logró sujetarla. Agarraba muy fuerte. De un tirón me hizo perder el equilibrio, y la mano con el puño americano se dirigió hacia mi cabeza. Un golpe en la nuca con eso y me pondría mal. Si me volvía, me daría en un lado de la cara o en el antebrazo, debajo del hombro. Me dejaría el brazo o la cara fuera de combate. En semejante situación solo se puede hacer una cosa.

Aproveché el impulso que traía. Al abalanzarme, le bloqueé el pie izquierdo desde atrás, lo agarré de la camisa y la oí rasgarse. Algo me golpeó en la parte posterior del cuello, pero no era el metal. Giré a la izquierda y él cayó de lado como un gato. Se levantó antes de que yo pudiera recuperar el equilibrio. Sonreía burlón. Estaba feliz por todo. Le encantaba su trabajo. Se acercó a mí a toda prisa.

—¡Earl! —Se oyó el grito de una voz potente—. ¡Basta ya! ¡Que pares de inmediato! ¿Me has oído?

El chico disfrazado de gaucho se detuvo. En su rostro apareció una mueca enfermiza. Hizo un movimiento rápido y el puño americano desapareció bajo el borde superior de la ancha faja que le ceñía los pantalones.

Me di la vuelta y descubrí a un sujeto corpulento con una camisa hawaiana que caminaba deprisa hacia nosotros por uno de los senderos moviendo los brazos. Al llegar, jadeaba un poco.

—¿Te has vuelto loco, Earl?

—No vuelva a decir eso, doctor —dijo Earl en voz baja.

Sonrió, se dio la vuelta y fue a sentarse en los peldaños de la casa. Se quitó el sombrero, sacó un peine y comenzó a arreglarse el tupido cabello negro con una expresión ausente. Un instante después, comenzó a silbar bajo.

El hombre corpulento con la camisa de colorines se quedó allí plantado y me miró. Yo me puse en pie y lo miré.

—¿Qué pasa aquí? —gruñó—. ¿Quién es usted, señor?

—Me llamo Marlowe. Preguntaba por el doctor Verringer. El chico al que ha llamado Earl quería divertirse un poco. Quizá haga demasiado calor.

—Yo soy el doctor Verringer —dijo con dignidad. Volvió la cabeza—: Earl, entra en la casa.

Earl se levantó despacio. Miró al doctor Verringer pensativo, como si lo estudiara, con sus grandes ojos color humo carentes de expresión. A continuación, subió los peldaños y abrió la mosquitera. Una nube de moscones se revolvió enfadada y se instaló de nuevo sobre la tela metálica en cuanto las puertas se cerraron.

—¿Marlowe? —El doctor Verringer volvió a prestarme atención—. ¿Y qué puedo hacer por usted, señor Marlowe?

—Dice Earl que ha cerrado el negocio.

—Así es. Solo espero resolver ciertas formalidades legales antes de mudarme. Earl y yo estamos solos.

—Qué contrariedad —comenté con una expresión decepcionada—. Creí que un hombre llamado Wade estaría aquí.

Levantó un par de cejas que hubieran hecho las delicias de un vendedor de cepillos Fuller.

—¿Wade? Es posible que conozca a alguien con ese nombre, es bastante corriente. Pero ¿por qué iba a estar aquí?

—¿Haciendo una cura?

Frunció el entrecejo. Cuando un tipo tiene cejas como esas, puede fruncir el entrecejo de un modo espectacular.

—Soy médico, señor, pero ya no ejerzo la profesión. ¿A qué tipo de cura se refiere usted?

—El tipo es un alcohólico. De vez en cuando se le cruzan los cables y desaparece. A veces regresa por propia voluntad, a veces lo llevan a casa, y en ocasiones resulta difícil encontrarlo.

Saqué una tarjeta y se la entregué.

La leyó con disgusto evidente.

—¿Qué le pasa a Earl? ¿Se cree que es Rodolfo Valentino o algo así?

De nuevo hizo aquel gesto con las cejas. Era fascinante. Una parte de ellas se levantaba no menos de tres centímetros. Alzó sus gruesos hombros y los dejó caer de nuevo.

—Earl es inofensivo, señor Marlowe. En ocasiones está como alelado. Yo diría que vive en un mundo de fantasía.

—Eso lo dirá usted, doctor. Desde mi punto de vista, juega más bien duro.

—No, no, señor Marlowe. Seguramente exagera. A Earl le gusta disfrazarse. En ese sentido, es como un niño.

—¿Se refiere a que está chalado? ¿Este lugar es, o era, algo así como un sanatorio?

—Claro que no. Cuando funcionaba, era una colonia de artistas. Yo les proporcionaba comida, alojamiento, instalaciones para hacer ejercicio, entretenimiento y, sobre todo, privacidad. Y a un precio moderado. Los artistas, como debe de saber, rara vez son personas ricas. Cuando hablo de artistas, por supuesto, me refiero a escritores, músicos, etcétera. Para mí fue un trabajo muy gratificante mientras duró.

Al decir esto se entristeció. Los extremos exteriores de las cejas cayeron para asemejarse a su boca. Si las dejaba crecer un poco más, le llegarían a la boca.

—Lo sé —respondí—. Está en el expediente. Igual que el suicidio que tuvo lugar aquí hace tiempo. Un caso de drogas, ¿verdad?

Dejó de encorvarse y se irguió.

—¿Qué expediente? —preguntó cortante.

—Tenemos un expediente sobre los que llamamos chicos de las ventanas con rejas, doctor. Sitios de los que no es posible escapar cuando uno es presa del delirio. Pequeños sanatorios privados, o lo que sea, donde tratan a alcohólicos, drogadictos o maníacos leves.

—Esos lugares deben tener una licencia legal —dijo Verringer con aspereza.

—Sí. Al menos en teoría. A veces se olvidan de ello.

Se enderezó muy rígido. El tipo tenía cierta dignidad.

—Su sugerencia me ofende, señor Marlowe. No sé por qué mi nombre debe estar en un expediente como el que ha mencionado. Debo pedirle que se vaya.

—Volvamos a Wade. ¿Podría estar aquí con otro nombre, quizá?

—Aquí no hay nadie más, a parte de Earl y yo. Estamos solos. Ahora, si me disculpa...

—Me gustaría echar un vistazo.

A veces puedes pincharlos lo suficiente como para que digan lo que no deben. Pero el doctor Verringer no. Mantuvo su aspecto respetable. Sus cejas lo acompañaban. Miré hacia la casa. De allí salía música, música bailable. Y se oía muy leve el chasquido de dedos.

—Apuesto a que está allí bailando. Es un tango. Le apuesto a que está bailando solo. Vaya niño.

—¿Va a marcharse, señor Marlowe? ¿O debo pedirle a Earl que me ayude a sacarlo de mi propiedad?

—Bien, me voy. Sin rencores, doctor. Había solo tres apellidos que comenzaban con «v» y usted parecía el más prometedor de todos. Es la única pista que teníamos, un tal doctor V. Lo garabateó en un trozo de papel antes de largarse. Doctor V.

—Debe de haber docenas —dijo Verringer impasible.

—Seguro. Pero en nuestro expediente sobre los chicos de las ventanas con rejas, no. Gracias por su tiempo, doctor. Earl me preocupa un poco.

Me di la vuelta, eché a andar hacia el coche y entré en él. Cuando acabé de cerrar la portezuela, el doctor Verringer estaba a mi lado. Se inclinó junto a la ventanilla con una expresión amable.

—No tenemos por qué discutir, señor Marlowe. Me doy cuenta de que en su trabajo a veces no le queda más remedio que entrometerse. ¿Qué le preocupa con respecto a Earl?

—Es una falsificación total. Cuando uno descubre que algo es falso, espera encontrar otras cosas que también lo sean. El tipo es un maníaco depresivo, ¿verdad? Y ahora está en la fase de mayor excitación.

Me miró en silencio. Su aspecto era serio y cortés.

—Muchas personas inteligentes y talentosas han estado aquí, señor Marlowe. No todos tenían el equilibrio mental que pueda tener usted. Con frecuencia, las personas con talento son neuróticas. Sin embargo, no cuento con instalaciones para tratar a lunáticos o a alcohólicos, no lo haría aunque me gustara ese tipo de trabajo. No tengo más personal que Earl, y es difícil que pueda cuidar enfermos.

—¿Y cómo diría usted que es, doctor? Aparte del tipo que baila solo y cosas por el estilo.

Se recostó contra la portezuela. Su voz se volvió confidencial.

—Los padres de Earl fueron buenos amigos míos, señor Marlowe. Alguien tiene que cuidar de él y ellos ya no están con nosotros. Earl tiene que vivir con tranquilidad, lejos de los ruidos y las tentaciones de la gran ciudad. Es inestable, pero en realidad inofensivo. Como ha visto, lo controlo fácilmente.

—Es usted muy valiente.

Suspiró. Sus cejas aletearon con levedad, como las antenas de un insecto suspicaz.

—Ha supuesto un sacrificio —dijo—. Un duro sacrificio. Pensé que Earl podría ayudarme aquí con el trabajo. Juega bien al tenis, nada y se zambulle como un campeón, y puede bailar toda la noche. Casi siempre es de lo más amable. Pero de vez en cuando ocurrían... incidentes. —Agitó una mano enorme como si quisiera apartar recuerdos dolorosos—. Al final tuve que elegir: renunciar a Earl o a este sitio.

Puso las palmas de las manos hacia arriba, las separó, les dio la vuelta y las dejó caer a los lados del cuerpo. Sus ojos me miraban llenos de lágrimas.

—Lo vendí. Este pacífico valle se convertirá en una urbanización. Habrá aceras y farolas, niños con motos y radios a todo volumen. Incluso habrá televisores. —Esta vez el suspiro fue de tristeza. Hizo un gesto con las manos abarcándolo todo—. Espero que conserven los árboles, pero me temo que no. En su lugar, habrá antenas de televisión en las colinas. Como mínimo Earl y yo estaremos muy lejos, o eso espero.

—Adiós, doctor. Le doy mi más sincero pésame.

Me tendió la mano. Estaba húmeda pero era firme.

—Gracias por su comprensión y su compasión, señor Marlowe. Y lamento no poder ayudarlo en su búsqueda del señor Slade.

—Wade —corregí.

—Disculpe, claro, Wade. Adiós y buena suerte, señor.

Puse en marcha el motor y tomé el camino de grava por el que había venido. Me sentía triste, aunque no tanto como el doctor Verringer habría querido.

Atravesé el portón y seguí la curva de la carretera hasta que no pudieran verme desde la entrada. Me apeé y recorrí el borde del pavimento hasta donde vi el portón desde la cerca de alambre de espino que circundaba la propiedad. Me quedé allí bajo un eucalipto y esperé.

Transcurrieron cinco minutos, o algo más. Entonces un coche salió por la carretera privada haciendo saltar la grava. Se detuvo en un sitio desde donde no conseguía verlo. Retrocedí entre los arbustos. Oí un ruido metálico, después el clic de algo al cerrarse y el sonido de una cadena. El motor zumbó y el coche regresó por la carretera.

Cuando su sonido se desvaneció, volví al Oldsmobile y giré ciento ochenta grados para quedar en dirección a la ciudad. Cuando pasé por delante de la entrada a la carretera privada del doctor Verringer, vi que el portón estaba cerrado con cadena y candado. No más visitantes por hoy, gracias.

# 17

Recorrí los más de treinta kilómetros de regreso a la ciudad y luego almorcé. Mientras comía, todo aquel asunto me hacía sentir cada vez más tonto. No encuentras a la gente de la manera en que lo estaba intentando. Conoces a personajes interesantes, como el doctor Verringer o Earl, pero no te tropiezas con la persona a la que buscas. Gastas neumáticos, gasolina, palabras y nervios en un juego que no da nada a cambio. Ni siquiera apostando a la ruleta tienes menos opciones. Con tres apellidos que comenzaban con la letra «v», yo tenía la misma posibilidad de encontrar a mi hombre como de desbancar a Nick el Griego en un juego de dados.

De todos modos, el primer intento siempre sale mal, es como un callejón sin salida o una pista prometedora que te estalla en la cara sin música de fondo. Pero no debería haber dicho Slade en lugar de Wade. Era un hombre inteligente. No podía olvidarse con tanta facilidad, y si lo había olvidado, no recordaría nada.

Quizá sí y quizá no. No había pasado en su compañía el tiempo indispensable. Mientras me tomaba el café, me dediqué a pensar en los doctores Vukanich y Varley. ¿Sí o no? Ellos me ocuparían la mayor parte de la tarde. Y después podría llamar a la mansión Wade en Idle Valley para enterarme de que el cabeza de familia había regresado ya a su domicilio y que rebosaba de salud hasta nueva orden.

El doctor Vukanich resultó fácil de encontrar. Estaba solo a media docena de manzanas en línea recta. Pero el doctor Varley vivía lejos, se había largado a las colinas de Altadena; un viaje largo, caluroso y aburrido. ¿Sí o no?

La respuesta final fue sí. Por tres buenas razones. Una era que nunca se sabe lo suficiente sobre la línea de sombra y la gente que la atraviesa. La segunda era que cualquier cosa que pudiera añadir al expediente que Peters me había mostrado sería un gesto de agradecimiento y buena voluntad. La tercera, que no tenía nada más que hacer.

Pagué la cuenta, dejé el coche donde estaba y eché a andar por la acera norte de la misma calle hasta el edificio Stockwell. Era una antigualla con un estanco a la entrada y un viejo ascensor que daba bandazos y nunca quedaba al nivel de los pisos. El pasillo de la sexta planta era estrecho y las puertas tenían paneles de vidrio esmerilado. Era más viejo que el edificio de mi despacho, y estaba mucho más sucio. Había muchos médicos, dentistas y practicantes de ciencia cristiana a los que no les iba muy bien, abogados de la clase que uno espera que tenga el contrincante, y doctores que apenas llegaban a fin de mes. No muy buenos, no muy limpios, no muy precisos, tres dólares y, por favor, pague a la enfermera; personas cansadas y desencantadas que saben exactamente qué lugar ocupan, qué tipo de pacientes tienen y cuánto dinero pueden exprimirles. «No se fía. El doctor está. El doctor no está. Esa muela de ahí está suelta, señora Kazinski. Ahora, si quiere este empaste acrílico nuevo, tan bueno como uno de oro, puedo ponérselo por catorce dólares. Son dos dólares extra por la novocaína, si lo desea. El doctor está. El doctor no está. Son tres dólares. Por favor pague a la enfermera.»

En un edificio como ese siempre hay gente que gana dinero de verdad, aunque no lo parece. Forman parte de ese ambiente venido a menos que les sirve de cobertura. Abogaduchos que participan también en estafas sobre fianzas (solo se recupera el dos por ciento de las fianzas entregadas). Abortistas que se hacen pasar por cualquier cosa que pueda justificar sus instalaciones. Camellos que se hacen pasar por urólogos, dermatólogos o especialistas en cualquier rama de la medicina en la que el tratamiento sea frecuente y el uso de anestésicos locales resulte sistemático.

El doctor Lester Vukanich tenía una sala de espera pequeña y mal amueblada en la que se amontonaba media docena de personas, todas ellas con aspecto de sentirse incómodas. Parecían estar como cualquier otra persona. No mostraban signos especiales. De todos modos, no es posible diferenciar a un drogadicto bajo control de un contable vegetariano. Tuve que esperar tres cuartos de hora. Los pacientes entraban por dos puertas diferentes. Un otorrinolaringólogo activo puede tratar a la vez a cuatro pacientes, siempre que tenga suficiente espacio.

Finalmente entré. Me senté en una silla de cuero marrón, junto a una mesa cubierta con una toalla blanca, sobre la que reposaba un juego de instrumentos. Junto a la pared burbujeaba un equipo de esterilización. El doctor Vukanich entró enérgico con su bata blanca y un espéculo redondo en la frente. Se sentó en un taburete, frente a mí.

—¿Jaqueca por sinusitis? ¿Le duele mucho?

Miró un expediente que le había traído la enfermera.

Dije que el dolor era horrible. Que me cegaba. Sobre todo al levantarme por las mañanas. Asintió con el aire de quien sabe de qué se trata.

—Es característico —confirmo, y ajustó una capucha de vidrio sobre algo que tenía el aspecto de una pluma fuente.

Me la metió en la boca.

—Cierre los labios, pero los dientes no, por favor.

Mientras hablaba, extendió la mano y apagó la luz. No había ventanas. En algún sitio ronroneaba un ventilador.

El doctor Vukanich retiró el tubo de vidrio y volvió a encender la luz. Me miró con detenimiento.

—No hay congestión, señor Marlowe. Si tiene jaqueca, no se debe a una sinusitis. Me atrevería a decir que no ha padecido sinusitis en toda su vida. Le han realizado una operación del tabique nasal, según puedo ver.

—Sí, doctor. Me dieron una patada jugando al fútbol.

Asintió.

—Hay un pequeño saliente óseo que debieron de eliminar. De todos modos, es difícil que le impida respirar. —Se echó atrás en el taburete y se agarró la rodilla—. ¿Qué desea que haga por usted? —preguntó.

Era un hombre de rostro delgado y una palidez nada interesante. Parecía una rata blanca tuberculosa.

—Quería hablarle de un amigo mío. Está bastante mal. Es escritor. Tiene mucho dinero, pero los nervios débiles. Necesita ayuda. Vive bebiendo días enteros. Necesita algo. Su médico de cabecera ya no quiere colaborar.

—¿Qué quiere decir exactamente con lo de colaborar? —preguntó.

—Lo único que necesita es un pinchazo de vez en cuando para serenarse. He pensado que quizá podríamos inventarnos algo. La suma de dinero sería importante.

—Lo siento, señor Marlowe, no me ocupo de esos problemas. —Se levantó—. Creo que ha sido un acercamiento bastante burdo. Su amigo podría venir a mi consulta, si lo desea. Pero debe de padecer alguna enfermedad real que requiera tratamiento. Son diez dólares, señor Marlowe.

—Déjese de tonterías, doctor. Usted está en la lista.

El doctor Vukanich se recostó en la pared y encendió un cigarrillo. Me estaba dando tiempo. Exhaló el humo y se dedicó a mirarlo. Le di una de mis tarjetas para que mirara otra cosa. Le echó un vistazo.

—¿Qué lista? —se interesó.

—La de los chicos de las ventanas con rejas. Me imagino que ya conoce a mi amigo. Se apellida Wade. Quizá lo tenga escondido en alguna parte, en una pequeña habitación blanca. Hace días que no aparece por su casa.

—Usted es un imbécil —me soltó Vukanich—. No me

dedico a porquerías como curas para borrachos de cuatro días. De todas maneras, no resuelven nada. No tengo pequeñas habitaciones blancas y no conozco a ese amigo del que habla, en caso de que exista. Son diez dólares, en efectivo y ahora mismo. ¿O prefiere que llame a la policía y lo acuse de haberme pedido narcóticos?

—Eso sería fantástico —dije—. Hágalo.

—Lárguese de aquí, chantajista de pacotilla.

Me levanté de la silla.

—Creo que me he equivocado, doctor. La última vez que el tipo infringió la libertad condicional se escondió con un médico cuyo apellido comienza con una «v». Fue una operación absolutamente confidencial. Lo recogieron de madrugada y lo trajeron de vuelta de la misma manera, cuando ya se le había pasado. Ni siquiera esperaron a verlo entrar en la casa. Así que cuando agarró otra cogorza y no regresó, estuvimos revisando los expedientes en busca de una pista. Encontramos a tres médicos cuyos apellidos comienzan con «v».

—Qué interesante —respondió con una sonrisa fría. Seguía dándome tiempo—. ¿Y en qué se basó para hacer la selección?

Lo miré con atención. Su mano derecha subía y bajaba con suavidad por la parte interior de su antebrazo izquierdo. Una fina capa de sudor le cubría el rostro.

—Lo siento, doctor. Trabajamos de manera confidencial.

—Discúlpeme un momento. Tengo otro paciente que...

Dejó el final de la frase colgando en el aire y salió. Durante su ausencia, una enfermera metió la cabeza por la puerta, me miró un instante y desapareció.

El doctor Vukanich volvió enseguida con paso alegre. Sonreía y estaba relajado. Los ojos le brillaban.

—¿Qué? ¿Todavía está aquí? —Parecía muy sorprendido o intentaba parecerlo—. Pensé que nuestra breve conversación había terminado.

—Me voy. Creía que quería que lo esperara.

Rió entre dientes.

—¿Sabe una cosa, señor Marlowe? Vivimos tiempos extraordinarios. Por solo quinientos dólares podría mandarlo al hospital con varios huesos rotos. ¿No es divertido?

—Divertidísimo —respondí—. Se inyecta en vena, ¿verdad, doctor? ¡Hombre, ahora está exultante!

Me puse en movimiento.

—*Hasta luego, amigo** —gorjeó—. No se olvide de mis diez pavos. Páguele a la enfermera.

Mientras yo salía, fue hasta el intercomunicador y comenzó a decir algo. En el recibidor, las mismas doce personas, u otros doce iguales, seguían sintiéndose incómodos. La enfermera estaba en su puesto.

—Son diez dólares, por favor, señor Marlowe. En esta consulta, el pago es inmediato y en efectivo.

Pasé entre las piernas extendidas y llegué a la puerta. La enfermera salió disparada de su silla y rodeó el escritorio. Empujé la puerta.

—¿Y qué pasa si no cobran? —le pregunté.

—Ya verá lo que pasa —dijo airada.

—Seguro. Usted hace su trabajo. Yo también. Échele un vistazo a la tarjeta que le he dejado y verá a qué me dedico.

Salí. Los pacientes que esperaban me miraron con desaprobación. Esa no era forma de tratar al doctor.

* En español en el original. De aquí en adelante, lo que aparece en español en la novela aparecerá en cursiva. *(N. del t.)*

## 18

El doctor Amos Varley planteaba una situación diferente. Tenía una gran casa antigua en un gran jardín antiguo, sombreado por grandes robles antiguos. Era una estructura imponente, con muchas volutas en los voladizos que cubrían las galerías, y con barandillas blancas que se elevaban sobre soportes estriados y redondos, como las patas de un antiguo piano de cola. Varios ancianos de aspecto frágil ocupaban tumbonas plegables en el portal envueltos en mantas de viaje.

La puerta principal era doble y tenía cristales esmerilados. Dentro, el vestíbulo era amplio y fresco, y el suelo de parquet estaba pulido, sin una sola alfombra. Altadena es un sitio tórrido en verano. Tiene las colinas a su espalda y la brisa pasa por encima. Ocho años atrás la gente sabía cómo construir casas para un clima semejante.

Una enfermera vestida con una bata blanca almidonada tomó mi tarjeta y, tras una espera, el doctor Amos Varley se dignó verme. Era un hombre grande y calvo, con una sonrisa alegre. Su larga bata blanca estaba inmaculada y caminaba sin hacer ruido sobre suelas de goma corrugada.

—¿En qué puedo ayudarle, señor Marlowe?

Tenía una voz melódica y suave, apropiada para aliviar el dolor y confortar a los ansiosos. «El doctor está aquí, no hay de qué preocuparse, todo irá bien.» Tenía los modales para cuidar a enfermos en gruesas capas azucaradas. Era maravilloso, y tan duro como el blindaje de un tanque.

—Doctor, estoy buscando a un hombre llamado Wade, un alcohólico de buena posición que ha desaparecido de su casa. Su historial sugiere que está escondido en algún establecimiento discreto que pueda tratarlo con profesionalidad. Mi única pista es una referencia a un doctor V. Usted es el tercer doctor V. que visito y ya empiezo a desanimarme.

Sonrió con aire benévolo.

—¿Solo el tercero, señor Marlowe? Seguro que debe de haber un centenar de médicos en Los Ángeles y sus alrededores cuyos apellidos comiencen con «v».

—Sin duda, pero no son tantos los que tienen habitaciones con barrotes en las ventanas. He visto unas cuantas allí arriba, en un lateral de la casa.

—Ancianos —me explicó el doctor Varley con tristeza, aunque era una tristeza rica y cálida—. Ancianos solitarios, deprimidos e infelices, señor Marlowe. A veces... —Hizo un gesto expresivo con la mano, un movimiento ondulado hacia fuera, una pausa y después una leve caída, como una hoja muerta que baja flotando hacia el suelo—. No trato a alcohólicos aquí —añadió de modo preciso—. Ahora, si me perdona...

—Lo siento, doctor. Simplemente, usted estaba en la lista. Lo más probable es que sea un error. Algún problema con los detectives de narcóticos hace un par de años.

—¿Fue así? —Pareció perplejo, pero enseguida se hizo la luz—. Ah, sí, un asistente al que le di trabajo imprudentemente. Estuvo aquí durante un período de tiempo muy corto. Abusó de mi confianza. Sí, lo recuerdo.

—No fue eso lo que oí. Supongo que me lo contaron mal.

—¿Y qué le contaron, señor Marlowe? —Seguía tratándome con cortesía, con su sonrisa y su voz melosa.

—Que usted se había visto obligado a devolver su recetario de narcóticos.

Aquello lo afectó en cierta medida. No enseñó los dientes, pero perdió un par de capas de encanto. Sus ojos azules adquirieron un destello gélido.

—¿Cuál es la fuente de esa fantástica información?

—Una gran agencia de detectives que cuenta con los medios para reunir información sobre ese tipo de cosas.

—Una banda de chantajistas baratos, sin duda.

—Nada de baratos, doctor. Su tarifa base son cien dólares diarios. La dirige un antiguo coronel de la policía militar. No le interesa la calderilla, doctor. Cobra muchísimo más.

—Lo tendré presente —dijo el doctor Varley con frío disgusto—. ¿Su nombre?

En los modales del doctor Varley se había puesto el sol. Sería un anochecer gélido.

—Es información confidencial, doctor. No se preocupe, no pierda el tiempo con eso. Cosa de todos los días. ¿No le dice nada el apellido Wade?

—Creo que conoce el camino de salida, señor Marlowe.

A sus espaldas se abrió la puerta de un pequeño ascensor. De su interior salió una enfermera que empujaba una silla de ruedas. En la silla estaban los restos de un anciano descalabrado. Tenía los ojos cerrados y la piel de un tono azulado. Iba envuelto en una frazada. La enfermera lo llevó en silencio por el suelo pulido y salió por una puerta lateral.

—Ancianos —dijo quedamente el doctor Varley—. Ancianos enfermos. Ancianos solitarios. No vuelva, señor Marlowe. Podría enfadarme. Y cuando me enfado, puedo ser bastante desagradable. Yo diría que muy desagradable.

—Por mi parte, eso es todo, doctor. Gracias por su tiempo. Tiene aquí una preciosa casita para morir.

—¿Qué ha dicho?

Dio un paso hacia mí y se le cayeron las pocas capas de miel que aún llevaba. Las blandas líneas de su rostro se volvieron pétreas.

—¿Qué pasa? —le pregunté—. Ya veo que mi hombre no podría estar aquí. No buscaría aquí a una persona que aún tuviera fuerzas para resistirse. Ancianos enfermos. Ancianos solitarios. Usted lo ha dicho, doctor. Ancianos a los que nadie quiere, pero que tienen dinero y herederos hambrientos. Es probable que muchos de ellos hayan sido declarados incapaces por los tribunales.

—Me está enojando —dijo el doctor Varley.

—Alimentos ligeros, sedantes ligeros y tratamiento firme. Sacarlos al sol y llevarlos a la cama. Colocar barrotes en algunas ventanas, por si queda un poco de coraje. Ellos lo adoran, doctor, todos a una. Mueren con la mano entre las suyas y viendo la tristeza en sus ojos. Que también es genuina.

—Por supuesto que lo es —contestó con un gruñido gutural.

Sus manos se habían vuelto puños. Debía dejarlo en paz pero había comenzado a resultarme nauseabundo.

—Por supuesto que sí. A nadie le gusta perder un buen cliente de pago. Sobre todo, uno al que no hay que complacer.

—Alguien tiene que hacerlo —replicó—. Alguien tiene que cuidar a estos tristes ancianos, señor Marlowe.

—Alguien tiene que limpiar las sentinas. Pensándolo bien, es un trabajo limpio y honesto. Hasta la vista, doctor Varley. Cuando mi trabajo me haga sentirme asqueroso, pensaré en el suyo. Me alegrará infinitamente.

—Canalla inmundo —pronunció el doctor Varley entre sus grandes dientes blancos—. Debería romperle la crisma. Lo mío es una especialidad honorable de una profesión honorable.

—Sí. —Lo miré cansado—. Sé que lo es. Pero apesta a muerte.

No llegó a golpearme, así que me alejé de él y salí. Desde las anchas puertas dobles, me volví y lo miré. No se había movido. Tenía trabajo, tenía que recuperar la cubierta de miel.

# 19

Conduje de regreso a Hollywood sintiéndome como un trozo de cordel masticado. Era demasiado temprano para comer y hacía demasiado calor. Puse en marcha el ventilador de mi despacho. No refrescaba el aire, apenas lo removía un poco. Fuera, en el bulevar, el tráfico rugía continuamente. Dentro de mi cabeza las ideas se pegaban como moscas sobre papel matamoscas.

Tres disparos, tres fallos. Lo único que había hecho era ver a demasiados médicos.

Llamé a casa de los Wade. Respondió alguien con acento mexicano y me dijo que la señora no estaba en casa. Pregunté por el señor Wade. La voz respondió que el señor tampoco estaba. Le dejé mi nombre. Pareció entenderlo sin problemas. Dijo que era el criado de la casa.

Llamé a George Peters a la organización Carne. Quizá conocía a otros médicos. No estaba. Dejé un nombre falso y un número de teléfono auténtico. Transcurrió una hora lenta como una cucaracha enferma. Yo era un grano de arena en el desierto del olvido. Era un vaquero con dos revólveres pero sin balas. Tres disparos, tres fallos. Odio que las cosas vengan de tres en tres. Uno llama al señor A. Nada. Llama al señor B. Nada. Llama al señor C. Lo mismo. Una semana después, descubres que fue el señor D. Pero desconocías su existencia, y en ese momento descubres que el cliente ha cambiado de idea y ha puesto punto final a la investigación.

Taché a los doctores Vukanich y Varley. Varley tenía un negocio muy bueno como para perder el tiempo con alcohólicos. Vukanich era un golfo, un equilibrista que caminaba sobre la cuerda floja en su propia consulta. Las enfermeras lo sabían. Al menos alguno de los pacientes debería saberlo. Lo único que haría falta para acabar con él sería alguien con malas pulgas y una llamada telefónica. Wade no se le hubiera acercado ni a un kilómetro, sobrio o borracho. Quizá no fuera el tipo más listo del mundo —muchos de los que tienen éxito están lejos de ser gigantes del intelecto—, pero no era tan tonto como para relacionarse con Vukanich.

La única posibilidad era el doctor Verringer. Había tenido el espacio y la privacidad. Probablemente también tenía la paciencia. Pero Sepulveda Canyon quedaba a una buena distancia de Idle Valley. Dónde estaba el punto de contacto, cómo se habían conocido, y, si Verringer era el dueño de la propiedad y tenía un comprador, estaba a medio camino de forrarse. Eso me dio una idea. Llamé a un conocido de una inmobiliaria para averiguar en qué situación estaba la propiedad. No hubo respuesta. La jornada laboral había terminado.

Yo también concluí mi día de trabajo y conduje hasta La Cienaga, al Rudy's Bar-B-Q. Le di mi nombre al maestro de ceremonias y esperé el gran momento en un taburete con un whisky delante de mí y la música de un vals de Marek Weber en los oídos. Un rato después, pasé al otro lado de la cuerda de terciopelo y me comí uno de los «mundialmente famosos» medallones Salisbury de Rudy's, que no son más que una hamburguesa sobre una lámina de madera quemada, rodeada de puré de patatas al horno, adornada con aros de cebolla y acompañada por una de esas ensaladas mixtas que los hombres comen sin rechistar en los restaurantes, aunque lo más probable es que se pusieran a aullar si su esposa intentara servirles una en casa.

Después me fui a casa. Cuando abrí la puerta de entrada, el teléfono comenzó a sonar.

—Soy Eileen Wade, señor Marlowe. Quería que lo llamara.

—Solo para saber si había ocurrido algo. He estado todo el día visitando médicos y no he logrado hacer ningún amigo.

—No. Lo siento. Roger aún no ha aparecido. No puedo evitar sentirme preocupada. Supongo que no tiene nada que decirme.

Hablaba en voz baja, con desánimo.

—En este condado vive mucha gente, señora Wade.

—Esta noche hará cuatro días.

—Sí, pero no es tanto tiempo.

—Para mí sí que lo es. —Guardó silencio durante un rato—. He meditado mucho, tratando de hacer memoria de algún detalle. Debe de haber algo, una pista o un recuerdo. Roger habla mucho sobre todo tipo de cosas.

—¿El nombre Verringer le dice algo, señora Wade?

—No, me temo que no. ¿Debería?

—Usted mencionó que en una ocasión al señor Wade lo trajo un hombre alto que vestía un traje de vaquero. ¿Reconocería a ese hombre si volviera a verlo, señora Wade?

—Supongo que sí —contestó dubitativa—, si las circunstancias fueran las mismas. Pero solo lo vi un instante. ¿Se llamaba Verringer?

—No, señora Wade. Verringer es un tipo corpulento, de mediana edad, que dirige, o más bien dirigía, cierto rancho para huéspedes en Sepulveda Canyon. Tiene a un chico llamado Earl, a quien le gusta disfrazarse, trabajando allí. Y Verringer se presenta como médico.

—Eso es magnífico —dijo con calidez—. ¿Cree que está en el camino correcto?

—Podría estar completamente equivocado. La llamaré cuando lo sepa. Solo quería asegurarme de que Roger no había vuelto a casa y de que usted no se había acordado de algo más preciso.

—Siento no haberle sido de mucha ayuda —repuso con

tristeza—. Por favor, llámeme a cualquier hora, por tarde que sea.

Dije que así lo haría y colgamos. Esta vez tomé un revólver y una linterna de tres pilas. El arma era un 32 de cañón corto, pequeño y fuerte, con proyectiles de punta plana. Earl, el chico del doctor Verringer, podía tener otros juguetes, además del puño americano. Si ese era el caso, sería lo bastante tonto como para jugar con ellos.

Volví de nuevo a la carretera y conduje tan deprisa como pude. Era una noche sin luna, y cuando llegara a la entrada de la propiedad del doctor Verringer estaría aún más oscuro. Lo que necesitaba era oscuridad.

El portón seguía cerrado con la cadena y el candado. Pasé de largo y aparqué lejos. Todavía había algo de luz bajo los árboles, pero no duraría mucho. Salté el portón y recorrí la ladera de la colina en busca de un sendero para excursionistas. Detrás, en el valle, me pareció oír una codorniz. Una tórtola se quejó de las desgracias de la vida. No había ningún sendero para excursionistas, o no logré encontrarlo, así que volví a la carretera y seguí el borde del camino de grava. Los eucaliptos dejaron paso a los robles, crucé al otro lado de la colina y vi unas pocas luces a lo lejos. Tardé tres cuartos de hora en ir por detrás de la piscina y la cancha de tenis y llegar a un punto desde donde vigilar el edificio principal al final del camino. Había luces dentro y podía oír la música que salía de allí. Más lejos, entre los árboles, había luz en otra cabaña. El espacio entre los árboles estaba pespunteado de pequeñas cabañas a oscuras. Esta vez seguí un sendero, y de repente se encendió un reflector en la parte trasera de la cabaña principal. Me detuve en seco. El reflector no buscaba nada en particular. Apuntaba al suelo, creando un ancho círculo de luz en el portal y en el terreno circundante. Entonces se abrió una puerta y salió Earl. En ese momento supe que estaba en el sitio correcto.

Esa noche Earl era un vaquero, y había sido un vaquero quien llevó a casa a Roger Wade. Earl hacía girar un lazo.

Vestía una camisa negra con remates en blanco y un pañuelo de lunares atado sin cuidado en torno al cuello. Llevaba un ancho cinturón de cuero con adornos de plata y un par de cartucheras de cuero repujado con revólveres de cachas de marfil. Lucía elegantes pantalones de montar y botas nuevas, brillantes, con detalles en blanco de punto de cruz. Un sombrero blanco descansaba en la coronilla, y lo que parecía ser una cuerda de plata trenzada colgaba camisa abajo con los extremos sueltos.

Estaba allí parado, solo bajo el reflector, haciendo girar el lazo a su alrededor, entrando y saliendo de él, como un actor sin público, un ranchero alto, esbelto y apuesto que hacía una demostración sin ayuda, disfrutando de cada instante. Earl Dos Pistolas, el terror del condado de Cochise. Parecía que trabajase en uno de esos ranchos para huéspedes, donde la afición por los caballos imperaba hasta tal punto que las telefonistas llevaban botas de montar.

De repente oyó un ruido o hizo como que lo oía. Dejó caer el lazo, sus manos sacaron los dos revólveres de las cartucheras y sus pulgares accionaron los percutores mientras los llevaba a la horizontal. Escudriñó la oscuridad. No me atreví a moverme. Los puñeteros revólveres podían estar cargados. Pero el reflector le había cegado y no veía nada. Dejó caer las armas en las cartucheras, agarró de nuevo la cuerda, la enrolló sin atarla y regresó a la casa. La luz se apagó y yo desaparecí.

Me desplacé dando un rodeo entre los árboles y me acerqué a la pequeña cabaña iluminada en la ladera. No salía ningún sonido de allí. Fui hasta una ventana con mosquitera y miré adentro. La luz provenía de una lámpara sobre una mesita de noche, junto a una cama. Allí yacía un hombre boca arriba, con el cuerpo relajado, los brazos que salían de la manta enfundados en mangas de pijama, mirando el techo con los ojos muy abiertos. Parecía bastante grande. La sombra le cubría parcialmente el rostro, pero pude ver que estaba pálido, que necesitaba un afeitado y que su barba correspondía a la cantidad adecuada de tiempo. Los dedos extendidos de sus manos yacían inmóviles fuera de la cama. Al parecer, llevaba horas sin moverse.

Oí pasos que provenían del sendero, al otro lado de la cabaña. Se oyó el chirrido de una puerta mosquitera y la sólida figura del doctor Verringer apareció en el dintel. Traía en la mano lo que parecía un vaso grande de zumo de tomate. Encendió una lámpara de pie. Su camisa hawaiana emitía destellos amarillentos. El hombre de la cama ni siquiera lo miró.

El doctor Verringer puso el vaso sobre la mesita de noche, acercó una silla y se sentó. Buscó una de las muñecas del otro y encontró el pulso.

—¿Cómo se siente ahora, señor Wade?

Su voz era amable y solícita.

El hombre no le respondió ni lo miró. Siguió contemplando el techo.

—Vamos, vamos, señor Wade. No nos pongamos caprichosos. Su pulso solo es un poco más rápido de lo normal. Está débil, pero por lo demás...

—Tejjy —dijo de repente el hombre de la cama—, dile que si sabe cómo estoy, el hijo de perra no tiene que molestarse en preguntármelo.

Tenía una voz agradable y clara, aunque el tono era de amargura.

—¿Quién es Tejjy? —preguntó Verringer con paciencia.

—Mi portavoz. Está allá arriba, en ese rincón.

Verringer levantó la vista.

—Veo una arañita. Deje de actuar, señor Wade. Conmigo no es necesario.

—*Tegenaria domestica*, amigo, la araña doméstica más común. Me gustan las arañas. Nunca llevan camisas hawaianas.

El doctor Verringer se humedeció los labios.

—No tengo tiempo para jueguecitos, señor Wade.

—Tejjy no es un juego. —Wade volvió despacio la cabeza, como si le pesara mucho, y clavó una mirada despectiva en el doctor Verringer—. Tejjy es algo muy serio. Se aproxima sigilosamente. Cuando no la están mirando, da un salto rápido y silencioso. Un rato después, está lo bastante cerca. Da el último salto. Y te chupa hasta dejarte seco, doctor. Bien seco. Tejjy no se lo come a uno. Succiona el jugo hasta que solo queda la piel. Si tiene pensado seguir usando esa camisa mucho tiempo, doctor, yo diría que eso no va a ocurrir muy pronto.

El doctor Verringer se reclinó en el asiento.

—Necesito cinco mil dólares —planteó con serenidad—. ¿Cuán pronto puede ocurrir eso?

—Ya tiene seiscientos cincuenta pavos —dijo Wade malévolo—. Y toda mi calderilla. ¿Cuánto cuesta el servicio en este burdel?

—Eso es una miseria. Ya le expliqué que mis tarifas habían subido.

—Pero no dijo que estaban a la altura del monte Wilson.

—No regatee, Wade —le advirtió el doctor Verringer con rudeza—. No está en condiciones de hacerse el gracioso. Además, ha traicionado mi confianza.

—No sabía que tuviera ninguna confianza.

Verringer tamborileó con los dedos lentamente sobre los brazos de la silla.

—Me llamó usted de madrugada. Se encontraba en una situación desesperada. Me amenazó con matarse si no iba. Yo no quería ir, y usted sabe por qué. No tengo licencia para practicar la medicina en este estado. Estoy intentando desprenderme de esta propiedad sin perderlo todo. Tengo que cuidar a Earl, que está a punto de tener una crisis. Ya le advertí que le costaría muchísimo dinero. Usted volvió a insistir y yo fui. Quiero cinco mil dólares.

—Estaba enfermo, había bebido demasiado —dijo Wade—. No puede exigir a nadie que cumpla un trato hecho en esas condiciones. Ya le he pagado más que bien.

—Además —continuó despacio el doctor Verringer—,

mencionó mi nombre a su esposa. Le dijo que yo iría a buscarlo.

Wade pareció sorprendido.

—No he hecho nada por el estilo. Ni siquiera la vi. Dormía.

—Entonces sería en otra ocasión. Un detective privado estuvo aquí preguntando por usted. No podía saber que usted iba a venir a no ser que alguien se lo hubiera dicho. Lo espanté, pero podría volver. Tiene que irse a casa, señor Wade. Y antes quiero mis cinco mil dólares.

—No es usted la persona más lista del mundo, ¿verdad, doctor? Si mi esposa supiera dónde estoy, ¿por qué iría a buscar a un detective? Podría haber venido en persona... en caso de que le importara tanto. Podría haber traído a Candy, nuestro criado. Candy haría trocitos a su príncipe azul antes de que tomara una decisión sobre la película que protagonizaría ese día.

—Tiene una lengua sucia, Wade. Y una mente sucia.

—También tengo cinco mil sucios dólares. Intente hacerse con ellos.

—Me firmará un cheque —dijo con firmeza el doctor Verringer—. Ahora mismo. Después se vestirá y Earl lo llevará a casa.

—¿Un cheque? —Wade estaba a punto de echarse a reír—. Claro que le firmaré un cheque. Perfecto. ¿Cómo se propone cobrarlo?

El doctor Verringer sonrió plácidamente.

—Usted piensa impedir que me paguen, señor Wade. Pero no lo hará. Le aseguro que no lo hará.

—¡Cerdo sinvergüenza!

El doctor Verringer negó con la cabeza.

—En determinadas cosas lo soy. Pero no en todo. Soy, como la mayoría de la gente, una persona compleja. Earl lo llevará a casa.

—De eso nada. Ese chico me pone la piel de gallina.

El doctor Verringer se levantó con tranquilidad, estiró la mano y palmeó el hombro del sujeto que yacía en la cama.

—Para mí, Earl es inofensivo, señor Wade. Tengo medios para controlarlo.

—Diga uno —pronunció una voz nueva, y Earl entró por la puerta, disfrazado de Roy Rogers.

El doctor Verringer se volvió sonriendo.

—¡Mantenga a ese chiflado lejos de mí! —gritó Wade mostrando miedo por primera vez.

Earl se llevó la mano al cinturón con adornos de plata. Su rostro era totalmente inexpresivo. De su boca salió un ligero silbido. Avanzó despacio por la habitación.

—No debería haber dicho eso —le advirtió el doctor Verringer enseguida, y luego se volvió hacia Earl—. Está bien, Earl, yo mismo me ocuparé del señor Wade. Lo ayudaré a vestirse mientras traes el coche lo más cerca que puedas de la cabaña. El señor Wade está bastante débil.

—Y va a estarlo mucho más —dijo Earl con voz sibilante—. Quítate del medio, gordinflón.

—Escucha, Earl —el doctor Verringer extendió la mano y agarró al joven por el brazo—, no querrás regresar a Camarillo, ¿verdad? Una sola palabra mía y...

No pudo decir nada más. Earl liberó el brazo de una sacudida y su mano derecha se levantó con un destello metálico. El puño americano chocó con la mandíbula del doctor Verringer. Cayó como si le hubieran disparado en el corazón. El golpe del cuerpo contra el suelo hizo que la cabaña se estremeciera. Eché a correr.

Llegué a la puerta y la abrí de golpe. Earl giró en redondo, algo inclinado hacia delante, y me miró sin reconocerme. Algo burbujeaba entre sus labios. Se lanzó hacia mí.

Saqué el arma y se la enseñé. No significó nada. O bien sus revólveres no estaba cargados o se había olvidado de ellos. Lo único que necesitaba era el puño americano. Siguió aproximándose.

Disparé por encima de la cama, a la ventana abierta. El estrépito del revólver en la pequeña habitación fue más estruendoso de lo que esperaba. Earl se paró en seco. Volvió la cabeza y vio el orificio en la mosquitera de la ventana. Me miró de nuevo. Poco a poco, su rostro adquirió vida y comenzó a sonreír.

—¿Qué ha pasado? —preguntó con alegría.

—Quítate el puño americano —le ordené estudiándole los ojos.

Sorprendido, se miró la mano. Se sacó el puño y lo tiró en un rincón con indiferencia.

—Ahora dame el cinturón con las armas —le dije—. No toques los revólveres, solo la hebilla.

—No están cargados —respondió sonriendo—. Demonios, ni siquiera son de verdad, son de utilería.

—El cinturón. Deprisa.

Miró mi 32 de cañón corto.

—¿Ese es de verdad? Claro que sí. La mosquitera. Sí, la mosquitera.

El hombre de la cama ya no estaba allí. Estaba detrás de Earl. Estiró la mano con celeridad y sacó uno de los revólveres brillantes. Aquello no le gustó al chiflado. Se le notó en la cara.

—Déjelo —dije molesto—. Póngalo donde estaba.

—Él tiene razón —confirmó Wade—. Son de detonadores. —Retrocedió y dejó el arma reluciente sobre la mesa—. Dios mío, estoy tan débil que no puedo ni estar de pie.

—Quítate el cinturón —ordené por tercera vez.

Cuando empiezas algo con un tipo como Earl, hay que terminarlo. Que sea algo sencillo y nunca cambie de idea.

Finalmente se lo quitó de forma bastante amable. A continuación, con el cinturón en la mano, caminó hasta la mesa, tomó el otro revólver, lo metió en la cartuchera y volvió a ponerse el cinturón. Le dejé hacer. Solo en ese momento vio al doctor Verringer tirado en el suelo junto a la pared. Emitió un sonido como de preocupación, cruzó a toda prisa la habitación, entró en el baño y salió con una jarra de agua. Vertió el agua sobre la cabeza de Verringer, que comenzó a toser y se dio la vuelta. Gimió y se llevó una mano a la quijada. Empezó a ponerse de pie y Earl lo ayudó.

—Lo siento, doctor. Debo de haber lanzado el golpe sin saber de quién se trataba.

—Está bien, no hay nada roto —dijo Verringer apartándolo con un gesto—. Trae el coche hasta aquí, Earl. Y no olvides la llave para abrir el candado.

—El coche hasta aquí, sí. La llave del candado. Eso. Ahora mismo, doctor.

Salió silbando de la cabaña.

Wade estaba sentado en la cama con aspecto tembloroso.

—¿Usted es el detective que ha mencionado? —dijo—. ¿Cómo me ha encontrado?

—Preguntándole a gente que sabe de estas cosas. Si quiere volver a casa, es mejor que se vista.

El doctor Verringer estaba recostado en la pared masajeándose la mandíbula.

—Le ayudaré —dijo con voz pastosa—. No hago más que ayudar a la gente, y a cambio lo único que hacen es romperme los dientes.

—Sé cómo se siente —dije.

Salí y los dejé ponerse manos a la obra.

## 20

Cuando salieron, el coche estaba cerca, pero Earl se había marchado. Había dejado allí el vehículo, había apagado los faros y había regresado a la cabaña central sin decirme nada. Seguía silbando, tratando de reconstruir una melodía que recordaba a medias.

Wade se metió con cuidado en el asiento trasero y yo me senté a su lado. El doctor Verringer conducía. Si le dolía la quijada o la cabeza, no lo demostró ni se quejó. Pasamos al otro lado de la colina y seguimos hasta el final del camino de grava. Earl ya había quitado el candado y había dejado el portón abierto. Le dije a Verringer dónde estaba mi coche y aparcó al lado. Wade se metió dentro y se quedó allí en silencio, sin mirar a ninguna parte. Verringer bajó y se situó a su lado. Le habló con amabilidad.

—En cuanto a mis cinco mil dólares, señor Wade... El cheque que me prometió.

Wade se deslizó hasta recostar la cabeza en el respaldo del asiento.

—Lo pensaré.

—Usted me lo prometió. Lo necesito.

—La palabra es coacción, Verringer, amenaza de daños corporales. Ahora tengo protección.

—Lo he alimentado, lo he bañado —insistió Verringer—. Fui a buscarlo de madrugada, lo he protegido, lo he atendido, al menos hasta ahora.

—Pero eso no vale cinco de los grandes —replicó Wade burlón—. Ya me sacó muchísimo de los bolsillos.

Verringer seguía en sus trece.

—Me han prometido un buen contacto en Cuba, señor Wade. Usted es un hombre rico. Debe ayudar a otras personas necesitadas. Tengo que cuidar de Earl. Para aprovechar esta oportunidad necesito el dinero. Se lo devolveré íntegramente.

Comencé a moverme inquieto. Tenía ganas de fumar, pero temía que le sentara mal a Wade.

—Me devolverá una mierda —repuso Wade fatigado—. No vivirá lo suficiente. Uno de estos días, su príncipe azul lo matará cuando esté durmiendo.

Verringer retrocedió. No podía ver su rostro pero su voz se endureció.

—Hay maneras más desagradables de morir —dijo—. Espero que la suya sea de esas.

Volvió a su coche y se montó en él. Atravesó el portón y desapareció. Puse la marcha atrás, di la vuelta y me dirigí a la ciudad. A los dos o tres kilómetros, Wade comenzó a mascullar.

—¿Por qué debo darle cinco mil dólares a ese montón de grasa?

—No hay ninguna razón.

—Entonces, ¿por qué me siento como un canalla por no darle el dinero?

—No hay ninguna razón.

Giró la cabeza lo suficiente para mirarme.

—Me cuidó como a un bebé —me explicó Wade—. No me dejaba solo, temía que Earl viniera y me diera una paliza. Se quedó con todo lo que tenía en los bolsillos.

—Probablemente usted le dijo que lo hiciera.

—¿Está de su lado?

—No diga tonterías. Para mí es solo un trabajo.

Silencio durante los siguientes tres kilómetros. Dejamos atrás los confines de uno de los barrios residenciales más lejanos. Wade volvió a hablar.

—Quizá le dé el dinero. Está arruinado. Le han embargado la propiedad. No podrá sacarle ni un centavo. Y todo por culpa de ese psicópata. ¿Por qué lo hace?

—No sabría decírselo.

—Soy escritor. Se supone que entiendo las motivaciones de la gente. No entiendo ni una puñetera cosa de lo que hacen los demás.

Torcí más allá del paso y, después de ascender un poco, las luces del valle aparecieron interminables frente a nosotros. Bajamos en busca de la autovía del noroeste, que lleva a Ventura. Al cabo de un rato, pasamos por Encino. Me detuve en un semáforo y miré las luces en la cima de la colina, donde estaban las grandes mansiones. Los Lennox habían vivido en una de ellas. Seguimos adelante.

—Hay que girar dentro de muy poco —dijo Wade—. ¿O sabe dónde es?

—Sé dónde es.

—A propósito, no me ha dicho cómo se llama.

—Philip Marlowe.

—Excelente nombre. —Su voz cambió de repente—. Espere. ¿Es usted el que tuvo que ver con Lennox?

—Sí.

Me miraba en la oscuridad del coche. Dejamos atrás los últimos edificios de la calle principal de Encino.

—A ella la conocía —dijo Wade—. Un poco. A él no lo vi nunca. Qué oficio más raro. Los policías lo trataron mal, ¿verdad?

No le respondí.

—Quizá no quiera hablar de ello.

—Podría ser. ¿Y por qué le interesa?

—Demonios, soy escritor. Debe de ser una historia excelente.

—Tómese esta noche libre. Debe de estar muy débil.

—De acuerdo, Marlowe, de acuerdo. No le caigo bien. Me doy cuenta.

Llegamos a la calle por la que debíamos girar, así que enfilé por ella hacia las colinas bajas, en medio de las cuales se encontraba Idle Valley.

—Usted no me cae ni bien ni mal —le respondí—. No le conozco. Su esposa me pidió que lo encontrase y lo llevara a casa. Cuando lo deje allí, habré concluido. No sé por qué me escogió a mí. Como le he dicho, solo es un trabajo.

Flanqueamos una colina y entramos en una carretera más ancha, de pavimento más firme. Me dijo que su casa estaba un kilómetro y medio más allá, a la derecha. Me dio el número, aunque yo ya lo sabía. Para encontrarse tan mal, era un hablador muy persistente.

—¿Cuánto le paga? —preguntó.

—No lo hemos discutido.

—Sea lo que sea, no es suficiente. Le estoy muy agradecido. Ha hecho un gran trabajo, amigo. Yo no lo valgo.

—Eso lo dice porque esta noche no se encuentra bien.

Se echó a reír.

—¿Sabe una cosa, Marlowe? Usted podría caerme bien. Tiene algo de hijo de perra, como yo.

Llegamos a la casa. Era una construcción de tabloncillo, de dos pisos, con columnas en el pórtico y un amplio espacio con césped que iba desde la entrada hasta un espeso macizo de arbustos más allá de la valla blanca. Había luz en el pórtico. Entré por el camino de acceso y me detuve cerca del garaje.

—¿Puede entrar sin ayuda?

—Por supuesto. —Salió del coche—. ¿No va a entrar conmigo a tomar algo?

—Esta noche, no, gracias. Esperaré hasta que haya entrado en la casa.

Estaba allí de pie respirando profundamente.

—De acuerdo —se limitó a decir.

Se dio la vuelta y echó a andar con cautela por un sendero que llevaba a la puerta principal. Por un momento se apoyó en una columna y luego empujó la puerta. Estaba abierta y entró. No la cerró y el césped se llenó de luz. Se oyeron voces al momento. Comencé a retroceder por el camino de acceso guiándome por los faros traseros. Alguien me llamó.

Miré y vi a Eileen Wade, de pie en la entrada. Seguí retrocediendo y ella echó a correr, así que tuve que detenerme. Apagué los faros y bajé del coche.

—Debería haberla llamado por teléfono, pero temía dejarlo solo —le dije cuando llegó a mi lado.

—Entiendo. ¿Ha tenido muchos problemas?

—Bueno, me ha costado algo más que llamar a la puerta.

—Por favor, venga a casa y cuéntemelo.

—Su marido debe irse a la cama. Mañana estará como nuevo.

—Candy lo ayudará. Hoy no beberá nada, si es eso en lo que está pensando.

—Ni se me ha pasado por la cabeza. Buenas noches, señora Wade.

—Debe de estar cansado. ¿No quiere tomar algo?

Encendí un cigarrillo. Me supo como si hiciera dos semanas que no probaba el tabaco. Aspiré el humo.

—¿Puedo darle una calada?

—Claro. Creía que no fumaba.

—No lo hago con frecuencia. —Se me acercó y le di el cigarrillo; aspiró el humo y tosió. Me lo devolvió riéndose—. Como puede ver, sigo siendo una aficionada.

—Así que conocía a Sylvia Lennox. ¿Esa es la razón por la que quiso contratarme?

—¿Que conocía a quién?

Parecía perpleja.

—A Sylvia Lennox.

Yo había recuperado el cigarrillo y me lo estaba fumando muy deprisa.

—Ah —dijo sobresaltada—. Esa chica que fue... asesinada. No, no la conocía personalmente. Sabía quién era. ¿No se lo dije?

—Lo siento, he olvidado qué me dijo exactamente.

Ella seguía allí, a mi lado, alta y esbelta con un hermoso vestido blanco. La luz que salía por la puerta le rozaba el pelo y hacía que emitiera suaves destellos.

—¿Por qué me ha preguntado si eso tenía algo que ver con mi deseo de, como dijo, contratarlo?

Cuando no respondí, añadió:

—¿Roger le ha dicho que la conocía?

—Cuando le he dicho mi nombre, lo ha relacionado con él. No lo ha hecho de inmediato, pero no ha tardado mucho. Ha hablado tanto que no recuerdo ni la mitad.

—Ya veo. Debo volver a casa, señor Marlowe, y ver si mi marido necesita algo. Y si usted no va a entrar...

—Le dejaré esto.

La atraje hacia mí y le incliné la cabeza hacia atrás. La besé con fuerza en los labios. Ella no se resistió, pero tampoco respondió. Se apartó sin prisa y se quedó allí mirándome.

—No debería haberlo hecho. Ha estado mal. Usted es una persona demasiado buena.

—Seguro. Muy mal —acepté—. Pero llevo todo el día siendo un fiel perro de caza, bueno y modosito. Me he dejado cautivar para meterme en uno de los asuntos más tontos de toda mi vida, y que me parta un rayo si no ha salido todo como siguiendo un guión escrito por alguien. ¿Sabe una cosa? Creo que usted sabía dónde estaba su marido, o al menos había oído el nombre del doctor Verringer. Simplemente quería que me relacionara con él, que me vinculara de alguna manera para que sintiera cierta responsabilidad y lo cuidara. ¿O estoy loco?

—Claro que está loco —dijo con frialdad—. Es la estupidez más absurda que he oído en mi vida.

Comenzó a darse la vuelta para irse.

—Espere un momento. Ese beso no dejará cicatriz. Pero usted cree que sí. Y no me diga que soy una persona demasiado buena. Preferiría ser un bellaco.

—¿Por qué? —preguntó girando la cabeza.

—Si no hubiera sido una buena persona con Terry Lennox, él aún estaría vivo.

—¿Sí? —dijo serena—. ¿Cómo puede estar tan seguro? Buenas noches, señor Marlowe. Y muchísimas gracias por casi todo.

Regresó a la casa siguiendo el borde de la hierba. La contemplé mientras entraba. La puerta se cerró. La luz del portal se apagó. Me despedí de nadie y me largué.

## 21

A la mañana siguiente me levanté tarde a cuenta de los grandes honorarios que había ganado por el trabajo del día anterior. Tomé una taza más de café, fumé un cigarrillo más, comí una loncha más de beicon canadiense y, por centésima vez, juré que nunca volvería a utilizar una afeitadora eléctrica. Eso hizo que el día fuera normal. Llegué al despacho alrededor de las diez, recogí el correo, abrí los sobres y lo dejé todo sobre el escritorio. Abrí bien las ventanas para dejar salir el olor a polvo y suciedad que se acumulaba durante la noche, que flotaba en el aire estancado por los rincones de la habitación y que colgaba de las lamas de las persianas venecianas. En una esquina del escritorio yacía una polilla muerta, con las alas muy abiertas. En el alféizar de la ventana, una abeja con las alas hechas un guiñapo se arrastraba por el acabado de madera, zumbando de un modo cansino y remoto, como si supiera que ya no servía para nada, que estaba acabada, que había volado en demasiadas misiones y que nunca regresaría a la colmena.

Sabía que sería uno de esos días de locura. Todo el mundo tiene días así. Días en los que solo vienen a verte los que han perdido un tornillo, los cretinos que dejan el cerebro donde pegan el chicle, las ardillas que no pueden encontrar sus nueces y los mecánicos a los que siempre les sobra un engranaje de la caja de cambios.

El primero fue un tipo grande, rubio y de cuello grueso, llamado Kuissenen o algo finlandés. Embutió su enorme trasero en la silla destinada a los clientes, plantó dos manazas enormes y callosas sobre mi mesa y dijo que manejaba una pala mecánica, que vivía en Culver City, y que la maldita vecina de la casa de al lado estaba intentando envenenar a su perro. Cada mañana, antes de sacarlo a correr por el patio trasero, tenía que registrar el lugar, todos los rincones, en busca de albóndigas que tiraban desde la casa de al lado, por encima de las enredaderas. De momento había encontrado nueve y estaban llenas de un polvo verdoso que él sabía que era un herbicida a base de arsénico.

—¿Cuánto por vigilar y pillarla cuando lo esté haciendo? —me preguntó sin pestañear, como un pez en una pecera.

—¿Por qué no lo hace usted mismo?

—Tengo que trabajar para vivir, señor. Solo viniendo aquí a preguntar, estoy perdiendo cuatro dólares veinticinco la hora.

—¿Ha probado con la policía?

—Ya lo he hecho. Podrán venir el año próximo, en algún momento. Ahora mismo, le están haciendo la pelota a la Metro Goldwin Mayer.

—¿La Sociedad para la Prevención de la Crueldad con los Animales? ¿Los Tailwaggers?

—¿Quiénes son?

Le hablé de los Tailwaggers. No le interesaron en absoluto. Conocía a la Sociedad para la Prevención de la Crueldad con los Animales. Esos podían tirarse por un puente. No eran capaces de ver nada que fuera más pequeño que un caballo.

—En la puerta dice que usted es detective —dijo truculento—. Qué coño, salga ahí fuera e investigue. Cincuenta pavos si la pesca.

—Lo siento. No puedo moverme de aquí. Pasar un par de semanas escondido en una conejera en su patio trasero no es a lo que me dedico, ni siquiera por cincuenta pavos.

Se levantó echando chispas.

—Vaya, tío importante. No necesita la pasta, ¿verdad? No puede ensuciarse para salvar la vida de un perrito. Váyase a la mierda, tío importante.

—Yo también tengo mis problemas, señor Kuissenen.

—Si la pillo, le retorceré el cuello —dijo, y no tuve la menor duda de que podría hacerlo. Podría haberle retorcido la pata trasera a un elefante—. Por eso quiero que lo haga otro. Y todo porque el animalito ladra cada vez que pasa un coche por delante de la casa. Vieja bruja amargada.

Echó a andar hacia la puerta.

—¿Está seguro de que es al perro a quien quiere envenenar? —le pregunté a su espalda.

—Claro que estoy seguro. —Estaba casi saliendo cuando se dio cuenta, y entonces se volvió súbitamente—. Repita eso, chistoso.

Me limité a negar con la cabeza. No quería pelearme con él. Podría darme en la cabeza con el escritorio. Soltó un ronquido y se marchó, casi se llevó la puerta consigo.

La siguiente joyita era una mujer, ni joven ni vieja, ni limpia ni demasiado sucia, a todas luces pobre, desastrada, quejosa y estúpida. La chica con la que compartía alojamiento —según ella, toda mujer que trabaja es una chica— le estaba sisando dinero del bolso. Un dólar por aquí, cuatro monedas por allá, pero todo iba sumando. Creía que el total se acercaba a los veinte dólares. No podía permitírselo. Tampoco podía mudarse. Ni pagar a un detective. Creía que yo estaría dispuesto a pegarle un susto a su compañera de piso, aunque fuera por teléfono, sin mencionar ningún nombre.

Decirme eso le llevó más de veinte minutos. Mientras hablaba, amasaba continuamente su bolso.

—Eso podría hacerlo cualquier conocido suyo.

—Sí, pero como usted es detective.

—No tengo licencia para asustar a personas de las que no sé nada.

—Voy a decirle que he venido a verlo. No tengo que contarle que sé que es ella. Solo que usted trabaja en el caso.

—En su lugar, yo no lo haría. Si menciona mi nombre, ella podría llamarme. Y si lo hace, le contaré la verdad.

Se levantó y apretó con fuerza su bolso andrajoso contra el vientre.

—¡Usted no es un caballero! —chilló.

—¿Y dónde dice que debo serlo?

Se marchó rezongando.

Después de la comida, me visitó el señor Simpson W. Edelweiss. Tenía una tarjeta para demostrar que era él. Administraba un negocio de máquinas de coser. Era un hombre pequeño, de aspecto cansado, de entre cuarenta y ocho y cincuenta años, con las manos y los pies pequeños, que llevaba un traje marrón con las mangas demasiado largas y un duro cuello blanco debajo de una corbata púrpura con rombos negros. Se sentó en el borde del asiento sin moverse y me miró con unos ojos negros muy tristes. Su pelo también era negro, espeso e hirsuto, y no pude ver ningún indicio de canas. Tenía un bigote bien recortado de tono rojizo. Podía pasar por un hombre de treinta y cinco años, a no ser por el dorso de las manos.

—Llámeme Simp —dijo—. Todos me llaman así. Sabía que me iba a pasar. Soy un judío casado con una gentil de veinticuatro años. Muy bella. Ya se ha escapado de casa en otras dos ocasiones.

Sacó una foto de su esposa y me la mostró. Para él, podía haber sido bella. Para mí, era una mujer de boca blanda, con aspecto de vaca sucia.

—¿Cuál es su problema, señor Edelweiss? No me ocupo de divorcios. —Intenté devolverle la foto pero la rechazó con un ademán—. Para mí, el cliente es siempre un misterio —añadí—. Al menos, hasta que me ha contado dos docenas de mentiras.

Sonrió.

—No tengo por qué mentir. No se trata de un divorcio. Solo quiero que Mabel regrese. Pero ella no volverá hasta que yo la encuentre. No sé si será un juego para ella.

Me habló de su mujer con paciencia y sin rencor. Bebía y tonteaba, según sus baremos no era muy buena esposa, aunque quizá era porque a él lo habían educado de una manera bastante estricta. Ella tenía un corazón tan grande como una casa, dijo, y él la amaba. No se engañaba, él no era un hombre apuesto, solo un trabajador esforzado que llevaba la paga a casa. Tenían una cuenta conjunta en el banco. Su mujer la había vaciado, pero no le daba ninguna importancia. Se imaginaba con quién se había largado, y si no se equivocaba, aquel hombre la dejaría sin un centavo y la abandonaría.

—Se llama Kerrigan. Monroe Kerrigan. No tengo nada contra los católicos, también hay muchos judíos malvados. Este Kerrigan, cuando trabaja, es barbero. Tampoco tengo nada contra los barberos. Pero entre ellos hay muchos vagabundos y gente que apuesta a los caballos. Gente poco estable.

—Y cuando la deje sin un centavo, ¿no tendrá noticias suyas?

—Se sentirá muy avergonzada. Podría hacerse daño a sí misma.

—Es un trabajo para el Departamento de Personas Desaparecidas, señor Edelweiss. Debe ir a la comisaría a poner una denuncia.

—No. No tengo nada contra la policía, pero no quiero seguir ese camino. Mabel se sentiría humillada.

El mundo parecía estar lleno de personas contra las cuales el señor Edelweiss no tenía nada. Puso dinero sobre el escritorio.

—Doscientos dólares —dijo—. Un anticipo. Prefiero hacer las cosas a mi manera.

—Eso volverá a ocurrir.

—Sí. —Se encogió de hombros y abrió los brazos con un ademán gentil—. Tiene veinticuatro años y yo casi cincuenta.

¿Cómo podría ser de otra manera? Dentro de un tiempo se tranquilizará. El problema es que no tenemos hijos. Ella no puede tenerlos. A los judíos nos gusta tener familia. Mabel lo sabe. Se siente humillada.

—Usted es un hombre muy comprensivo, señor Edelweiss.

—Bueno, no soy cristiano. Y tampoco tengo nada contra los cristianos, no me malinterprete. Pero conmigo las cosas son de verdad. No me limito a decirlo. También lo hago. Ah, se me olvidaba lo más importante.

Sacó una postal y la dejó junto al dinero.

—Me la envía desde Honolulú. El dinero no dura mucho en Honolulú. Uno de mis tíos tuvo allí una joyería. Ahora está jubilado. Vive en Seattle.

Volví a tomar la foto en mis manos.

—Tendré que enviar esta —le dije—. Y necesito varias copias.

—Antes de entrar aquí imaginé que diría eso, señor Marlowe, así que he venido preparado. —Sacó un sobre que contenía cinco copias de la foto—. También tengo a Kerrigan, pero solo es una instantánea.

Metió la mano en otro bolsillo y me entregó otro sobre. Eché un vistazo a Kerrigan. Tenía una cara lisa de chorizo que no me sorprendió. Tres fotos de Kerrigan.

El señor Simpson W. Edelweiss me dio otra tarjeta donde estaba escrito su nombre, su dirección y su número de teléfono. Dijo que esperaba que no costara mucho, pero respondería de inmediato a cualquier demanda de fondos adicionales, y quedaba a la espera de noticias mías.

—Si Mabel está aún en Honolulú —dije—, creo que bastará con doscientos. Lo que necesito ahora es una descripción física detallada de ambos para mandarla por telegrama. Estatura, peso, edad, color del cabello y de los ojos, cicatrices visibles u otras marcas identificativas, qué ropa vestía ella y qué ropa se llevó, y cuánto dinero había en la cuenta que ella vació. Si ya ha pasado por esto antes, señor Edelweiss, ya sabe lo que necesito.

—Tengo un mal presentimiento sobre el tal Kerrigan. Me preocupa.

Perdí otra media hora interrogándolo y anotando lo que me decía. Después se levantó con serenidad, me dio la mano con calma, hizo una pequeña reverencia y abandonó el despacho.

—Dígale a Mabel que todo está bien —me pidió mientras salía.

Resultó ser pura rutina. Pasé un cable a una agencia en Honolulú, seguido de un paquete por correo aéreo que contenía las fotos y toda la información que no había incluido en el cable. La encontraron trabajando como auxiliar de camarera en un hotel de lujo, fregando bañeras y suelos de lavabos. Kerrigan había hecho exactamente lo que suponía el señor Edelweiss: se lo había robado todo cuando ella dormía y había desaparecido sin pagar la factura del hotel. Ella empeñó un anillo que Kerrigan no le habría podido quitar sin emplear la violencia y sacó lo suficiente para pagar el hotel, pero no le alcanzaba para comprar un pasaje de vuelta a casa. Por lo tanto, Edelweiss se montó en un avión y fue en su busca.

Era demasiado bueno para ella. Le mandé una factura por veinte dólares y el coste de un largo telegrama. La agencia de Honolulú se quedó con los doscientos dólares. Con un retrato de Madison en la caja fuerte de mi oficina, podía permitirme cobrar precios bajos.

Así transcurrió un día en la vida de un detective privado. No fue precisamente un día típico, pero tampoco fue del todo atípico. Nadie sabe la razón por la que sigues en este trabajo. No te haces rico, ni sueles divertirte. A veces te dan una paliza, o te disparan, o te tiran en una celda. Una vez en la vida te matan. Un mes sí y otro no decides dejarlo y buscar algún empleo razonable mientras todavía puedes caminar sin que te tiemble la cabeza. Entonces suena el timbre de la entrada, abres la puerta que da al recibidor y ahí tienes una nueva cara con un problema nuevo, una nueva carga de dolor y una pequeña cantidad de dinero.

—Entre, señor Comosellame. ¿En qué puedo servirle?

Debe existir una razón.

Tres días después, al caer la tarde, Eileen Wade me llamó y me pidió que fuera a su casa la noche siguiente a tomar una copa. Habían invitado a varios amigos a pasar la velada. A Roger le encantaría verme y darme las gracias como era debido. ¿Sería yo tan amable de enviarle una factura?

—No me debe nada, señora Wade. Lo poco que hice ya me lo pagaron.

—Le debo de haber parecido bastante tonta por ser tan victoriana al respecto —dijo—. En estos tiempos, un beso no parece gran cosa. Pero vendrá, ¿verdad?

—Creo que sí. En contra del sentido común.

—Roger está bastante bien. Está trabajando.

—Bien.

—Hoy suena muy solemne. Creo que se toma la vida muy en serio.

—De vez en cuando. ¿Por qué?

Se rió con amabilidad, se despidió y colgó. Me quedé allí sentado tomándome la vida en serio. Después intenté pensar en algo cómico para poder soltar una carcajada. Pero tampoco funcionó, así que saqué de la caja fuerte la carta de despedida de Terry Lennox y volví a leerla. Me recordó que no había ido a Victor's a por aquel gimlet que me pidió que bebiera por él. Era casi la hora perfecta para que el bar estuviera tranquilo, como a él le habría gustado si hubiera estado aquí para acompañarme. Pensé en él con una tristeza indefinida, y también con cierta amargura. Cuando llegué a Victor's casi paso de largo. Casi, pero no. Tenía muchísimo dinero suyo. Me había hecho quedar como un tonto, y había pagado por ello con creces.

## 22

En Victor's había tanto silencio que casi podías oír cómo bajaba la temperatura cuando abrías la puerta para entrar. Junto al mostrador, una mujer vestida con un traje sastre negro, que en esa época del año solo podía ser de alguna fibra sintética como el orlón, estaba sentada sola en un taburete con una bebida de color verde pálido delante y fumaba un cigarrillo con una larga boquilla de jade. Tenía ese aspecto demacrado e intenso que a veces se debe a un temperamento neurótico, a veces habla de hambre de sexo y a veces es solo el resultado de una dieta drástica.

Me senté a dos taburetes de distancia y el camarero me saludó con la cabeza, pero no sonrió.

—Un gimlet. Sin angostura.

Colocó delante de mí una servilleta y se me quedó mirando.

—¿Sabe una cosa? —dijo complacido—. Una noche los escuché cuando hablaban usted y su amigo, y conseguí una botella de zumo de lima Rose's. Pero ustedes no volvieron por aquí y no la he abierto hasta hoy.

—Mi amigo se marchó de la ciudad. Que sea doble, por favor. Y gracias por molestarse.

Se alejó. La mujer de negro me echó un vistazo y después volvió a clavar los ojos en su copa.

—Entonces aquí no los bebe mucha gente —dijo ella en

voz tan baja que al principio no me di cuenta de que me estaba hablando. A continuación volvió a mirarme. Tenía unos enormes ojos negros y las uñas más rojas que he visto en mi vida. Pero no parecía una mujer fácil y en su voz no había el menor indicio de que quisiera flirtear conmigo—. Quiero decir gimlets.

—Un buen amigo hizo que me gustaran.

—Debe de ser inglés.

—¿Por qué?

—Por el zumo de lima. Es tan inglés como el pescado hervido con esa horrible salsa de anchoas que parece como si el cocinero se hubiera desangrado encima. Por eso los llaman *limeys.* A los ingleses, no al pescado.

—Pensé que era más bien una bebida del trópico, de clima cálido. Malasia o algún sitio así.

—Quizá tenga razón.

La mujer volvió a apartar la vista.

El camarero dejó la copa delante de mí. El zumo de lima le daba un aspecto nebuloso, un color amarillo verdoso pálido. Lo probé. Era dulce y amargo a la vez. La mujer de negro me observaba. Luego alzó su copa hacia mí. Ambos bebimos. Entonces supe que estábamos bebiendo lo mismo.

El movimiento siguiente era de manual, así que no lo llevé a cabo. Me quedé sentado en mi sitio.

—No era inglés —dije un instante después—. Creo que estuvo allí durante la guerra. Solíamos venir aquí de vez en cuando, temprano, a esta hora. Antes de que llegara la multitud.

—Es una hora agradable —dijo—. En un bar es casi la única hora agradable. —Vació la copa—. Quizá conocía a su amigo. ¿Cómo se llamaba?

Tardé en responder. Encendí un cigarrillo y la observé mientras quitaba de la boquilla de jade la colilla del suyo y ponía uno nuevo en su lugar. Le acerqué el encendedor.

—Lennox —solté finalmente.

Me dio las gracias por el mechero y me lanzó una breve mirada exploratoria. A continuación asintió con la cabeza.

—Sí, lo conocía muy bien. Quizá demasiado bien.

El camarero se acercó y echó un vistazo a mi copa.

—Dos más de lo mismo —le dije—. En el reservado.

Me levanté del taburete y me quedé esperando. Ella podía rechazarme o no. Era algo que no me importaba mucho. De vez en cuando, en este país demasiado preocupado por el sexo, un hombre y una mujer pueden reunirse y hablar sin meter la cama en medio. Este podía ser el caso, o ella podía creer que yo intentaba ligar. Si pensaba eso, que se fuera al infierno.

Vaciló, pero no mucho. Recogió un par de guantes negros y un monedero del mismo color de ante con un cierre dorado, cruzó el bar hasta un reservado en un rincón y se sentó sin decir palabra. Me senté al otro lado de la mesa.

—Me llamo Marlowe.

—Y yo Linda Loring —dijo sin prisa—. Es usted un poco sentimental, ¿verdad, señor Marlowe?

—¿Porque he venido aquí a tomar un gimlet? ¿Y usted?

—Puede ser que me gusten.

—Quizá a mí también. Pero sería demasiada coincidencia.

Me sonrió vagamente. Llevaba unos pendientes de esmeraldas y un broche de las mismas piedras en la solapa. Parecían auténticas por la forma en que estaban talladas; planas y con los bordes biselados. E incluso a la tenue luz de un bar tenían cierto brillo interior.

—Así que usted es el hombre.

El camarero trajo las bebidas y las dejó sobre la mesa.

—Soy un tipo que conocía a Terry Lennox —dije cuando se marchó—, me caía bien y de vez en cuando bebíamos juntos. Era algo sin mucha trascendencia, una amistad accidental. Nunca fui a su casa ni conocí a su esposa. La vi una sola vez en un aparcamiento.

—Pero seguramente había algo más, ¿verdad?

Cogió su copa. Llevaba un anillo con una esmeralda rodeada de brillantes. Al lado, una alianza de platino anunciaba que estaba casada. La ubiqué en la segunda mitad de los treinta, comenzando apenas.

—Puede. El tipo me preocupaba. Todavía me preocupa. ¿Y usted?

Se recostó sobre un codo y me miró sin una expresión específica.

—He dicho que quizá lo conocía demasiado bien. Demasiado bien como para pensar que tuviera mucha importancia lo que le había ocurrido. Tenía una mujer rica que le daba todos los lujos. Y lo único que pedía a cambio era que la dejaran en paz.

—Parece razonable.

—No sea sarcástico, señor Marlowe. Algunas mujeres son así. No pueden evitarlo. Tampoco es que él no lo supiera desde el principio. Si de pronto decidió que tenía que mostrar orgullo, la puerta estaba abierta. No tenía que matarla.

—Estoy de acuerdo con usted.

Se irguió y me miró fijamente. Frunció los labios.

—Así que él huyó, y si lo que me han dicho es cierto, usted lo ayudó. Supongo que eso lo enorgullece.

—A mí no. Solo lo hice por el dinero.

—Eso no es divertido, señor Marlowe. La verdad, no sé por qué estoy aquí sentada bebiendo con usted.

—Eso puede remediarse en un santiamén, señora Loring. —Cogí mi copa y me bebí el contenido de un trago—. Pensaba que quizá podría decirme algo que no supiera sobre Terry Lennox. No me interesa especular por qué Terry Lennox hizo pulpa la cara de su mujer.

—Es una manera muy bestia de decirlo —dijo irritada.

—¿No le gustan esas palabras? A mí tampoco. Y si creyera que Terry hizo algo por el estilo, no estaría aquí bebiendo un gimlet.

Se quedó mirándome fijamente.

—Se suicidó y dejó una confesión completa —argumentó muy despacio un momento después—. ¿Qué más quiere?

—Tenía un arma. En México eso es una excusa suficiente para que cualquier madero nervioso lo llenara de plomo. Muchos policías estadounidenses han matado de la misma forma, a veces a través de puertas que no se abrían a la velocidad que ellos deseaban. Y, en lo que respecta a la confesión, no la he leído.

—Sin duda, la policía mexicana la falsificó —dijo con acidez.

—En una ciudad pequeña como Otatoclán no sabrían cómo hacerlo. No, probablemente la confesión es bastante real, pero no prueba que haya matado a su esposa. En todo caso, no lo creo. Lo único que demuestra es que no veía ninguna salida. En un lugar como ese, cierto tipo de hombre, al que usted podría llamar débil, blando o sentimental, si eso la divierte, podría decidir que valía la pena salvar a otras personas de una publicidad muy dolorosa.

—Eso es pura fantasía. Un hombre no se mata, o se deja matar a propósito, para evitar un pequeño escándalo. Sylvia ya estaba muerta. Y con respecto a su hermana y a su padre, pueden cuidar de sí mismos sin ningún problema. La gente con suficiente dinero, señor Marlowe, siempre puede protegerse a sí misma.

—Bien, quizá esté equivocado con respecto al motivo. Quizá esté totalmente equivocado. Hace un minuto estaba enfurecida conmigo. ¿Quiere que me marche para que pueda tomarse su gimlet?

De repente sonrió.

—Lo siento. Comienzo a creer que es usted sincero. Hace un rato pensaba que estaba intentando justificarse a usted, y no a Terry. No creo que lo esté haciendo.

—No. Hice una tontería y me pasaron la cuenta. Hasta cierto punto. No niego que su confesión me salvó de algo mucho peor. Si lo hubieran traído de vuelta y lo hubieran procesado, creo que también me habrían colgado algo. Lo menos que me hubiera costado es mucho más dinero del que puedo permitirme.

—Sin hablar de su licencia —añadió con sequedad.

—Es posible. Hubo una época en la que cualquier policía con resaca podía mangonearme. Pero ahora eso ha cambiado un poco. Tienes derecho a una audiencia ante la comisión estatal que otorga las licencias. Y ellos no están precisamente encantados con la policía de la ciudad.

—Considerándolo todo, ¿no cree que fue mejor así? —preguntó despacio después de saborear la bebida—. Sin juicio, sin titulares sensacionalistas, sin enfangar a nadie con el único fin de vender más ejemplares, sin prestar la menor consideración a la verdad, al juego limpio o a los sentimientos de personas inocentes.

—¿No es eso lo que he dicho? Y usted me ha respondido que era una fantasía.

Se reclinó y recostó la cabeza contra el borde superior del respaldo del reservado.

—La fantasía es que Terry Lennox se suicidara solo para lograr eso. Pero el hecho de que para todos los implicados fuera mejor que no hubiera juicio no es una fantasía.

—Necesito otra copa —dije, y le hice una señal al camarero—. Siento un aliento gélido en la nuca. Señora Loring, ¿por casualidad está emparentada con la familia Potter?

—Sylvia Lennox era mi hermana —se limitó a contestar—. Pensé que lo sabría.

El camarero se aproximó y le hice una señal de urgencia. La señora Loring negó con la cabeza y dijo que no quería nada más.

—Con el sigiloso Potter, perdón, con el señor Harlan Potter metido en este asunto, me considero afortunado de saber que la esposa de Terry tenía una hermana.

—Creo que exagera. Mi padre no tiene tanto poder, señor Marlowe, y le aseguro que no es tan implacable. Admito que tiene ideas muy anticuadas sobre su intimidad. Nunca concede entrevistas, ni siquiera a sus propios periódicos. Nunca se deja fotografiar, no pronuncia discursos, viaja casi siempre en coche o en su propio avión, con su propia tripulación. Pero, a pesar de eso, es bastante humano. Terry le caía bien. Decía que Terry era un caballero veinticuatro horas al día, en lugar de los quince minutos que transcurren entre la llegada de los invitados y el momento en que beben el primer cóctel.

—Tuvo algunos deslices hacia el final. Hablo de Terry.

El camarero llegó trotando con mi tercer gimlet. Lo probé, y me quedé allí sentado, con un dedo apoyado en el pie de la copa.

—La muerte de Terry fue un golpe para él, señor Marlowe. Y ha vuelto a ponerse sarcástico. No lo haga. Papá sabía que a ciertas personas todo les parecería demasiado perfecto. Habría preferido que Terry simplemente desapareciera. Si Terry le hubiera pedido ayuda, él se la habría dado.

—No, señora Loring. Su propia hija había sido asesinada.

Hizo un gesto de irritación y me miró con frialdad.

—Temo que esto suene demasiado violento: Papá había dado por perdida a mi hermana desde hacía tiempo. Cuando se veían, él apenas le hablaba. Si Terry hubiera dicho algo, lo que no ha hecho ni hará, estoy segura de que mi padre habría tenido las mismas dudas sobre Terry que usted. Pero si ya estaba muerto, ¿qué importancia tenía eso? Podrían haber muerto en un accidente de aviación, un incendio o un choque en una carretera. Si ella tenía que morir, lo hizo en el momento más oportuno. Diez años después hubiera sido una cacatúa loca por el sexo, una de esas mujeres espantosas que ves en las fiestas de Hollywood, o que veías hace años. Las heces de la alta sociedad.

De repente me enfurecí sin razón. Me puse de pie y miré por encima del reservado. El de al lado aún estaba vacío. En el de atrás había un tipo solo, leyendo un periódico en silencio. Me dejé caer de golpe en el asiento, empujé la copa a un lado y me incliné sobre la mesa. Me controlé lo suficiente como para hablar en voz baja.

—Demonios, señora Loring, ¿qué intenta decirme? Que Harlan Potter es un personaje tan dulce y encantador que ni siquiera se le ocurriría utilizar su influencia con un fiscal del distrito con aspiraciones políticas para tirar la manta sobre un asesinato, de manera que nunca se investigue el crimen, ¿es eso? ¿Que tenía dudas sobre la culpabilidad de Terry pero que no ha permitido que nadie moviera un dedo para descubrir quién ha sido el verdadero asesino? ¿Que no utilizó el poder político de sus periódicos y su cuenta bancaria, o a los novecientos tipos que estarían dispuestos a hacer cabriolas para adivinar qué quiere antes de que él mismo lo sepa? ¿Que no lo arregló todo para que quien viajara a México fuera un abogado domesticado, nadie más, ningún funcionario de la Oficina del Fiscal del Distrito, y así nadie se cercioraría de si Terry se había pegado de veras un tiro en la cabeza o había sido algún indio de gatillo alegre en una rabieta? Su padre vale cien millones de dólares, señora Loring. No sé cómo los consiguió, pero lo que sí sé es que no los ganó sin erigir una organización de brazos muy largos. No es un tipo blandito. Es un hombre muy duro. Para ganar esa cantidad de dinero hoy en día, tiene que serlo. Y también ha de hacer negocios con gente muy particular. Quizá sin conocerlos, sin estrecharles la mano, pero están ahí, en el límite, haciendo negocios con él.

—Usted es un idiota —dijo molesta—. Estoy harta de usted.

—Ah, claro. No toco el tipo de música que le gusta oír. Déjeme decirle algo: Terry habló con su padre la noche en que Sylvia murió. ¿De qué? ¿Qué le dijo su padre a él? «Huye a México y pégate un tiro, muchacho. Que esto quede en familia. Sé que mi hija es una golfa y que algún borracho hijo de perra perdió los estribos y le hizo tragarse su propia cara.

Pero eso no es tan importante, muchacho. Cuando se le pase la cogorza, lo va a lamentar. A ti te ha ido muy bien y es hora de que devuelvas el favor. Lo que queremos es que el honesto apellido Potter siga tan limpio como un lirio de montaña. Ella se casó contigo porque necesitaba a alguien que diera la cara. Ahora que está muerta es cuando más lo necesita. Y tú eres el tipo indicado. Si puedes desaparecer y que nadie te encuentre, bien. Pero si te encuentran, pide la baja. Te veo en la morgue.»

—¿De veras cree que mi padre habla así? —preguntó la mujer de negro, con hielo seco en la voz.

Me recliné y solté una risa desagradable.

—Si va a servir de algo, podríamos pulir un poco los diálogos.

Reunió todas sus cosas y se deslizó a lo largo del asiento.

—Quisiera hacerle una advertencia —dijo despacio y con cuidado—, una simple advertencia. Si cree que mi padre es ese tipo de persona y que va por ahí propagando eso que acaba de soltarme, su carrera en esta ciudad, en ese oficio o en cualquier otro, será extremadamente corta y acabará de repente.

—Perfecto, señora Loring, perfecto. Me lo dicen las autoridades, me lo dicen los delincuentes, me lo dicen los ricos. Las palabras cambian, pero el sentido es el mismo. Deje eso. He venido aquí a tomar un gimlet, porque un hombre me pidió que lo hiciera. Ahora míreme. Casi tengo un pie en el cementerio.

Ella se levantó y asintió brevemente con la cabeza.

—Tres gimlets. Dobles. Quizá esté borracho.

Dejé demasiado dinero sobre la mesa y me puse de pie a su lado.

—Usted se ha bebido uno y medio, señora Loring. ¿Por qué tanto? ¿También se lo pidió alguien o fue idea suya? Tiene la lengua algo suelta.

—¿Quién sabe, señor Marlowe? ¿Quién sabe? ¿Quién

sabe algo en realidad? Hay un hombre en el bar que nos observa. ¿No será alguien que usted conoce?

Miré hacia la barra, sorprendido de que ella se hubiera dado cuenta. Un personaje magro y moreno estaba sentado en el último taburete junto a la puerta.

—Se llama Chick Agostino —dije—. Es el pistolero de un capo del juego llamado Menéndez. Vamos a noquearlo y a saltar sobre él.

—Sin duda está borracho —repuso con rapidez, y echó a caminar.

La seguí. El hombre del taburete se dio la vuelta y clavó la vista frente a sí. Cuando llegué junto a él, me detuve a sus espaldas y lo cacheé rápidamente bajo los dos brazos. Quizá sí estaba un poco borracho.

El hombre se volvió irritado y se bajó del taburete.

—Tranquilo, payaso —dijo mostrando los dientes.

Con el rabillo del ojo vi que la señora Loring estaba quieta en la puerta mirando hacia atrás.

—¿No lleva armas, señor Agostino? Muy temerario por su parte. Ya es casi de noche. ¿Y si se tropieza con un enano matón?

—¡Piérdase! —gritó de forma salvaje.

—Vaya, se lo ha plagiado al *New Yorker.*

Movió los labios, pero se quedó donde estaba. Lo dejé y seguí a la señora Loring a través de la puerta y salimos al espacio bajo la marquesina. Allí había un chófer de pelo gris que conversaba con el mozo del aparcamiento. Se llevó la mano a la gorra, desapareció y regresó con una ostentosa limusina Cadillac. Abrió la puerta y la señora Loring entró. El chófer cerró la puerta como si estuviera cerrando la tapa de un joyero. Dio la vuelta al coche hasta su asiento.

Ella bajó la ventanilla y me miró sonriendo a medias.

—Buenas noches, señor Marlowe. Ha sido agradable, ¿o no?

—Hemos tenido una buena pelea.

—Querrá decir que la ha tenido usted, y sobre todo consigo mismo.

—Casi siempre ocurre así. Buenas noches, señora Loring. No vive cerca, ¿verdad?

—No precisamente. Vivo en Idle Valley. Al final del lago. Mi marido es médico.

—¿Por casualidad conoce a los Wade?

—Sí —dijo frunciendo el entrecejo—. Conozco a los Wade. ¿Por qué?

—¿Que por qué lo pregunto? Son las únicas personas que conozco en Idle Valley.

—Ya veo. De nuevo, buenas noches, señor Marlowe.

Se reclinó en el asiento y el Cadillac ronroneó educadamente y se alejó zambulléndose en el tráfico que circulaba por el Strip.

Al darme la vuelta estuve a punto de tropezar con Chick Agostino.

—¿Quién era esa muñeca? —se bufó—. Y la próxima vez que quiera hacerse el gracioso, será mejor que se largue.

—Nadie que quiera conocerte.

—Está bien, listillo. He apuntado el número de matrícula. A Mendy le encanta conocer naderías de ese tipo.

La puerta de un coche se abrió de un tirón, y de él saltó un hombre de dos metros de alto y un metro veinte de ancho, le echó un vistazo a Agostino, dio una zancada y lo agarró por la garganta con una sola mano.

—¿Cuántas veces tengo que deciros, escoria barata, que no estéis rondando cerca cuando estoy comiendo? —rugió.

Sacudió a Agostino y de un tirón lo lanzó contra la valla, al otro lado de la acera. Chick cayó tosiendo.

—La próxima vez —gritó el hombre enorme—, te juro que te pegaré un tiro, y créeme, cuando te recojan tendrás una pistola en la mano.

Chick sacudió la cabeza y no dijo nada. El gigantón me

miró de arriba abajo, hizo una mueca burlona, mascculló un «Buenas noches» y entró en Victor's.

Observé a Chick mientras se enderezaba y recuperaba parte de su compostura.

—¿Quién es su colega? —le pregunté.

—Big Willie Magoon —dijo con la lengua enredada—. Un tipo de la Brigada Antivicio. Se cree muy duro.

—¿Quiere decir que no está seguro de serlo? —pregunté con educación.

Me miró con ojos vacíos y se alejó. Saqué mi coche del aparcamiento y me fui a casa. En Hollywood puede pasar cualquier cosa, absolutamente cualquier cosa.

## 23

Un Jaguar achatado giró en torno a la colina delante de mí y ralentizó la marcha para no bañarme con polvo de granito a lo largo del kilómetro de pavimento en mal estado situado en la entrada de Idle Valley. Parecía que quisieran dejarlo así para desalentar a los conductores de fin de semana, acostumbrados a viajar por autopistas. Por un momento vi un pañuelo de vivos colores y un par de gafas de sol. Una mano me saludó con sencillez, de vecino a vecino. Entonces el polvo se asentó y se sumó a la capa blanquecina extendida sobre los arbustos y la hierba quemada por el sol. Dejé atrás las piedras y el pavimento que seguía estaba en buen estado, liso y bien cuidado. Junto al camino se agrupaban los robles, como si tuvieran curiosidad por saber quién pasaba, mientras gorriones de cabeza rosada saltaban y picoteaban cosas que solo un gorrión consideraría que vale la pena picotear.

A continuación aparecieron algunos chopos de Virginia, pero ningún eucalipto. Después, un macizo de álamos de Carolina que ocultaba una casa blanca. Luego vi a una chica a caballo que paseaba por el arcén de la carretera. Llevaba pantalones, una camisa ancha y masticaba una ramita. El caballo parecía cansado, pero aún no echaba espuma por la boca, y la chica le cantaba quedamente. Detrás de una cerca de piedras, un jardinero desplazaba un cortacésped de motor por una superficie de hierba alta, ondulada, que terminaba a lo lejos ante el pórtico de una mansión colonial estilo Williamsburg de tamaño de lujo. En alguna parte, alguien hacía ejercicios para la mano izquierda en un piano de cola.

Todo aquello quedó atrás y apareció el destello del lago, cálido y rutilante, y me puse a observar los números en los postes de entrada. Solo había visto la casa de los Wade una vez, y a oscuras. No era tan grande como me había parecido de noche. El camino de acceso estaba lleno de coches, así que aparqué a un lado de la carretera y caminé hasta la casa. Un criado mexicano de chaqueta blanca me abrió la puerta. Era un hombre esbelto y apuesto, y la chaqueta le quedaba muy bien; parecía un mexicano que ganaba cincuenta pavos a la semana y que no se mataba a trabajar.

—*Buenas tardes, señor* —y sonrió como si hubiera marcado un tanto—. *¿Su nombre de usted, por favor?*

—Marlowe. ¿Y a quién está tratando de impresionar, Candy? Hablamos por teléfono, ¿lo recuerda?

Sonrió otra vez y entré. Era la fiesta de siempre, todo el mundo hablando a gritos, nadie escuchaba a nadie, todos aferrados ansiosamente a una copa de licor, ojos muy brillantes, mejillas enrojecidas o pálidas y sudorosas, en función de la cantidad de alcohol consumida y la capacidad de la persona para procesarla. Entonces Eileen Wade se materializó a mi lado vistiendo algo azul pálido que no la perjudicaba en absoluto. Tenía una copa en la mano, pero no parecía ser más que algo a lo que agarrarse.

—Me alegra mucho que haya podido venir —dijo con seriedad—. Roger quiere verlo en su estudio. Detesta las fiestas. Está trabajando.

—¿Con todo este alboroto?

—Parece que no lo molesta. Candy le traerá una copa, o si prefiere ir al bar...

—Eso es lo que haré. Siento lo de la otra noche.

—Creí que ya se había disculpado. —Sonrió—. No fue nada.

—Eso lo dirá usted.

Sostuvo la sonrisa lo suficiente para asentir con la cabeza y alejarse.

El bar estaba en una esquina, junto a unas enormes puertas de cristal. Era una de esas cosas que se pueden llevar de un lugar a otro. Me encontraba en el medio de la habitación, intentando pasar sin tropezar con nadie, cuando oí una voz.

—Vaya, señor Marlowe.

Me volví y me encontré a la señora Loring en un sofá, junto a un hombre de aspecto afectado, con gafas sin montura y un manchón en la quijada que podría ser una perilla. Ella sostenía una copa en la mano y parecía aburrida. Él estaba inmóvil, con los brazos cruzados y el entrecejo fruncido.

Me acerqué. Me sonrió y me ofreció su mano.

—Este es mi marido, el doctor Loring. Edward, te presento al señor Philip Marlowe.

El tipo de la perilla me echó un vistazo breve y me saludó con la cabeza, aún con más brevedad. No hizo ningún otro movimiento. Parecía guardar sus energías para cosas mejores.

—Edward está muy cansado —dijo Linda Loring—. Edward siempre está muy cansado.

—Es frecuente entre los médicos. ¿Puedo traerle algo de beber, señora Loring? ¿O a usted, doctor?

—Ya ha bebido suficiente —repuso el hombre sin mirar a ninguno de los dos—. Yo no bebo. Cuanto más conozco a la gente que bebe, más me alegro de no hacerlo.

—Días sin huella —dijo la señora Loring soñadora.

Él se volvió y la miró fijamente. Me aparté de ellos y fui al bar. En compañía de su marido, Linda Loring parecía una persona diferente. En su voz había algo cortante, y en su expresión cierto sarcasmo que no había utilizado conmigo ni siquiera al enfadarse.

Candy atendía el bar. Me preguntó qué quería beber.

—Nada, gracias. El señor Wade quiere verme.

—*Está muy ocupado, señor.* Very busy.

Llegué a la conclusión de que Candy no me iba a caer bien. Lo miré.

—Pero voy a ver —dijo—. *De pronto*, señor.

Se abrió camino delicadamente entre la multitud y regresó enseguida.

—Bien, amigo, vamos —dijo animado.

Lo seguí por el salón y atravesamos la casa a lo largo. Abrió una puerta, yo entré, él la cerró a mi espalda y la mayor parte del ruido desapareció. La habitación hacía esquina, era grande, fresca y tranquila, con unas puertas correderas que hacían la función de ventanas, grandes rosales fuera y un acondicionador de aire instalado en una ventana lateral. Podía ver el lago, y podía ver a Wade, tumbado cuan largo era sobre un sofá de cuero amarillo. Había un gran escritorio de madera descolorida con una máquina de escribir encima y un montón de hojas amarillas a su lado.

—Ha hecho bien en venir, Marlowe —dijo con pereza—. Aparque por ahí. ¿Ha tomado algo?

—Todavía no. —Me senté y lo miré. Aún parecía algo pálido y tenso—. ¿Cómo va el trabajo?

—Bien, pero me canso enseguida. Es una lástima que cueste tanto recuperarse de cuatro días de borrachera. Por lo general, escribo lo mejor de mi obra después de días así. En mi oficio es fácil quedarse tieso y ponerse envarado e irritado. Entonces, lo que escribes no sirve. Cuando vale la pena, sale con facilidad. Todo lo que haya oído o leído que diga lo contrario es puro bla-bla-bla.

—Quizá dependa de quién sea el autor. A Flaubert le costaba trabajo escribir, pero sus libros son buenos.

—Bien —dijo Wade sentándose—. Así que ha leído a Flaubert, y eso lo convierte en un intelectual, un crítico, un conocedor del mundo literario. —Se frotó la frente—. Estoy sin beber y detesto eso. Detesto a todo el que tenga una copa en la mano. Tengo que salir a saludar a esos miserables. Todos ellos saben que soy un alcohólico. Así que se preguntan de qué estoy huyendo. Algún hijo de puta freudiano ha hecho de eso un lugar común. Ahora, hasta los niños de diez años lo saben. Si yo tuviera un hijo de diez años, que Dios no lo quiera, me estaría preguntando: «¿De qué huyes cuando te emborrachas, papá?».

—Según tengo entendido, todo esto es bastante reciente.

—Ha empeorado, pero siempre he sido un tipo pegado a la botella. Cuando eres joven y fuerte, puedes aguantar mucho castigo. Cuando pasas de los cuarenta, no lo asimilas de la misma manera.

Me recliné y encendí un cigarrillo.

—¿Para qué quería verme?

—¿De qué cree que estoy huyendo, Marlowe?

—Ni idea. No tengo suficiente información. Además, todo el mundo huye de algo.

—Pero no todo el mundo se emborracha. ¿De qué huye usted? ¿De su juventud, de su mala conciencia o de saber que es un tío de poca monta en un oficio de poca monta?

—Ya lo entiendo. Necesita a alguien para insultarlo. Dispare, amigo. Cuando comience a escocer, se lo diré.

Hizo una mueca y metió los dedos en su denso cabello rizado. Se golpeó el pecho con el índice.

—Está ante un tipo de poca monta en un negocio de poca monta, Marlowe. Todos los escritores son golfos y yo soy uno de los más golfos. He escrito doce best sellers, y si alguna vez termino ese montón de basura que está sobre el escritorio, posiblemente habré escrito trece. Y ninguno de ellos vale la pólvora necesaria para mandarlo al infierno. Tengo una casa encantadora en un barrio residencial muy exclusivo que pertenece a un multimillonario también muy exclusivo. Tengo una mujer encantadora que me ama, y un editor encantador que me adora, y yo me amo a mí mismo por encima de todos. Soy un hijo de puta egoísta, una prostituta, un chulo literario, elija usted la palabra, y un cabrón de siete suelas. ¿Qué podría hacer usted por mí?

—Sí, ¿qué?

—¿Por qué no se cabrea?

—No hay nada por lo que cabrearse. Solo estoy oyendo cómo se denigra a sí mismo. Es aburrido, pero no hiere mis sentimientos.

Soltó una risa áspera.

—Usted me cae bien. Vamos a beber algo.

—Aquí no, amigo. Usted y yo solos, no. No me apetece ver cómo se toma la primera. Nadie puede impedírselo y no creo que nadie lo intente. Pero no tengo por qué colaborar.

—No tenemos que beber aquí. —Se puso de pie—. Salgamos a contemplar un grupo notable del tipo de gente que tendrá que conocer cuando amase suficiente dinero sucio para vivir donde viven ellos.

—Oiga, déjelo. Olvídese. No difieren de las demás personas.

—Sí —dijo algo tenso—, pero deberían ser diferentes. Si no, ¿para qué sirven? Son la clase alta del país, y no son mejores que una panda de camioneros que están hasta las cejas de whisky barato. Son menos que eso.

—Olvídelo —repetí—. Si quiere coger una cogorza, cójala. Pero no lo haga ante un montón de gente que puede emborracharse sin ir a parar a manos del doctor Verringer, o perder la cabeza y tirar a su esposa por la escalera.

—Sí —contestó, y de repente se calmó y se quedó pensativo—. Ha pasado la prueba, amigo. ¿No querría venir a vivir aquí una temporada? Solo con vivir aquí me podría hacer mucho bien.

—No sé cómo.

—Pero yo sí. Basta con que esté aquí. ¿Le interesaría ganar mil al mes? Soy peligroso cuando me emborracho. No quiero ser peligroso y no quiero emborracharme.

—Yo no podría impedírselo.

—Inténtelo durante tres meses. Terminaré el maldito libro y me iré lejos durante un tiempo. A descansar en algún lugar de las montañas en Suiza, a purificarme.

—El libro, ¿eh? ¿Le hace falta cobrar el dinero?

—No. Simplemente quiero terminar algo que empecé. Si no lo hago, estoy acabado. Se lo pido como amigo. Usted hizo mucho más que eso por Lennox.

Me levanté, me acerqué a él y lo miré con dureza.

—Lo que conseguí fue que mataran a Lennox, señor. Que lo mataran.

—Tonterías. No se me haga el blandito, Marlowe. —Se llevó el borde de la mano a la garganta—. Estoy hasta aquí de gente blanda.

—¿Blanda o solo amable? —pregunté.

Retrocedió y tropezó con el borde del sofá, pero no perdió el equilibrio.

—Váyase al diablo —dijo sin inmutarse—. No hay trato. No lo culpo a usted, por supuesto. Hay algo que quiero saber, que tengo que saber. Usted no tiene idea de qué es y yo no estoy seguro de saberlo. Lo único seguro es que hay algo, y yo tengo que saberlo.

—¿Relativo a quién? ¿A su esposa?

Se mordió los labios.

—Creo que es algo que tiene que ver conmigo. Vamos a por esa copa.

Se dirigió a la puerta, la abrió y salimos.

Si estaba intentando que me sintiera incómodo, había hecho un trabajo de primera clase.

# 24

Cuando Wade abrió la puerta, el zumbido proveniente del salón nos estalló en la cara. Parecía más alto que antes, si eso era posible. Unas dos copas más alto. Wade saludó a unos y a otros, y daba la impresión que la gente se alegraba de verlo. Pero a esas alturas se hubieran alegrado de ver a un asesino en serie con un punzón de hielo. La vida no era más que un gran vodevil.

Por el camino hacia el bar nos tropezamos cara a cara con el doctor Loring y su esposa. Él se levantó y dio un paso adelante para enfrentarse a Wade. Una expresión de odio le desfiguraba el rostro.

—Me alegro de verlo, doctor —dijo Wade con amabilidad—. Hola, Linda. ¿Por dónde te escondes últimamente? No, creo que ha sido una pregunta estúpida. Yo...

—Señor Wade —dijo Loring con una voz algo temblorosa—, tengo algo que decirle. Algo muy sencillo y, espero, muy terminante. Apártese de mi mujer.

Wade lo miró con curiosidad.

—Doctor, usted está cansado. Y no ha bebido nada. Deje que le traiga una copa.

—No bebo, señor Wade. Y, como sabe perfectamente, estoy aquí con un único propósito, y acabo de hacerlo patente.

—Bien, creo que lo he comprendido —repuso Wade aún amable—. Y como es un invitado en mi casa, no tengo nada que decirle, excepto que creo que está usted delirando.

A nuestro alrededor las conversaciones se habían detenido. Chicos y chicas eran todo oídos. Una superproducción. El doctor Loring sacó un par de guantes del bolsillo, los estiró, agarró uno por un dedo y lo estrelló con violencia contra el rostro de Wade.

Wade ni siquiera parpadeó.

—¿Pistolas y café al amanecer? —preguntó sin inmutarse.

Miré a Linda Loring. Estaba roja de furia. Se levantó despacio y se enfrentó al médico.

—Dios mío, qué imbécil eres, cariño. Deja de comportarte como un cretino. ¿O pretendes quedarte aquí hasta que alguien te devuelva la bofetada?

Loring se volvió hasta enfrentarse a ella y levantó los guantes. Wade se interpuso.

—Tómeselo con calma, doctor. Aquí solo se pega a las mujeres en privado.

—Si habla de usted, estoy bien enterado —contestó Loring con una mueca—. Y no necesito que me enseñe modales.

—Solo acepto alumnos prometedores —dijo Wade—. Lamento que tenga que irse tan temprano. —Levantó la voz—. ¡Candy! *¡Que el doctor Loring salga de aquí en el acto!* —Se volvió de nuevo hacia el médico—. En caso de que [illegible] que ahí está la puerta. —Y apuntó con el dedo.

Loring lo miró sin moverse.

—Ya lo he avisado, señor Wade —dijo con una voz gélida—. Y en presencia de muchas personas. No habrá otra advertencia.

—No —repuso Wade con sequedad—. Pero si la hubiera, que sea en territorio neutral. Eso me da más libertad de acción. Lo siento, Linda, pero tú te casaste con él.

Se frotó suavemente la mejilla en el lugar donde le había golpeado el guante. Linda Loring sonreía con amargura. Se encogió de hombros.

—Nos retiramos —dijo Loring—. Vamos, Linda.

Ella volvió a sentarse y cogió su copa. Dedicó a su marido una mirada de sereno desprecio.

—Te vas tú. Recuerda que tienes que hacer varias visitas.

—Tú vienes conmigo —le ordenó con furia.

Ella le dio la espalda. Él estiró la mano de repente y la agarró por el brazo. Wade lo tomó por el hombro y lo hizo girar.

—Con calma, doctor. No puede ganar todas las batallas.

—¡Quíteme la mano de encima!

—Claro que sí, pero serénese. Tengo una buena idea, doctor. ¿Por qué no se visita con un buen médico?

Alguien soltó una carcajada. Loring se tensó como un animal preparado para saltar. Wade lo notó, le dio la espalda y se alejó. Eso dejó al doctor Loring en mala posición. Si iba a por Wade, su ridícula situación sería aún peor. Lo único que podía hacer era marcharse, y eso hizo. Atravesó a toda prisa la habitación con la vista al frente, mirando a la puerta que Candy mantenía abierta. Salió. Candy, sin mover un músculo del rostro, cerró la puerta y regresó al bar. Fui tras él y le pedí un escocés. No vi adónde se había ido Wade. Sencillamente desapareció. Tampoco vi a Eileen. Me volví de espaldas a la habitación y los dejé crepitar mientras me bebía el whisky.

Una chica bajita, con el pelo color fango y una cinta en torno a la frente, apareció a mi lado, puso una copa sobre el bar y soltó un balido. Candy asintió y le preparó otra.

La chica bajita se volvió hacia mí.

—¿Le interesa el comunismo? —me preguntó. Tenía los ojos vidriosos y se lamía los labios con una pequeña lengua roja, como si estuviera buscando un trozo de chocolate—. Creo que debería interesarle a todo el mundo —prosiguió—. Pero cuando pregunto algo así a cualquier hombre, lo único que quiere es meterme mano.

Asentí y miré por encima de mi copa su nariz chata y su piel estropeada por el sol.

—No es que me importe mucho, siempre que lo haga con delicadeza —me confesó mientras cogía la bebida recién preparada.

Se zampó la mitad de la copa y, mientras bebía, me enseñó las muelas.

—No cuente conmigo —le dije.

—¿Cómo te llamas?

—Marlowe.

—¿Con o sin «e»?

—Con.

—Ah, Marlowe —canturreó—. Qué nombre más hermoso.

Soltó la copa, casi vacía, cerró los ojos, echó la cabeza hacia atrás, extendió los brazos y estuvo a punto de sacarme un ojo. Su voz vibró de emoción al declamar:

—«¿Fue este el rostro que mil naves echó al mar / y de Ilión las torres truncadas incendió? / Hazme, dulce Elena, con un beso, inmortal.»*

Abrió los ojos, cogió su copa y me hizo un guiño.

—Eso te ha quedado muy bien, amigo. ¿Has escrito algún poema últimamente?

—Nada en particular.

—Puedes besarme si quieres.

Un tipo que vestía una chaqueta de seda y una camisa abierta al cuello apareció por detrás de ella y me sonrió por encima de su cabeza. Llevaba el pelo rojo muy corto, y su rostro parecía un pulmón colapsado. Era el tipo más feo que había visto nunca. Dio unas palmadas a la chica en la cabeza.

—Vamos, gatita. Es hora de irse a casa.

Ella se volvió y lo miró con furia.

—¿Eso quiere decir que tienes que regar de nuevo esas malditas begonias? —chilló.

—Escucha, gatita...

* Cita del quinto acto del drama *La trágica historia del Doctor Fausto*, de Christopher Marlowe. *(N. del T.)*

—¡Quítame las manos de encima, maldito violador! —gritó, y le tiró el resto de la bebida a la cara; en la copa solo quedaba un sorbito y dos piedras de hielo.

—¡Por Dios, cariño, soy tu marido! —le respondió él a gritos mientras sacaba un pañuelo y se secaba la cara—. ¿Entiendes? Tu marido.

Ella sollozó violentamente y se echó en sus brazos. Di la vuelta a su alrededor y me fui de allí. Todas esas fiestas son iguales, hasta las conversaciones.

Los invitados salían con cuentagotas de la casa a tomar el aire. Las voces se desvanecían, los motores de los coches comenzaban a zumbar, los adioses rebotaban por doquier como pelotas de goma. Fui hasta una de las puertas de cristal y salí a una terraza de baldosas. El terreno descendía hasta el lago, que estaba tan inmóvil como un gato dormido. Allí abajo había un pequeño embarcadero de madera con un bote de remos atado a él por una maroma blanca. Cerca de la orilla opuesta, que no se hallaba muy lejos, una gallineta negra giraba perezosa, como un patinador. Sus movimientos apenas provocaban unas olas muy leves.

Me tumbé en una hamaca de aluminio, encendí la pipa y me puse a fumar plácidamente preguntándome qué demonios hacía yo allí. Roger Wade parecía tener el suficiente control para comportarse, siempre que ese fuera su deseo. Con Loring había estado muy bien. No me habría sorprendido si hubiera golpeado al médico en la pequeña barbilla. Hubiera estado un poco fuera de lugar, pero él se había extralimitado mucho más.

Si las reglas seguían teniendo algún valor, decían que uno no elige un salón lleno de gente como lugar para amenazar a un hombre y abofetearlo cuando tu esposa está junto a ti y casi estás acusándola de infiel. Para tratarse de un hombre que apenas se recuperaba de un duro combate con la bebida, Wade se había comportado muy bien. Más que muy bien. Claro que nunca lo había visto borracho. No sabía cómo se comportaría borracho. Ni siquiera sabía si era alcohólico. Hay una enorme diferencia. Una persona que bebe mucho de vez en cuando sigue siendo la misma que cuando está sobrio. Un alcohólico, un alcohólico auténtico, es una persona completamente diferente. No se puede predecir nada con respecto a él, a no ser que se convertirá en alguien a quien nunca has visto antes.

Se oyeron unos pasos ligeros a mi espalda y Eileen Wade cruzó la terraza y se sentó a mi lado, en el borde de una silla.

—Bueno, ¿qué le ha parecido? —preguntó con una voz serena.

—¿El caballero del guante ligero?

—Claro que no. —Frunció el entrecejo y a continuación se echó a reír—. Detesto a las personas que hacen escenas así. No es que sea un mal médico. Ha hecho el mismo numerito con la mitad de los hombres que viven en el valle. Linda Loring no es una golfa. No tiene aspecto de golfa, no habla como una golfa, no se comporta como una golfa. No sé por qué el doctor Loring actúa como si lo fuera.

—Quizá sea un alcohólico reformado —dije—. Muchos de ellos se vuelven muy puritanos.

—Es posible —concedió, y miró hacia el lago—. Este lugar es muy tranquilo. Uno pensaría que un escritor es feliz aquí, suponiendo que haya algún lugar donde un escritor pueda ser feliz. —Se volvió hacia mí y me miró—. Así que no está usted convencido de hacer lo que Roger le ha pedido.

—No tiene sentido, señora Wade. No puedo hacer nada, ya se lo he dicho antes. No puedo asegurarle que estaré presente en el momento adecuado. Tendría que permanecer a su lado todo el tiempo. Eso sería imposible, aunque no tuviera nada más que hacer. Si se pusiera agresivo, por ejemplo, ocurriría en un abrir y cerrar de ojos. Y no he visto ningún indicio de que se ponga agresivo. A mí me parece una persona muy sólida.

Ella se miró las manos.

—Si pudiera terminar el libro, creo que las cosas funcionarían mucho mejor.

—No puedo ayudarlo a hacer eso.

Eileen Wade levantó el rostro y apoyó las manos en los bordes de la silla vecina. Se inclinó levemente hacia delante.

—Si él cree que usted puede, podrá. Ese es el único problema. ¿O es que le disgusta ser huésped en nuestra casa y que le paguen por ello?

—Su marido necesita un psiquiatra, señora Wade. Siempre que encuentre a alguno que no sea un farsante.

—¿Un psiquiatra? ¿Por qué?

Parecía asombrada.

Retiré la ceniza de mi pipa y la sostuve en la mano, esperando a que se enfriara la cazoleta antes de guardarla.

—Si quiere oír la opinión de un aficionado, aquí la tiene. Él cree que tiene un secreto escondido en la mente y que no puede llegar a él. Podría ser una culpa secreta, o podría estar relacionado con otra persona. Piensa que eso es lo que lo hace beber, porque no puede descubrir de qué se trata. Probablemente cree que lo ocurrido tuvo lugar mientras estaba borracho, y que podría descubrirlo en los sitios a los que la gente va cuando está borracha, borracha de verdad, como él. Eso es trabajo para un psiquiatra. Hasta ahí va bien. Si me equivoco, entonces se emborracha porque quiere o porque no puede evitarlo, y esa idea sobre un secreto solo es un pretexto. No puede escribir el libro, o simplemente no puede terminarlo. Porque se emborracha. O sea, parece que cree que no puede terminar el libro porque bebe hasta perder el sentido. Pero podría ser todo lo contrario.

—En absoluto. No, Roger tiene muchísimo talento. Estoy convencidísima de que aún no ha escrito sus mejores obras.

—Ya le he dicho que era la opinión de un aficionado. La otra mañana me dijo usted que tal vez había dejado de amar a su esposa. Eso es otra de las cosas que podría funcionar al revés.

Ella miró hacia la casa y después se volvió hasta darle la espalda. Yo miré en la misma dirección. Roger Wade estaba de pie detrás de la puerta, observándonos. Mientras nos contemplaba, se metió detrás del bar y sacó una botella.

—No tiene sentido entrometerse —dijo ella con rapidez—. Yo nunca lo hago. Nunca. Supongo que usted tiene razón, señor Marlowe. No hay nada que hacer, salvo dejarlo y que se saque eso de dentro.

La pipa ya estaba fría, me la guardé.

—Estamos registrando a tientas el fondo del cajón. ¿Y si hacemos lo contrario?

—Yo amo a mi marido —se limitó a decir—. Quizá no con el amor de una jovencita. Pero lo amo. Una mujer solo es joven una vez. El hombre que amé en esa época ha muerto. Murió en la guerra. Por extraño que parezca, su nombre tenía las mismas iniciales que el de usted. Ya no importa, aunque a veces no puedo creer del todo que esté muerto. Nunca encontraron su cuerpo. Eso les ocurrió a muchos. —Me lanzó una mirada interrogante—. A veces, pero por supuesto no siempre, cuando entro en un bar desierto o en el vestíbulo de un hotel a la hora en que no hay nadie, o cuando paseo por la cubierta de un buque de pasajeros temprano por la mañana o muy tarde por la noche, pienso que podría haberlo visto, que me está esperando en un rincón oscuro. —Hizo una pausa y bajó la mirada—. Es una tontería que me avergüenza. Estábamos muy enamorados, de esa misteriosa, salvaje y poco probable manera que solo ocurre una vez en la vida.

Dejó de hablar y permaneció allí sentada, medio en trance, mirando la superficie del lago. Volví los ojos hacia la casa. Wade estaba de pie tras las puertas acristaladas, con una copa en la mano. Volví a mirar a Eileen. Para ella, yo ya no estaba allí. Me levanté y entré en la casa. Wade seguía en el mismo sitio con su copa, que parecía bien cargada. Y sus ojos tenían mal aspecto.

—¿Cómo le va con mi esposa, Marlowe? —preguntó torciendo la boca.

—No le estoy tirando los tejos, si se refiere a eso.

—Me refiero exactamente a eso. La otra noche la besó. Es probable que se considere un tipo rápido, pero está perdiendo el tiempo, amigo. Incluso aunque tuviera el lustre adecuado.

Intenté rodearlo pero me lo impidió con un hombro sólido.

—No tenga prisa, amigo. Aquí nos cae bien. Muy pocos detectives privados vienen a nuestra casa.

—Yo soy el que sobra —dije.

Levantó la copa y bebió. Cuando la bajó, me miró de soslayo.

—Debería darse un poco más de tiempo para aumentar su resistencia —le dije—. Palabras huecas, ¿eh?

—Bien, entrenador. Se dedica a fortalecer el carácter, ¿verdad? Debería saber que no tiene sentido tratar de educar a un borracho. Los borrachos no se educan, amigo mío. Se desintegran. Y parte de ese proceso es muy divertido. —Bebió de nuevo y casi acabó el contenido de la copa—. Y otra parte del proceso es terrible. Pero si me permite citar las brillantes palabras del buen doctor Loring, ese maldito hijo de puta con maletín negro, apártese de mi mujer, Marlowe. Claro que se siente atraído por ella. Como todos. Le encantaría acostarse con ella. Como a todos. Le gustaría compartir sus sueños y oler las rosas de sus recuerdos. Probablemente a mí también. Pero no hay nada que compartir, colega, nada, nada, nada. Está solo en la oscuridad.

Terminó su copa y la colocó boca abajo.

—Tan vacío como esto, Marlowe. Nada, absolutamente nada. Yo soy el que lo sabe.

Puso la copa sobre el borde del bar y caminó muy tieso hasta el pie de la escalera. Subió una docena de peldaños agarrado del pasamanos, se detuvo y se recostó en él. Me miró desde arriba con una sonrisa amarga.

—Perdone el sarcasmo, Marlowe. Usted es un buen tipo. No quisiera que le ocurriera nada.

—¿Como qué?

—Quizá ella aún no lo ha rodeado de ese mágico encantamiento de su primer amor, el tipo que desapareció en Noruega. No querrá desaparecer también, ¿verdad, amigo? Usted es mi detective privado especial. Usted me encuentra cuando estoy perdido en el salvaje esplendor de Sepulveda Canyon. —Movió la palma de la mano formando círculos sobre la madera pulida del pasamanos—. Me dolería hasta la médula que usted desapareciera. Como aquel personaje que anduvo paseándose entre los ingleses. Quedó tan perdido que a veces uno se pregunta si existió. ¿Cree que ella pudo habérselo inventado para tener un buen juguete?

—¿Cómo podría saberlo?

Me miró. Tenía profundas arrugas entre los ojos y la amargura le torcía la boca.

—¿Acaso alguien podría saberlo? Quizá ella no se conoce a sí misma. La niña está cansada. La niña ha pasado mucho tiempo jugando con juguetes rotos. La niña quiere irse.

Continuó subiendo la escalera. Permanecí allí hasta que Candy regresó y se dedicó a ordenar el bar, colocando copas sobre una bandeja, examinando las botellas para ver qué había quedado, sin prestarme ninguna atención. O eso creía yo.

—*Señor* —dijo—, queda una buena dosis. Sería una lástima desperdiciarlo.

Levantó una botella.

—Bébaselo usted.

—*Gracias, señor, no me gusta. Un vaso de cerveza, no más.* Mi límite es un vaso de cerveza.

—Hombre sabio.

—Con un borrachín en la casa basta —dijo mirándome—. Hablo buen inglés, ¿verdad?

—Claro que sí, muy bueno.

—Pero pienso en español. A veces pienso con un cuchillo. El jefe es asunto mío. No necesita ninguna ayuda, hombre. Yo me ocupo de eso.

—Gran trabajo el que está haciendo entonces, mequetrefe.

—Hijo de la flauta —masculló entre sus dientes muy blancos.

Cogió una bandeja llena de copas y se la apoyó sobre el borde del hombro y la palma de la mano, como el camarero de un restaurante.

Caminé hasta la puerta y salí maravillado de que una expresión como esa se hubiera convertido en un insulto en español. No pasé mucho tiempo maravillándome. Tenía muchas otras cosas de las que maravillarme. El problema de la familia Wade era algo más que el alcohol. El alcohol no era más que una reacción de enmascaramiento.

Esa noche, más tarde, entre las nueve y media y las diez, llamé al número de los Wade. Colgué después de ocho timbrazos, pero apenas había retirado la mano del auricular cuando comenzó a sonar. Era Eileen Wade.

—Alguien acaba de llamar —dijo—, y he tenido el presentimiento de que podía ser usted. Me disponía a tomar una ducha.

—Era yo, pero no era nada importante, señora Wade. Cuando me he marchado daba la impresión de estar algo confuso, me refiero a Roger. Quizá ahora me siento un poco responsable.

—Está muy bien, durmiendo profundamente en su cama. Creo que el doctor Loring lo ha alterado más de lo que ha mostrado. Me imagino que le habrá contado un montón de cosas absurdas.

—Me ha dicho que estaba cansado y que quería irse a la cama. Muy prudente, me parece.

—Si eso es todo lo que le ha dicho, estoy de acuerdo. Bien, buenas noches y gracias por llamar, señor Marlowe.

—No he dicho que eso fuera todo. He dicho que me había dicho eso.

Hubo una pausa.

—De vez en cuando —explicó— a todo el mundo se le ocurre alguna fantasía. No se tome a Roger demasiado en serio, señor Marlowe. A fin de cuentas, tiene una imaginación febril. Es natural que sea así. No debería haber bebido nada tan pronto desde la última vez. Por favor, intente olvidarlo. Supongo que, entre otras cosas, habrá sido grosero con usted.

—No ha sido grosero conmigo. Lo que ha dicho tenía mucho sentido. Su marido es un hombre que puede mirarse con severidad a sí mismo y ver lo que hay. No es un don muy habitual. La mayor parte de la gente pasa por la vida gastando la mitad de su energía en intentar proteger una dignidad de la que carece. Buenas noches, señora Wade.

Colgó y yo saqué el tablero de ajedrez. Llené una pipa, coloqué las piezas y las revisé, por si no se habían afeitado bien o llevaban botones sueltos, y jugué una partida de campeonato entre Gortchakoff y Meninkin, setenta y dos jugadas para acabar en tablas, un raro ejemplo de cuando una fuerza irresistible tropieza con un objeto inamovible, una guerra sin sangre, un desperdicio de inteligencia humana tan elaborado como se puede encontrar en cualquier lugar que no sea una agencia de publicidad.

# 25

Durante una semana no pasó nada, salvo que me dediqué a mis asuntos, que en aquellos tiempos no eran tantos. Una mañana me llamó George Peters, de la organización Carne, y me dijo que había pasado por Sepulveda Canyon y había echado un vistazo a la propiedad del doctor Verringer por pura curiosidad. Pero el doctor Verringer ya no estaba allí. Media docena de topógrafos preparaban un mapa del terreno a fin de subdividirlo. La gente con la que habló no sabía nada del doctor Verringer.

—Al pobre idiota lo dejaron fuera del negocio por una hipoteca —dijo Peters—. Lo comprobé. Le dieron mil pavos para que retirara la reclamación, solo para ganar tiempo y evitar gastos, y ahora alguien va a ganar un millón por año dividiendo la propiedad en parcelas residenciales. Esa es la diferencia entre el crimen y los negocios. Para los negocios hace falta capital. A veces pienso que es la única diferencia.

—Una observación muy cínica —dije—, y el crimen de alto nivel también necesita de capital.

—¿Y de dónde sale, colega? No de los tipos que asaltan licorerías. Hasta pronto.

Cuando Wade me llamó eran las once menos diez de la noche de un jueves. Tenía la voz ronca, casi ahogada, pero de alguna manera logré reconocerla. Y por el teléfono oía una respiración entrecortada, pesada y rápida.

—Estoy en mala forma, Marlowe. Muy mala. Estoy soltando el ancla. ¿Podría venir enseguida?

—Por supuesto, pero déjeme hablar un momento con la señora Wade.

No me respondió. Se oyó el sonido de algo que se rompía, seguido por un absoluto silencio, y a continuación oí algo así como un golpeteo. Grité algo en el teléfono sin obtener ninguna respuesta. Pasó el tiempo. Al final oí el clic del auricular al ser colgado y el tono de una línea libre.

A los cinco minutos ya estaba en camino. Llegué al cabo de algo más de media hora y aún no sé cómo. Bajé volando de la colina, llegué a Ventura Boulevard con el semáforo en rojo, pero de todos modos giré a la izquierda y me adelanté esquivando camiones; en conjunto, conduje como un imbécil. Atravesé Encino a más de cien por hora, con un foco en el límite exterior de los coches que estaban aparcados, de manera que cualquiera que pretendiera salir repentinamente se detuviera en seco. Tuve la suerte que solo se tiene cuando nada te importa. No hubo policías, sirenas o nuevas luces rojas. Solo visiones de lo que podía estar pasando en la residencia de los Wade, y no muy placenteras. Ella estaba sola en casa, con un maníaco borracho, tumbada al pie de la escalera con el cuello roto; ella estaba tras una puerta cerrada y fuera alguien aullaba e intentaba forzarla; ella corría descalza por una carretera bañada por la luna, mientras la perseguía un negro enorme con una hachuela de carnicero.

No era así en absoluto. Cuando entré en el camino de acceso con mi Oldsmobile, todas las luces de la casa estaban encendidas. La vi de pie ante la puerta abierta con un cigarrillo en la boca. Me apeé y me dirigí hacia ella por las baldosas. Vestía unos pantalones ajustados y una camisa con el cuello abierto. Me miró con calma. Si había algún tipo de nerviosismo en el ambiente, era el que había traído conmigo.

Lo primero que dije fue tan absurdo como el resto de mi comportamiento.

—Creía que no fumaba.

—¿Qué? No, no suelo fumar. —Se quitó el cigarrillo de la boca, lo tiró al suelo y lo aplastó con el pie—. Solo muy de cuando en cuando. Ha llamado al doctor Verringer.

—Es imposible. El doctor Verringer ya no vive allí. Me ha llamado a mí.

—¿De verdad? Solo lo he oído telefonear y pedirle a alguien que viniera deprisa. Pensé que sería el doctor Verringer.

—¿Dónde está ahora el señor Wade?

—Se ha caído —dijo—. Debe de haber inclinado demasiado la silla hacia atrás. Le ha ocurrido otras veces. Se ha abierto la cabeza con algo. Hay un poco de sangre, no mucha.

—Eso está bien. No queremos tener un charco de sangre. Le he preguntado dónde está ahora.

Me miró con solemnidad. A continuación señaló con la mano.

—Por ahí fuera. Por el borde de la carretera, o entre los arbustos, junto a la valla.

Me acerqué más a ella y la observé con detenimiento.

—Por Dios, ¿no lo ha buscado?

A esas alturas había llegado a la conclusión de que estaba conmocionada. Examiné el césped. No vi nada, pero cerca de la valla había una sombra pesada.

—No, no lo he buscado —contestó con una voz muy serena—. Encuéntrelo usted. Lo he soportado todo lo que es posible soportar. Más de lo que puedo soportar. Encuéntrelo usted.

Se dio la vuelta, entró en la casa y dejó la puerta abierta. No llegó muy lejos. Un metro más allá se derrumbó y se quedó allí. La cogí en brazos y la puse sobre uno de los dos grandes sofás tapizados que se encontraban a ambos lados de una larga mesa de centro de color claro. Le busqué el pulso. No parecía demasiado débil o irregular. Tenía los ojos cerrados y los párpados maquillados de azul. La dejé ahí tumbada y regresé al jardín.

Wade estaba allí, exactamente como ella había dicho. Yacía de costado a la sombra del hibisco. Su pulso era rápido y atronador, y su respiración era anormal. Había algo pegajoso en la parte trasera de su cabeza. Le hablé y lo sacudí un poco. Le di un par de bofetadas. Balbuceó un poco pero no volvió en sí. Lo senté, pasé uno de sus brazos por encima de mi hombro y lo levanté, de espaldas hacia él, tratando de agarrarle una pierna. No lo logré. Pesaba tanto como un bloque de cemento. Nos sentamos los dos sobre la hierba, tomé un breve respiro y lo intenté de nuevo. Al final logré levantarlo como hacen los bomberos y me desplacé por el césped en dirección a la puerta principal, que seguía abierta. Me pareció que la distancia era la misma que la de un viaje de ida y vuelta a Siam. Los dos peldaños de la entrada medían tres metros de alto. A duras penas llegué hasta un sofá, me arrodillé y lo dejé rodar para quitármelo de encima. Cuando me enderecé de nuevo, tenía la sensación de que mi columna vertebral estaba partida al menos por tres lugares.

Eileen Wade había desaparecido. Tenía todo el salón a mi disposición. En ese momento estaba demasiado agotado para que me interesara dónde se había metido cada cual. Me senté, lo miré y aguardé a que respirara con normalidad. A continuación le examiné la cabeza. Estaba empapada de sangre, con el pelo apelmazado. No parecía muy grave, pero con las heridas de la cabeza nunca se sabe.

De repente Eileen Wade apareció junto a mí, mirando a su marido sin inmutarse, con la misma expresión remota de antes.

—Lamento haberme desmayado —dijo—. No sé por qué.

—Lo mejor sería llamar a un médico.

—Ya he telefoneado al doctor Loring. Es mi médico de cabecera. No quería venir.

—Entonces pruebe con otro.

—Pero ahora viene. No quería, pero vendrá tan pronto como pueda.

—¿Dónde está Candy?

—Es jueves, es su día libre. El cocinero y Candy tienen libres los jueves. Es lo habitual por aquí. ¿Puede llevarlo a la cama?

—Sin ayuda, no. Mejor búsqueme una manta o una frazada. Es una noche cálida, aunque en casos como este es muy fácil pescar una pulmonía.

Dijo que me traería una manta de viaje. Pensé que era un buen gesto por su parte. Pero mis pensamientos no eran muy brillantes. Estaba demasiado exhausto después de cargar con Wade.

Lo cubrimos con una manta y el doctor Loring apareció un cuarto de hora después, con su cuello almidonado, sus gafas sin montura, y la expresión de una persona a la que le han pedido que limpie un vómito de perro.

Examinó la cabeza de Wade.

—Tiene un corte superficial y algunos arañazos —dijo—. No hay posibilidad de que padezca una conmoción cerebral. Yo diría que su aliento indica su situación de una manera muy obvia.

Buscó su sombrero. Recogió su maletín.

—Manténganlo abrigado —recomendó—. Pueden lavarle la cabeza con suavidad para limpiarle la sangre. Dormirá y se le pasará.

—No puedo subirlo a la cama yo solo —dije.

—Entonces déjelo donde está. —Me miró sin interés—. Buenas noches, señora Wade. Como sabe, no trato a alcohólicos. Y suponiendo que los tratara, su marido no sería uno de mis pacientes. Seguro que usted lo entiende.

—Nadie le está pidiendo que lo trate —dije—. Estoy pidiendo ayuda para llevarlo a su habitación, para poder quitarle la ropa.

—¿Y quién es usted, exactamente? —me preguntó el doctor Loring con una mirada gélida.

—Me llamo Marlowe. Estuve aquí hace una semana. Su esposa nos presentó.

—Qué interesante —dijo—. ¿Y por qué razón conoce a mi esposa?

—¿Y qué rayos importa eso? Lo único que quiero es...

—No me interesa lo que usted quiera —me cortó.

Se volvió hacia Eileen, se despidió con un leve movimiento de cabeza y se dispuso a marcharse. Me interpuse en su camino hacia la puerta, apoyándome en ella.

—Un momento, doctor. Debe de haber transcurrido mucho tiempo desde que leyó por última vez esa pequeña obra en prosa llamada juramento hipocrático. Este hombre me ha llamado por teléfono y yo vivo bastante lejos. Parecía estar mal y he infringido todas las leyes de circulación del estado para llegar aquí. Lo he encontrado tirado en el césped, lo he traído en brazos hasta aquí y, créame, no es un montón de plumas. El mozo de la casa no está y no hay nadie que pueda ayudarme a subir a Wade por la escalera. ¿Qué le parece?

—Quítese de mi camino —dijo entre dientes—. O llamaré a la subdelegación del sheriff y haré que manden a un agente. Como profesional...

—Como profesional es usted una mierda —le contesté, y me aparté de su camino.

Comenzó a enrojecer despacio, pero de forma evidente. Se ahogaba en su propia bilis. Abrió la puerta y salió. La cerró con sumo cuidado. Mientras la cerraba me miró. Era la mirada más asesina que me han dedicado nunca, y la cara más retorcida que he visto en mi vida.

Cuando me aparté de la puerta, Eileen sonreía.

—¿Cuál es la gracia? —gruñí.

—Usted. No le importa lo que le dice a la gente, ¿verdad? ¿Sabe quién es el doctor Loring?

—Sí, y también sé lo que es.

Miró su reloj de muñeca.

—Candy ya debe de haber vuelto a casa. Voy a ver. Su habitación está detrás del garaje.

Salió atravesando una arcada, me senté y observé a Wade. El gran escritor roncaba. Tenía el rostro sudoroso, pero lo dejé cubierto con la manta. Un par de minutos después, Eileen regresó con Candy.

## 26

El mexicano llevaba una camisa deportiva a cuadros blancos y negros, pantalones negros de grandes pliegues, sin cinturón, y zapatos de piel de dos tonos, blancos y negros, inmaculados. Su denso pelo negro estaba peinado hacia atrás y brillaba a causa de algún tipo de brillantina o fijador.

—Señor —saludó en español, y esbozó una leve reverencia sarcástica.

—Ayuda al señor Marlowe a llevar arriba a mi marido, Candy. Se ha caído y se ha hecho daño. Siento molestarle a estas horas.

—*De nada, señora* —respondió Candy sonriendo.

—Creo que voy a darle las buenas noches —se despidió—. Estoy cansada. Pídale a Candy todo lo que necesite.

Subió la escalera despacio. Candy y yo la contemplamos.

—Qué muñeca —dijo el mexicano en confianza—. ¿Va a pasar la noche aquí?

—No lo creo.

—*Es lástima.* Está muy sola.

—Quítese ese brillo de los ojos, muchacho. Metamos a este en la cama.

Miró con tristeza a Wade, que roncaba sobre el sofá.

—Pobrecito —murmuró como si lo sintiera—. *Borracho como una cuba.*

—Estará borracho, pero no es nada pequeño. Agárrelo por los pies.

Lo subimos y, aunque éramos dos, resultaba tan pesado como un ataúd de plomo. Al final de la escalera pasamos por una galería abierta dejando a un lado una puerta cerrada. Candy apuntó con la barbilla a la puerta.

—*La señora* —susurró—. Si llama muy bajito, quizá lo deje entrar.

No dije nada para no perder energías. Seguimos transportando la carga, entramos por otra puerta y lo dejamos caer sobre la cama. Entonces agarré el brazo de Candy bien arriba, cerca del hombro, donde duele si uno clava los dedos. Le clavé los míos hasta hacerle daño. Hizo un gesto de dolor y se le endureció el rostro.

—¿Cómo se llama usted, *cholo*?

—Quíteme las manos de encima —masculló—. Y no me llame *cholo*. No soy un espalda mojada. Me llamo Juan García de Soto y Sotomayor. Soy chileno.

—Estupendo, don Juan. Se trata de que usted no mee fuera del tiesto. Cuando hable de la gente para la que trabaja, mantenga la boca y la nariz bien limpias.

Se soltó de un tirón y dio un paso atrás, con los ojos ardiendo de ira. Deslizó la mano dentro de la camisa y la sacó con una navaja larga y fina. La balanceó sobre la palma de la mano sin mirarla apenas. A continuación dejó caer la mano y agarró el mango de la navaja en el aire. Lo hizo muy deprisa, sin esfuerzo aparente. La levantó hasta la altura del hombro, salió disparada hacia delante, voló por el aire y se clavó temblando en la madera del marco de la ventana.

—*¡Cuidado, señor!* —dijo con una mueca burlona—. Y deje quietas las zarpas. No permito que nadie se meta conmigo.

Atravesó la habitación con agilidad y recogió la navaja, la tiró al aire, dio una vuelta entera sobre la punta de los pies y la recogió por detrás. Se la guardó bajo la camisa con un chasquido.

Se me acercó con una sonrisa despectiva.

—Y yo puedo partirte el codo —dije—. Así.

Agarré su muñeca derecha, le hice perder el equilibrio, di un paso lateral, me desplacé detrás de él y le metí mi antebrazo doblado tras la articulación del codo. Hice presión utilizando mi antebrazo como pivote.

—Un tirón fuerte y la articulación de tu codo se raja. Basta con eso. No podrá lanzar navajas durante varios meses. Y si el tirón es un poco más fuerte, el daño es permanente. Quítele los zapatos al señor Wade.

Lo solté y me sonrió.

—Buen truco —dijo—. Lo recordaré.

Se volvió hacia Wade y cogió uno de sus zapatos, pero se detuvo. En la almohada había una mancha de sangre.

—¿Quién ha cortado al jefe?

—No he sido yo, colega. Se ha caído y se ha abierto la cabeza con algo. Solo es superficial. El médico ya ha pasado por aquí.

Candy dejó escapar el aliento poco a poco.

—¿Lo ha visto caer?

—Ha sido antes de que llegara. Le cae bien este tipo, ¿verdad?

No me respondió. Le quitó los zapatos. Desnudamos a Wade, pieza por pieza, y Candy sacó un pijama verde plateado. Se lo pusimos, lo acostamos y lo dejamos bien tapado. Todavía estaba sudoroso y roncaba. Candy lo miró con tristeza sacudiendo despacio su cabeza elegante de un lado a otro.

—Alguien debería cuidarlo —dijo—. Voy a cambiarme de ropa.

—Duerma un poco. Yo me ocuparé de él. Si le necesito, le llamo.

Se paró delante de mí.

—Más le vale cuidarlo bien —me advirtió en voz baja—, muy bien.

Salió de la habitación. Fui al baño y regresé con una toallita mojada y una toalla gruesa. Hice girar levemente a Wade, extendí la toalla sobre la almohada y le lavé la sangre de la cabeza con cuidado para que no volviera a sangrar. Entonces pude ver un corte limpio, poco profundo, de unos cinco centímetros de largo. No era nada. El doctor Loring tenía razón, al menos en eso. No hubiera estado de más coserlo, pero probablemente tampoco era del todo necesario. Encontré unas tijeras y corté suficiente cabello para poder ponerle una tirita. Después lo acosté boca arriba y le lavé la cara. Creo que eso fue un error.

Abrió los ojos. Al principio estaban perdidos y desenfocados, después se fueron aclarando, y me vio de pie junto a la cama. Movió la mano, se la llevó a la cabeza y palpó la tirita. Sus labios balbucearon algo, y luego su voz se aclaró.

—¿Quién me golpeó? ¿Usted?

Volvió a tocarse la tirita.

—Nadie lo golpeó. Se cayó.

—¿Me caí? ¿Cuándo? ¿Dónde?

—Donde estuviera cuando me telefoneó. Me llamó. Por teléfono lo oí caer.

—¿Yo lo llamé? —Sonrió lentamente—. Siempre preparado, ¿verdad, socio? ¿Qué hora es?

—Algo más de la una de la noche.

—¿Dónde está Eileen?

—Se ha ido a la cama. Lo ha pasado mal.

Meditó sobre aquello en silencio. Sus ojos traslucían dolor.

—¿Acaso yo...? —Se detuvo e hizo una mueca de sufrimiento.

—Que yo sepa, no la tocó. Si eso es lo que le preocupa. Sencillamente salió fuera y perdió el sentido junto a la valla. Deje de hablar. Duérmase.

—Dormir —dijo despacio y en voz baja, como un niño que recita la lección—. ¿Y qué es eso?

—Quizá una pastilla le ayudaría. ¿Tiene alguna?

—En el cajón de la mesilla de noche.

Lo abrí y encontré un bote de plástico con cápsulas de color rojo. Seconal de cien miligramos. Recetado por el doctor Loring. El buen doctor Loring. La receta estaba a nombre de la señora Wade.

Sacudí el bote y saqué dos cápsulas. Volví a dejarlo en su lugar y serví un vaso de agua de una jarra que había sobre la misma mesilla. Dijo que con una cápsula sería suficiente. La tomó, bebió un poco de agua, se acostó y se puso a mirar al techo. Pasó el tiempo. Yo lo observaba sentado en una silla. No parecía que le estuviera entrando sueño.

—Recuerdo algo —dijo despacio—. Hágame un favor, Marlowe. Escribí unas cosas absurdas que no quisiera que Eileen viera. Están en la máquina de escribir, bajo la funda. Por favor, rómpalas.

—Ahora mismo. ¿Eso es todo lo que recuerda?

—¿Eileen está bien? ¿Está seguro?

—Sí. Solo está cansada. Déjelo, Wade. No piense más. No debería haberle preguntado nada.

—Vaya, me dice que deje de pensar. —De pronto su voz era un poco soñolienta, y parecía hablar consigo mismo—. Deja de pensar, deja de soñar, deja de amar, deja de odiar. Buenas noches, príncipe. Me tomaré la otra cápsula.

Se la di con un poco más de agua. Volvió a reclinarse, esta vez con la cabeza girada para verme.

—Mire, Marlowe, escribí algo que no quiero que Eileen...

—Ya me lo ha dicho. Cuando se duerma, me ocuparé de eso.

—Ah, gracias. Me alegro de que esté aquí. Me alegro.

Otra pausa, un poco más larga. Los párpados comenzaban a pesarle.

—¿Alguna vez ha matado a un hombre, Marlowe?

—Sí.

—Es una sensación asquerosa, ¿verdad?

—Hay gente a la que le gusta.

Sus ojos se cerraron. Después se abrieron de nuevo, pero eran borrosos.

—¿Y cómo les puede gustar?

No le respondí. Los párpados se le cerraron despacio, como un telón lento en el teatro. Comenzó a roncar. Esperé un rato más. Luego apagué la luz y salí.

## 27

Me detuve junto a la puerta de Eileen y agucé el oído. No oí ningún movimiento dentro, así que no llamé. Si quería saber cómo estaba su esposo, que preguntara. Abajo el salón estaba iluminado y vacío. Apagué algunas luces. Desde cerca de la puerta principal miré hacia arriba, a la galería. La parte central del salón llegaba hasta la misma altura de las paredes de la casa y estaba atravesada por vigas desnudas que también sostenían la galería, que era amplia, y dos de sus lados estaban protegidos por una barandilla sólida, de aproximadamente un metro de altura. Los soportes verticales, así como el pasamanos, eran cuadrados y hacían juego con las vigas. El comedor estaba tras un arco rectangular, cerrado por puertas dobles correderas. Deduje que el alojamiento de la servidumbre estaría encima. Aquella parte del segundo piso estaba cerrada por una pared, así que habría otra escalera que llevaría allí desde la cocina. El dormitorio de Wade estaba en la esquina, encima de su estudio. Desde donde me encontraba, veía la luz que salía de su puerta abierta y se reflejaba en el techo, así como la parte superior del marco.

Apagué todas las luces, excepto una lámpara de pie, y crucé hasta el estudio. La puerta estaba cerrada, pero dentro había dos lámparas encendidas, una de pie, al otro lado del sofá de cuero, y una lámpara de mesa con pantalla. La máquina de escribir se hallaba sobre un pesado soporte, bajo la luz, y a su lado, encima del escritorio, había un montón de hojas de papel amarillas. Me senté en una silla acolchada y estudié la distribución de los muebles. Quería saber cómo Wade se había hecho el corte en la cabeza. Me senté en su sillón giratorio con el teléfono a mi izquierda. El resorte del sillón estaba casi vencido. Si me echaba demasiado hacia atrás y me daba la vuelta, mi cabeza podía tropezar con la esquina del escritorio. Humedecí mi pañuelo y froté la madera. No había sangre, no había nada. Sobre el escritorio había varias cosas, entre ellas una hilera de libros entre dos elefantes de bronce y un anticuado tintero de vidrio. Busqué sin encontrar nada. De todos modos, no tenía mucho sentido, puesto que si otra persona lo había golpeado, el arma no tenía por qué estar en la habitación. Y no había otra persona que pudiera hacerlo. Me levanté y encendí las luces del techo. Iluminaban las esquinas en penumbra y, como siempre, la respuesta era bastante sencilla, a fin de cuentas. Una papelera cuadrada de metal yacía de costado junto a la pared, entre un reguero de papeles. No podía haber llegado allí por sus propios medios, así que la habían tirado o le habían dado una patada. Revisé los bordes cortantes con el pañuelo húmedo. Esta vez obtuve una mancha parda, rojiza, característica de la sangre. No había el menor misterio. Wade se había caído y se había golpeado la cabeza contra el borde de la papelera, un golpe de refilón, lo más probable, se había puesto de pie y había tirado la maldita cosa al otro lado del estudio. Bien sencillo.

A continuación se habría tomado otra copa con rapidez. El licor estaba en la mesa de centro, frente al sofá. Una botella vacía, otra llena en sus tres cuartas partes, una jarra de agua y un cuenco de plata, con agua que antes había sido cubitos de hielo. Había un solo vaso y era de tamaño grande.

Después de beber, se había sentido algo mejor. Vio, sin demasiado detalle, que el teléfono estaba descolgado y lo más probable es que ya no se acordara de que había hecho una llamada. Así que se limitó a colgarlo. El lapso de tiempo encajaba, según mis recuerdos. El teléfono tiene algo de compulsivo. En nuestra era moderna los fanáticos de los cacharros lo aman, lo odian y lo temen. Pero siempre lo tratan con respeto, aunque estén borrachos. El teléfono es un fetiche.

Cualquier persona normal hubiera dicho «Diga» antes de colgar, aunque fuera para cerciorarse. Pero no necesariamente un hombre cargado de alcohol que acababa de sufrir una caída. De todos modos, no tenía importancia. Pudo haberlo hecho su mujer, quizá oyó la caída y el estruendo de la papelera al chocar contra la pared y vino al estudio. En ese momento la última copa pudo haber sido definitiva para Wade y pudo haber salido de la casa, atravesar el césped y desmayarse donde lo encontré. Alguien vendría a ocuparse de él. En ese momento no sabía de quién se trataba. Quizá el buen doctor Verringer.

Hasta ahí, todo encajaba. ¿Y qué habría hecho su esposa? No podía manejarlo o razonar con él, y quizá temía intentarlo. Así que llamaría a alguien para que viniera en su ayuda. Los sirvientes estaban fuera, por lo que tendría que usar el teléfono. Sí, ella había llamado a alguien. Había llamado al maravilloso doctor Loring. Yo había supuesto que la llamada había ocurrido después de mi llegada. Pero ella no había dicho eso.

A partir de ahí las cosas ya no cuadraban. Lo que esperarías es que ella buscase a su marido, lo encontrase y se cerciorase de que no estaba herido. Estar tumbado un rato sobre el césped en una cálida noche de verano no le haría daño. Ella no podía moverlo. Yo había tenido que emplear todas mis fuerzas para ello. Pero lo que no esperarías es encontrártela de pie ante la puerta abierta, fumando un cigarrillo, sin saber exactamente dónde estaba su esposo. ¿O sí? Yo no sabía cuánto había sufrido ella con él, cuán peligroso era cuando estaba así, cuánto miedo sentiría de acercarse a él. «Lo he soportado todo lo que es posible soportar —me dijo a mi llegada—. Encuéntrelo usted.» Después entró y se desmayó.

Eso seguía pareciéndome incoherente. También lo era el hecho de que se despidiera y se retirara a su dormitorio mientras Candy y yo lo subíamos para meterlo en la cama. Decía que lo amaba. Era su marido, llevaban casados cinco años, cuando estaba sobrio era un tipo excelente: esas habían sido sus propias palabras. Borracho era otra cosa, entonces había que mantenerse lejos de él porque se volvía peligroso. Bueno, olvídalo. Pero de alguna manera seguía molestándome. Si hubiera estado de veras asustada, no se habría quedado allí de pie ante la puerta abierta fumando un cigarrillo. Si solo estuviera amargada, ensimismada y hastiada, no se habría desmayado.

Había algo más. Quizá otra mujer. Y ella acababa de descubrirlo. ¿Linda Loring? Tal vez. Eso era lo que creía el doctor Loring, y lo había dicho delante de muchas personas.

Dejé de pensar en ello y retiré la funda de la máquina de escribir. El texto estaba allí, varias hojas sueltas de papel amarillo mecanografiado que debía destruir para que Eileen no las viera. Me las llevé al sofá y decidí que me merecía una copa mientras leía. Junto al estudio había un aseo. Aclaré el vaso, me serví un poco de licor y me senté a leer. Y lo que leí era verdaderamente descabellado. Esto:

# 28

Han transcurrido cuatro días desde la luna llena y en la pared hay una mancha cuadrada de luz lunar que me mira como un enorme ojo ciego y lechoso, un ojo de pez. Qué chiste. Un símil muy tonto. Escritores. Todo tiene que asemejarse a alguna otra cosa. Tengo la cabeza tan llena de aire como la nata montada, pero no tan dulce. Otro símil. Podría vomitar pensando en ese asqueroso asunto. En cualquier caso, podría vomitar. Probablemente lo haga. No me metan prisa. Necesito tiempo. Los gusanos en mi diafragma se arrastran, se arrastran y se arrastran. Estaría mejor en la cama, pero habrá un animal oscuro debajo y ese animal oscuro se arrastraría, encogiéndose y estirándose, y tropezaría con el somier, y yo soltaría un grito cuyo sonido nadie escucharía, solo yo. Un grito en sueños, un grito de pesadilla. No hay nada que temer y no tengo miedo porque no hay nada que temer, pero de todos modos una vez estaba así acostado en la cama y el animal oscuro me lo estaba haciendo, tropezando contra el somier, y tuve un orgasmo. Eso me disgustó más que cualquiera de las otras cosas asquerosas que he hecho.

Estoy sucio. Necesito afeitarme. Me tiemblan las manos. Sudo. Me siento hediondo. Tengo la camisa empapada en los sobacos, el pecho y la espalda. Las mangas están mojadas en los pliegues de los codos. El vaso que reposa sobre la mesa está vacío. Necesitaría las dos manos para servirme otra copa. Podría sacarle un poco a la botella para no sentirme tan mal. El licor tiene un sabor asqueroso. Y no me va a servir de nada.

A fin de cuentas, no lograría dormir tranquilo y el mundo entero gemiría, sumido en el horror de unos nervios torturados. ¿Está bueno, Wade? Más.

Durante los dos o tres primeros días todo funciona bien, y después es lo contrario. Sufres, te tomas una copa y estás mejor durante un breve espacio de tiempo, pero el precio sube y sigue subiendo, y lo que recibes a cambio es cada vez menos, hasta que llega el momento en que lo único que consigues es la náusea. Entonces llamas a Verringer. Bien, Verringer, ahí voy. Pero Verringer ya no está. Se ha ido a Cuba o está muerto. La reina lo ha matado. Pobre Verringer, qué destino, morir en cama con una reina, con esa clase de reina. Vamos, Wade, levántate y vete a algún sitio. Sitios donde nunca hemos estado y a los que nunca regresaremos cuando hayamos estado. ¿Tiene sentido esta frase? No. Bien, no estoy pidiendo dinero por ella. Una breve pausa aquí para un largo anuncio publicitario.

Bien, lo he logrado. Me he levantado. Qué hombre. He ido hasta el sofá y aquí estoy, arrodillado a su lado, con las manos sobre él y con el rostro en las manos, llorando. Después he rezado y me he despreciado a mí mismo por rezar. ¿Un borracho de tercer grado que se desprecia a sí mismo? ¿A quién demonios le rezas, cretino? Si un buen hombre reza, eso se llama fe. Un enfermo que reza simplemente está asustado. Los rezos, a la puñeta. Este es el mundo que has creado tú solo, con la escasa ayuda que recibes de fuera... bueno, esa también la has creado tú. Deja de rezar, idiota. Levántate y sírvete otra copa. Ahora ya es demasiado tarde para cualquier otra cosa.

Bien, me lo he bebido. Con las dos manos. Lo he servido en el vaso. No he dejado que cayera fuera ni una sola gota. Ahora a ver si puedo retenerlo sin vomitar. Mejor añadir un poco de agua. Ahora levántalo despacio. Con cuidado, poquito a poquito. Se pone todo tibio. Se pone caliente. Si pudiera dejar de sudar. El vaso está vacío. Está de nuevo sobre la mesa.

Hay neblina sobre la luz lunar, pero a pesar de ello he dejado el vaso en la mesa con cuidado, con mucho cuidado, como un ramo de rosas en un fino jarrón de cuello largo. Las rosas asienten con la cabeza llena de rocío. Quizá soy una rosa. Hermano, cuánto rocío tengo. Ahora a subir la escalera. Quizá una copita sin diluir para el viaje. ¿No? Está bien, lo que tú digas. Me lo bebo arriba, cuando llegue. Si llego, algo que aún está por ver. Si llego arriba, tengo derecho a una recompensa. Un gesto de respeto de mí mismo hacia mí mismo. Siento un gran amor por mí mismo, y lo más dulce es que no tengo rivales.

Doble espacio. He estado arriba y he bajado. No me gusta estar arriba. La altura hace que se me desboque el corazón. Pero sigo dándole a las teclas de la máquina de escribir. Qué mago más formidable es el subconsciente. Ojalá pudiera trabajar con un horario regular. También arriba había luz de luna. Probablemente la misma luna. Con la luna no hay variaciones. Viene y se va, como el lechero, y la leche de la luna siempre es la misma. La leche de la luna siempre es... Basta, colega. Se te cruzan los cables. No hay tiempo para ocuparse del historial de la luna. Tienes suficiente historial como para llenar todo el maldito valle.

Ella dormía de costado, sin emitir ningún sonido. Con las rodillas dobladas. Me ha parecido demasiado inmóvil. Cuando uno duerme, siempre hace algún ruido. Quizá no cuando duermes, sino cuando intentas dormir. Si me acercara más, lo sabría. También podría [illegible]. Uno de sus ojos se ha abierto. ¿Se ha abierto? Me ha mirado, ¿o no me ha mirado? No. Se hubiera sentado y habría dicho: «¿Te sientes mal, cariño?». Sí, me siento mal, cariño. Pero no pienses en eso, vida mía, porque este malestar es mi malestar y no el tuyo, duerme en silencio, tan encantadora, y no recuerdes nunca, y que no te salpique mi lodo, y que nada siniestro, gris o feo se aproxime nunca a ti.

Eres una porquería, Wade. Tres adjetivos, tú, escritor de mala muerte. ¿No puedes dejar fluir la conciencia, infeliz, sin meter tres adjetivos, por Dios? He vuelto a bajar por la escalera, agarrándome al pasamanos. Las tripas se me retorcían a cada paso y yo las sujetaba con una promesa. He conseguido llegar a la planta baja, después al estudio y por último al sofá, y entonces he esperado a que el corazón me latiera más despacio. La botella está a mano. Si algo se puede decir de la forma en que Wade se organiza es que siempre tiene la botella a mano. Nadie la esconde, nadie la guarda bajo llave. Nadie dice: «¿No crees que ya has bebido suficiente, cariño? Te sentirás mal, cariño». Nadie lo dice. Solo duerme de lado dulcemente, como las rosas.

Le he dado demasiado dinero a Candy. Error. Debería haber comenzado con una bolsa de cacahuetes e ir subiendo hasta un plátano. A continuación un poco de calderilla, despacio y sin prisa, para haberle mantenido dispuesto. Si le das un pedazo grande para empezar, enseguida tendrá una suma importante. Con lo que gasta un día aquí, puede vivir un mes en México, vivir a todo trapo. ¿Y qué hará cuando tenga esa suma importante? Bueno, ¿algún hombre puede considerar que tiene suficiente dinero si cree que puede conseguir más? Quizá todo sea correcto. Quizá deba matar a ese hijo de puta de ojos tan brillantes. En una ocasión, un hombre bueno murió por mí, ¿por qué no una cucaracha de chaqueta blanca?

Olvida a Candy. Siempre hay una manera de despuntar una aguja. Del otro, nunca me olvidaré. Está grabado en mi hígado con fuego verde.

Es mejor telefonear. Pierdo el control. Los siento saltar, saltar y saltar. Es mejor llamar a alguien antes de que los bichos rosados se arrastren por mi cara. Es mejor llamar, llamar, llamar. Llama a Sue, de Sioux City. Oiga, operadora, póngame con larga distancia. Oiga, una conferencia, por favor, póngame con Sue, de Sioux City. ¿Su número? No tiene número, solo nombre. Operadora, la encontrará caminando por Tenth Street, por la acera de la sombra, bajo las altas matas de maíz con sus mazorcas desplegadas... Está bien, operadora, está bien. Cancele todo el programa y déjeme decirle algo, perdón, preguntarle algo. ¿Quién va a pagar todas esas fiestas de postín que da Gifford en Londres si usted cancela mi conferencia? Sí, usted cree que su empleo es seguro. Eso cree. Mire, es mejor que yo hable directamente con Gifford. Haga que se ponga. Su ayuda de cámara acaba de llevarle el té. Si no puede hablar, mandaremos a alguien que pueda hacerlo.

> ¿Y para qué he escrito todo esto? ¿En qué estaba tratando de no pensar? El teléfono. Es mejor telefonear ahora. Se está poniendo mal, muy muy...

Eso era todo. Doblé bien las cuartillas y me las guardé en el bolsillo superior, detrás de la billetera. Caminé hasta las puertas de cristal, las abrí de par en par y salí a la terraza. La luz de la luna estaba algo estropeada. Pero era verano en Idle Valley, y el verano nunca está estropeado del todo. Me quedé allí mirando el lago, incoloro e inmóvil, pensando y preguntándome cosas. Entonces oí un disparo.

## 29

De pronto había dos puertas iluminadas y abiertas en el balcón, la de Eileen y la de Roger Wade. La habitación de ella estaba vacía. De la de él llegaba el ruido de una pelea; entré de un salto y la encontré inclinada sobre la cama, forcejeando con él. El destello negro de un revólver osciló en el aire, dos manos, una masculina y grande y una femenina y pequeña, la agarraban, pero ninguna por el cañón. Roger estaba sentado en la cama, inclinado hacia delante, empujando. Ella llevaba una bata azul pálido, una de esas prendas acolchadas, tenía el pelo sobre la cara; logró coger el arma con las dos manos y se la quitó de un tirón. Me sorprendí de que tuviera tanta fuerza, aunque él estuviera aturdido. Wade cayó de espaldas, jadeando y mirándola con furia, y ella dio un paso atrás y tropezó conmigo.

Se quedó quieta, recostada contra mí, sujetando el arma contra el pecho con las dos manos. La sacudían violentos jadeos y sollozos. Extendí el brazo en torno a su cuerpo y puse la mano sobre el revólver.

Se dio la vuelta, como si le hiciera falta para darse cuenta de que yo estaba allí. Abrió mucho los ojos y su cuerpo se distendió contra el mío. Soltó el arma. Era una pistola pesada y tosca, un Webley de doble acción sin percutor. El cañón estaba tibio. La sostuve con un brazo, me metí el arma en el bolsillo y miré a Roger por encima de su mujer. Nadie dijo nada.

Entonces él abrió los ojos y en sus labios apareció la sonrisa cansada de siempre.

—Nadie está herido —balbuceó—. Solo un disparo al techo.

La sentí tensarse. A continuación intentó apartarse. Su mirada era clara y definida. La solté.

—Roger —pronunció con una voz que era apenas un susurro enfermizo—, ¿tenías que hacer eso?

Él la miró con solemnidad, se humedeció los labios y no dijo nada. Eileen dio unos pasos y se recostó contra el tocador. Su mano se movió mecánicamente y se apartó el pelo de la cara. Su cuerpo se estremeció, y sacudió la cabeza de un lado a otro.

—Roger —susurró de nuevo—. Pobre Roger. Pobre e infeliz Roger.

Él miraba al techo.

—He tenido una pesadilla —dijo con lentitud—. Había alguien inclinado sobre la cama con una navaja. No sé quién era. Se parecía un poco a Candy. No podía ser Candy.

—Claro que no, cariño —confirmó ella con dulzura. Se apartó del tocador y se sentó en el borde de la cama. Extendió una mano y comenzó a acariciarle la frente—. Candy se ha ido a la cama hace rato. ¿Y por qué Candy iba a llevar una navaja?

—Es mexicano. Todos ellos llevan navaja —respondió Roger con la misma voz remota e impersonal—. Les gustan las navajas. Y yo no le gusto.

—Usted no le gusta a nadie —dije con crueldad.

Ella volvió la cabeza enseguida.

—Por favor, le ruego que no hable así. Él no sabía... Ha tenido una pesadilla...

—¿Dónde estaba el arma? —gruñí mientras la observaba sin prestarle la menor atención a él.

—En la mesilla de noche. En el cajón.

Wade volvió la cabeza hasta encontrar mi mirada. En el

cajón no había ningún arma, y él sabía que yo lo sabía. Allí estaban las pastillas y algunos objetos más, pero ningún arma.

—O debajo de la almohada —añadió—. No lo recuerdo bien. He disparado una vez —levantó una mano pesada—, ahí.

Miré hacia arriba. El revoque del techo parecía tener un agujero. Caminé hasta un sitio donde pudiera verlo mejor. Sí, era el tipo de agujero que podía hacer una bala. Con aquel revólver habría atravesado el techo hasta la buhardilla. Me acerqué más a la cama y me quedé allí mirándolo con hostilidad.

—Mentira. Quería suicidarse. No ha tenido usted ninguna pesadilla. Estaba nadando en un mar de autocompasión. Tampoco tenía ningún arma en el cajón o debajo de la almohada. Se ha levantado, ha buscado el arma, ha vuelto a meterse en la cama y se ha dispuesto a ordenar sus desdichados asuntos. Pero no creo que tuviera el valor suficiente. Ha disparado una vez sin apuntar a ninguna parte. Y su mujer ha venido corriendo, eso era lo que usted quería. Solo lástima y compasión, colega. Nada más. Hasta el forcejeo ha sido algo teatral. Su esposa no podría haberle quitado la pistola si usted no hubiera querido.

—Estoy enfermo —dijo—. Pero usted podría tener razón. ¿Y eso qué importancia tiene?

—La importancia que tiene es la siguiente: lo meterán en una sala de psiquiatría y, créame, los que trabajan en esos sitios son tan compasivos como los celadores que cuidan las cadenas de presos en Georgia.

Eileen se puso de pie súbitamente.

—Basta ya —dijo con brusquedad—. Está enfermo y usted lo sabe.

—Él quiere estar enfermo. Solo le recuerdo lo que podría costarle.

—No es el momento oportuno para decirle eso.

—Vuelva a su habitación.

Sus ojos se encendieron de furia.

—Cómo se atreve...

—Vuelva a su habitación. A no ser que quiera que llame a la policía. Se supone que hay que informar de estas cosas.

Roger Wade casi sonrió.

—Sí, llame a la policía, como hizo con Terry Lennox.

No me di por aludido. Seguí observándola. De repente estaba agotada, frágil y muy bella. El momento del ataque de furia había pasado. Extendí una mano y le toqué el brazo.

—Todo está en orden. No volverá a hacerlo. Vuelva a la cama.

Ella lo miró un rato antes de salir de la habitación. Cuando su figura desapareció por la puerta abierta, me senté en el borde de la cama, donde Eileen había estado.

—¿Más pastillas?

—No, gracias. Dormir o no carece de importancia. Me siento mucho mejor.

—¿Tenía razón con respecto al disparo? ¿Era la actuación de un chiflado?

—Más o menos. —Volvió la cabeza apartando la vista—. Creo que estaba aturdido.

—Nadie puede evitar que usted se suicide si lo desea. Me doy cuenta de eso. Y usted también.

—Sí. —Seguía mirando en otra dirección—. ¿Ha hecho lo que le he dicho con lo de la máquina de escribir?

—Ajá. Me sorprende que se acuerde. Es un texto muy loco. Lo curioso es que está mecanografiado correctamente.

—Siempre lo hago, sobrio o borracho, al menos hasta un punto.

—No se preocupe por Candy —dije—. Se equivoca al creer que no le gusta. Y me equivocaba al decir que no le gustaba a nadie. Estaba intentando provocar a Eileen, sacarla de sus casillas.

—¿Por qué?

—Ya se ha desmayado una vez esta noche.

—Eileen nunca se desmaya —dijo negando levemente con la cabeza.

—Entonces ha sido fingido.

Eso tampoco le gustó.

—¿Qué quería decir con eso de que un hombre bueno murió por usted? —pregunté.

Mientras pensaba en ello frunció el entrecejo.

—Es una idiotez. Ya le he dicho que he tenido un sueño...

—Estoy hablando de las locuras que escribió.

En ese momento me miró volviendo la cabeza sobre la almohada como si le pesara una enormidad.

—Otro sueño.

—Lo intentaré de nuevo. ¿Qué sabe Candy de usted?

—Déjelo, amigo —insistió, y cerró los ojos.

Me levanté y cerré la puerta.

—No puede estar siempre huyendo, Wade. Claro que Candy podría ser un chantajista. Es fácil. Incluso podría portarse bien, simpatizar con usted y quitarle el dinero a la vez. ¿De qué se trata, de una mujer?

—¿Cree usted al tonto de Loring? —preguntó con los ojos cerrados.

—No exactamente. ¿Y qué hay de la hermana, de la que murió?

En cierto sentido había sido un disparo a ciegas, pero dio en el blanco. Abrió mucho los ojos. En sus labios apareció una burbuja de saliva.

—¿Es por eso que está aquí? —preguntó despacio en un susurro.

—Ya sabe que no. Me han invitado. Usted mismo.

Su cabeza se movió sobre la almohada asintiendo. A pesar del Seconal, tenía los nervios de punta. Su cara estaba cubierta de sudor.

—No soy el primer amante esposo que ha cometido adulterio. Demonios, déjeme solo. Déjeme solo.

Entré en el baño, busqué una toallita, regresé y le limpié

el rostro. Lo miré con una sonrisa sardónica. Yo era el sinvergüenza que superaría a todos los sinvergüenzas. Aguarda hasta que el hombre esté en el suelo, y entonces patéalo y vuélvelo a patear. Está débil. No puede resistirse o devolver la patada.

—Un día de estos vamos a hablar de eso.

—No estoy loco.

—Solo tiene la esperanza de no estar loco.

—He vivido en un infierno.

—Desde luego. Eso es obvio. Lo interesante es por qué. Tenga, tómese esto.

Saqué otra cápsula de Seconal de la mesilla de noche y le di otro vaso de agua. Se incorporó sobre un codo y estiró la mano para coger el vaso, pero se quedó corto por unos diez centímetros. Se lo puse en la mano. Logró beber y tragarse el somnífero. A continuación se tumbó sin aliento, con el rostro carente de expresión. Tenía la nariz muy lívida. Parecía casi un cadáver. Esa noche no estaba como para tirar a nadie por la escalera. Lo más probable es que no lo estuviera ninguna noche.

Cuando sus párpados empezaron a cerrarse, salí del dormitorio. La Webley me pesaba en la cadera y tiraba de mi bolsillo. Comencé a bajar la escalera de nuevo. La puerta de Eileen estaba abierta. Su habitación se encontraba a oscuras, pero la luz de la luna era suficiente para destacar su silueta, allí de pie, al otro lado de la puerta. Dijo algo que parecía un nombre, pero no era el mío. Di un paso hacia ella.

—Hable bajito. Ha vuelto a dormirse.

—Siempre he sabido que regresarías —dijo con dulzura—. Aunque hayan pasado diez años.

La miré. Uno de los dos estaba delirando.

—Cierra la puerta —añadió con la misma voz acariciante—. Todos estos años me he reservado para ti.

Me volví y cerré la puerta. En ese momento parecía una buena idea. Cuando me volví hacia ella, ya estaba cayendo hacia mí. Así que la agarré. Claro que la agarré. Se apretó contra mí y su pelo me acarició la cara. Su boca se alzó para que la besara. Estaba temblando. Sus labios se entreabrieron, al igual que sus dientes, y asomó su lengua. Después sus manos bajaron, tiraron de algo, la túnica que llevaba se abrió, y debajo estaba tan desnuda como una Venus saliendo de las aguas, pero muchísimo menos recatada.

—Llévame a la cama —suspiró.

La rodeé con los brazos y toqué su piel desnuda, delicada, suave y tersa. La levanté del suelo y la llevé los pocos pasos que nos separaban de la cama, donde la deposité. Ella dejó los brazos en torno a mi cuello. De su garganta salía un sonido sibilante. Se estremeció y gimió. Me estaba matando. Yo estaba tan excitado como un semental. Estaba perdiendo el control. Una mujer así no le hace a uno esa clase de invitación con mucha frecuencia en ninguna parte.

Candy me salvó. Oí un leve chirrido, me di la vuelta y vi cómo se movía el picaporte. Me liberé de sus brazos y salté hacia la puerta. La abrí y salí bruscamente: el mexicano se alejaba deprisa por el pasillo; después bajó la escalera. A mitad de camino se volvió y me miró con malicia. Enseguida desapareció.

Volví a la habitación de Eileen Wade y cerré la puerta, esta vez desde fuera. La mujer, en la cama, emitía unos sonidos extraños, pero ya no se trataba más que de eso. Sonidos extraños. Se había roto el encantamiento.

Bajé por la escalera a toda prisa, entré en el estudio, cogí la botella de escocés y me la llevé a los labios. Cuando no pude tragar más, me recosté jadeando contra la puerta y dejé que el licor me quemara por dentro hasta que las llamas me llegaron al cerebro.

Había pasado mucho tiempo desde la cena. Había pasado mucho tiempo desde que algo había sido normal. El whisky me golpeó deprisa y con fuerza, y seguí bebiendo con ansiedad hasta que la habitación empezó a difuminarse y los muebles comenzaron a estar donde no debían y la luz de la lámpara se volvió como un incendio en el bosque o un relámpago de verano. Entonces me caí en el sofá de cuero, mientras intentaba mantener el equilibrio de la botella sobre el pecho. Al parecer, estaba vacía. Rodó y cayó al suelo con un golpe seco.

Eso fue lo último que recuerdo con claridad.

## 30

Un rayo de luz me hacía cosquillas en uno de los tobillos. Abrí los ojos y vi la copa de un árbol que se movía suavemente sobre un cielo azul algo nublado. Me di la vuelta y mi rostro tocó cuero. Un hacha me partía la cabeza. Me senté. Me cubría una manta de viaje. La eché a un lado y puse los pies en el suelo. Miré el reloj e hice una mueca. Decía que faltaba un minuto para las seis y media. Me levanté, lo que requirió cierto esfuerzo. Y fuerza de voluntad. Exigió mucho de mí, y ya no podía dar tanto como en otros tiempos. Los años duros y pesados me habían dado una buena paliza.

Me arrastré hasta el aseo, me quité la corbata y la camisa, y me mojé la cara con agua fría, con las dos manos, luego me eché un poco sobre la cabeza. Cuando estuve todo empapado, me froté salvajemente con una toalla. Volví a ponerme la camisa y la corbata, cogí la chaqueta y el revólver que tenía en el bolsillo chocó contra la pared. Lo tomé, saqué el cilindro y dejé caer los cartuchos sobre la palma de mi mano: cinco intactos, un solo casquillo ennegrecido. Entonces pensé que eso no serviría de nada, siempre habría más cartuchos. Así que volví a meterlos donde habían estado hasta entonces, llevé el arma al estudio y la guardé en uno de los cajones del escritorio.

Cuando levanté la vista, Candy estaba de pie en la puerta, impecable en su chaqueta blanca, con el pelo negro y brillante cepillado hacia atrás y una expresión gélida en los ojos.

—¿Quiere café?

—Gracias.

—He apagado la luz. El jefe está bien. Duerme. He cerrado la puerta de su cuarto. ¿Por qué se emborrachó?

—Lo necesitaba.

Me miró burlón.

—No pudo con ella, ¿eh? Lo echaron de la cama a patadas, sabueso.

—Piense lo que quiera.

—Hoy no es un tipo duro, sabueso. No es para nada un tipo duro.

—¡Traiga el puñetero café! —le grité.

—*¡Hijo de la puta!*

De un salto lo agarré por el brazo. No se movió. Solo me miró con desprecio. Me eché a reír y lo solté.

—Tiene razón, Candy. No soy un tipo duro para nada.

Se dio la vuelta y salió. Al instante regresó con una bandeja de plata, una pequeña cafetera también de plata, azúcar, leche y una impecable servilleta triangular. La colocó sobre la mesa de centro, recogió la botella vacía y el resto de vasos y copas usados. Recogió otra botella del suelo.

—Recién hecho —dijo, y salió.

Me tomé dos tazas de café negro. Después encendí un cigarrillo. Sabía bien. Aún pertenecía a la raza humana. Candy volvió otra vez.

—¿Quiere desayunar? —preguntó sombrío.

—No, gracias.

—Bien, entonces lárguese. No lo queremos en esta casa.

—¿Usted y quién más?

Levantó la tapa de una tabaquera y tomó un cigarrillo. Lo encendió y me echó el humo a la cara con insolencia.

—Yo me ocupo del jefe.

—¿Le está sacando mucho?

Frunció el rostro y después asintió.

—Pues sí. Mucho dinero.

—¿Y cuánto por estar callado?

—*No entendido* —volvió a hablar español.

—Lo entiende perfectamente. ¿Cuánto le está sacando? Apuesto a que no más de dos yardas.

—¿Qué es eso? ¿Dos yardas?

—Doscientos pavos.

Hizo una mueca.

—Usted va a darme doscientos pavos, sabueso. Para que no le diga al jefe que anoche salió del cuarto de su mujer.

—Con eso podría comprarme un autobús lleno de espaldas mojadas como usted.

Se encogió de hombros.

—El jefe se pone muy violento cuando se mosquea. Mejor paga, sabueso.

—Calderilla —dije despectivo—. Lo único que está consiguiendo usted es calderilla. Muchos hombres mean fuera del tiesto cuando están borrachos. De todos modos, ella está enterada. Usted no tiene nada que vender.

Hubo un destello en sus ojos.

—No vuelva a venir por aquí, tipo duro.

—Me voy.

Me levanté y di la vuelta a la mesa. Él se desplazó lo suficiente para seguir dándome la cara. Vigilé su mano, pero era obvio que esa mañana no llevaba navaja. Cuando estuve lo bastante cerca, le di una bofetada.

—Ningún criado me llama hijo de puta, pelo grasiento. Tengo negocios aquí y vendré siempre que me dé la gana. De ahora en adelante, cuidado con lo que dice. Podría abofetearle con una pistola. Y esa linda carita suya nunca volvería a tener el mismo aspecto.

No reaccionó en absoluto, ni siquiera a la bofetada. Eso y que lo llamara pelo grasiento debieron de ser insultos mortales para él. Pero esta vez se quedó allí, inmóvil, con el rostro inexpresivo. Después, sin decir palabra, recogió la bandeja del café y se la llevó.

—Gracias por el café —le dije a su espalda.

Siguió caminando. Cuando desapareció, me palpé los cañones de la barba, me sacudí para desperezarme y decidí marcharme. Estaba hasta la coronilla de la familia Wade.

Cuando atravesaba el salón, Eileen bajaba la escalera, vistiendo pantalones blancos, sandalias abiertas y una camisa azul pálido. Me miró con verdadera sorpresa.

—No sabía que estaba aquí, señor Marlowe —dijo, como si llevara una semana sin verme y en esa ocasión hubiera ido solo a tomar el té.

—He puesto el revólver en el cajón.

—¿El revólver? —Entonces pareció recordarlo todo—. Ah, la noche ha sido un poco agitada, ¿verdad? Pero creía que usted se había marchado a casa.

Me acerqué a ella. Llevaba al cuello una fina cadena de oro y un medallón elegante, oro y azul sobre esmalte blanco. La parte de esmalte azul parecía un par de alas sin desplegar. A su lado había una ancha daga de esmalte blanco y oro que atravesaba un pergamino. No pude leer lo que estaba escrito. Era un emblema militar de algún tipo.

—Me emborraché. Deliberadamente, a lo salvaje. Me sentía algo solo.

—No tenía por qué estarlo —dijo con ojos límpidos como agua, en los que no había ni rastro de malicia.

—Cuestión de punto de vista —respondí—. Ahora me voy, y no estoy seguro de que vuelva. ¿Ha oído lo que he dicho sobre el revólver?

—Que lo ha puesto en su escritorio. Podría ser buena idea guardarlo en alguna otra parte. Pero no quería suicidarse de veras, ¿no cree?

—No sabría qué responderle. Pero la próxima vez podría hacerlo.

Ella negó con la cabeza.

—No lo creo. De veras que no. Usted fue de gran ayuda anoche, señor Marlowe. No sé cómo agradecérselo.

—Hizo un buen intento.

Se sonrojó. Después se echó a reír.

—Tuve un sueño muy curioso anoche —dijo despacio mirando a la distancia por encima de mi hombro—. Alguien a quien conocí estaba aquí, en la casa. Alguien que lleva diez años muerto. —Sus dedos subieron hasta tocar el medallón de oro y esmalte—. Por eso hoy me lo he puesto. Él me lo regaló.

—Yo también tuve un sueño curioso —dije—. Pero no voy a contárselo. Hágame saber cómo le va a Roger y si puedo hacer algo.

Ella bajó la mirada y clavó sus ojos en los míos.

—Ha dicho que no iba a volver.

—He dicho que no estaba seguro. Puede que tenga que venir de nuevo. Espero que no. Hay algo muy impropio en esta casa. Y solo una pequeña parte tiene su origen en la botella.

Me miró con el entrecejo fruncido.

—¿Qué significa eso?

—Creo que usted sabe de qué hablo.

Lo pensó con detenimiento. Sus dedos seguían tocando el medallón. Dejó escapar un suspiro largo y paciente.

—Siempre hay otra mujer —dijo serena—. En un momento u otro. No es necesariamente fatal. Hablamos desde concepciones diferentes, ¿verdad? Quizá ni siquiera estemos hablando de lo mismo.

—Podría ser —dije; ella seguía de pie en la escalera, en el tercer peldaño desde abajo. Sus dedos todavía tocaban el medallón. Seguía pareciendo un sueño dorado—. Sobre todo si tiene en mente que la otra mujer es Linda Loring.

Dejó caer la mano que acariciaba el medallón y bajó un peldaño.

—El doctor Loring parece estar de acuerdo conmigo —arguyó con indiferencia—. Debe de tener alguna fuente de información.

—Usted me contó que había hecho ese número con la mitad de los hombres del valle.

—¿Eso le conté? Bueno, es lo que se suele decir en un momento así.

Bajó un peldaño más.

—No me he afeitado.

Aquello la sorprendió. A continuación se echó a reír.

—Vaya, no esperaba que me hiciera el amor.

—¿Y qué esperaba exactamente de mí, señora Wade, al principio, cuando me persuadió por primera vez para que fuera de exploración? ¿Qué puedo ofrecer?

—Usted mantuvo la fe —explicó en voz baja—, cuando no era tan fácil.

—Me conmueve. Pero no creo que la razón sea esa.

Bajó el último peldaño y me miró desde abajo.

—Entonces, ¿cuál es la razón?

—Si había alguna, era bastante pobre. Casi la peor razón del mundo.

Frunció el ceño un instante.

—¿Por qué?

—Porque lo que hice —dije—, mantener la fe, es algo que ni siquiera un tonto volvería a hacer.

—¿Sabe qué creo? —preguntó con desenfado—. Que esta conversación se ha vuelto enigmática.

—Usted es una persona muy enigmática, señora Wade. Adiós y buena suerte, y si Roger de veras le importa, es mejor que busque el médico apropiado, y pronto.

Volvió a reír.

—Pues lo de ayer fue un ataque leve. Debería verlo cuando sufre uno grave. Esta tarde estará levantado y trabajando.

—No lo creo.

—Le aseguro que sí. Lo conozco muy bien.

Le hice el último disparo a bocajarro y fue bastante sucio.

—En realidad usted no quiere salvarlo, ¿verdad? Solo quiere que parezca que está intentando salvarlo.

—Eso —dijo hablando muy despacio— ha sido demasiado duro, no debería habérmelo dicho.

Cruzó por delante de mí y atravesó las enormes puertas del comedor. El salón se quedó vacío, llegué hasta la puerta principal y salí. Era una perfecta mañana de verano en aquel valle brillante y recoleto. Estaba demasiado lejos de la ciudad para que llegara la calima, y las montañas bajas lo aislaban de la humedad del océano. Cuando el día avanzara, haría más calor, pero de una clase exclusiva y refinada, nada tan brutal como el calor del desierto, ni pegajoso y rancio como el calor de la ciudad. Idle Valley era un sitio perfecto para vivir. Perfecto. Gente magnífica con casas magníficas, coches magníficos, caballos magníficos, perros magníficos y posiblemente hasta hijos magníficos.

Pero lo único que un hombre llamado Marlowe quería de aquel sitio era marcharse. Y enseguida.

## 31

Fui a casa, me di una ducha, me afeité, me cambié de ropa y comencé a sentirme limpio de nuevo. Preparé el desayuno, me lo comí, fregué, barrí la cocina y la entrada de servicio, llené una pipa y llamé al contestador telefónico. No había mensajes. ¿Para qué ir al despacho? Allí no habría nada, aparte de otra polilla muerta y otra capa de polvo. En la caja fuerte estaría mi retrato de Madison. Podría ir a jugar con él, y con los cinco crujientes billetes de cien dólares que aún olían a café. Podría, pero no quería. Algo se había agriado dentro de mí. En realidad, nada de aquello me pertenecía. ¿Qué se suponía que habían pagado con ese dinero? ¿Cuánta lealtad podía utilizar un muerto? Bah. Veía la vida a través de la niebla de una resaca.

Era una de esas mañanas que no se acababa nunca. Estaba aplastado, cansado e indiferente, y los minutos que transcurrían parecían caer en el vacío con un sonido leve y chirriante, como el de cohetes consumidos. Los pájaros gorjeaban fuera, en los arbustos, y los coches circulaban sin cesar por Laurel Canyon Boulevard en una dirección y otra. Normalmente ni los oía. Pero estaba ensimismado, irritable, roñoso e hipersensible. Decidí cortar la resaca.

No solía beber por la mañana. El clima del sur de California es demasiado suave para eso. Uno no metaboliza con la suficiente velocidad. Pero esta vez me preparé una bebida bien fría, me senté en una poltrona con la camisa abierta y me puse a hojear una revista, a leer una historia absurda sobre un tipo que tenía dos vidas y dos psiquiatras, uno de ellos humano y el otro era algún tipo de insecto en una colmena. El tipo se pasaba la vida yendo de uno a otro y todo aquello era muy absurdo, pero a la vez divertido de una manera alucinante. Estaba bebiendo con cuidado, un sorbo cada vez, controlándome.

Era casi mediodía cuando sonó el teléfono.

—Soy Linda Loring —dijo una voz—. He llamado a su despacho y su servicio de contestador me ha dicho que intentara localizarlo en casa. Querría verlo.

—¿Por qué?

—Preferiría explicárselo en persona. Supongo que va a su despacho de vez en cuando.

—Sí. De vez en cuando. ¿Hay dinero de por medio?

—No había pensado en eso. Pero si quiere que le pague, no tengo objeción. Podría estar en su despacho dentro de una hora.

—Bueno.

—¿Qué le ocurre? —preguntó cortante.

—Resaca. Pero no estoy paralítico. Nos vemos allí. A no ser que prefiera venir aquí.

—Preferiría verlo en su despacho.

—Aquí tengo un sitio tranquilo y bonito. Una calle sin salida, no hay vecinos cerca.

—Las implicaciones no me tientan, si lo he entendido bien.

—Nadie me entiende, señora Loring. Soy enigmático. Bien, intentaré llegar al despacho.

—Muchas gracias —dijo, y colgó.

Llegué sin mucha prisa, pues me detuve por el camino para comer un sándwich. Ventilé la habitación, conecté el timbre y metí la cabeza por la puerta que daba al recibidor; ella ya estaba allí, sentada en la misma silla que había ocupado Mendy Menéndez, y leyendo probablemente la misma revista. Ese día llevaba un traje de gabardina marrón claro y tenía un aspecto muy elegante. Dejó la revista a un lado y me miró con seriedad.

—Su helecho necesita agua. También creo que hay que cambiarlo de tiesto. Tiene demasiadas raíces aéreas.

Aguanté la puerta para dejarla pasar. Al diablo con el helecho. Cuando estuvo dentro, dejé que la puerta se cerrara, le sostuve la silla de los clientes y ella llevó a cabo el examen habitual del despacho. Me senté en mi lado del escritorio.

—Su establecimiento no es exactamente un palacio. ¿No tiene secretaria?

—Es una vida sórdida, pero estoy acostumbrado a ella.

—Y supongo que muy lucrativa.

—Pues no lo sé. Depende. ¿Quiere ver un retrato de Madison?

—¿Un qué?

—Un billete de cinco mil dólares. Un anticipo. Lo tengo en la caja fuerte.

Me levanté, caminé hasta la caja, manipulé el disco, abrí un cajón interior cerrado con llave, saqué un sobre y le puse el billete delante. Lo contempló con una expresión que parecía de sorpresa.

—No deje que el despacho la engañe —le dije—. Una vez trabajé para un cliente que tenía ingresos de veinte millones. Hasta su padre lo saludaría. Su despacho no era mejor que el mío, salvo que como estaba algo sordo, tenía el techo insonorizado. En el suelo había linóleo marrón, sin alfombras.

Levantó el retrato de Madison, lo estiró entre los dedos y lo volvió del revés. Lo dejó de nuevo sobre el escritorio.

—Se lo dio Terry Lennox, ¿no?

—Vaya, lo sabe todo, ¿verdad, señora Loring?

Apartó el billete arrugando la frente.

—Él tenía uno. Lo llevaba siempre encima desde que Sylvia y él se casaron por segunda vez. Decía que era su dinero loco. No se lo encontraron encima.

—Pudo haber otra razón para eso.

—Lo sé. Pero no es mucha la gente que lleva encima un billete de cinco mil dólares. Entre los que pueden permitirse pagarle tanto dinero, ¿cuántos se lo darían de esa manera?

No valía la pena responder. Me limité a asentir.

—¿Y qué se supone que debía hacer por esa cantidad, señor Marlowe? —prosiguió con brusquedad—. ¿Me lo diría? En ese último viaje hasta Tijuana tuvieron mucho tiempo para hablar. La otra noche usted dejó bien claro que no creía en su confesión. ¿Le dio una lista de los amantes de su esposa para que usted pudiera encontrar entre ellos al asesino?

Tampoco respondí a eso, pero por una razón diferente.

—¿Y, por casualidad, estaría el nombre de Roger Wade en esa lista? —preguntó con aspereza—. Si Terry no mató a su esposa, el asesino debe de ser un hombre violento e irresponsable, un lunático o un borracho salvaje. Para usar su repulsiva expresión, solo un hombre de ese tipo pudo aplastarle la cara hasta hacerla pulpa. ¿Por eso intenta ser útil a los Wade, un colaborador habitual de la familia que acude a cuidarlo cuando está borracho, a encontrarlo cuando está perdido y a llevarlo a casa cuando está indefenso?

—Permítame aclararle un par de cosas, señora Loring. Puede que Terry me diera o no esa excelente pieza de papel moneda. Pero no me dio ninguna lista ni mencionó ningún nombre. No me pidió que hiciera nada, a no ser lo que usted sin duda ya sabe que hice: llevarlo hasta Tijuana. Mi relación con los Wade se debe a un editor de Nueva York que está desesperado por que Roger Wade concluya el libro, lo que significa que debe estar sobrio, y eso a su vez implica averiguar si existe algún problema en especial que lo haga emborracharse. Si existe, si puedo descubrirlo, entonces el próximo paso sería tratar de eliminarlo. Digo tratar, porque existe la posibilidad de que no se pueda. Pero podría intentarlo.

—Podría decirle en una sola frase por qué se emborracha —dijo ella despectiva—. Es por esa rubia anémica con la que está casado.

—Pues no lo sé. Yo no diría que es precisamente anémica.

—¿De veras? Qué interesante.

Se le encendieron los ojos.

Recogí mi retrato de Madison.

—No dedique demasiado tiempo a rumiar eso, señora Loring. No me acuesto con la señora. Siento desilusionarla.

Regresé a la caja fuerte y guardé el dinero en el compartimento con llave. Cerré la caja e hice girar el disco.

—Pensándolo bien —comentó ella a mis espaldas—, tengo serias dudas de que se acueste con alguien.

Me volví y me senté en una esquina del escritorio.

—Se está volviendo maldiciente, señora Loring. ¿Por qué? ¿Está defendiendo a nuestro amigo alcohólico?

—Odio ese tipo de comentarios —respondió mordaz—. Los odio. Supongo que aquella estúpida escena de mi marido le hace pensar que tiene derecho a insultarme. No, no estoy defendiendo a Roger Wade. Nunca lo he hecho, ni siquiera cuando era un hombre sobrio que se comportaba correctamente. Y menos ahora, que es lo que es.

Me dejé caer en mi silla, busqué una caja de cerillas y la miré de hito en hito. Ella echó un vistazo a su reloj.

—Ustedes, los que tienen mucho dinero —dije—, son un tipo de gente especial. Piensan que es correcto soltar lo que les venga en gana, por muy grosero que sea. Pueden hacer comentarios injuriosos sobre Wade y su esposa ante una persona a la que apenas conocen, pero si les devuelvo algo de su propia medicina, entonces es un insulto. Está bien, pongamos las cartas sobre la mesa. Cualquier borracho termina enredado con una mujer ligera de cascos. Wade es un borracho, pero usted no es una mujer ligera de cascos. Eso solo es una sugerencia pasajera que su marido deja caer para animar una fiesta. No lo dice en serio, solo pretende que la gente se ría. Así que a usted la borramos de la lista y buscamos una mujer ligera de cascos en otra parte. ¿Cuán lejos tendremos que buscar, señora Loring, para encontrar a una mujer que se relacione con usted lo suficiente como para hacerla venir aquí a intercambiar sarcasmos conmigo? Tiene que ser alguien muy especial, ¿verdad? De otro modo, a usted no le importaría.

Estaba allí sentada en un silencio absoluto y se limitaba a mirarme. Transcurrió medio minuto larguísimo. Las comisuras de su boca habían palidecido y sus manos apretaban con fuerza el bolso de gabardina, que hacía juego con su traje.

—No parece que usted haya perdido el tiempo, ¿verdad? —dijo al fin—. ¡Qué conveniente que ese editor haya pensado en contratarlo! ¡Así que Terry no le mencionó ningún nombre! Ninguno. Pero en realidad eso daba igual, ¿verdad, señor Marlowe? Su instinto no se equivoca. ¿Puedo preguntarle qué se propone hacer de aquí en adelante?

—Nada.

—Pero ¡qué desperdicio de talento! ¿Cómo compatibilizar eso con las obligaciones vinculadas con ese retrato de Madison? Seguramente hay algo que pueda hacer.

—Le diré, aquí entre nosotros, que está pecando de ingenua. Así que Wade conocía a su hermana. Gracias por decírmelo, aunque fuera de manera indirecta. Ya lo había adivinado. ¿Y qué? Solo era uno más de entre lo que parece una colección bastante amplia. Dejémoslo ahí. Y volvamos a la causa por la que quería verme. Parece que se nos ha perdido en la trifulca, ¿verdad?

Linda Loring se puso de pie. Volvió a mirar su reloj.

—Tengo un coche esperándome. ¿Podría convencerlo de que me acompañe a casa y tomemos una taza de té?

—Adelante, dígame de qué se trata.

—¿Le parezco tan sospechosa? Tengo un invitado que querría conocerlo.

—¿El viejo?

—Yo no lo llamo así —dijo sin alterarse.

Me levanté y me incliné por encima del escritorio.

—Cielo, en ocasiones es usted bellísima. De veras. ¿No pasa nada si llevo un arma?

—¿No tendrá miedo de un anciano?

Me miró y torció el gesto.

—¿Por qué no? Apuesto a que usted lo teme. Y mucho.

Suspiró.

—Sí, me temo que sí. Siempre le he tenido miedo. Puede ser bastante aterrador.

—Quizá sería mejor que llevara dos —dije, y al instante lamenté haberlo dicho.

# 32

Era la casa de aspecto más extraño que había visto nunca. Una caja cuadrada, gris, de tres plantas, con techo a dos aguas, muy inclinado e interrumpido por veinte o treinta ventanas dobles, con adornos de tarta de boda entre ellas y a su alrededor. La entrada tenía columnas dobles de piedra a cada lado, pero la guinda era una escalera exterior de caracol con una barandilla de piedra, que desembocaba en un torreón desde el que debía de verse todo el lago.

El patio para los coches tenía el pavimento de piedra. Aquel sitio parecía necesitar un camino de acceso de un kilómetro de largo con álamos a los lados, un parque con ciervos, un jardín exuberante, una terraza de tres niveles y centenares de rosas frente a la ventana de la biblioteca, y una extensa vista verde desde cada ventana, que terminase en un bosque, en el silencio y en un sereno vacío. Pero en la realidad tenía una valla de piedra en torno a una cómoda extensión de cinco o seis hectáreas, lo que en nuestro pequeño país superpoblado constituye una propiedad bastante grande. El camino de acceso estaba bordeado de cipreses podados en redondo. Había todo tipo de plantas ornamentales en macizos por aquí y por allá, y no parecían de California. Plantas importadas. Quien había construido ese lugar intentó arrastrar la costa atlántica al otro lado de las montañas Rocosas. Había hecho un gran esfuerzo, pero no lo había conseguido.

Amos, el chófer negro de mediana edad, detuvo suavemente el Cadillac frente a la entrada con columnas, bajó y rodeó el coche para mantener la puerta abierta mientras la señora Loring se apeaba. Yo bajé primero y le ayudé a sujetarla y luego ayudé a la señora Loring a bajar. Apenas había hablado conmigo desde que subimos al coche delante de mi edificio. Parecía tensa y nerviosa. Quizá aquel estúpido pedazo de arquitectura la deprimía. Habría deprimido hasta a un asno burlón y lo hubiera puesto a zurear como una paloma enamorada.

—¿Quién construyó la casa? —le pregunté—. ¿Con quién estaba mosqueado?

Al fin sonrió.

—¿No la había visto antes?

—Nunca me había adentrado tanto en el valle.

Me hizo andar hasta el otro lado del camino de acceso y señaló hacia arriba.

—El hombre que la construyó saltó desde ese torreón y cayó más o menos donde se encuentra usted. Era un conde francés, apellidado La Tourelle, y, a diferencia de la mayoría de los condes franceses, tenía muchísimo dinero. Estaba casado con Ramona Desborough, que tampoco era lo que se dice pobre. En los días del cine mudo ganaba treinta mil dólares por semana. La Tourelle construyó la casa para que fuera su hogar. Se supone que reproduce en miniatura el Château de Blois. Seguro que lo conoce, por supuesto.

—Como la palma de mi mano —dije—. Ahora lo recuerdo. Salía en una de esas historias dominicales de los periódicos. Ella lo abandonó y él se mató. ¿No hubo un testamento muy raro?

Asintió con la cabeza.

—Le dejó a su ex esposa varios millones para pagar el billete de autobús, y con el resto creó un fondo. La propiedad debía permanecer tal como estaba. No se podía cambiar nada, todas las noches había que poner la mesa del comedor como si fuera un día de fiesta, y no se permitiría la entrada a nadie, salvo a los sirvientes y los abogados. Por supuesto, el testamento fue impugnado. Finalmente la propiedad se dividió hasta cierto punto y, cuando me casé con el doctor Loring, mi padre me la entregó como regalo de bodas. Debió de costarle una fortuna hacer las reformas necesarias para que volviera a ser habitable. La detesto. Siempre la he detestado.

—Pero no tiene que vivir aquí, ¿verdad?

Se encogió de hombros con aire cansado.

—Al menos una parte del tiempo. Alguna de sus hijas tiene que darle alguna señal de estabilidad. Y al doctor Loring le gusta vivir aquí.

—Es comprensible. A cualquier hombre capaz de montar la escena que hizo en casa de los Wade le gusta llevar polainas con el pijama.

Sus cejas se arquearon.

—Bien, gracias por tomarse tanto interés, señor Marlowe. Pero creo que ya se ha hablado bastante de ese tema. A mi padre no le gusta que lo hagan esperar.

Atravesamos otra vez el camino de acceso, subimos los escalones de piedra, una mitad de las enormes puertas dobles se abrió en silencio, y un personaje de aspecto altivo y bien remunerado se hizo a un lado para permitirnos el paso. El vestíbulo era más grande que todo el espacio habitable de mi casa. Tenía el suelo de mosaico y, al fondo, las ventanas parecían ser de vidrios coloreados. Si hubiera entrado luz a través de ellas, podría haber visto qué más había allí. Del vestíbulo, atravesando otras dobles puertas talladas, pasamos a una habitación en penumbra, que no tenía menos de veinticinco metros de largo. Allí sentado, en silencio, esperaba un hombre. Nos miró con frialdad.

—¿Me he retrasado, padre? —preguntó presurosa la señora Loring—. Te presento al señor Philip Marlowe. El señor Harlan Potter.

El hombre se limitó a mirarme y desplazó su mandíbula hacia abajo aproximadamente un centímetro.

—Pide que nos traigan té —dijo—. Siéntese, señor Marlowe.

Me senté y lo miré. Harlan Potter me observó como un entomólogo examina a un escarabajo. Nadie dijo nada. Reinó un silencio absoluto hasta que trajeron el té. Venía en una enorme bandeja de plata, que dejaron sobre una mesa china. Linda se sentó a la mesa y sirvió el té.

—Dos tazas —le ordenó Potter—. Puedes tomar el té en otra habitación, Linda.

—Sí, padre. ¿Cómo quiere el té, señor Marlowe?

—De cualquier manera.

Mi voz pareció retumbar en la distancia, empequeñecerse y quedarse sola.

La señora Loring le ofreció una taza a su padre y, a continuación, me ofreció otra a mí. Luego se levantó en silencio y abandonó la sala. La observé mientras salía. Bebí un sorbo de té y saqué un cigarrillo.

—No fume, por favor. Sufro asma.

Devolví el cigarrillo al paquete. Lo miré fijamente. No sé qué se siente al poseer cien millones o algo así, pero no parecía que el hombre se estuviera divirtiendo. Era un sujeto enorme, de un metro noventa, con una corpulencia a escala. Vestía un traje gris de paño de lana sin hombreras. Sus hombros no las necesitaban. Llevaba una camisa blanca y una corbata oscura, y del bolsillo exterior de la chaqueta no asomaba ningún pañuelo, sino un estuche de gafas, negro como sus zapatos. Tenía el pelo negro también, sin una sola cana. Se lo peinaba de lado, cubriéndose el cráneo al estilo MacArthur. Tuve el presentimiento de que debajo no había sino un hueso desnudo. Sus cejas eran negras y espesas. Su voz parecía llegar desde muy lejos. Tomaba el té como si lo odiara.

—Si le expongo mi punto de vista, señor Marlowe, nos ahorraremos tiempo. Creo que se está entrometiendo usted en mis asuntos. Si no me equivoco, me propongo ponerle punto final a eso.

—No sé lo suficiente de sus negocios para entrometerme en ellos, señor Potter.

—No estoy de acuerdo.

Bebió un poco más de té y puso la taza a un lado. Se reclinó en el butacón en el que estaba sentado y me hizo pedazos con sus duros ojos grises.

—Naturalmente, sé quién es usted. Y cómo se gana la vida, si es que se la gana, y cómo comenzó su relación con Terry Lennox. Me han informado de que usted ayudó a Terry a salir del país, que duda de su culpabilidad y que a partir de ahí ha entrado en contacto con un hombre que conocía a mi hija muerta. Pero no me han explicado con qué objetivo. Explíquemelo.

—Si esa persona tiene nombre, dígamelo.

Sonrió de modo casi imperceptible, pero no como si estuviera siendo víctima de mi encanto.

—Wade. Roger Wade. Un escritor, creo. Me dicen que escribe libros más o menos licenciosos, que no me interesaría leer. Creo, además, que ese hombre es un alcohólico peligroso. Quizá eso le haya sugerido alguna idea extraña.

—Creo que será mejor que me permita tener mis propias ideas, señor Potter. Por supuesto que no son importantes, pero son lo único que tengo. En primer lugar, no creo que Terry matara a su esposa, por la forma en que la asesinaron y porque no creo que fuera esa clase de hombre. En segundo lugar, no contacté con Wade. Me propusieron alojarme en su casa y hacer lo posible por mantenerlo sobrio mientras terminaba de escribir un libro. En tercer lugar, si es un alcohólico peligroso, no he visto la menor señal de ello. En cuarto lugar, mi primer contacto tuvo lugar a petición de su editor de Nueva York, y entonces no tenía la menor idea de que Roger Wade conociera a su hija. En quinto lugar, rechacé ese trabajo y entonces la señora Wade me pidió que encontrara a su marido, que estaba en alguna parte sometido a una cura. Lo encontré y lo llevé a casa.

—Muy metódico —comentó con sequedad.

—No he terminado de ser metódico, señor Potter. En sexto lugar, creo que ese es el número correcto, usted, o alguien que seguía sus instrucciones, envió a un abogado llamado Sewell Endicott para que me sacara de la cárcel. No me dijo quién lo enviaba, pero no había nadie más que pudiera hacerlo. En séptimo lugar, cuando salí de la cárcel un delincuente llamado Mendy Menéndez me sacudió un poco y me advirtió que no metiera la nariz en asuntos ajenos, y me contó con pelos y señales que Terry Lennox le había salvado la vida a él y al dueño de un club de Las Vegas llamado Randy Starr. Por lo poco que sé, la historia podría ser verídica. Menéndez aseguraba estar dolido porque Terry no le había pedido ayuda para irse a México, y en su lugar había acudido a un muerto de hambre como yo. Menéndez podría haberlo ayudado sin ningún esfuerzo, le bastaba con levantar un dedo, y lo habría hecho mucho mejor.

—Supongo que no pensará que los señores Menéndez y Starr se cuentan entre mis conocidos —dijo Harlan Potter con una fría sonrisa.

—No podría decirlo, señor Potter. Una persona no gana el dinero que usted tiene de un modo comprensible para mí. La siguiente persona que me aconsejó mantenerme fuera del caso fue su hija, la señora Loring. Nos conocimos casualmente en un bar y hablamos porque los dos estábamos bebiendo gimlet, el cóctel favorito de Terry, que no es muy común por aquí. No supe quién era hasta que ella me lo dijo. Le conté algo de lo que sentía por Terry y ella me hizo saber que si enojaba a su padre, mi carrera sería corta e infeliz. ¿Está usted enojado, señor Potter?

—Cuando esté enojado —repuso con frialdad—, no tendrá que preguntármelo. Lo sabrá a ciencia cierta.

—Es lo que pensaba. He estado esperando a que aparezca la cuadrilla de matones, pero hasta ahora no han dado señales de vida. Tampoco me ha molestado la policía, que podría hacerme pasar un mal rato. Creo que lo único que usted quería, señor Potter, era tranquilidad. ¿Qué he hecho para perturbarla?

Sonrió. Era una sonrisa agria, pero una sonrisa a fin de cuentas. Juntó sus dedos largos y amarillentos, cruzó una pierna sobre la otra y se volvió a reclinar cómodamente.

—Una buena declaración, señor Marlowe, y le he permitido que la exponga. Ahora escúcheme usted a mí. Tiene toda la razón al pensar que lo único que quiero es tranquilidad. Es muy posible que su relación con los Wade sea incidental, accidental y fruto de la coincidencia. Que siga siendo así. Soy un hombre de familia con una edad en la que eso casi no tiene significado. Una de mis hijas se casó con un esnob de Boston, y la otra tuvo una serie de matrimonios absurdos, el último de los cuales fue con un pobretón complaciente que le permitió llevar una vida sin sentido e inmoral hasta que, de repente y sin una buena razón, se descontroló y la asesinó. Considera imposible aceptarlo por la brutalidad con la que fue llevado a cabo. Se equivoca. La mató con una Mauser automática, la misma pistola que se llevó a México. Y después de dispararle, hizo todo aquello para ocultar la herida de bala. Admito la brutalidad de todo esto, pero recuerde que ese hombre había estado en una guerra, fue herido de gravedad, había sufrido mucho y había visto sufrir a otros. Quizá no tenía la intención de matarla. Quizá tuvieron una trifulca, porque la pistola pertenecía a mi hija. Era un arma pequeña, pero potente, calibre 7,65, un modelo llamado PPK. La bala le atravesó la cabeza por completo y se alojó en la pared, detrás de una cortina de cretona. No la encontraron de inmediato y el hecho no apareció en la prensa. Ahora consideremos la situación. —Hizo una pausa y me miró fijamente—. ¿Tiene mucha necesidad de fumarse un cigarrillo?

—Lo siento, señor Potter, lo he sacado sin pensar. Es la fuerza de la costumbre.

Volví a guardar el cigarrillo por segunda vez.

—Terry acababa de matar a su esposa. Según el punto de vista más bien limitado de la policía, tenía sobrados motivos para ello. Sin embargo, también tenía una defensa excelente: ella estaba en posesión del arma y él intentó quitársela, no lo logró y ella se pegó un tiro. Un buen abogado defensor hubiera logrado mucho con eso. Probablemente lo hubieran absuelto. Si él me hubiera llamado en ese momento, lo habría ayudado. Pero al convertir el asesinato en un hecho brutal para ocultar el rastro de la bala, hizo imposible cualquier ayuda. Tenía que huir, e incluso eso lo hizo con torpeza.

—Es verdad, señor Potter. Pero él lo llamó antes a Pasadena, ¿verdad? Eso me dijo.

El gran hombre asintió.

—Le dije que desapareciera, que vería qué podía hacer. No quería saber dónde estaba. Eso era imperativo. No podía ocultar a un criminal.

—Eso suena muy bien, señor Potter.

—¿Detecto una nota de sarcasmo? No importa. Cuando supe los detalles, no había nada que hacer. No podía permitir que se celebrara el tipo de proceso al que daría lugar un asesinato. Para ser francos, me alegré mucho cuando supe que se había pegado un tiro en México y había dejado una confesión.

—Lo entiendo, señor Potter.

Frunció las cejas y me miró.

—Tenga cuidado, joven. No me gusta la ironía. ¿Ahora entiende por qué no puedo tolerar que alguien continúe investigando? ¿Y por qué he utilizado toda mi influencia para que la investigación que se llevó a cabo fuera lo más breve posible y recibiera la menor publicidad posible?

—Por supuesto, si está convencido de que él la mató.

—Claro que fue él. El porqué es harina de otro costal. Ya no tiene importancia. No soy un personaje público y no tengo la intención de serlo. Siempre he hecho un gran esfuerzo para evitar cualquier tipo de publicidad. Tengo influencia, pero no abuso de ella. El fiscal del distrito del condado de Los Ángeles es un hombre ambicioso que tiene demasiado sentido común para permitir que su carrera naufrague víctima de una notoriedad momentánea. Veo un destello en sus ojos, Marlowe. Olvídelo. Vivimos en lo que se llama una democracia, el gobierno de la mayoría del pueblo. Un ideal magnífico, si logramos que funcione. El pueblo elige, pero es la maquinaria de los partidos quien presenta las candidaturas y, para ser eficientes, esas maquinarias deben gastar grandes sumas de dinero. Alguien tiene que dárselo, y ese alguien, ya sea individuo, grupo financiero, sindicato o lo que quiera, espera a cambio cierta consideración. Lo que yo y la gente como yo espera es que nos permitan vivir en una intimidad decente. Soy dueño de varios periódicos, pero no me gustan. Los considero una amenaza constante a la escasa intimidad que nos queda. Sus chillidos constantes sobre la libertad de prensa significan, con escasas excepciones, libertad para comerciar con escándalos, crímenes, sexo, sensacionalismo, odio e insinuaciones, y libertad para el uso político y financiero de la propaganda. Un periódico es un negocio para ganar dinero mediante los ingresos que proporcionan los anuncios. Eso se mide por la cantidad de ejemplares vendidos y usted sabe de qué depende esa cantidad.

Me levanté y di una vuelta alrededor de mi asiento. Me observó con una atención fría. Me senté de nuevo. Necesitaba un poco de suerte. Demonios, la necesitaba en cantidades industriales.

—Bien, señor Potter, ¿adónde vamos a parar?

No me escuchaba. Sus propios pensamientos le hacían fruncir el entrecejo.

—Hay algo muy peculiar con respecto al dinero —prosiguió—. En grandes cantidades tiende a adquirir vida propia, incluso conciencia propia. El poder del dinero resulta muy difícil de controlar. El hombre siempre ha sido un animal venal. El crecimiento de las poblaciones, el elevado coste de las guerras, la presión incesante de una fiscalidad asfixiante, todas estas cosas lo hacen cada vez más venal. El hombre corriente está cansado y asustado, y un hombre cansado no puede permitirse tener ideales. Tiene que alimentar a su familia. Hoy en día presenciamos un deterioro escandaloso de la moral pública y privada. No se puede esperar calidad de personas cuya vida está sujeta a la falta de calidad. Con la producción en masa, no puede existir calidad. No se desea algo porque dura mucho. Por eso se añade el diseño, que es una estafa comercial destinada a producir obsolescencia artificial. La producción masiva no puede vender sus bienes el año próximo a no ser que lo que se ha vendido este año parezca pasado de moda dentro de doce meses. Tenemos las cocinas más blancas y los cuartos de baño más resplandecientes de todo el mundo. Sin embargo, en esas adorables cocinas blancas, el ama de casa norteamericana media es incapaz de preparar una comida aceptable, y el adorable baño resplandeciente es sobre todo un almacén de desodorantes, laxantes, somníferos y de productos de esa estafa a la confianza que se llama industria de productos de belleza. Hacemos los mejores embalajes del mundo, señor Marlowe. Pero lo que contienen es básicamente basura.

Sacó un gran pañuelo blanco y se secó las sienes. Yo estaba allí sentado, con la boca abierta, preguntándome qué movía a aquel hombre. Lo odiaba todo.

—Hace demasiado calor para mi gusto en esta zona —dijo—. Estoy habituado a un clima más fresco. Comienzo a parecerme a esos editoriales que han olvidado la tesis que pretendían demostrar.

—Lo entiendo muy bien, señor Potter. No le gusta cómo funciona el mundo y por eso utiliza el poder que tiene para aislar un rincón privado donde pueda vivir lo más cerca posible del estilo de vida de la gente de hace cincuenta años, antes de la era de la producción en masa. Tiene cien millones de dólares, y lo único que ha comprado es desilusión.

Estiró el pañuelo tomándolo por dos esquinas opuestas, luego hizo una pelota y se lo guardó en el bolsillo.

—¿Y entonces? —se limitó a preguntar.

—Es todo lo que hay, nada más. A usted no le importa quién asesinó a su hija, señor Potter. Hace tiempo que la dio por perdida, como mercancía defectuosa. Ni siquiera le importa que Terry Lennox no la haya matado y que su asesino se pasee a sus anchas. Y no querría que lo atraparan, porque eso avivaría el escándalo, habría un proceso y su defensa haría que su intimidad estallara por los aires, a la altura del Empire State. A no ser, claro está, que el asesino tuviera el decoro de suicidarse antes de que comenzara el proceso. Preferiblemente en Tahití, Guatemala o en medio del desierto del Sáhara. En cualquier lugar donde el condado de Los Ángeles no quisiera destinar fondos para enviar a una persona que pudiera comprobar lo ocurrido.

De repente sonrió, con una sonrisa amplia y estridente que contenía un porcentaje razonable de cordialidad.

—¿Qué quiere de mí, Marlowe?

—Si está pensando en dinero, nada. No he solicitado venir aquí. Me han traído. Le he dicho la verdad sobre cómo conocí a Roger Wade. Pero él conocía a su hija y tiene un historial de violencia, aunque no he visto nada al respecto. Anoche el tipo intentó pegarse un tiro. Es un hombre obsesionado. Tiene un enorme complejo de culpa. Si yo estuviera buscando un buen sospechoso, sería él. Me doy cuenta de que es solo uno entre muchos, pero es el único que conozco.

Se levantó; de pie era realmente grande. Y duro. Dio unos pasos y se detuvo delante de mí.

—Una llamada telefónica, señor Marlowe, y perderá la licencia. No trate de jugar conmigo. No se lo permitiría.

—Dos llamadas telefónicas y me despertaré con la cara en el fango y un agujero en la nuca.

Soltó una risa áspera.

—No actúo de esa manera. Supongo que en su peculiar

oficio es normal que piense de esa manera. Le he concedido demasiado tiempo. Llamaré al mayordomo para que lo acompañe a la salida.

—No hace falta —dije mientras me incorporaba—. He venido y me han dado un aviso. Gracias por su tiempo.

Me tendió la mano.

—Gracias por venir. Creo que es usted una persona muy honesta. No quiera ser un héroe, joven. No se gana dinero así.

Le estreché la mano. Su apretón era como el de una llave inglesa. Ahora me dedicaba una sonrisa benévola. Era el señor Gran Hombre, el ganador, el que lo controlaba todo.

—En cualquier momento le proporcionaré trabajo. Y no se marche de aquí pensando que me dedico a comprar políticos o agentes de la ley. No tengo necesidad de hacerlo. Adiós, señor Marlowe. Y, de nuevo, gracias por venir.

Permaneció allí de pie, observándome mientras salía de la sala. Mi mano empujaba ya la puerta principal cuando Linda Loring salió de algún rincón oscuro.

—¿Qué tal? —me preguntó en voz baja—. ¿Cómo le ha ido con mi padre?

—Muy bien. Me ha explicado la civilización. Quiero decir, su opinión sobre el tema. Va a dejar que siga adelante un tiempo. Pero es mejor ser cuidadoso y no interferir en su vida privada. En tal caso, está dispuesto a llamar por teléfono a Dios para cancelar el pedido.

—Es usted imposible.

—¿Yo? ¿Imposible yo? Señora, échele un vistazo a su progenitor. Comparado con él, soy un bebé de ojos azules con su sonajero nuevo.

Al salir, Amos me esperaba ya en el Cadillac. Me llevó de regreso a Hollywood. Le ofrecí un dólar pero lo rechazó. Me ofrecí a comprarle los poemas de T. S. Eliot. Dijo que ya los tenía.

## 33

Pasó una semana y no tuve noticias de los Wade. El ambiente se había vuelto caliente y pegajoso, y el tufo agrio de la calima había llegado tan al oeste como Beverly Hills. Se podía ver desde la cima de Mulholland Drive, aplastada sobre toda la ciudad como la bruma matutina. Cuando estabas dentro de ella, podías saborearla y olerla, y te hacía llorar. Todo el mundo se quejaba de ello. En Pasadena, donde se amontonaban los millonarios más rancios después de que la gente del cine echara a perder Beverly Hills, los padres de la ciudad atronaban de ira. Todo era por culpa de la calima. Si el canario no gorjeaba, si el lechero pasaba tarde, si el pequinés tenía pulgas, si un idiota de cuello almidonado sufría un ataque al corazón mientras se dirigía a la iglesia, todo era a causa de la contaminación. Donde vivía, por la mañana temprano el aire solía estar limpio, y por la noche casi siempre. De vez en cuando, teníamos un día entero sin calima, pero nadie sabía por qué.

En un día así, que cayó en jueves, me llamó Roger Wade.

—¿Cómo está? Soy Wade.

Parecía encontrarse bien.

—Muy bien. ¿Y usted?

—Me temo que sobrio. Ganándome duramente la vida. Deberíamos vernos y hablar. Y creo que le debo dinero.

—Pues no.

—¿Qué tal si hoy comemos juntos? ¿Podría venir por aquí a eso de la una?

—Creo que sí. ¿Cómo está Candy?

—¿Candy? —Pareció intrigado. Debía de haber olvidado lo ocurrido esa noche—. Ah, él lo ayudó a llevarme a la cama esa noche.

—Sí. El chico coopera bastante a veces. ¿Y la señora Wade?

—Está bien. Hoy ha ido de tiendas.

Colgamos y empecé a mecerme en el sillón. Debería haberle preguntado cómo iba el libro. Quizá uno siempre deba preguntarle a un escritor cómo va el libro. Pero puede que se harte de esa pregunta.

Al poco rato recibí otra llamada, era una voz extraña.

—Soy Roy Ashterfelt. George Peters me pidió que lo llamara, Marlowe.

—Ah, sí, gracias. Usted conoció a Terry Lennox en Nueva York cuando se hacía llamar Marston.

—Exactamente. Estaba de alcohol hasta las cejas. Pero era la misma persona. No había manera de confundirlo con otro. Aquí lo vi una noche en Chasen's, con su esposa. Yo estaba con un cliente que los conocía. Me temo que no puedo darle el nombre del cliente.

—Lo entiendo. Creo que ahora eso no tiene importancia. ¿Cuál era su nombre de pila?

—Espere un momento, déjeme recordar. Era Paul. Paul Marston. Y, en caso de que le interese, había algo más. Llevaba un distintivo del ejército británico. La versión inglesa de la licencia con todos los honores.

—Ya. ¿Qué fue de él?

—No sé. Vine a la Costa Oeste. Cuando volví a verlo, él también estaba aquí, casado con la hija indomable de Harlan Potter. Pero usted ya está enterado de todo eso.

—Ahora los dos están muertos. Gracias por llamarme.

—No tiene importancia. Encantado de ayudar. ¿Le sirve de algo?

—De nada —dije, pero mentía—. Nunca le pregunté nada de su vida anterior. Una vez me contó que había crecido en un orfanato. ¿No hay la menor posibilidad de que usted se haya equivocado?

—¿Con ese pelo blanco y esas cicatrices en la cara? De ninguna manera. No podría decir que nunca olvido una cara, pero esa desde luego que no.

—¿Y él lo vio?

—Si me vio, no dio ninguna muestra. Dadas las circunstancias, es muy poco probable. Como le he dicho, estaba bastante pasado de copas en Nueva York.

Volví a darle las gracias, me respondió que era un placer y colgamos.

Estuve pensando un rato en aquello. El ruido del tránsito en la calle aportaba un *obbligato* cacofónico a mis meditaciones. Era excesivo. En verano, con el calor, todo es excesivo. Me levanté, cerré la hoja inferior de la ventana y llamé al sargento Green a Homicidios. Tuvo la consideración de estar en su sitio.

—Escuche —dije después de los saludos—, he oído algo sobre Terry Lennox que me ha dejado perplejo. Hay un individuo que lo conoció en Nueva York bajo otro nombre. ¿Ha revisado su historial de guerra?

—Ustedes no aprenden nunca —contestó Green con aspereza—. Nunca aprenden a permanecer en su sitio. Ese caso está cerrado debajo de siete llaves, y lo han tirado al océano con una plomada. ¿Le queda claro?

—La semana pasada disfruté de una velada con Harlan Potter. En casa de su hija, en Idle Valley. ¿Quiere comprobarlo?

—Supongamos que lo creo —repuso en un tono agrio—. ¿Qué hacían?

—Conversar. Me invitó. Le caigo bien. A propósito, me dijo que la chica fue asesinada con una Mauser 7,65 milímetros de calibre, modelo PPK. ¿Resulta nuevo para usted?

—Continúe.

—Con su propia pistola. Quizá eso cambia un poco las cosas. Pero no me entienda mal. No estoy revolviendo nada. Es un asunto personal. ¿Dónde hirieron a Lennox?

Green se quedó callado. Por el teléfono oí que una puerta se cerraba.

—Probablemente en una pelea a cuchillo —dijo al final en voz baja—, al otro lado de la frontera.

—Demonios, Green, ustedes tenían sus huellas dactilares. Como siempre, las enviaron a Washington. Y recibieron un informe a vuelta de correo, como siempre. Lo único que quiero saber es algo de su hoja de servicios.

—¿Y quién ha dicho que tenía una hoja de servicios?

—Pues, por mencionar a alguien, Mendy Menéndez. Parece que Lennox le salvó la vida en una ocasión y fue entonces cuando lo hirieron. Fue capturado por los alemanes y ellos le dejaron esa cara de recuerdo.

—Con que Menéndez, ¿eh? ¿Usted cree a ese hijo de perra? ¿Está mal de la cabeza, Marlowe? Lennox no tiene historial de guerra. No aparece ningún historial suyo bajo ningún nombre. ¿Está satisfecho?

—Si usted lo dice —respondí—. Pero no veo por qué Menéndez se tomó el trabajo de venir aquí a venderme una historia y a avisarme de que sacara la nariz del asunto porque Lennox era amigo suyo y de Randy Starr, en Las Vegas, y no querían que nadie anduviera merodeando. A fin de cuentas, Lennox ya estaba muerto.

—Uno nunca sabe qué cosas se le pueden ocurrir a un matón —apuntó Green con irritación—. Ni por qué. Quizá Lennox estaba metido en algún negocio con ellos antes de casarse con ese montón de dinero y volverse respetable. Durante un tiempo, fue jefe de planta de Starr en Las Vegas. Ahí conoció a la hija de Potter. Una sonrisa, una reverencia, un traje de etiqueta. Que los clientes estén entretenidos y los empleados vigilados. Supongo que tenía lo que hace falta para ese trabajo.

—Tenía encanto. Es algo que no se estila en la policía. Muchas gracias, sargento. ¿Cómo le va al capitán Gregorius últimamente?

—Solicitó la jubilación. ¿No ha leído la prensa?

—La sección de sucesos, no. Es demasiado sórdida, sargento.

Empecé a despedirme pero me interrumpió.

—¿Para qué lo quería el señor millonario?

—Tomamos juntos una taza de té. Fue una simple visita de cortesía. Dijo que quizá me encomendaría algunos asuntos. Y también me dio a entender, y con muy pocas palabras, que cualquier poli que me mirara atravesado se enfrentaría a un futuro muy incierto.

—Él no dirige el Departamento de Policía —repuso Green.

—Eso lo reconoce. Dijo que ni siquiera compra a comisionados o fiscales de distrito. Simplemente se acurrucan en su regazo cuando él se echa una siesta.

—¡Váyase al infierno! —contestó, y colgó el teléfono de golpe.

Ser policía es difícil. Nunca se sabe sobre qué panza se puede saltar sin meterse en un buen lío.

# 34

El tramo de carretera mal pavimentada desde la autopista hasta la curva de la colina oscilaba en el calor del mediodía, y los matorrales que ocupaban el terreno a los lados a esa hora ya estaban blancos, cubiertos por el polvo de granito. El olor de los arbustos casi me mareaba. Soplaba una leve brisa ardiente y acre. Me había quitado la americana y me había arremangado la camisa, pero la puerta estaba demasiado caliente para descansar el brazo allí. Un caballo atado dormitaba aburrido junto a un macizo de robles. Un mexicano moreno estaba sentado en el terreno y comía algo envuelto en una hoja de periódico. Un matorral rodador cruzó la carretera sin darse prisa y se detuvo al enredarse en un trozo de granito que afloraba, y una lagartija que había estado allí hasta ese momento desapareció sin dar la impresión de que hacía ningún movimiento.

De pronto me encontré al otro lado de la colina, en la carretera pavimentada, como si estuviera en otro país. Cinco minutos después entraba por el camino de acceso de la casa de los Wade. Aparqué, atravesé las baldosas y llamé al timbre. Abrió la puerta el propio Wade, vestido con una camisa a cuadros blancos y marrones, de manga corta, pantalones de mezclilla de color azul claro y pantuflas. Estaba bronceado y gozaba de buen aspecto. En la mano se veía una mancha de tinta y tenía un rastro de ceniza del cigarrillo a un lado de la nariz.

Me llevó a su estudio y se acomodó detrás del escritorio, sobre el que se veía un grueso montón de páginas amarillas mecanografiadas. Colgué mi chaqueta del respaldo de una silla y me senté en el sofá.

—Gracias por venir, Marlowe. ¿Quiere tomar algo?

Mi cara mostró la expresión que uno pone cuando un borracho lo invita a beber. Me di perfecta cuenta. Wade sonrió.

—Tomaré una Coca-Cola —dijo.

—Está aprendiendo deprisa —repuse—. Ahora mismo no me apetece beber nada. También tomaré una Coca-Cola.

Oprimió algo con el pie y un rato después entró Candy. Parecía malhumorado. Llevaba una camisa azul, un pañuelo naranja al cuello y no vestía chaqueta blanca. Zapatos de dos tonos, blancos y negros, y elegantes pantalones de gabardina de cintura alta.

Wade le pidió las Coca-Colas. Candy me miró con dureza y se marchó.

—¿El libro? —pregunté señalando el montón de papel.

—Sí. Asqueroso.

—No lo creo. ¿Va muy adelantado?

—Dos terceras partes... si es que tiene algún valor. Que será muy escaso. ¿Sabe cuándo un escritor puede decir que está acabado?

—No sé nada sobre escritores —dije llenando mi pipa.

—Cuando empieza a leer sus obras anteriores en busca de inspiración. Eso es incuestionable. Ahí tengo quinientas páginas mecanografiadas, algo más de cien mil palabras. Mis libros son largos. A la gente le gustan los libros largos. El público tonto cree que si hay muchas páginas, habrá mucho oro. No me atrevo a releerlo. Y no puedo recordar ni la mitad del contenido. Sencillamente tengo miedo de echar un vistazo a mi propia obra.

—Pues tiene usted un aspecto excelente. Después de lo que ocurrió la otra noche, nunca lo habría creído. Tiene más agallas de lo que cree.

—Lo que necesito ahora es algo más que agallas. Algo que no se consigue con solo desearlo. Confianza en mí mismo. Soy un escritor consentido que ha perdido la fe. Tengo una casa preciosa, una mujer preciosa y unas ventas extraordinarias. Pero lo único que anhelo es emborracharme y olvidar.

Apoyó la barbilla sobre las dos manos y miró a algún lugar por encima del escritorio.

—Eileen dijo que intenté pegarme un tiro. ¿Llegué hasta ese punto?

—¿No lo recuerda?

—Absolutamente nada —negó con la cabeza—, salvo que me caí y me hice un corte en la cabeza. Y un rato después estaba en la cama. Y usted estaba allí. ¿Eileen lo llamó?

—Sí. ¿No se lo contó?

—No ha hablado mucho conmigo esta última semana. Creo que está harta. Hasta aquí. —Llevó el borde de la mano hasta el cuello, debajo de la barbilla—. El numerito que montó Loring no ayudó nada.

—La señora Wade dijo que no tenía la menor importancia.

—Bueno, ¿y qué iba a decir? Resulta que es verdad, pero dudo que ella piense lo mismo. El tipo tiene celos patológicos. [illegible] mujer en un rincón, te ríes un poco con ella, le das un beso de despedida, y él entiende que te acuestas con ella. Una de las razones es que él no lo hace.

—Lo que me encanta de Idle Valley es que todos llevan una vida cómoda y normal.

Frunció el ceño. La puerta se abrió, Candy entró con dos Coca-Colas y vasos y las sirvió. Me puso una delante sin mirarme.

—Comemos dentro de media hora —dijo Wade—. ¿Y la chaqueta blanca dónde está?

—Hoy es mi día libre —respondió Candy inmutable—. No soy el cocinero, jefe.

—Bastará con unos fiambres, o con sándwiches y cerveza —explicó Wade—. El cocinero no trabaja hoy, Candy. He invitado a un amigo a comer.

—¿Cree que es su amigo? —repuso Candy sardónico—. Mejor pregúntele a su mujer.

Wade se recostó en la silla y lo miró sonriendo.

—Cuidado con lo que dices, hombrecito. Aquí llevas una vida muy cómoda. Y no te pido favores con tanta frecuencia, ¿verdad?

Candy clavó la mirada en el suelo. Un momento después, levantó la vista y sonrió.

—Está bien, jefe. Me pondré la chaqueta blanca. Y creo que me encargaré de la comida.

Se dio la vuelta despacio y salió. Wade observó la puerta mientras se cerraba. Después se encogió de hombros y me miró.

—Antes los llamábamos criados. Ahora los llamamos ayuda doméstica. Me pregunto cuánto tiempo falta para que les llevemos el desayuno a la cama. Le pago mucho dinero a ese chico. Está muy consentido.

—¿El salario o algo más?

—¿Como qué? —preguntó cortante.

Me levanté y le entregué unas páginas amarillas dobladas.

—Será mejor que lo lea. Supongo que no recuerda que me pidió que lo destruyera. Estaban en su máquina de escribir, bajo la funda.

Desdobló las hojas amarillas y se echó hacia atrás para leerlas. El vaso de Coca-Cola burbujeaba sobre la mesa, frente a él, sin que le prestara atención. Leyó despacio, con el ceño fruncido. Cuando llegó al final dobló de nuevo las hojas y les pasó un dedo por el borde.

—¿Eileen lo ha visto? —preguntó ensimismado.

—No podría decírselo. Es posible que sí.

—Es un disparate, ¿no cree?

—A mí me gustó. Sobre todo la parte donde dice que un hombre bueno murió por usted.

Desdobló de nuevo los papeles, los rasgó violentamente en largas tiras y los lanzó a la papelera.

—Supongo que un borracho puede escribir, decir o hacer cualquier cosa —comentó despacio—. Para mí no tiene sentido. Candy no me está haciendo chantaje. Me aprecia.

—Quizá sería mejor que volviera a emborracharse. Podría recordar lo que quiso decir. Podría recordar muchas cosas. Ya hemos pasado antes por todo esto, la noche en que se disparó el revólver. Supongo que el Seconal le hizo perder la memoria. Parecía bastante sobrio. Pero ahora quiere hacerme creer que no recuerda haber escrito el texto que acabo de darle. No me sorprende que no pueda terminar el libro, Wade. Es un milagro que consiga seguir vivo.

Se giró hacia un lado y abrió un cajón del escritorio. Su mano buscó algo y salió con un grueso talonario. Lo abrió y cogió una pluma.

—Le debo mil dólares —dijo en voz baja. Escribió algo en el talonario y luego en la matriz. Arrancó el cheque, dio la vuelta al escritorio y lo dejó caer frente a mí—. ¿Es suficiente?

Me recosté, lo miré a la cara sin tocar el cheque y no le respondí. Su rostro estaba tenso y desencajado. Tenía los ojos hundidos y vacíos.

—Supongo que cree que la maté y dejé que Lennox pagara el pato —dijo despacio—. Ella era una auténtica golfa. Pero uno no le destroza la cara a una mujer solo porque sea una golfa. Candy sabe que a veces iba a verla. Lo más divertido es que creo que no se lo contaría a nadie. Puedo equivocarme, pero eso es lo que creo.

—Si lo contara, no tendría importancia. Los amigos de Harlan Potter no le prestarían atención. Además, no la mataron con la estatuilla de bronce. Le pegaron un tiro en la cabeza con su propia pistola.

—Quizá tuviera una —dijo casi como en sueños—. Pero no sabía que le habían disparado. No salió en la prensa.

—¿No lo sabía o no se acuerda? —le pregunté—. No, no apareció en la prensa.

—¿Qué intenta hacer conmigo, Marlowe? —Su voz aún era soñolienta, casi amable—. ¿Qué quiere que haga? ¿Que se lo cuente a mi mujer? ¿A la policía? ¿Y eso de qué serviría?

—Usted dijo que un hombre bueno había muerto por usted.

—Lo que quise decir es que si hubiera habido una investigación de verdad, me podrían haber identificado como uno, pero solo uno, de los posibles sospechosos. Eso habría acabado conmigo en varios sentidos.

—No he venido para acusarlo de asesinato, Wade. Ni siquiera usted está seguro de ello, y eso lo está consumiendo por dentro. Tiene un historial de violencia con su mujer. Cuando se emborracha, no recuerda lo que hace. No tiene sentido decir que no le destrozaría la cara a una mujer solo por ser una golfa. Eso fue exactamente lo que hizo alguien. Y la persona a la que le atribuyeron el crimen me parece mucho menos sospechosa que usted.

Caminó hasta la puerta de cristal, que estaba abierta, y se detuvo a contemplar las vibraciones del aire caliente sobre el lago. No me contestó. Dos minutos después, cuando se oyó una leve llamada a la puerta, aún no se había movido ni había dicho nada. Candy entró empujando un carrito de servicio con un mantel blanco y terso, bandejas de plata con tapas, una cafetera y dos botellas de cerveza.

—¿Abro la cerveza, jefe? —le preguntó a la espalda de Wade.

—Tráeme una botella de whisky —repuso Wade sin darse la vuelta.

—Lo siento, jefe. Nada de whisky.

Wade se dio la vuelta al instante y le gritó, pero Candy siguió en sus trece. Echó una mirada al cheque que reposaba sobre la mesa de centro, torciendo la cabeza para leerlo. Después me miró y dijo algo entre dientes. A continuación se volvió hacia Wade.

—Me voy. Es mi día libre.

Se dio la vuelta y salió del estudio. Wade se echó a reír.

—Voy a buscarla yo mismo —dijo bruscamente antes de salir.

Levanté una de las tapas y vi unos cuantos sándwiches triangulares, dispuestos con esmero. Cogí uno, me serví un poco de cerveza y me lo comí de pie. Wade regresó con una botella y un vaso. Se sentó en el sofá, se sirvió un buen lingotazo y se lo echó al coleto. Se oyó un coche que se alejaba de la casa, debía de ser Candy, que salía por la entrada de servicio. Cogí otro sándwich.

—Siéntese y póngase cómodo —dijo Wade—. Tenemos toda la tarde por delante. —Sus ojos habían adquirido cierto brillo y su voz era vibrante y animosa—. No le caigo bien, ¿verdad, Marlowe?

—Ya me lo ha preguntado y ya le he respondido.

—¿Sabe una cosa? Es usted un hijo de perra implacable. Haría usted cualquier cosa por descubrir lo que busca. Incluso le haría el amor a mi mujer mientras yo duermo borracho en la habitación de al lado.

—¿Se cree todo lo que le cuenta su lanzador de navajas?

Se sirvió otro whisky y levantó el vaso contra la luz.

—No todo, no. Qué color más hermoso tiene el whisky, ¿verdad? No es tan malo ahogarse en una marea dorada. «Morir a medianoche sin sufrir.»* ¿Cómo sigue? Ay, lo siento, no tiene por qué saberlo. Es demasiado literario. Y usted es algo parecido a un detective, ¿verdad? ¿Le importaría decirme por qué está aquí?

Bebió un poco más de whisky y me sonrió. Entonces vio el cheque que yacía sobre la mesa. Lo tomó y lo leyó por encima del vaso.

—Parece emitido a nombre de alguien apellidado Mar-

* Verso del poema «Oda a un ruiseñor», del poeta inglés John Keats. *(N. del T.)*

lowe. Me pregunto por qué razón, con qué objetivo. Y parece que lo he firmado yo. Qué tontería. Soy un tipo muy crédulo.

—Deje de actuar —dije con brusquedad—. ¿Dónde está su esposa?

Levantó la vista con aire cortés.

—Mi esposa volverá a casa a su debido tiempo. Sin duda, en ese momento estaré sin sentido, y ella podrá atenderlo sin prisas. La casa será toda suya.

—¿Dónde está el revólver? —le pregunté de repente.

Pareció no entenderlo. Le dije que lo había guardado en el escritorio.

—Ahora no está ahí, de eso estoy seguro —respondió—. Si quiere, puede registrarlo. No me robe las gomas.

Fui al escritorio y lo revisé. El revólver no estaba. Eso era algo. Probablemente Eileen lo habría escondido.

—Mire, Wade, le he preguntado dónde está su mujer porque creo que debería volver a casa. No por mí, amigo mío, sino por usted. Alguien tiene que cuidarlo, y que me parta un rayo si voy a ser yo.

Me miró medio absente. Aún tenía el cheque en la mano. Colocó el vaso sobre la mesa, lo rasgó por la mitad, volvió a rasgarlo varias veces más y dejó que los pedazos de papel cayeran al suelo.

—Parece que era muy poco dinero. Sus servicios son muy caros. Ni con mil dólares y mi mujer puedo pagarle adecuadamente. Una lástima, pero no puedo pagar más. Salvo con esto. —Y palmeó la botella.

—Me voy —dije.

—¿Por qué? Quería que recordara. Bien, mi memoria está aquí, en la botella. Quédese, amigo. Cuando haya bebido lo suficiente, le hablaré de todas las mujeres que he asesinado.

—Bien, Wade, me quedaré un rato más. Pero no aquí. Si me necesita, tire una silla contra la pared.

Me fui y dejé la puerta abierta. Atravesé el gran salón, salí al patio, arrastré una de las tumbonas hasta la sombra del voladizo y me acosté en ella. Al otro lado del lago había una neblina azul delante de las colinas. La brisa del océano comenzaba a llegar entre las montañas de baja altura, y ya no hacía tanto calor. Idle Valley vivía un verano perfecto. Alguien lo había planeado así. Paraíso S. A., con la ayuda de Sumamente Restringido. Solo los mejores. Nadie proveniente de Europa central. Tan solo la flor y nata, los de categoría superior, la *crème de la crème.* Como los Loring y los Wade. Oro puro.

## 35

Estuve tumbado allí media hora tratando de decidir qué hacer. Una parte de mí quería dejar que Wade se emborrachara por completo, para ver si sacaba algo en claro. No creía que pudiera pasarle nada grave en su propio estudio, en su propia casa. Podía volver a caerse, pero tardaría más. Tenía una enorme capacidad de asimilación. Y, no sé por qué, los borrachos nunca se hacen mucho daño a sí mismos. Podía volver a hundirse en su exagerado sentimiento de culpa. Lo más probable era que en esta ocasión simplemente se fuera a dormir.

La otra parte de mí quería irse y no volver nunca más, pero se trataba de la parte a la que nunca le presto atención. Porque si lo hubiera hecho alguna vez, me habría quedado en el pueblo donde nací, habría trabajado en la ferretería, me habría casado con la hija del dueño, habría tenido cinco hijos, a quienes los domingos por la mañana leería las tiras cómicas de los periódicos, y habría discutido con mi esposa sobre el dinero para gastos que les daríamos y los programas de radio y televisión que podrían seguir. Hasta podría haber llegado a ser rico, un rico de pueblo pequeño, con una casa de ocho dormitorios, dos coches en el garaje, pollo todos los domingos, el *Reader's Digest* en la mesa del salón, la mujer con una permanente de hierro colado y yo con el cerebro como un saco de cemento Portland. Quédese usted con eso, amigo. Yo prefiero la gran ciudad, sórdida, guarra y retorcida.

Me levanté y fui al estudio. Wade seguía allí sentado, mirando a ninguna parte, la botella de escocés estaba a menos de la mitad, tenía una expresión relajada y un brillo apagado en los ojos. Me miró como un caballo que mira por encima de una valla.

—¿Qué quiere?

—Nada. ¿Se encuentra bien?

—No me moleste. Tengo un duendecillo sobre el hombro que me cuenta historias.

Cogí otro sándwich del carrito y me serví otro vaso de cerveza. Di un mordisco al emparedado y bebí un trago, recostado contra el escritorio.

—¿Sabe una cosa? —dijo de repente, y su voz me pareció mucho más clara—. Una vez tuve un secretario. Solía dictarle. Lo despedí. Me irritaba, ahí sentado, esperando que yo creara. Error. Debí haberlo conservado. Se hubiera corrido la voz de que yo era homosexual. Los chicos listos que escriben reseñas de libros porque no pueden escribir otra cosa se habrían enterado y habrían comenzado a hacerme propaganda. Tienen que proteger a los suyos. Todos son maricas, todos, hasta el último. El marica es el árbitro artístico de nuestra época, amigo. Ahora quien manda es el pervertido.

—¿De veras? Siempre han existido, ¿no?

No me miraba. Solo hablaba. Pero había oído lo que le había dicho.

—Claro, durante miles de años. Y sobre todo en las grandes épocas artísticas. Atenas, Roma, el Renacimiento, la era isabelina, el movimiento romántico en Francia, montones de ellos. Maricas por doquier. ¿Ha leído *La rama dorada*? No, demasiado larga para su gusto. Aunque hay una versión reducida. Debería leerla. Demuestra que las costumbres sexuales son puros convencionalismos, como llevar una pajarita negra con traje de etiqueta. Yo escribo sobre sexo, pero sexo tradicional y con ornamentos.

Me miró y su expresión se volvió despectiva.

—¿Sabe una cosa? Soy un mentiroso. Mis héroes miden dos metros veinte y mis heroínas tienen callos en el trasero porque se pasan la vida en la cama con las rodillas en alto. Encajes y volantes, espadas y carruajes, elegancia y ocio, duelos y muertes galantes. Puras mentiras. Usaban perfume en lugar de jabón, se les pudrían los dientes porque nunca se los lavaban, y las uñas les apestaban a salsa rancia. Los nobles de Francia orinaban en las paredes en los corredores de mármol de Versalles, y cuando por fin lograbas que la marquesa se quitara varios juegos de ropa interior, lo primero que pensabas era que necesitaba un baño con urgencia. Debería contarlo de esa manera.

—¿Y por qué no lo hace?

Se rió por lo bajo.

—Pues sí, y viviría en una casa de cinco habitaciones en Compton, en caso de que tuviera mucha suerte. —Bajó la mano y acarició la botella de whisky—. Estás sola, amiga. Necesitas compañía.

Se levantó y salió del estudio caminando bastante derecho. Esperé sin pensar en nada. Una lancha motora navegaba por el lago haciendo ruido. Cuando estuvo a la vista, descubrí que la proa se levantaba mucho del agua y que remolcaba una tabla de surf, encima de la cual iba un joven musculoso y bronceado. Me acerqué a la puerta de cristal para ver cómo realizaba un giro muy cerrado. Demasiado rápido, la lancha estuvo a punto de volcar. El surfista bailó sobre un pie intentando mantener el equilibrio, después salió disparado y se cayó al agua. La lancha se detuvo y el hombre nadó hacia ella sin mucha prisa, agarró la cuerda de remolque, llegó a la tabla de surf y se tendió encima.

Wade volvió con otra botella de whisky. La lancha motora ganó velocidad y se alejó. Wade puso la botella nueva junto a la otra. Se sentó pensativo.

—Por Dios, ¿no irá a beberse todo eso?

Me miró bizqueando.

—Déjeme en paz, aguafiestas. Váyase a casa, dedíquese a limpiar el suelo de la cocina o algo así. Me está quitando la luz.

Su voz volvía a ser pastosa. Como tenía por costumbre, se había bebido un par de copas en la cocina.

—Si me necesita, grite.

—No puedo caer tan bajo como para necesitarle.

—Sí, gracias. Voy a estar por aquí hasta que regrese la señora Wade. ¿Alguna vez ha oído hablar de un sujeto llamado Paul Marston?

Levantó la cabeza despacio. Logró enfocar la mirada, aunque le costó un esfuerzo. Vi que luchaba por controlarse. Y ganó la pelea, de momento. Su rostro perdió toda expresión.

—No, nunca —dijo con cuidado, hablando muy despacio—. ¿Quién es?

Cuando volví a echar una ojeada, estaba dormido con la boca abierta, el cabello empapado de sudor y apestando a licor. Sus labios dejaban al descubierto los dientes en una mueca lánguida, y la superficie blancuzca de su lengua parecía reseca.

Una de las botellas estaba vacía. En la mesa había un vaso con dos dedos de whisky, y de la otra botella quedaban aún tres cuartas partes. Puse la botella vacía en el carrito de servicio y la saqué fuera de la habitación, regresé para cerrar la puerta de cristal y bajar las persianas. La lancha motora podía regresar y despertarlo. Cerré la puerta del estudio.

Empujé el carrito hasta la cocina, que era azul y blanca, grande, ventilada, y estaba vacía. Aún tenía hambre. Me comí otro sándwich y me bebí lo que quedaba de cerveza. Luego me serví una taza de café. La cerveza había perdido el gas, pero el café todavía estaba caliente. Después regresé al patio. Pasó bastante tiempo antes de que la lancha volviera a arruinar la tranquilidad del lago. Eran casi las cuatro de la tarde cuando oí su zumbido distante, que se fue convirtiendo en un estruendo ensordecedor. Debería existir alguna ley al respecto. Probablemente existiera, pero al tipo de la lancha no le importaba. Le encantaba fastidiar a los demás, como a otras personas que había conocido en los últimos tiempos. Eché a andar hasta la ribera del lago.

Esta vez les salió bien. El piloto de la lancha redujo un poco la velocidad en el giro, y el surfista moreno se inclinó mucho, lo bastante para compensar la fuerza centrífuga. La tabla de surf casi se levantó por completo del agua, pero un borde mantuvo el contacto, y entonces la lancha aceleró y volvió a moverse en línea recta mientras la tabla conservaba a su tripulante encima. Las olas que levantó llegaron una tras otra a la orilla del lago donde me encontraba, hasta morir a mis pies. Golpearon con fuerza los pilares del pequeño embarcadero y sacudieron el bote que estaba amarrado allí. Todavía se balanceaba cuando di media vuelta y regresé a la casa.

Al llegar al patio oí el sonido de una campanilla que provenía de la cocina. Volvió a sonar y llegué a la conclusión de que solo la puerta principal tendría campanilla. Caminé hasta allí y la abrí.

Me encontré a Eileen Wade, de espaldas a la casa.

—Lo siento —dijo al volverse—. He olvidado la llave. —Entonces me vio—. Vaya, pensaba que sería Roger o Candy.

—Candy no está. Es jueves.

Entró y cerró la puerta. Dejó el bolso en el suelo, entre los dos divanes. Tenía un aspecto sosegado y distante. Se quitó unos guantes de piel de cerdo.

—¿Ocurre algo?

—Bueno, ha bebido un poco. No mucho. Está durmiendo en su estudio, en el sofá.

—¿Él lo ha llamado?

—Sí, pero no por eso. Me ha invitado a comer. Me temo que él no ha comido nada.

—Vaya. —Se dejó caer despacio en uno de los divanes—. Me había olvidado completamente de que es jueves. El cocinero tampoco está. Qué estupidez.

—Candy ha preparado la comida antes de irse. Creo que ahora debo marcharme. Espero que mi coche no le haya estorbado.

—No se preocupe, había suficiente espacio —dijo sonriendo—. ¿Quiere una taza de té? Voy a preparar un poco.

—Sí, gracias.

No sé por qué lo dije. Yo no quería té. Simplemente lo dije.

Se quitó la chaqueta de lino. No llevaba sombrero.

—Antes echaré un vistazo para ver si Roger está bien.

La vi caminar hacia la puerta del estudio y abrirla. Se detuvo allí un momento, después la cerró y regresó.

—Todavía duerme. Profundamente. Tengo que subir un momento. Enseguida bajo.

Vi cómo recogía la chaqueta, el bolso y los guantes e iba arriba hasta su habitación. La puerta se cerró. Me dirigí al estudio con la idea de sacar de ahí la botella de matarratas. Si Wade aún dormía, no le iba a hacer ninguna falta.

# 36

Al estar cerradas las puertas de cristal, el ambiente del estudio se había cargado, y las persianas venecianas bajadas lo sumían todo en la penumbra. Había un olor acre en el aire, y el silencio era demasiado denso. De la puerta al sofá apenas había cinco metros, y me bastó con la mitad para saber que lo que yacía allí era un hombre muerto.

Estaba de lado, con la cara contra el respaldo del sofá, un brazo doblado debajo del cuerpo y el antebrazo del otro casi sobre los ojos. Entre su pecho y el respaldo había un charco de sangre, y en ese charco yacía el Webley sin percutor. Un lado de su cara era una máscara empapada en sangre.

Me incliné sobre él y examiné el ojo muy abierto, el brazo en parte descubierto y en parte enfundado en la camisa de colorines, y bajo el ángulo interior del codo vi el agujero hinchado y negruzco de la cabeza, por el que aún manaba sangre.

Lo dejé tal cual. Su muñeca conservaba el calor, pero no había dudas de que estaba bien muerto. Busqué a mi alrededor alguna nota, algún garabato. Solo había el manuscrito amontonado sobre el escritorio. Algunos no dejan notas. La máquina de escribir estaba sin funda. Allí tampoco había nada. Por lo demás, todo parecía bastante normal. Los suicidas se preparan de todas las maneras posibles, algunos mediante el alcohol, otros con cenas exquisitas y champán. Algunos visten traje de etiqueta, otros se desnudan. La gente se ha suicidado encima de muros, en agujeros, en cuartos de baño, en el agua, sobre el agua y bajo el agua. Se ha colgado en graneros y se ha gaseado en garajes. Este parecía bastante sencillo. No había oído el disparo, pero debió de haber tenido lugar cuando estaba junto al lago observando al surfista. Había bastante ruido. No sabía por qué podía haberle importado eso a Roger Wade. Quizá le diera lo mismo. El impulso definitivo había coincidido con el paso de la lancha motora. Eso no me gustaba, pero nadie tomaba en consideración lo que me gustaba a mí.

Los pedazos del cheque rasgado seguían en el suelo, y allí los dejé. Las tiras de los papeles que había escrito la otra noche estaban en la papelera. Esas no las dejé. Las recogí, me cercioré de que las tenía todas y me las guardé en el bolsillo. No valía la pena indagar dónde había guardado el revólver. Había demasiados lugares donde esconderlo. Podía haber estado en una silla o en el sofá, bajo uno de los cojines. O sobre el suelo, tras los libros, en cualquier parte.

Salí y cerré la puerta. Me detuve a escuchar. Salían sonidos de la cocina. Fui allí. Eileen llevaba un delantal azul y la tetera comenzaba a silbar en ese momento. Apagó la llama y me lanzó una mirada breve e impersonal.

—¿Cómo le gusta el té, señor Marlowe?

—Como sale de la tetera.

Me recosté en la pared y saqué un cigarrillo, aunque solo fuera para hacer algo con los dedos. Lo pellizqué, lo apreté, lo partí por la mitad y tiré uno de los pedazos al suelo. Sus ojos lo siguieron al caer. Me incliné y lo recogí. Hice una bola con las dos mitades.

Ella añadió agua a las hojas de té.

—Siempre le pongo leche y azúcar —dijo por encima del hombro—. Es raro, puesto que tomo el café solo. Aprendí a beber té en Inglaterra. Le ponían sacarina en lugar de azúcar. Cuando comenzó la guerra, no tenían leche, por supuesto.

—¿Vivió usted en Inglaterra?

—Trabajaba allí. Sufrí los bombardeos alemanes. Conocí a un hombre... pero eso ya se lo he contado.

—¿Dónde conoció a Roger?

—En Nueva York.

—¿Y se casaron allí?

Se volvió con el ceño fruncido.

—No, no nos casamos en Nueva York. ¿Por qué?

—Nada, simple charla mientras el té acaba de hacerse.

Miró afuera por encima del fregadero. Desde allí podía ver todo el paisaje hasta el lago. Se apoyó en el borde del fregadero y sus dedos juguetearon con un paño de cocina doblado.

—Hay que detenerlo —dijo—, y no sé cómo. Quizá haya que recluirlo en una institución. Por alguna razón, no me veo haciendo algo así. Tendré que firmar algo, ¿no cree?

Al preguntarlo se volvió.

—Él mismo podría hacerlo —dije—. Quiero decir, habría podido hasta hoy.

El reloj de cocina sonó. Ella se volvió otra vez y pasó el té de una tetera a otra. A continuación colocó la nueva tetera sobre la bandeja en la que había puesto dos tazas. Me acerqué, tomé la bandeja y la llevé hasta la mesita del salón, entre los dos divanes. Se sentó frente a mí y sirvió dos tazas. Cogí la mía y me la puse delante para esperar a que se enfriara. Ella añadió a la suya dos terrones de azúcar y leche. Lo probó.

—¿Qué quería decir con la última observación? —preguntó de repente—. Eso de que hasta hoy podría haber acudido a alguna institución, ¿quería decir eso, no?

—Supongo que era algo inevitable. ¿Escondió el arma de la que le hablé? Acuérdese de la mañana después de aquella escena arriba.

—¿Esconderla? —repitió con una expresión de perplejidad—. No. Nunca hago esas cosas. No creo en eso. ¿Por qué me lo pregunta?

—¿Y hoy se ha olvidado las llaves de casa?

—Ya se lo he dicho, sí.

—Pero no la llave del garaje. En general, en casas como esta se usa una única llave para todo.

—No necesito llave para el garaje —repuso cortante—. Se abre mediante un interruptor. Dentro de la puerta principal hay un interruptor que se acciona al salir. Después hay otro interruptor junto al garaje que controla esa puerta. Con frecuencia dejamos abierto el garaje. O Candy sale y lo cierra.

—Ya veo.

—Está haciendo una serie de observaciones muy peculiares —dijo con acritud en la voz—. Igual que la otra mañana.

—He tenido experiencias bastante extrañas en esta casa. Armas que se disparan en la noche, borrachos que duermen en el césped frontal y médicos que vienen y no hacen nada. Mujeres encantadoras que me rodean con los brazos, hablando como si creyeran que soy otra persona, sirvientes mexicanos que lanzan navajas. Lo del revólver es una lástima. Pero usted no ama a su marido, ¿verdad? Creo que ya se lo dije antes.

Eileen se levantó muy despacio. Estaba tan serena como unas natillas, pero sus ojos azul violeta parecían de un color diferente y habían perdido la calidez. Entonces la boca comenzó a temblarle.

—¿Ha ocurrido algo ahí dentro? —preguntó mirando hacia el estudio.

Apenas tuve tiempo de asentir con la cabeza antes de que echara a correr. En un instante llegó a la puerta. La abrió de un tirón y entró velozmente. Si esperaba un grito desgarrador, me equivocaba. No oí nada. Me sentí como un miserable. No debería haberla dejado entrar ahí, debería haber utilizado el método habitual de dar las malas noticias, prepárese, ¿por qué no se sienta?, temo que ha ocurrido algo serio. Bla-bla-bla. Y cuando uno termina con esas formalidades, no le ha ahorrado nada a nadie. Por lo general ha conseguido que todo sea peor.

Me levanté y la seguí al estudio. Eileen Wade estaba arrodillada junto al sofá, con la cabeza de su marido apretada contra el pecho, empapándose con su sangre. No emitía ningún sonido. Tenía los ojos cerrados. Se balanceaba tanto como podía, hacia atrás y hacia delante, sobre las rodillas, y no dejaba de abrazarlo con todas sus fuerzas.

Salí de la habitación y encontré un teléfono y una guía. Llamé a la subdelegación del sheriff que me pareció más cercana. En todo caso no tenía importancia, ellos se comunicarían entre sí por radio. A continuación fui a la cocina, abrí el grifo y eché las tiras de papel amarillo que tenía en el bolsillo al triturador de basura. Después tiré las hojas de té que estaban en la otra tetera. En pocos segundos todo había desaparecido. Cerré el grifo y apagué el motor. Regresé al salón, abrí la puerta principal y me quedé fuera de pie.

Alguno de los agentes debía de estar de patrulla no muy lejos, porque llegó al cabo de seis minutos. Cuando lo conduje al estudio, Eileen seguía arrodillada junto al sofá. Fui a su lado de inmediato.

—Lo siento, señora, sé cómo se siente, pero no debería tocar nada.

Ella volvió la cabeza y luego se puso de pie.

—Es mi marido. Le han disparado.

El agente se quitó la gorra y la dejó sobre el escritorio. Tomó el teléfono.

—Se llama Roger Wade —dijo Eileen con una voz fina y quebrada—. Es el famoso novelista.

—Sé quién es, señora —repuso el agente y comenzó a marcar.

Eileen se miró la pechera de la blusa.

—¿Puedo subir a cambiarme esto?

—Por supuesto —le respondió el policía, dijo algo por teléfono, colgó y se volvió—. Dice que le han disparado. ¿Significa eso que le disparó otra persona?

—Creo que este hombre lo asesinó —dijo ella sin mirarme, y salió a toda prisa del estudio.

El agente me miró y sacó un bloc de notas. Escribió alguna cosa.

—Es mejor que me dé su nombre —dijo como de pasada— y su dirección. ¿Ha sido usted quien ha llamado por teléfono?

—Sí —y le di mi nombre y mi dirección.

—Tómeselo con calma hasta que llegue el teniente Ohls.

—¿Bernie Ohls?

—Sí. ¿Lo conoce?

—Claro. Desde hace mucho tiempo. Era investigador de la Oficina del Fiscal del Distrito.

—Ya no —explicó el agente—. Es jefe adjunto de Homicidios y trabaja para la oficina del sheriff de Los Ángeles. ¿Es usted amigo de la familia, señor Marlowe?

—Según la señora Wade, no parece el caso.

Se encogió de hombros y sonrió a medias.

—Tómeselo con calma, señor Marlowe. ¿Va armado?

—Hoy no.

—Es mejor que lo compruebe. —Y lo hizo. Entonces miró el sofá—. En momentos así no se puede esperar que la esposa sea sensata. Es mejor que esperemos fuera.

## 37

Ohls era un hombre robusto, de mediana estatura, pelo rubio descolorido y corto y ojos de un azul desvaído. Tenía las cejas blancas e hirsutas, y antes de que dejara de usar sombrero uno siempre se sorprendía cuando se lo quitaba: su cabeza era mucho más grande de lo que se esperaba. Era un poli duro y fuerte, con una idea sombría de la vida, pero debajo de todo aquello había una persona muy decente. Deberían haberlo ascendido a capitán años antes. En los exámenes había estado entre los tres mejores en media docena de ocasiones. Sin embargo, no le caía bien al sheriff, y a él tampoco le gustaba el sheriff.

Bajó la escalera frotándose un lado de la mandíbula. Durante largo rato los destellos de los flashes se apoderaron del estudio. Había entrado y salido gente. Yo había permanecido sentado en el salón, acompañado por un agente de civil, esperando.

Ohls se sentó en el borde de una silla y dejó caer las manos. Masticaba un cigarrillo sin encender. Me miró mientras pensaba algo.

—¿Recuerdas los viejos tiempos cuando en Idle Valley tenían guardias en la entrada y policía privada?

—Y también había juego. —Asentí.

—Por supuesto. Es imposible impedirlo. Todo este valle sigue siendo propiedad privada. Como Arrowhead y Emerald Bay antes. Hace tiempo que no me encargaba de un caso en el que los reporteros no estuvieran dando saltos a mi alrededor. Alguien debe de haber susurrado algo al oído del sheriff Petersen. El caso no ha llegado a los teletipos.

—Es muy considerado por su parte. ¿Cómo está la señora Wade?

—Demasiado tranquila. Debe de haber tomado unas cuantas pastillas. Arriba tiene un buen surtido, incluso Demerol. Es un fármaco peligroso. Tus amigos no tienen mucha suerte últimamente, ¿no crees? Se mueren.

No tenía nada que objetar.

—Los suicidios con arma de fuego siempre me han interesado —dijo Ohls relajado—. Son muy fáciles de amañar. La mujer dice que tú lo mataste. ¿Por qué lo dice?

—No lo dice en sentido literal.

—Aquí no había nadie más. Dice que sabías dónde estaba el revólver, sabías que estaba bebiendo para emborracharse, sabías que la otra noche él había disparado el arma y ella tuvo que luchar con él para quitársela. Esa noche también estabas aquí. Al parecer, no eres de gran ayuda, ¿verdad?

—Esta tarde he registrado su escritorio. El revólver no estaba ahí. Le había dicho a ella dónde lo había guardado y le había pedido que lo escondiera. Ahora dice que no cree en ese tipo de cosas.

—¿Ese «ahora» a qué momento se refiere? —preguntó Ohls en un tono áspero.

—Después de que volviera a casa y antes de que yo llamara a la subdelegación.

—Has registrado el escritorio. ¿Por qué?

Ohls alzó las manos y las colocó sobre las rodillas. Me miraba con indiferencia, como si no le interesara lo que le decía.

—Se estaba emborrachando. He pensado que no estaría mal guardar el arma en cualquier otro lugar. Pero la otra noche Wade no intentó matarse. Solo estaba haciendo un numerito.

Ohls asintió. Se sacó el cigarrillo masticado de la boca, lo tiró en un cenicero y colocó otro en su lugar.

—Dejé de fumar —dijo—. Me hacía toser demasiado. Pero esta porquería aún me domina. No me siento bien si no tengo uno en la boca. ¿Estabas vigilando al tipo cuando se encontraba solo?

—Claro que no. Me había pedido que viniera a comer con él. Hemos hablado, estaba deprimido porque la novela no le quedaba bien. Ha decidido echarle mano a la botella. ¿Crees que debería habérsela quitado?

—Aún no creo nada. Estoy intentando hacerme una idea general. ¿Cuánto has bebido tú?

—Solo cerveza.

—Qué mala suerte que estuvieras aquí, Marlowe. ¿Para qué era el cheque? El que ha completado y firmado y después ha hecho trizas.

—Todos ellos querían que viniera a vivir aquí para mantenerlo bajo control. Y cuando digo todos, me refiero a él mismo, su esposa y su editor, un individuo llamado Howard Spencer. Es de Nueva York, creo. Puedes preguntárselo. Me negué. Después ella vino a verme un día y dijo que su marido se había largado, que estaba preocupada, y me pidió que lo encontrara y lo trajera a casa. Lo hice. La vez siguiente lo recogí en el jardín y lo llevé en brazos a la cama. No quería tener nada que ver con todo esto, Bernie. Ha sido como si hubiera brotado a mi alrededor.

—¿Tiene algo que ver con el caso Lennox?

—Por Dios, el caso Lennox no existe.

—Una gran verdad —dijo Ohls con sequedad.

Se pellizcó las rótulas. Apareció un hombre en la puerta principal y habló con un policía, y a continuación este se acercó a Ohls.

—Teniente, allá fuera hay un tal doctor Loring. Dice que lo han llamado desde aquí. Es el médico de la señora.

—Dejadlo entrar.

El policía salió y el doctor Loring apareció con su impecable maletín negro. Se veía descansado y elegante en su traje tropical de punto. Pasó por delante de mí sin mirarme.

—¿Está arriba? —le preguntó a Ohls.

—Sí, en su dormitorio. —Ohls se puso de pie—. ¿Para qué le ha recetado el Demerol, doctor?

Loring lo miró con el ceño fruncido.

—Receto a mis pacientes lo que considero adecuado —contestó con frialdad—. No tengo la obligación de explicar nada. ¿Quién dice que le he recetado Demerol a la señora Wade?

—Yo. En el frasco que está arriba aparece su nombre. Tiene una farmacia entera en el cuarto de baño. Quizá no lo sepa, doctor, pero contamos con un surtido completo de esas pastillas en la Jefatura de Policía. Urracas azules, cardenales, avispas, bolas tontas y todo lo demás de la lista. El Demerol es casi lo peor. He oído que era lo que tomaba Goering para sobrevivir. Cuando lo capturaron, se tomaba dieciocho al día. Los médicos del ejército necesitaron tres meses para desintoxicarlo.

—No sé qué quiere decir —repuso el doctor Loring en tono gélido.

—¿No lo sabe? Las urracas azules son amital sódico. Los cardenales son Seconal. Las avispas son Nembutal. Las bolas tontas son una combinación de barbitúricos con Bencedrina. El Demerol es un narcótico sintético que crea dependencia con gran facilidad. Usted se limita a recetarlos, ¿no? ¿Sufre la señora algo grave?

—Un marido borracho puede ser algo muy grave para una mujer sensible —dijo el doctor Loring.

—Usted nunca lo trató, ¿verdad? Qué lástima. La señora Wade está arriba, doctor. Gracias por su tiempo.

—Su actitud es impertinente, señor. Formularé una queja contra usted.

—Hágalo. Pero antes de formular la queja, haga otra cosa.

Consiga que la señora tenga la cabeza clara. Debo hacerle unas preguntas.

—Haré lo que crea mejor dada su situación. ¿Por casualidad no sabrá quién soy? Y para que quede todo claro, el señor Wade no era paciente mío. No trato a alcohólicos.

—Solo a sus esposas, ¿verdad? —le gruñó Ohls despectivo—. Sí, sé quién es usted, doctor. Me muero de miedo. Me llamo Ohls. Teniente Ohls.

El doctor Loring subió la escalera. Ohls volvió a sentarse y me sonrió.

—Con esa clase de personas hay que ser diplomático.

Un hombre salió del estudio y se acercó al teniente. Era flaco, de frente ancha, aspecto serio y llevaba gafas.

—Teniente.

—Dispare.

—Herida de contacto, típica de los suicidios, con bastante dilatación debido a la expansión de los gases. Ojos exoftálmicos por la misma razón. No creo que haya huellas en el exterior del arma. Tiene demasiada sangre encima.

—En caso de que el sujeto estuviera durmiendo, o la bebida le hubiera hecho perder la conciencia, ¿podría tratarse de un homicidio? —le preguntó Ohls.

—Por supuesto, pero no hay indicios en ese sentido. El revólver es un Webley sin percutor. Lo normal es que haga falta bastante esfuerzo para amartillarlo, pero se descarga con un toque muy ligero. El retroceso explica la posición del arma. Por el momento, no veo nada que contradiga la hipótesis de un suicidio. Espero encontrar una alta concentración de alcohol. Si es suficientemente alta —el hombre se interrumpió y se encogió de hombros con un gesto significativo—, me inclinaría a poner en duda la versión del suicidio.

—Gracias. ¿Alguien ha llamado al juez de instrucción?

El hombre asintió y se alejó. Ohls bostezó y le echó un vistazo a su reloj. A continuación me miró a mí.

—¿Quieres irte a casa?

—Claro, si me lo permites. Pensaba que era un sospechoso.

—Más adelante quizá te demos la razón. Quédate donde te podamos encontrar, eso es todo. Has sido policía, así que sabes cómo funcionan las cosas. A veces hay que trabajar deprisa para que las pruebas no se te escapen. Este es exactamente el caso contrario. Si fue un homicidio, ¿quién lo quería muerto? ¿Su esposa? Ella no estaba aquí. ¿Tú? Estupendo, tenías toda la casa a tu disposición y sabías dónde estaba la pistola. Un montaje perfecto. Lo tiene todo, menos el móvil, y es probable que debamos valorar tu experiencia. Me imagino que si quisieras matar a un tipo, podrías hacerlo con mucha más discreción.

—Gracias, Bernie. Por supuesto que sí.

—Los criados no estaban. Tienen el día libre. Por lo tanto, debe de haber sido alguien que pasaba por aquí. Ese alguien tenía que saber dónde estaba el arma de Wade, encontrarlo lo suficientemente borracho para estar dormido o inconsciente, apretar el gatillo cuando la lancha motora estaba haciendo el ruido suficiente para acallar el disparo, y huir de aquí antes de que tú pudieras regresar a la casa. Con la información de que dispongo hasta ahora, no puedo creerme eso. La única persona que tenía los medios y la oportunidad era el sujeto que no los habría utilizado, por la simple razón de que era el único que los tenía.

Me puse de pie para irme.

—Bien, Bernie, estaré en casa toda la noche.

—Una cosa —dijo Ohls reflexionando—. Este hombre, Wade, era un escritor famoso. Mucho dinero, gran reputación. A mí no me gusta leer esa basura. Hasta en un lupanar hay gente mejor que sus personajes. Es una cuestión de gusto y, como policía, no es de mi competencia. Con todo su dinero, tenía una magnífica casa en uno de los mejores sitios para vivir que hay en este país. Tenía una esposa bellísima, muchísimos amigos y ningún problema. Lo que quiero saber es qué le hizo la vida tan difícil que lo llevó a apretar el gatillo. Estoy convencido de que hubo algo. Si lo sabes, lo mejor es que te prepares para contarlo. Hasta luego.

Fui hacia la puerta. El policía que la custodiaba volvió la cabeza para mirar a Ohls, captó la señal y me dejó salir. Subí a mi coche y tuve que atravesar el césped para rodear los vehículos oficiales que llenaban el camino de acceso. Junto a la entrada otro agente me echó un vistazo, pero no dijo nada. Me puse las gafas oscuras y conduje hasta la carretera principal. La vía estaba desierta y apacible. El sol vespertino acariciaba el césped bien cortado y las enormes y carísimas mansiones que se veían detrás.

Un hombre nada desconocido para el mundo había muerto en un charco de sangre en Idle Valley, pero la perezosa tranquilidad del lugar no había sido perturbada. En cuanto a la prensa, aquello podía haber ocurrido en el Tíbet.

En una curva del camino las vallas de dos propiedades llegaban hasta el arcén, y allí mismo había aparcado un coche verde oscuro de la oficina del sheriff. Salió un agente y levantó la mano. Me detuve. El poli se acercó a mi ventanilla.

—¿Puedo ver su permiso de conducir, por favor?

Saqué la billetera, la abrí y se la ofrecí.

—Solo el permiso. No estoy autorizado a tocar su billetera.

Saqué el documento y se lo entregué.

—¿Qué sucede?

Echó un vistazo al interior del coche y me devolvió el permiso.

—Nada —dijo—. Una comprobación rutinaria, nada más. Siento haberlo molestado.

Me despidió con un ademán y volvió junto al coche patrulla. Así se comportan siempre los policías. Nunca te dicen el motivo de sus actos, así no puedes descubrir que ellos tampoco los entienden.

Volví a casa, me preparé unas bebidas frías, salí a cenar, regresé, abrí las ventanas, me desabroché la camisa y esperé a que pasara algo. Esperé mucho tiempo. Eran las nueve de la noche cuando llamó Bernie Ohls y me dijo que fuera a su despacho sin parar a recoger flores por el camino.

## 38

Tenían a Candy en una silla de respaldo recto, pegada a la pared de la antesala del despacho del sheriff. Me lanzó una mirada de odio cuando pasé por su lado para entrar en la gran sala cuadrada en la que daba audiencia el sheriff Petersen, rodeado por una colección de testimonios de agradecimiento del público por sus veinte años de servicio al estado de California. Las paredes estaban repletas de fotos de caballos, y el sheriff aparecía en cada una de ellas. En las esquinas de su escritorio había cabezas de caballo talladas en madera. Su tintero era una pezuña de caballo, pulida y barnizada, y las plumas estaban colocadas en otra semejante, llena de arena blanca. En ambas, una placa dorada daba testimonio de una fecha. En el centro de un secante inmaculado había una bolsa de tabaco Bull Durham, y un paquete de papel de fumar marrón. Petersen se liaba sus propios cigarrillos. Podía liar uno con una sola mano montado en su caballo, cosa que hacía de vez en cuando, sobre todo cuando encabezaba un desfile sobre un enorme corcel blanco con una silla de montar mexicana llena de bellos adornos de plata repujada. Cuando montaba siempre llevaba un sombrero mexicano de copa plana. Cabalgaba con elegancia y su caballo siempre sabía exactamente cuándo quedarse quieto y cuándo encabritarse un poco, de manera que el sheriff, con su sonrisa serena e inescrutable, pudiera controlarlo de nuevo con una sola mano.

Era un excelente actor circense. Tenía un apuesto perfil aquilino, que comenzaba a flaquear bajo la barbilla, pero sabía cómo sostener la cabeza de forma que no se notara mucho. Siempre se esforzaba por salir bien en las fotos. Tenía algo más de cincuenta años y su padre, un danés, le había dejado montones de dinero. El sheriff no parecía danés, porque tenía el pelo negro y la piel bronceada, así como el carácter imperturbable propio de la estatua de un indio de tabaquería, y más o menos la misma inteligencia. Nunca nadie lo había llamado sinvergüenza. En su departamento habían trabajado algunos truhanes, y lo habían engañado de la misma manera que habían engañado al público, pero ninguna pillería había salpicado la piel del sheriff Petersen. Siempre lo elegían sin que se esforzara mucho, montaba corceles blancos a la cabeza de los desfiles e interrogaba a los sospechosos ante las cámaras. Eso era lo que decían los pies de foto. En realidad, nunca interrogaba a nadie. No tenía la menor idea de cómo hacerlo. Se limitaba a quedarse sentado detrás de su escritorio, con los ojos clavados en el sospechoso, mostrando el perfil a la cámara. Los flashes centelleaban, los fotógrafos hacían patente su agradecimiento al sheriff, y se llevaban al sospechoso sin que hubiera abierto la boca. Entonces Petersen se iba a su rancho en el valle de San Fernando. Siempre se lo podía localizar allí. Si uno no conseguía localizarlo, siempre podía charlar con uno de sus caballos.

De vez en cuando, en época de elecciones, algún político equivocado intentaba hacerse con el puesto del sheriff Petersen, para lo cual podía llegar a llamarlo «el tipo con el perfil incorporado», o «el jamón que se ahúma a sí mismo», y cosas por el estilo, pero eso no le servía absolutamente de nada. El sheriff Petersen volvía a ser reelegido, como testimonio vivo de que en nuestro país se puede conservar un cargo público a perpetuidad sin la menor cualificación para ello, siempre que se tenga la nariz aguileña, un rostro fotogénico y la boca cerrada. Si además te ves bien a caballo, nadie podrá vencerte.

Cuando Ohls y yo entramos, el sheriff estaba de pie tras el escritorio, y los fotógrafos estaban entrando por otra puerta. Petersen llevaba puesto su sombrero Stetson blanco. Liaba un cigarrillo. Estaba listo para irse a casa. Me miró fijamente.

—¿Quién es? —preguntó con su poderosa voz de barítono.

—Se llama Philip Marlowe, jefe —me presentó Ohls—. El único que estaba en la casa cuando Wade se pegó el tiro. ¿Quiere una foto?

El sheriff me examinó.

—Creo que no —contestó, y se volvió hacia un tipo de aspecto cansado y cabello gris acero—. Si me necesita, estaré en el rancho, capitán Hernández.

—Sí, señor.

Petersen encendió el cigarrillo con una larga cerilla que raspó contra la uña de su dedo pulgar. El sheriff Petersen no usaba mecheros. Era de esos que los lían ellos mismos y los encienden con una sola mano.

Dio las buenas noches y se marchó. Su guardaespaldas, un personaje de rostro impasible y pétreos ojos negros, lo acompañó. La puerta se cerró. Cuando el sheriff desapareció, el capitán Hernández se dirigió al sitio tras el escritorio, se sentó en el enorme sillón de su jefe, y el taquígrafo, que estaba en una esquina, separó su mesita de la pared con el fin de ganar espacio para los brazos. Ohls, con aire divertido, tomó asiento en el extremo del escritorio.

—Bien, Marlowe —dijo Hernández en un tono diligente—. Comience a hablar.

—¿Por qué no me han hecho la foto?

—Ya ha oído lo que ha dicho el sheriff.

—Sí, pero ¿por qué? —me quejé.

—Sabes muy bien por qué —se rió Ohls.

—¿Quieres decir que es porque soy alto, moreno, apuesto, y alguien podría mirarme?

—Basta ya —intervino Hernández con frialdad—. Empecemos con su declaración. Desde el principio.

Se lo conté todo desde el principio: mi entrevista con Howard Spencer, mi reunión con Eileen Wade, la petición de que buscara a Roger, cómo lo encontré, que ella me pidió que fuera a vivir a la casa, lo que Wade me pidió que hiciera, cómo lo encontré inconsciente bajo el hibisco y todo lo demás. El taquígrafo tomó nota. Nadie me interrumpió. Todo era verídico. La verdad y nada más que la verdad. Pero no toda la verdad. Lo que dejé fuera era asunto mío.

—Bien —dijo Hernández cuando terminé—. Pero eso no está completo. —El capitán Hernández era un tipo sereno, competente y peligroso. Alguien tenía que ser así en la oficina del sheriff—. La noche en que Wade disparó el revólver en su dormitorio, usted entró en la habitación de la señora Wade y estuvo allí un rato con la puerta cerrada. ¿Qué estaban haciendo?

—Ella me llamó para preguntarme cómo se encontraba su marido.

—¿Por qué cerró la puerta?

—Wade dormía y yo no quería hacer ruido. Además, el criado andaba dando vueltas, husmeando. Y ella me pidió que cerrara la puerta. No pensé que tuviera ninguna importancia.

—¿Cuánto tiempo estuvo allí?

—No lo sé. Quizá tres minutos.

—Sugiero que estuvo allí unas dos horas —dijo Hernández con frialdad—. ¿Me ha comprendido?

Miré a Ohls, pero este no miró a nadie. Como siempre, masticaba un cigarrillo sin encender.

—Su información no es correcta, capitán.

—Eso ya lo veremos. Después de abandonar el dormitorio, bajó al estudio y pasó la noche en un sofá. Quizá podría hablarnos del resto de la noche.

—Cuando Wade me llamó a casa eran las once menos diez. La última vez que entré esa noche en el estudio eran más de las dos de la madrugada. Si quiere llamarlo el resto de la noche, adelante.

—Traigan al criado —dijo Hernández.

Ohls salió y regresó con Candy. Lo sentaron en una silla. Hernández le hizo unas preguntas para establecer su identidad.

—De acuerdo, Candy —dijo a continuación—, por ahora vamos a llamarle así. Después de que ayudara a Marlowe a meter en la cama a Roger Wade, ¿qué pasó?

Sabía más o menos lo que iba a responder. Candy contó su historia con una voz tranquila y feroz, sin acento apenas. Era como si pudiera conectarlo y desconectarlo a voluntad. En su versión, él había permanecido abajo, por si volvían a necesitarlo, una parte del tiempo en la cocina, donde había comido algo, y otra parte del tiempo en el salón. Mientras se encontraba allí, sentado en una silla cerca de la puerta principal, había visto a Eileen Wade de pie en la puerta de su dormitorio, y había visto cómo se desnudaba. Después la había visto ponerse una bata sin nada debajo, me había visto entrar en el dormitorio y me había visto cerrar la puerta; yo me había quedado allí largo rato, calculaba que unas dos horas. Él había subido la escalera y se había puesto a escuchar. Había oído chirriar los muelles de la cama. Había escuchado susurros. Logró que lo que insinuaba resultara obvio. Cuando concluyó, me lanzó una mirada corrosiva con la boca torcida por el odio.

—Sacadlo de aquí —ordenó Hernández.

—Un momento —dije—. Quisiera hacerle unas preguntas.

—Aquí yo soy el que hace las preguntas —replicó Hernández con brusquedad.

—No sabría qué preguntarle exactamente, capitán. Usted no estuvo allí. Él miente, y lo sabe.

Hernández se echó hacia atrás en el sillón y tomó una de las plumas del sheriff. Dobló el mango. Era largo, puntiagudo y estaba hecho de crines de caballo. Cuando lo soltó, recuperó la posición original.

—Dispare —accedió finalmente.

Miré de frente a Candy.

—¿Dónde estaba cuando la señora Wade se desnudó?

—Estaba sentado en una silla cerca de la puerta principal —dijo con hosquedad.

—¿Entre la puerta principal y los dos divanes que están frente a frente?

—Lo que he dicho.

—¿Dónde estaba la señora Wade?

—En la puerta de su dormitorio. Estaba abierta.

—¿Qué luz había en el salón?

—Había una lámpara alta encendida, la que llaman lámpara para jugar al bridge.

—¿Qué luz había en la galería?

—Ninguna. La luz salía del dormitorio de ella.

—¿Qué tipo de luz había en el dormitorio?

—No mucha. Quizá una lámpara de noche.

—¿No era una de las luces del techo?

—No.

—Después de que ella se desnudara, de pie en la puerta de su dormitorio, como ha dicho usted, se puso una bata. ¿Qué tipo de bata?

—Una bata azul. Larga, como para andar por casa. Se la ata con un cinturón.

—Por lo tanto, si no la hubiera visto desnudarse, no sabría qué llevaba debajo de la bata, ¿es así?

Se encogió de hombros y una preocupación indefinida apareció en su rostro.

—Sí. Es correcto. Pero la vi desnudarse.

—Es usted un mentiroso. No existe ningún lugar en el salón desde donde pudiera verla desnudarse, ni siquiera en su puerta, y mucho menos dentro del dormitorio. Tendría que haber ido hasta el borde de la galería. Pero entonces le habría visto.

Sus ojos me miraron con odio. Me volví hacia Ohls.

—Tú has visto la casa. El capitán Hernández no. ¿O me equivoco?

Ohls negó con leves movimientos de cabeza. Hernández frunció el ceño pero no dijo nada.

—Capitán Hernández, no hay ni un solo lugar en ese salón desde donde pudiera haber visto ni siquiera la parte superior de la cabeza de la señora Wade, ni estando de pie, siempre que ella estuviera junto a su puerta o dentro de del dormitorio. Y él dice que estaba sentado. Yo soy diez centímetros más alto que él, y de pie junto a la puerta principal de la casa solo puedo distinguir la parte superior de una puerta abierta allá arriba. Ella habría tenido que avanzar hasta el borde de la galería para que él pudiera haber visto lo que ha dicho que vio. ¿Por qué tendría que hacer algo así la señora Wade? Desnudarse, aunque fuera en el umbral de la puerta... no tiene el menor sentido.

Hernández se limitó a mirarme primero a mí y después a Candy.

—¿Y qué pasa con el factor tiempo? —me preguntó en un tono amable.

—Es su palabra contra la mía. Yo hablo de cosas que puedo demostrar.

Hernández le habló en español a Candy, demasiado deprisa para que yo lo pudiera entender. Candy, malhumorado, se limitó a mirarlo.

—Sacadlo de aquí —ordenó Hernández.

Ohls movió un pulgar y abrió la puerta. Candy salió. Hernández sacó una cajetilla de tabaco, se puso un cigarrillo en los labios y lo encendió con un mechero dorado.

Ohls regresó al despacho.

—Solo le he dicho que si tenía lugar una vista y contaba eso bajo juramento, acabaría cumpliendo de uno a tres años en Quentin por perjurio —explicó Hernández con calma—. No creo que lo haya impresionado mucho. Lo que le ocurre es obvio: es el caso típico del sujeto que está fuera de sí. Si hubiera estado en la casa y tuviéramos alguna razón para suponer un asesinato, él sería un excelente sospechoso, salvo por el hecho de que habría usado una navaja. He tenido la impresión, desde el principio, de que la muerte de Wade le ha afectado mucho. ¿Quiere hacer alguna pregunta, Ohls? —El teniente negó con la cabeza. Hernández me miró—. Vuelva mañana por la mañana a firmar su declaración. Ya estará pasada a limpio. A eso de las diez tendremos el informe preliminar de la autopsia. ¿Hay algo de todo esto que no le guste, Marlowe?

—¿Le importaría formular la pregunta de otro modo? Lo ha dicho de una manera que se podría pensar que hay algo que me gusta.

—De acuerdo —dijo con cansancio—. Lárguese. Me voy a casa.

Me puse de pie.

—Y, por supuesto, no me creo ni una palabra de la historia que nos ha contado Candy. Simplemente la he utilizado para tirarle de la lengua. Espero que no me guarde rencor.

—Claro que no, capitán. Para nada.

Me marché sin darles las buenas noches. Recorrí el largo pasillo hasta la entrada de Hill Street, subí al coche y me fui a casa.

La palabra exacta era esa: nada. Me sentía tan vacío y hueco como el espacio entre las estrellas. Cuando llegué me serví un buen vaso de licor y me situé al lado de la ventana para beberlo despacio mientras escuchaba los ruidos del tráfico en Laurel Canyon Boulevard y contemplaba el resplandor de la ciudad, enorme y furiosa, suspendido sobre la silueta de las colinas a través de las cuales se había construido el bulevar. En la lejanía, el gemido horrible de las sirenas de policías y bomberos subía y bajaba, sin dejar paso durante mucho tiempo al silencio. Las veinticuatro horas del día alguien huye mientras otro intenta atraparlo. Afuera, en la noche de los mil crímenes, la gente moría, quedaba lisiada, cortada por trozos de vidrio que volaban, o aplastada contra un volante o bajo los pesados neumáticos de los coches. A la gente le daban palizas, le robaban, la estrangulaban, la violaban y la asesinaban. La gente tenía hambre, estaba enferma, hastiada, desesperada por la soledad, el remordimiento o el miedo; rabiosa, cruel, enfebrecida y sollozante. Una ciudad no peor que otras; una ciudad rica, vigorosa y rebosante de orgullo; una ciudad perdida, apaleada y llena de vacío.

Todo depende de dónde te encuentres y cómo esté tu propio marcador. Yo carecía de él. No me importaba.

Terminé el whisky y me fui a la cama.

## 39

La investigación fue un fracaso. El juez de instrucción, temiendo perder publicidad, se tiró al ruedo antes de disponer de los informes médicos. No tenía razón para preocuparse. La muerte de un escritor, incluso la de un escritor famoso, no es noticia durante largo tiempo, y ese verano había muchísima competencia. Un rey abdicó y a otro lo asesinaron. En la misma semana se estrellaron tres grandes aviones de pasajeros. El director de una importante agencia de noticias fue acribillado a balazos en Chicago dentro de su propio coche. Veinticuatro reclusos murieron calcinados en un incendio dentro de una prisión. El juez de instrucción del condado de Los Ángeles no tenía suerte. Se estaba perdiendo las cosas buenas de la vida.

Cuando abandoné el estrado, vi a Candy. En su rostro había una amplia sonrisa maliciosa, sin que yo supiera por qué, y como siempre iba demasiado bien vestido, con un traje de gabardina color chocolate, una camisa blanca de nailon y una corbata de lazo azul marino. En el estrado de los testigos estuvo sereno y causó una buena impresión. Sí, el jefe se había emborrachado unas cuantas veces en los últimos tiempos. Sí, había ayudado a subirlo a la cama la noche que el revólver se disparó en el dormitorio. Sí, el jefe había pedido whisky antes de que él, Candy, saliera de la casa el último día, pero se había negado a servírselo. No, no sabía nada del trabajo literario del señor Wade, pero sabía que el jefe estaba desanimado. Tiraba constantemente las hojas a la papelera y las recogía después. No, nunca había oído al señor Wade pelearse con nadie. Y cosas por el estilo. El juez de instrucción le tiraba de la lengua, pero él no tenía nada que contar. Alguien había entrenado muy bien a Candy.

Eileen Wade iba vestida de blanco y negro. Estaba pálida y hablaba con una clara voz de contralto que ni siquiera el sistema de amplificación podía distorsionar. El juez de instrucción la trató con toda la delicadeza posible. Le hablaba como si a él mismo le costara trabajo contener los sollozos. Cuando bajó del estrado, el juez se puso de pie y le dedicó una breve reverencia, y ella le respondió con una tenue sonrisa fugitiva que casi lo hizo ahogarse en su propia saliva.

Al salir estuvo a punto de pasar por mi lado sin mirarme siquiera, pero en el último momento giró la cabeza unos cinco centímetros y la inclinó apenas, como si fuera alguien a quien había tratado mucho tiempo atrás en algún sitio, aunque no pudiera identificar.

Fuera, cuando todo hubo terminado, me tropecé con Ohls en la escalera. Observaba el tráfico en la calle, o lo fingía.

—Buen trabajo —dijo sin volver la cabeza—. Enhorabuena.

—Has preparado muy bien a Candy.

—No fui yo, chaval. El fiscal del distrito llegó a la conclusión de que el elemento sexual no tenía importancia.

—¿Y cuál es ese elemento sexual?

Entonces me miró.

—Ja, ja, ja —dijo—. Y no hablo de ti. —Su expresión se volvió remota—. Llevo muchos años observándolas. Eso agota a cualquiera. Esta ha salido de una botella muy especial. Gran reserva. Exclusivamente para las clases privilegiadas. Hasta luego, pringado. Llámame cuando empieces a llevar camisas de veinte dólares. Iré a verte y te sostendré la americana.

La gente que subía y bajaba la escalera se arremolinaba en torno a nosotros. Estábamos allí de pie. Ohls sacó un cigarrillo del bolsillo, lo miró, lo dejó caer al suelo y lo aplastó con el talón hasta reducirlo a nada.

—Un despilfarro —dije.

—Es solo un cigarrillo, colega. No una vida. Al cabo del tiempo, quizá te cases con la chica, ¿eh?

—Que te den.

Se rió con amargura.

—He estado hablando con las personas adecuadas sobre lo que no debía —dijo en un tono ácido—. ¿Tienes algo en contra?

—Nada, teniente —contesté, y empecé a bajar los peldaños.

Dijo algo a mis espaldas, pero seguí bajando.

Fui a una fonda en Flower. Correspondía a mi estado de ánimo. Un grosero aviso en la entrada decía: «Solo hombres. No se admiten ni perros ni mujeres». Dentro el servicio tenía el mismo refinamiento. El camarero que te tiraba la comida necesitaba un afeitado y se quedaba con la propina sin consultar a nadie. La comida era sencilla pero muy buena, y tenían una cerveza sueca tostada que pegaba con la misma fuerza que un martini.

Cuando regresé al despacho sonaba el teléfono.

—Voy a pasar por ahí —dijo Ohls—. Tengo algo que contarte.

Seguramente estaba en la subdelegación de Hollywood o cerca de allí, porque llegó al despacho al cabo de veinte minutos. Se dejó caer en la silla de los clientes y cruzó las piernas.

—Siento lo que te he dicho antes —masculló—. Olvídalo.

—¿Olvidarlo? ¿Por qué? Hurguemos en la herida.

—Por mí está bien. Ni una palabra más. Algunas personas no confían en ti. Pero creo que nunca has hecho nada realmente deshonesto.

—¿Qué era ese comentario sobre camisas de veinte dólares?

—Demonios, solo estaba mosqueado. Pensaba en el viejo Potter. Algo así como que le dijo a un secretario que le dijera a un abogado que le pidiera a Springer, el fiscal del distrito, que le hiciera saber al capitán Hernández que eres amigo suyo.

—No se tomaría semejante molestia.

—Te reuniste con él. Te dedicó tiempo.

—Estuve con él, punto. No me gustó, pero quizá fue solo envidia. Me convocó para hacerme una advertencia. Es grande, duro y no sé qué más. No creo que sea un sinvergüenza.

—No se pueden ganar cien millones de dólares de manera honesta —dijo Ohls—. Quizá el que manda cree que tiene las manos limpias, pero en algún lugar más abajo hay gente a la que han puesto contra la pared, pequeños negocios que se han quedado en el aire y han tenido que venderse por unos centavos, personas decentes que han perdido el trabajo, valores amañados en la bolsa, apoderados que se compran como granos de oro viejo, grandes bufetes y personas influyentes que cobran cientos de miles por impedir que se apruebe una ley que los ciudadanos querían pero los magnates no, porque reduciría sus ingresos. Las grandes fortunas son el gran poder, y el gran poder acaba usándose mal. Es el sistema. Tal vez sea el mejor que podemos tener, pero de todos modos no me entusiasma.

—Hablas como un rojo —dije solo para pincharlo.

—Quién sabe —repuso despectivo—. Todavía no me han investigado. Te gustó el veredicto de suicidio, ¿verdad?

—¿Y qué otra cosa podría ser?

—Creo que nada más. —Puso sus manos grandes y fuertes sobre la mesa y examinó las enormes pecas marrones que tenía en el dorso—. Me estoy haciendo viejo. Esas manchas se llaman queratosis. Salen a partir de los cincuenta. Soy un poli viejo, y un poli viejo es un viejo hijo de perra. Hay varias cosas en la muerte de ese tal Wade que no me gustan.

—¿Como cuáles?

Me recosté y le observé las patas de gallo.

—Llegas a oler los montajes chapuceros hasta cuando sabes que no puedes hacer ni una puñetera cosa al respecto. Entonces te sientas y lo comentas, como ahora. No me gusta que no dejara ninguna nota.

—Estaba borracho. Probablemente no fue más que un arranque de locura súbito.

Ohls levantó sus ojos pálidos y dejó caer las manos del escritorio.

—Revisé su mesa de trabajo. Se escribía cartas a sí mismo. Escribía y escribía sin parar. Sobrio o borracho, siempre estaba aporreando la máquina de escribir. Algunas cosas eran absurdas, otras bastante divertidas y algunas solo tristes. El tipo tenía algo en la cabeza. Escribía todo el tiempo dándole vueltas, pero nunca lo tocaba de veras. Si ese sujeto se hubiera quitado la vida, habría dejado una carta de dos páginas.

—Estaba borracho —volví a decir.

—En su caso, eso no tenía importancia —respondió con un tono cansado—. Lo otro que no me gusta es que ocurriera en esa sala y su mujer lo encontrara. Sí, estaba borracho, pero de todos modos no me gusta. Lo que tampoco me gusta es que apretara el gatillo precisamente cuando el ruido de la lancha motora podía acallar el disparo. ¿Qué más le daba a él? ¿Otra coincidencia, eh? Una coincidencia más es que la mujer olvidara la llave de la puerta cuando los criados tenían el día libre, y tuviera que llamar al timbre para entrar en la casa.

—Podía haber dado la vuelta para entrar por detrás.

—Sí, lo sé. Pero me refiero a que es una situación específica. El único que podía abrir la puerta eras tú, y en el estrado dijo que no sabía que estabas allí. Si Wade hubiera estado vivo y trabajando en su estudio, no la hubiera oído. Su puerta está insonorizada. Los criados no estaban en casa. Era jueves. Se le olvidó. Igual que las llaves.

—Tú mismo te estás olvidando de algo, Bernie. Mi coche estaba en el camino de acceso. Antes de llamar al timbre, ya sabía que yo estaba allí, o al menos que alguien estaba allí.

Ohls sonrió.

—Así que se me olvidó, ¿eh? De acuerdo. Vamos a analizar la escena. Tú estabas abajo, en el lago. La motora armaba mucho estrépito. A propósito, eran dos tipos del lago Arrowhead, estaban de visita, trajeron la lancha en un remolque. Wade estaba dormido en su estudio, o inconsciente, alguien ya había sacado el revólver de su escritorio, y ella sabía que tú lo habías puesto allí, porque se lo dijiste la otra vez. Ahora supón que ella no se olvidó las llaves, sino que entró en la casa, echó un vistazo y te vio en la orilla, miró al estudio y vio a Wade dormido, sabía dónde estaba el arma, la cogió, esperó el momento adecuado, le pegó un tiro, dejó caer el revólver donde lo encontramos, volvió a salir de la casa, aguardó un tiempo a que la lancha motora se alejara y después llamó al timbre y esperó a que tú abrieras. ¿Alguna objeción?

—¿Y el motivo?

—Eso —dijo con acritud—. Eso lo echa todo abajo. Si quería librarse de él, era muy sencillo. Lo tenía acorralado: borracho habitual y con un historial de violencia doméstica. Una buena pensión, con un acuerdo sobre la propiedad muy favorable. No hay ningún motivo. De todos modos, todo fue demasiado sincronizado. Cinco minutos antes y no podría haberlo hecho, a menos que la ayudaras. —Empecé a decir algo pero levantó la mano—. No te preocupes. No estoy acusando a nadie, solo hago especulaciones. Cinco minutos después, y tendrías la misma respuesta. Ella dispuso de diez minutos para hacerlo todo.

—Diez minutos —dije irritado—. Eso no pudo preverlo, y mucho menos planearlo.

Ohls se recostó en la silla y suspiró.

—Lo sé. Tienes todas las respuestas. Yo tengo todas las respuestas. Pero sigue sin gustarme. Y, de todos modos, ¿qué demonios hacías con esa gente? El tipo te hace un cheque por uno de los grandes, y después lo rompe. Dices que se mosqueó contigo. Dices que no lo querías, que de todos modos no lo hubieras cogido. Es posible. ¿Creía él que te acostabas con su mujer?

—Deja eso, Bernie.

—No te he preguntado si os acostabais, sino si él lo creía.

—Misma respuesta.

—Bueno, inténtalo con esta. ¿Qué sabía el mexicano de Wade?

—Nada que yo sepa.

—El mexicano tiene mucho dinero. Unos mil quinientos en el banco, buena ropa y un Chevy nuevo.

—Quizá vende drogas.

Ohls se levantó de la silla y me miró ceñudo.

—Tienes muchísima suerte, Marlowe. En dos ocasiones has logrado salir indemne de un buen lío. Puedes volverte muy confiado. Fuiste de gran ayuda a esa gente y no sacaste ni un centavo. También ayudaste a un tipo llamado Lennox, según me han dicho. Y tampoco ganaste nada en ese caso. ¿Cómo te ganas los frijoles, colega? ¿O has ahorrado tanta pasta que no tienes que trabajar?

Me puse de pie, di la vuelta al escritorio y me detuve delante de él.

—Soy un romántico, Bernie. Oigo voces que lloran en la noche y salgo a ver de qué se trata. Con eso no se gana nada. Si tuviera sentido común, cerraría las ventanas y subiría la tele. O pisaría a fondo el acelerador y me largaría lo más lejos posible. Aléjate de los problemas de otras personas. Lo único que conseguirás será mancharte. La última vez que vi a Terry Lennox nos tomamos juntos una taza de café que preparé yo mismo, en mi casa, y nos fumamos un cigarrillo. Por eso, cuando supe que estaba muerto, fui a la cocina, hice un poco de café, serví una taza y encendí un cigarrillo para él, y cuando el café se enfrió y el cigarrillo se consumió, le di las buenas noches. Así no se gana nada. Tú no lo habrías hecho. Por eso eres un buen policía y yo soy un detective privado. Eileen Wade está preocupada por su esposo, así que voy en su busca y lo llevo a casa. En otra ocasión está metido en un lío, me llama, y yo voy, lo recojo del césped, lo llevo a la cama y no saco ni un centavo de todo eso. Absolutamente ningún porcentaje. Nada de nada, excepto cuando me rompen la cara, o me meten en la trena, o un tahúr como Mendy Menéndez viene a amenazarme. Pero nada de dinero, ni un solo centavo. Tengo un billete de cinco mil dólares en mi caja fuerte, pero nunca gastaré ni un centavo de ese dinero. Porque hay algo que no fue correcto en la forma de conseguirlo. Al principio jugué un poco con él, y todavía lo saco de vez en cuando para echarle un vistazo. Pero eso es todo, ni un solo centavo para gastos.

—Podría ser falso —dijo Ohls secamente—, aunque lo cierto es que nunca fabrican billetes falsos de esa cantidad. Entonces, ¿adónde pretendes llegar con toda esa declaración?

—Pues a ninguna parte. Ya te he dicho que soy un romántico.

—Ya te he oído. Y no ganas ni un centavo. También lo he oído.

—Pero siempre puedo decirle a un poli que se vaya a la mierda. Vete a la mierda, Bernie.

—No me mandarías a la mierda si te tuviera en el cuarto de atrás bajo los reflectores, amigo.

—Quizá algún día podamos averiguarlo.

Fue hasta la puerta y la abrió de un tirón.

—¿Sabes una cosa, chaval? Te crees muy listo, pero solo eres un estúpido. Eres una sombra en la pared. Llevo veinte años en la policía sin que nadie pueda señalarme con el dedo. Sé cuándo se están burlando de mí, y cuándo un tipo me oculta algo. Los tipos listos no engañan nunca a nadie, solo a sí mismos. Créeme, amigo. Yo lo sé.

Retiró la cabeza del umbral y dejó que la puerta se cerrara. Sus zapatos repiquetearon pasillo abajo. Aún los oía cuando el teléfono comenzó a sonar.

—Conferencia desde Nueva York con el señor Philip

Marlowe —dijo una voz con una clara pronunciación profesional.

—Soy Philip Marlowe.

—Gracias. Un segundo, señor Marlowe. Hable, por favor.

Yo conocía la voz que se presentó a continuación.

—Soy Howard Spencer, señor Marlowe. Nos hemos enterado de lo que le ha ocurrido a Roger Wade. Ha sido un golpe muy duro. No contamos con todos los detalles, pero ha salido a relucir su nombre.

—Estaba allí cuando sucedió. Sencillamente se emborrachó y se pegó un tiro. La señora Wade llegó a casa un poco más tarde. Los sirvientes estaban fuera, el jueves es su día libre.

—¿Estaba solo con él?

—No estaba con él, me encontraba fuera de la casa, pasando el rato, esperando a que regresara su esposa.

—Comprendo. Bueno, supongo que habrá una investigación.

—Ya ha concluido, señor Spencer. Suicidio. Y con una publicidad sorprendentemente escasa.

—¿De veras? Es curioso. —Su voz no traslucía una gran decepción, sino más bien perplejidad y sorpresa—. Era muy conocido. Yo pensaba... bueno, lo que yo pensaba no tiene la menor importancia. Creo que lo mejor es que tome un vuelo y vaya para allá, pero no podré antes de finales de la próxima semana. Le enviaré un cable a la señora Wade. Quizá haya algo que pueda hacer por ella, o con relación al libro. Quiero decir que quizá haya escrito lo suficiente como para que podamos encargarle a otra persona que lo termine. Supongo que usted al final aceptó el trabajo.

—No. A pesar de que él mismo me lo pidió. Le dije que no podía hacer nada para que dejara de beber.

—Parece que ni siquiera lo intentó.

—Mire, señor Spencer, usted no sabe absolutamente nada de la situación. ¿Por qué no espera un poco antes de llegar a conclusiones precipitadas? No es que no me culpe a mí mismo en cierto grado. Creo que cuando ocurre un hecho así y uno está presente, es algo inevitable.

—Por supuesto, siento haber dicho eso. No tenía ninguna justificación. ¿Sabe usted si Eileen Wade está ahora en casa?

—La verdad es que no, señor Spencer. ¿Por qué no la llama?

—Tengo la impresión de que aún no querrá hablar con nadie —repuso despacio.

—¿Por qué no? Habló con el juez de instrucción y ni siquiera pestañeó.

Carraspeó para aclararse la garganta.

—No me parece que esté muy dispuesto.

—Roger Wade está muerto, Spencer. Tenía algo de hijo de perra, y quizá algo de genio. Eso me sobrepasa. Era un borracho egoísta y se detestaba a sí mismo. Me causó muchos problemas, y al final mucha tristeza. ¿Por qué rayos tendría que estar dispuesto?

—Lo decía con relación a la señora Wade —respondió con brusquedad.

—Yo también.

—Cuando llegue, lo llamaré —soltó de repente—. Adiós.

Colgó. Yo también. Estuve observando el teléfono, sin moverme, durante un par de minutos. A continuación abrí la guía y busqué un número.

# 40

Llamé al despacho de Sewell Endicott. Me dijeron que estaba en los tribunales y que no volvería hasta última hora de la tarde. ¿Deseaba dejar mi nombre? No.

Marqué el número de la cueva de Mendy Menéndez en el Strip. Este año se llamaba El Tapado, que no era un mal nombre. En el español de Estados Unidos, significa un tesoro oculto entre otras cosas. Anteriormente había tenido otros nombres, bastantes. Un año era solo un número azul de neón sobre una pared alta y vacía que daba hacia el sur en el Strip, con la parte trasera frente a una colina y un camino de acceso que rodeaba el edificio y se perdía de vista desde la calle. Algo muy exclusivo. Nadie sabía gran cosa sobre el lugar, salvo los policías antivicio, los gángsteres y las personas que podían pagar treinta pavos por una buena cena y gastar cualquier cantidad, hasta cincuenta de los grandes, en el gran salón tranquilo y amplio de la segunda planta.

Me respondió una mujer a la que no conocía de nada. Luego me pusieron con un capitán de acento mexicano.

—¿Quiere hablar con el señor Menéndez? ¿Quién lo llama?

—Nada de nombres, amigo. Es un asunto privado.

—*Un momento, por favor.*

Hubo una espera más bien larga. Esta vez me respondió uno de los matones. Parecía que estuviera hablando a través de la aspillera de un transporte blindado. Lo más probable era que se tratara de la ranura que tenía en la cara.

—Hable. ¿Quién lo busca?

—El apellido es Marlowe.

—¿Y quién es Marlowe?

—¿Es usted Chick Agostino?

—No, no soy Chick. Diga la contraseña.

—Que le den.

Se oyó una risa entre dientes.

—Permanezca en línea.

Al final se oyó otra voz.

—Hola, muerto de hambre. ¿Cómo le va?

—¿Está solo?

—Puede hablar libremente, muerto de hambre. Estoy viendo algunos números para el espectáculo.

—Si se corta el gaznate, sería un número excelente.

—¿Y qué hago si me piden un bis?

Se echó a reír. Yo también.

—¿Sigue sin meterse en lo que no es asunto suyo?

—¿No ha oído las noticias? Hice amistad con otro tipo que se suicidó. De ahora en adelante van a llamarme el chico del beso de la muerte.

—Muy divertido, ¿eh?

—No, no es divertido. Además, el otro día estuve tomando té con Harlan Potter.

—Me parece bien. Nunca tomo té.

—Le manda el recado de que sea bueno conmigo.

—No conozco a ese tipo ni creo que lo conozca nunca.

—Su sombra llega muy lejos. Lo único que quiero es algo de información, Mendy. Algo sobre Paul Marston.

—Nunca lo he oído mentar.

—Me ha contestado demasiado deprisa. Paul Marston es el nombre que usó en una ocasión Terry Lennox, antes de venir a la Costa Oeste.

—¿Y...?

—Contrastaron sus huellas en el FBI. No hay nada en los archivos. Eso quiere decir que nunca estuvo en el ejército.

—¿Y bien?

—¿Tengo que dibujarle un diagrama? Su historia sobre el pozo de tirador era un invento, o bien tuvo lugar en otro sitio.

—No dije dónde había ocurrido, muerto de hambre. Acepte un buen consejo y olvídese de todo. Ya se lo han advertido, no lo olvide.

—Por supuesto. Si hago algo que no le guste, tendré que nadar mar afuera con un tranvía atado a mi espalda. No intente asustarme, Mendy. Me he enfrentado con auténticos profesionales. ¿Ha estado alguna vez en Inglaterra?

—Avívese, muerto de hambre. En esta ciudad a la gente le pueden pasar cosas. A tipos grandes y robustos, como Big Willie Magoon, les pasan cosas. Échele un vistazo al diario de la tarde.

—Si usted quiere, me compraré uno. Quizá salga hasta mi foto. ¿Qué le ocurrió a Magoon?

—Como le he dicho, pueden pasar cosas. No sé cómo, simplemente lo he leído. Parece que Magoon intentó registrar a cuatro chavales en un coche con matrícula de Nevada. Estaba [illegible] frente a su casa. Matrícula de Nevada, números más altos de los que hay allí. Puede que fuera algo así como una broma. Pero a Magoon ya no le hace mucha gracia, lleva los dos brazos enyesados, han tenido que ponerle alambre en la mandíbula, en tres puntos, y está con una pierna colgada del techo. Magoon ya no es un tipo duro. A usted podría pasarle algo así.

—¿Lo andaba molestando, eh? Vi cómo sacudía a su amigo Chick, y lo hacía botar contra la pared a la entrada de Victor's. ¿Cree que debo llamar a un amigo del despacho del sheriff y contarle todo esto?

—Adelante, muerto de hambre —pronunció muy despacio—. Adelante.

—Y le comentaré que en ese momento yo estaba tomando unas copas con la hija de Harlan Potter. Eso lo corrobora, en cierto sentido, ¿no cree? ¿Tiene la intención de darle también una paliza a ella?

—Escúcheme atentamente, muerto de hambre...

—¿Estuvo alguna vez en Inglaterra, Mendy? ¿Con Randy Starr y Paul Marston o Terry Lennox, comoquiera que se llamara entonces? ¿Estuvo en el ejército británico? ¿Tenía un chanchullo en el Soho que le salió mal y creyó que el ejército era un buen sitio para dejar que todo se enfriara?

—No cuelgue.

No colgué. No pasó nada, salvo que me quedé esperando y se me cansó el brazo. Pasé el auricular a la otra mano. Al final volvió.

—Ahora escúcheme atentamente, Marlowe. Si remueve el caso Lennox, está muerto. Terry era mi amigo, y yo también tengo sentimientos, igual que usted. Esto es lo más lejos que estoy dispuesto a llegar con usted. Formábamos parte de un comando del ejército británico. Todo aquello ocurrió en Noruega, en una de las islas que están frente a la costa. Hay un millón. Fue en noviembre de 1942. ¿Ahora va a quedarse quieto y dejar descansar su cerebro agotado?

—Gracias, Mendy. Eso es lo que voy a hacer. Su secreto está bien guardado. No se lo contaré a nadie, salvo a la gente que conozco.

—Compre un diario, muerto de hambre. Lea y no lo olvide. El duro Big Willie Magoon. Apaleado delante de su propia casa. ¡Hasta él estaba muy sorprendido cuando salió de la anestesia!

Colgó. Bajé a comprar un periódico y era tal como había dicho Menéndez. Salía una foto de Big Willie Magoon en la cama del hospital. Solo se le veía la mitad de la cara y un ojo. El resto eran vendas. Lo habían herido de gravedad, pero su vida no corría peligro. Los chicos habían sido muy cuidadosos al respecto. Querían que viviera. A fin de cuentas, era un poli. En nuestra ciudad, los gángsteres no los matan. Eso se lo dejan a los delincuentes juveniles. Y un poli vivo que ha pasado por la picadora de carne es la mejor publicidad. Con el tiempo se restablece y regresa al trabajo. Pero a partir de entonces ha perdido algo, ese último centímetro de acero que marca la diferencia. Es una lección ambulante de que no se puede presionar demasiado a los mafiosos, sobre todo si estás en una brigada antivicio, comes en los mejores sitios y conduces un Cadillac.

Me quedé allí sentado meditando sobre todo aquello, y al final marqué el número de la organización Carne y pregunté por George Peters. No estaba. Dejé mi nombre diciendo que era urgente. Esperaban que volviera alrededor de las cinco y media.

Fui a la biblioteca pública de Hollywood e hice algunas preguntas en la sala de consulta, pero no encontré lo que andaba buscando. Así que regresé a buscar mi Oldsmobile y me dirigí al centro, a la biblioteca principal. Allí lo encontré todo en un libro pequeño, encuadernado en rojo y publicado en Inglaterra. Copié lo que me hacía falta y me fui a casa. Llamé de nuevo a la organización Carne. Peters seguía sin aparecer, por lo que le pedí a la chica que desviara la llamada a mi casa.

Coloqué el tablero de ajedrez sobre la mesita de café y dispuse las piezas para un problema llamado la esfinge. Estaba impreso en las últimas páginas de un libro sobre ajedrez escrito por Blackburn, el mago inglés de los trebejos, posiblemente el jugador más dinámico que ha existido jamás, aunque tal como se juega hoy en día no llegaría a ninguna parte. La esfinge es un problema en once movimientos, y su nombre está justificado. Los problemas de ajedrez rara vez duran más de cuatro o cinco movimientos. Por encima de eso, la dificultad para resolverlos se incrementa casi geométricamente. Un problema de once movimientos es la tortura en estado puro.

De uvas a peras, cuando me siento lo bastante mal, apelo a la esfinge y busco una nueva manera de resolverla. Es un medio magnífico y plácido para volverse loco. Uno ni siquiera grita, aunque llega casi hasta ese punto.

George Peters me llamó a las cinco y cuarenta. Intercambiamos saludos y condolencias.

—Ya veo que te has metido en otro embolado —dijo con alegría—. ¿Por qué no te dedicas a algo más tranquilo? Por ejemplo, embalsamador.

—Aprender eso lleva demasiado tiempo. Escucha, quiero encargarle un trabajo a tu agencia, siempre que no cueste demasiado.

—Depende de lo que necesites que hagamos, y tendrás que hablar con Carne.

—No.

—Bien, cuéntame.

—Londres está lleno de gente como yo, pero no sabría a quién dirigirme. Se llaman a sí mismos agentes privados de investigación. La organización debe de tener contactos. Yo tendría que elegir un nombre al azar y lo más probable es que me tomaran el pelo. Necesito cierta información que debe de ser fácil de conseguir, y me hace falta con urgencia. La necesito antes de finales de la próxima semana.

—Suéltalo.

—Quiero saber ciertas cosas sobre la hoja de servicios de guerra de Terry Lennox o Paul Marston, no me importa qué nombre haya empleado. Estaba en los comandos del ejército. Lo capturaron herido en 1942, durante una incursión a una isla noruega. Quiero saber cuál era su unidad y qué le sucedió. El Ministerio de la Guerra debe tener todos esos datos. No es información secreta, o al menos no creo que lo sea. Digamos que tiene que ver con una herencia.

—Para eso no necesitas a un detective. Lo puedes obtener directamente. Escríbeles una carta.

—De eso nada, George. La respuesta podría tardar tres meses. La necesito en cinco días.

—En eso tienes razón, colega. ¿Algo más?

—Sí, otra cosa. Allí tienen todos los archivos importantes en un lugar denominado Somerset House. Quiero saber si la persona que busco aparece allí vinculada con alguien: nacimiento, matrimonio, nacionalización, lo que sea.

—¿Por qué?

—¿Y esa pregunta a qué viene? ¿Quién va a pagar la factura?

—Supongamos que no aparecen los nombres.

—Entonces no podré hace nada. Pero si aparecen, quiero copias certificadas de todo lo que encuentren. ¿Cuánto vas a exprimirme?

—Tengo que preguntarle a Carne. Podría negarse. No queremos el tipo de publicidad que tú tienes. Si me deja ocuparme del asunto y aceptas no mencionar nuestra participación, diría que estamos hablando de trescientos pavos. Esos chicos no cobran mucho, si lo calculas en dólares. Podrían pedirnos diez guineas, que son menos de treinta pavos. Sin contar los gastos. Digamos que cincuenta pavos por todo, pero Carne no abriría un expediente por menos de doscientos cincuenta.

—Son tarifas profesionales.

—Ja, ja. Nunca ha oído hablar de ellas.

—Llámame, George. ¿Quieres que cenemos juntos?

—¿En Romanoff's?

—De acuerdo —gruñí—, en caso de que acepten que haga una reserva, aunque lo dudo.

—Podemos aprovechar la mesa de Carne. Sé que hoy tiene una cena privada. Es cliente habitual de Romanoff's. Frecuentar un lugar tan caro como ese es bueno para el negocio. Carne es un tipo importante en esta ciudad.

—Claro que sí. Conozco a alguien y lo conozco personalmente, a quien Carne se le podría perder bajo la uña del meñique.

—Buen trabajo, chaval. Siempre he sabido que saldrías a flote en cualquier situación. Nos vemos a las siete en el bar de

Romanoff's. Dile al jefe de los ladrones que estás esperando al coronel Carne. Limpiará un espacio a tu alrededor para que ningún actor de televisión o guionista de medio pelo te dé un codazo.

—Nos vemos a las siete.

Colgamos y volví al tablero de ajedrez. Pero la esfinge había dejado de interesarme. Peters me llamó poco después para decirme que Carne estaba de acuerdo, siempre que el nombre de la agencia no apareciera relacionado con ninguno de mis problemas. Peters dijo que enviaría de inmediato una carta urgente a Londres.

## 41

Howard Spencer me llamó el viernes siguiente por la mañana. Estaba en el Ritz-Beverly y me sugirió que nos encontráramos en el bar del hotel para tomar una copa.

—Mejor en su habitación.

—Bien, si lo prefiere. Habitación 828. Acabo de hablar con Eileen Wade. Parece bastante resignada. Ha leído la sinopsis que dejó Roger y cree que resultará muy fácil terminar el libro. Será bastante más breve que los otros, pero la publicidad lo compensará. Me imagino que usted piensa que los editores somos sujetos bastante insensibles. Eileen estará toda la tarde en su casa. Por supuesto, ella quiere verme, y yo también.

—Estaré con usted dentro de media hora, señor Spencer.

Ocupaba una suite agradable y espaciosa en el ala occidental del hotel. El salón tenía ventanas altas que se abrían hacia un balcón estrecho con barandillas de hierro. Los muebles estaban tapizados con una tela a rayas, lo que, sumado al cargado dibujo floral de la alfombra, daba a la habitación un aspecto pasado de moda, dejando a un lado el hecho de que todos los lugares donde uno podía poner una copa tenían una cubierta de cristal, y había diecinueve ceniceros distribuidos por todo el recinto. Las habitaciones de los hoteles dan una idea muy precisa de los modales de sus huéspedes. En el Ritz-Beverly no suponían que estos tuvieran ninguno.

Spencer me estrechó la mano.

—Siéntese, por favor. ¿Qué va a tomar?

—Me da lo mismo. No tengo por qué beber nada.

—Me gustaría una copa de amontillado. En verano, California no es un buen lugar para beber. En Nueva York se puede beber cuatro veces más y tienes la mitad de resaca.

—Tomaré un whisky.

Cogió el teléfono y pidió las bebidas. Después se sentó en una de las sillas a rayas y se quitó las gafas sin montura para limpiarlas con un pañuelo. Volvió a colocárselas, se las ajustó con cuidado y me miró.

—Tengo la impresión de que hay algo que lo preocupa. Y por eso prefiere verme aquí, y no en el bar.

—Lo llevaré en mi coche hasta Idle Valley. También necesito ver a la señora Wade.

Mi propuesta pareció incomodarlo.

—No estoy seguro de que ella quiera verlo.

—Sé que no quiere. Intento aprovechar su visita.

—Pero eso no sería muy considerado por mi parte, ¿no cree?

—¿Ella le dijo que no quería verme?

—No exactamente, no con esas palabras. —Se aclaró la garganta—. Tengo la impresión de que lo culpa a usted de la muerte de Roger.

—Sí. Eso fue lo que le dijo al agente que acudió a la casa la tarde en que murió Wade. Probablemente se lo dijo también al teniente del despacho del sheriff que llevaba la investigación. Sin embargo, no se lo dijo al juez de instrucción.

Se recostó y se puso a rascarse despacio con un dedo la palma de la mano. Era como si estuviera dibujando garabatos.

—¿Y qué ganaría viéndola, Marlowe? Fue una experiencia terrible para ella. Creo que su vida ha sido horrible desde hace un tiempo. ¿Qué necesidad hay de hacerla pasar de nuevo por todo eso? ¿O espera usted convencerla de que no cometió ni siquiera un pequeño fallo?

—Le dijo al agente que yo había matado a Wade.

—No pudo ser una afirmación literal. De lo contrario...

El timbre de la puerta sonó. Spencer se levantó y la abrió. El camarero del servicio de habitaciones entró con las bebidas y las colocó en la mesa con gestos tan ampulosos que parecía que estuviera sirviendo una cena de siete platos. Spencer firmó la cuenta y le dio medio dólar de propina. El camarero se marchó. Spencer levantó su copa de jerez y se alejó como si no quisiera entregarme la mía. La dejé donde estaba.

—De lo contrario, ¿qué? —le pregunté.

—De lo contrario le hubiera dicho algo al juez de instrucción, ¿no cree? —Me miró ceñudo—. Creo que estamos diciendo cosas sin sentido. ¿Y para qué quería verme?

—Era usted quien quería verme a mí.

—Solo por el hecho de que cuando hablé con usted desde Nueva York —respondió con frialdad— dijo que yo estaba sacando conclusiones precipitadas. A mi entender, eso implicaba que usted tenía cosas que explicarme. Bien, ¿de qué se trata?

—Me gustaría explicarlas en presencia de la señora Wade.

—No me atrae en modo alguno la idea. Creo que sería mejor que concertara sus propias citas. Siento un profundo respeto por Eileen Wade. Como hombre de negocios, me gustaría salvar el trabajo de Roger, en caso de que sea posible. Si los sentimientos de Eileen hacia usted son los que acaba de sugerir, no puede utilizarme como medio para entrar en su casa. Sea razonable.

—Tiene razón —dije—. Olvídelo. Puedo ir a verla sin el menor problema. Solo pensé que sería mejor que alguien estuviera presente, como testigo.

—¿Testigo de qué? —preguntó abruptamente.

—Lo oirá delante de ella o no lo oirá.

—Entonces no lo oiré.

Me puse de pie.

—Es probable que esté haciendo lo correcto, Spencer.

Quiere el libro de Wade, en caso de que pueda utilizarlo. Y quiere ser una buena persona. Son deseos dignos de alabanza. No comparto ninguno de los dos. Le deseo toda la suerte posible. Adiós.

Se levantó de repente y se me acercó.

—Un momento, Marlowe. No sé qué tiene en mente, pero al parecer se lo toma muy en serio. ¿Existe algún misterio en la muerte de Roger Wade?

—No hay ningún misterio. Le dispararon en la cabeza con un revólver Webley sin percutor. ¿No ha visto el acta de la investigación?

—Claro que sí. —Estaba a mi lado y parecía molesto—. Lo que publicaron los periódicos de la Costa Oeste, y dos días después salió información más detallada en el diario de Los Ángeles. Estaba solo en la casa, aunque usted no se encontraba muy lejos. Candy, el cocinero y los sirvientes no estaban. Eileen había ido a la ciudad de compras y llegó poco después de que ocurriera todo. En el preciso momento en que sucedió, una lancha motora muy ruidosa ahogó el sonido del disparo, y por esa razón ni siquiera usted lo oyó.

—Correcto —dije—. Después la lancha motora se alejó, yo volví a la casa desde la orilla del lago, oí sonar la campanilla de la puerta, la abrí y me encontré a Eileen Wade, que se había olvidado las llaves. Roger ya estaba muerto. Ella echó un vistazo al estudio desde la puerta, pensó que su marido dormía en el sofá y fue a la cocina a preparar té. Un poco después, yo también metí la cabeza en el estudio, me di cuenta de que no se oía respirar a nadie y descubrí cuál era la razón. Luego llamé a la policía.

—No veo ningún misterio —confesó Spencer con calma; su voz había perdido todas las aristas cortantes—. Era el arma de Roger, y solo una semana antes la había disparado en su dormitorio. Usted encontró a Eileen forcejeando con él para quitársela. Su estado de ánimo, su conducta, la depresión que sentía con respecto a su trabajo, todo eso salió a relucir.

—Ella le ha dicho que el texto es bueno. ¿Por qué iba Wade a sentirse deprimido al respecto?

—No es más que la opinión de Eileen. Puede que sea muy malo. O quizá él lo consideraba peor de lo que es. No soy tonto. Me doy cuenta de que hay algo más.

—El oficial de Homicidios que investigó el caso es un viejo amigo mío. Es un sabueso, un bulldog, y un policía muy preparado, con mucha experiencia. Hay varias cosas que no le gustan. ¿Por qué Roger no dejó una nota a pesar de que era un grafómano? ¿Por qué se pegó el tiro de tal manera que el susto de descubrirlo recayera sobre su mujer? ¿Por qué se molestó en elegir el momento en que yo no podía oír el disparo? ¿Por qué ella se olvidó las llaves de la casa para obligarme a abrirle la puerta? ¿Por qué lo dejó solo el día en que los sirvientes no estaban en casa? Recuerde que Eileen dijo que no sabía que yo estaba allí. Y si lo sabía, podemos eliminar las últimas dos preguntas.

—¡Dios mío! —gimió Spencer—. ¿Me está diciendo que ese maldito policía estúpido sospecha de Eileen?

—Desde luego, si pudiera encontrar un motivo.

—¡Eso es ridículo! ¿Y por qué no sospecha de usted? Tuvo toda la tarde. Ella solo contó con unos pocos minutos, y además, se había olvidado las llaves de casa.

—¿Y qué motivo podía tener yo?

Se volvió, cogió mi whisky y se lo bebió de un solo trago. Bajó la copa con cuidado, sacó un pañuelo y se secó los labios y los dedos, donde el vidrio congelado le había dejado algo de humedad. Se guardó el pañuelo. Me miró fijamente.

—¿Todavía está en marcha la investigación?

—No podría decírselo. Una cosa es segura. En este momento ya saben si había bebido lo suficiente para perder el sentido. Si ese es el caso, aún podrían surgir problemas.

—Y usted quiere hablar con ella —dijo muy despacio—, en presencia de un testigo.

—Exacto.

—Para mí eso solo puede significar dos cosas, Marlowe. O está muy asustado o cree que ella debería estarlo.

Asentí con la cabeza.

—¿Cuál de las dos cosas? —preguntó sombrío.

—Yo no estoy asustado.

Echó un vistazo a su reloj de muñeca.

—¡Por Dios, espero que se haya vuelto usted loco!

Nos miramos sin decir palabra.

## 42

Yendo hacia el norte, al atravesar Coldwater Canyon, comenzó a hacer más calor. Cuando llegamos a la cima y empezamos a bajar hacia el valle de San Fernando, el sol quemaba y apenas se podía respirar. Eché un vistazo de reojo a Spencer. Se había puesto chaleco, pero no parecía molestarle. Otras cosas lo molestaban muchísimo más. Miraba hacia delante a través del parabrisas y no decía nada. El valle estaba aplastado bajo una densa capa de calima. Desde arriba parecía simple neblina, pero una vez que nos metimos dentro Spencer rompió su silencio.

—Dios mío, creía que el clima del sur de California era bueno —dijo—. ¿A qué se dedican, a quemar neumáticos viejos de camión?

—En Idle Valley se estará muy bien —respondí intentando tranquilizarlo—. Allí llega la brisa del océano.

—Me alegra que haya algo más aparte de alcohólicos. Por lo que conozco de la población local en las zonas residenciales, he llegado a la conclusión de que Roger Wade cometió un trágico error al venir a vivir aquí. Un escritor necesita estímulos, pero no de los que vienen embotellados. Por aquí no hay nada más que una enorme resaca bronceada por el sol. Hablo de la clase alta, por supuesto.

Abandoné la autovía y reduje la velocidad durante el tramo polvoriento que daba inicio a la carretera de entrada a

Idle Valley. Después volvimos a rodar sobre pavimento firme y al poco tiempo la brisa del océano comenzó a soplar penetrando por el espacio entre las colinas en el extremo más lejano del lago. Aspersores que lanzaban grandes chorros giraban sobre el césped extenso y uniforme, y el agua hacía un sonido peculiar al caer sobre la hierba. En esa época del año la mayor parte de los vecinos ricos estaba de viaje en otra parte. Se notaba por el aspecto de las casas, cerradas a cal y canto, y por la manera en que estaba aparcada la furgoneta del jardinero, en el centro del camino de acceso. Llegamos enseguida a la casa de los Wade, crucé entre los postes de la entrada y me detuve detrás del Jaguar de Eileen. Spencer se apeó y atravesó el camino de baldosas con paso firme en dirección al pórtico de la casa. Llamó al timbre y la puerta se abrió casi inmediatamente. Allí estaba Candy, con la chaqueta blanca, el rostro apuesto de rasgos marcados y los penetrantes ojos negros. Todo en orden.

Spencer entró. Candy me echó un vistazo y me cerró la puerta en la cara. Esperé y no pasó nada. Apreté el timbre y oí las campanillas. La puerta se abrió de par en par y Candy salió con un gesto amenazante.

—¡Lárguese! ¡Piérdase de aquí! ¿Quiere que le meta una navaja en las tripas?

—He venido a ver a la señora Wade.

—Ella no quiere saber nada de usted.

—Quítese de mi camino, paleto. Tengo cosas que hacer aquí.

—¡Candy!

Era la voz de ella, en un tono autoritario.

El criado me lanzó una última mirada de odio y retrocedió hacia el interior de la casa. Entré y cerré la puerta. Ella se encontraba de pie detrás de uno de los divanes colocados frente a frente, con Spencer a su lado. Estaba más bella que nunca. Llevaba pantalones negros con la cintura muy alta, una camisa blanca deportiva de manga corta y del bolsillo que estaba sobre su seno izquierdo asomaba un pañuelo de color lila.

—Últimamente Candy se está volviendo dictatorial —le dijo a Spencer—. Me alegro mucho de verte, Howard. Te agradezco que hayas venido desde tan lejos. Pero no sabía que vendrías acompañado.

—Marlowe me ha traído hasta aquí —respondió el editor—. Él también quiere verte.

—No se me ocurre por qué —dijo Eileen con frialdad. Entonces se dignó mirarme, pero no parecía que el hecho de no haberme visto durante una semana hubiera significado un vacío en su vida—. ¿De qué se trata?

—Va a llevar cierto tiempo —contesté.

Se sentó despacio. Yo me senté en el otro diván. Spencer fruncía el ceño. Se quitó las gafas y las limpió. Eso le dio la oportunidad de fruncir el ceño con más naturalidad. A continuación se sentó en el otro extremo del sofá donde me encontraba.

—Estaba segura de que vendrías a la hora de comer —le comentó Eileen a Spencer sonriendo.

—Hoy no, gracias.

—¿No? Claro, por supuesto, estás demasiado ocupado. Entonces querrás ver la sinopsis.

—Si me lo permites.

—Desde luego. ¡Candy! Vaya, se ha marchado. Está sobre el escritorio, en el estudio de Roger. Iré a buscarla.

Spencer se puso de pie.

—¿Puedo ir yo?

Comenzó a atravesar el salón sin esperar la respuesta. Cuando estaba a unos tres metros detrás de ella, me lanzó una mirada de tensión. Después siguió su camino. Me quedé allí sentado hasta que Eileen Wade volvió la cabeza y sus ojos me observaron de un modo impersonal y frío.

—¿Para qué quería verme? —preguntó cortante.

—Por varias razones. Veo que lleva de nuevo ese medallón.

—Me lo pongo con frecuencia. Me lo regaló un amigo muy querido hace bastante tiempo.

—Sí. Me lo dijo. Es una insignia militar de algún tipo, ¿no?

Lo levantó todo lo que le permitía la cadena.

—Es la reproducción de una insignia hecha por un joyero. Algo menor que la original, en oro y esmalte.

Spencer atravesó la sala de regreso, se sentó y dejó un montón de hojas amarillas en la esquina de la mesa de centro, frente a sí. Lo miró distraído, pero sus ojos se volvieron enseguida hacia Eileen.

—¿Me permite verlo un poco más de cerca? —le pedí.

Ella dio la vuelta a la cadena hasta que pudo abrir el cierre. Luego me tendió el medallón, o más bien lo dejó caer en mi mano. Entonces cruzó las suyas sobre el regazo y me miró con curiosidad.

—¿Por qué le interesa tanto? Es la insignia de un regimiento llamado Artists' Rifles, una unidad territorial. El hombre que me lo dio desapareció más tarde, en Andalsnes, Noruega, en la primavera de aquel terrible año de 1940. —Sonrió e hizo un leve ademán—. Estaba enamorado de mí.

—Eileen permaneció en Londres durante toda la guerra relámpago —intervino Spencer con una voz carente de entonación—. No pudo salir de allí.

Ninguno de los dos le prestamos atención.

—Y usted estaba enamorada de él —dije.

Ella bajó la vista, después levantó la cabeza, y nuestras miradas se encontraron.

—Eso pasó hace mucho tiempo —repuso—. Y había guerra. Ocurren cosas extrañas.

—Hubo algo más, señora Wade. Creo que se ha olvidado de lo sincera que fue conmigo. «El amor salvaje, misterioso y poco probable que ocurre una vez en la vida.» Cito lo que usted me dijo. En cierto modo, aún está enamorada de él. Qué curioso que mis iniciales sean las mismas. Supongo que eso influyó cuando me seleccionó.

—Su nombre no se parecía al de usted —replicó con frialdad—. Y él está muerto, muerto, muerto.

Le tendí el medallón de oro y esmalte a Spencer. Lo cogió a regañadientes.

—Lo he visto antes —murmuró.

—Si me equivoco en el diseño, corríjame. Se trata de una ancha daga de esmalte blanco con la silueta perfilada en oro. La daga apunta hacia abajo, y la hoja está delante de dos alas de esmalte azul que apuntan hacia arriba. Después queda bajo un pergamino con las palabras: «Quien osa vence».

—Parece exacto —dijo Spencer—. ¿Y por qué le parece tan importante?

—Ella ha dicho que es una insignia de los Artists' Rifles, una unidad territorial. Dice que se lo dio un hombre que pertenecía a esa unidad y que desapareció en la campaña noruega del ejército británico, en Andalsnes, durante la primavera de 1940.

Los dos me escuchaban con gran atención. Spencer no me quitaba el ojo de encima. Se daba cuenta de que yo no hablaba por gusto. Eileen también lo sabía. Sus cejas leonadas estaban fruncidas en una expresión de perplejidad que tal vez fuera genuina.

—Se trata de una insignia que se lleva en la manga —expliqué—. Fue creada porque durante un tiempo los Artists' Rifles se incorporaron o se integraron o se subordinaron, sea cual sea el término correcto, a una unidad especial de las fuerzas aéreas. Originalmente eran un regimiento territorial de infantería. Esta insignia no existió hasta 1947. Por consiguiente, nadie se la dio a la señora Wade en 1940. Además, en Andalsnes, Noruega, en ese año no desembarcó nadie de los Artists' Rifles. Allí desembarcaron los regimientos de Sherwood Forester y de Leicestershire. Ambos eran regimientos territoriales. Pero los Artists' Rifles no. ¿Les resulto desagradable?

Spencer dejó el medallón sobre la mesa de centro y lo empujó despacio hasta que quedó frente a Eileen. No dijo nada.

—¿No cree que yo lo sabría si fuera cierto? —preguntó Eileen despectiva.

—¿Cree que el Ministerio de la Guerra británico no lo sabe? —le respondí de inmediato.

—Es obvio que debe de haber algún error —intervino Spencer conciliador.

Volví la cabeza y le lancé una mirada severa.

—Es una manera de decirlo.

—Y la otra es que yo miento —dijo Eileen Wade con una voz gélida—. Nunca conocí a nadie llamado Paul Marston, nunca lo amé, ni él a mí. Nunca me dio una reproducción de la insignia de su regimiento, nunca desapareció en acción y nunca existió. Yo misma compré esta insignia en una tienda de Nueva York especializada en artículos de lujo importados de Gran Bretaña, tales como objetos de cuero, calzado hecho a mano, corbatas de regimientos y colegios privados, chaquetas para jugar al críquet, prendas con escudos de armas y cosas así. ¿Considera satisfactoria esta explicación, señor Marlowe?

—La última parte quizá. La primera no. No me cabe duda de que alguien le dijo que era una insignia de los Artists' Rifles, y olvidó mencionarle de qué tipo, o quizá no lo sabía. Pero usted conoció a Paul Marston y él sirvió en esa unidad, y desapareció en acción en Noruega. Aunque eso no ocurrió en 1940, señora Wade. Ocurrió en 1942, él estaba entonces en los comandos, y no fue en Andalsnes, sino en una pequeña isla frente a la costa, donde los comandos llevaron a cabo una rápida incursión.

—No veo ninguna necesidad de tratar este asunto con tanta hostilidad —intervino Spencer en tono ejecutivo.

Jugueteaba con las hojas amarillas que tenía delante. Yo no sabía si estaba tratando de intervenir en mi apoyo o si solo se sentía irritado. Cogió un montoncito de cuartillas y las sopesó en la mano.

—¿Va a comprarlo a peso? —le pregunté.

Pareció sorprenderse, pero después sonrió levemente, con dificultad.

—Eileen lo pasó muy mal en Londres —dijo—. A veces la memoria nos falla.

Me saqué del bolsillo un papel doblado.

—Por supuesto. Y se olvida uno de la persona con la que se casó. Esta es una copia legalizada de un certificado de matrimonio. El original proviene del registro civil de Caxton Hall. La fecha del enlace es de agosto de 1942. Los contrayentes son Paul Edward Marston y Eileen Victoria Sampsell. En cierto sentido, la señora Wade tiene razón. No existió nadie llamado Paul Edward Marston. Era un nombre falso, porque en el ejército había que pedir permiso para casarse. El hombre falsificó su identidad. En el ejército tenía otro nombre. Tengo toda su hoja de servicio. Siempre me asombra el hecho de que la gente no quiera darse cuenta de que lo único que hay que hacer es preguntar.

Spencer se quedó muy callado. Se recostó y observó, no a mí, sino a Eileen. Ella le concedió una de esas sonrisas leves, mitad seductoras, mitad de desaprobación, que tan hábilmente utilizan las mujeres.

—Pero él había muerto, Howard. Mucho antes de que conociera a Roger. ¿Qué podía importar aquello? Roger lo sabía. Nunca dejé de usar mi nombre de soltera. Tenía que hacerlo, dadas las circunstancias. Figuraba en mi pasaporte. Más tarde, cuando lo mataron en acción... —Se detuvo, respiró hondo y dejó que su mano cayera despacio y con suavidad sobre su rodilla—. Todo ha terminado, todo está perdido.

—¿Estás segura de que Roger lo sabía? —le preguntó despacio Spencer.

—Algo sabía —intervine—. El nombre de Paul Marston tenía algún significado para él. Se lo pregunté en una ocasión y me miró con una expresión peculiar. Pero no me dijo por qué.

Eileen no le prestó atención a eso y se dirigió a Spencer.

—Claro que sí, por supuesto, Roger lo sabía todo.

Eileen sonreía a Spencer con paciencia, como si el editor fuera un poco duro de entendederas. Cuántos recursos para engañar.

—¿Y por qué mientes sobre las fechas? —preguntó Spencer con sequedad—. ¿Por qué dices que desapareció en 1940 cuando ocurrió en 1942? ¿Por qué llevas una insignia que él no pudo darte e insistes en que te la dio?

—Quizá estaba perdida en un sueño —respondió ella con dulzura—. O en una pesadilla, para ser más precisa. Muchos de mis amigos perdieron la vida en el bombardeo. En aquellos días, cuando dabas las buenas noches, intentabas que no sonara a despedida. Pero en muchas ocasiones lo era. Y cuando le decías adiós a un soldado era peor. Siempre mataban a los más amables y bondadosos.

Spencer no decía nada. Yo tampoco. Ella bajó la mirada hasta el medallón que tenía frente a sí sobre la mesa. Lo tomó y volvió a colgarlo de la cadena en torno a su cuello. Se recostó muy serena en el asiento.

—Sé que no tengo ningún derecho a interrogarte, Eileen —pronunció despacio Spencer—. Olvidemos eso. Marlowe ha hecho una montaña de esa insignia, del certificado de matrimonio y de todo lo demás. Por un instante ha logrado hacerme perder la perspectiva.

—El señor Marlowe —le respondió ella impasible— hace una montaña de cualquier nadería. Pero cuando se trata de algo verdaderamente importante como salvar la vida de un hombre, se va a la orilla del lago a contemplar una estúpida lancha motora.

—Y usted nunca volvió a ver a Paul Marston —dije.

—¿Cómo podía verlo si estaba muerto?

—Usted no sabía si había muerto o no. La Cruz Roja nunca certificó su muerte. Podía estar prisionero.

De repente Eileen se estremeció.

—En octubre de 1942 —dijo muy despacio—, Hitler emitió la orden de que todos los comandos prisioneros debían ser entregados a la Gestapo. Creo que todos sabemos lo que eso significaba. Torturas y una muerte anónima en una mazmorra. —Se estremeció de nuevo—. Usted es una persona horrible. Quiere hacerme revivir todo eso para castigarme por una mentira trivial. Suponga que alguien a quien amó fue capturado por esa gente y sabe qué le ocurrió, qué debió de haberle ocurrido. ¿Le resulta tan extraño que haya intentado construir otros recuerdos aunque sean falsos?

—Necesito una copa —dijo Spencer—. La necesito de verdad. ¿Puedo?

Eileen dio unas palmadas y Candy se materializó de repente, como siempre. A continuación, se inclinó levemente ante Spencer.

—¿Qué desea beber, señor Spencer?

—Escocés sin agua, y mucho.

Candy fue hasta una esquina y apartó el bar de la pared. Sacó una botella de whisky y echó un gran chorro en un vaso. Volvió junto a Spencer y se lo dejó delante. Dio un paso para retirarse.

—Candy, es posible que el señor Marlowe también quiera beber algo —sugirió Eileen muy serena.

El criado se detuvo y la miró con una expresión sombría y obstinada.

—No, gracias —dije—. No quiero beber nada.

Candy emitió una especie de resoplido y desapareció. Se hizo de nuevo el silencio. Spencer se bebió la mitad del whisky. Encendió un cigarrillo y comenzó a hablarme sin mirar hacia mí.

—Estoy seguro de que la señora Wade o Candy podrían llevarme de vuelta a Beverly Hills. O puedo pedir un taxi. Espero que ya haya dicho usted lo que quería decir.

Volví a doblar la copia legalizada del certificado de matrimonio. Me la guardé en el bolsillo.

—¿Está seguro de que eso es lo que quiere? —le pregunté.

—Eso es lo que todo el mundo quiere.

—Bien. —Me puse de pie—. Creo que he sido un tonto al intentar llevar las cosas de este modo. Usted es un editor importante, con la habilidad necesaria, si es que se necesita alguna para ello, y debe de haberse dado cuenta de que no he venido hasta aquí solo para hacerme el duro. No he sacado a la palestra historias pasadas ni he gastado mi dinero averiguando los hechos con la única intención de colgárselos al cuello a alguien. No investigué a Paul Marston porque lo matara la Gestapo, ni porque la señora Wade use la insignia equivocada, ni porque confunda las fechas o porque se casara con él en una de esas ceremonias apresuradas de tiempos de guerra. Cuando comencé a investigarlo no sabía ninguna de esas cosas. Lo único que conocía era su nombre. Entonces, ¿cómo cree que lo descubrí?

—Sin duda, alguien se lo diría —respondió Spencer cortante.

—Exacto, señor Spencer. Alguien que lo conoció en Nueva York después de la guerra y más tarde se lo encontró aquí, en Chasen's, con su esposa.

—Marston es un apellido bastante corriente —replicó Spencer, y bebió un poco de whisky. Volvió la cabeza hacia un lado y su párpado derecho descendió como un centímetro. Entonces me senté de nuevo—. Y ni siquiera los Paul Marston pueden pretender ser únicos. En las guías telefónicas de la zona de Nueva York hay diecinueve Howards Spencer, por ejemplo. Y cuatro de ellos sin la inicial intermedia.

—Sí. Pero ¿cuántos Paul Marston habrá, según usted, con la mitad del rostro destrozada por un proyectil de mortero de acción retardada, mostrando las cicatrices de la cirugía plástica con la que le reconstruyeron la cara?

La boca de Spencer se abrió de repente. Hizo el ruido de quien respira con dificultad. Sacó un pañuelo y se secó las sienes.

—¿Cuántos Paul Marston, según usted, han salvado a la

vez la vida de una pareja de dueños de garitos llamados Mendy Menéndez y Randy Starr? Todavía andan por aquí y tienen muy buena memoria. Cuando les conviene, saben hablar. ¿Qué sentido tiene seguir fingiendo, Spencer? Paul Marston y Terry Lennox eran la misma persona. Puedo demostrarlo con todo detalle.

No esperaba que nadie saltara dos metros y diera un grito, y nadie lo hizo. Pero hay un tipo de silencio que es casi tan fuerte como un grito. Ese fue el silencio que se hizo. Me rodeaba, espeso y duro. Oía el agua corriendo en la cocina. Fuera, en la carretera, oí el golpeteo sordo de un periódico doblado que caía en el camino de acceso, y a continuación el silbido ligero e impreciso de un chico que se aleja en su bicicleta.

Sentí un leve pinchazo en la nuca. Me aparté deprisa y me di la vuelta. Allí estaba Candy, de pie, con la navaja en la mano. Su rostro moreno parecía tallado en madera, pero había algo más en su mirada que no había visto nunca antes.

—Está cansado, *amigo* —dijo con amabilidad—. ¿Le sirvo algo de beber?

—Bourbon con hielo, gracias.

*—De pronto, señor.*

Cerró la navaja con un chasquido, la dejó caer en el bolsillo lateral de la chaqueta blanca y se alejó despacio.

Entonces miré por fin a Eileen. Seguía allí sentada, echada hacia delante, con las manos entrelazadas con fuerza. La inclinación del rostro ocultaba su expresión, en caso de que hubiera alguna. Y cuando habló su voz tenía la vacuidad lúcida de esa voz mecánica del teléfono que te dice la hora, y que si continúas escuchando, cosa que la gente no hace porque no hay razón para ello, seguirá diciendo eternamente los segundos que transcurren, sin el menor cambio en su inflexión.

—Lo vi una vez, Howard. Solo una vez. No le dirigí la palabra. Ni él a mí. Estaba muy cambiado. Tenía el pelo blanco y su rostro no era el mismo. Pero lo reconocí, por supuesto, y él a mí. Nos miramos. Eso fue todo. Entonces él se marchó de la sala y al día siguiente abandonó a su mujer. Lo vi en casa de los Loring... y también a ella. Una tarde, al caer la noche. Tú estabas allí, Howard. Y Roger también. Supongo que también lo viste.

—Nos presentaron —corroboró Spencer—. Sé con quién estaba casado.

—Linda Loring me dijo que simplemente desapareció. No dio ninguna explicación. No hubo ninguna pelea. Al cabo del tiempo su mujer se divorció de él. Y un poco después oí que ella lo había vuelto a encontrar. Paul estaba en la miseria, en una situación penosa. Y volvieron a casarse. Dios sabe por qué. Supongo que no tenía dinero y eso ya no le importaba. Sabía que yo estaba casada con Roger. Nos habíamos perdido el uno al otro.

—¿Por qué? —preguntó Spencer.

Candy me puso la copa delante sin pronunciar palabra. Miró a Spencer, pero este negó con la cabeza. El criado se alejó. Nadie le prestaba la menor atención. Era como el encargado de la utilería en una pieza teatral china, el hombre que desplaza los objetos por el escenario, mientras que los actores y el público se comportan como si no estuviera ahí.

—¿Por qué? —repitió Eileen—. Ay, no lo comprenderías. Lo que tuvimos había desaparecido. Era imposible recuperarlo. Después de todo, la Gestapo no lo eliminó. Seguramente algunos nazis decentes no obedecieron la orden de Hitler sobre los comandos. Sobrevivió y regresó. Yo fantaseaba a veces con la esperanza de que volvería a encontrarlo, pero como era antes, vital, joven e intacto. Pero encontrarlo casado con aquella puta pelirroja... eso daba asco. Ya estaba enterada de lo de ella y Roger. No tenía dudas de que Paul también lo sabía. Al igual que Linda Loring, que es un poco golfa, pero no del todo. En ese ambiente todas lo son. Me preguntas por qué no abandoné a Roger y volví con Paul. ¿Después de estar en esos brazos donde Roger lo había pasado tan bien? No, gracias. Necesito algo más de inspiración que eso. A Roger podía perdonarlo. Él bebía, no sabía lo que hacía. Estaba preocupado por su trabajo y se detestaba a sí mismo porque no era más que un escritor mercenario. Era una persona débil, insatisfecha consigo misma, frustrada, pero comprensible. Era un simple esposo. Paul era muchísimo más, o no era nada. Al final no fue nada.

Tomé un sorbo de mi copa. Spencer había dado buena cuenta de la suya. Rascaba la tela del sofá. Había olvidado el montón de papel que tenía delante, la novela inconclusa de aquel autor popular y absolutamente acabado.

—Yo no diría que no era nada —intervine.

Eileen levantó la cabeza, me miró distraída y agachó de nuevo la mirada.

—Menos que nada —insistió con una nueva nota de sarcasmo en la voz—. Él sabía cómo era Sylvia, se había casado con ella. Y porque ella era lo que era, él la mató. Y después huyó y se suicidó.

—Él no la mató —dije—, y usted lo sabe.

Se irguió con un movimiento delicado y me observó con ojos ausentes. Spencer emitió un ruido indefinido.

—Roger la mató —dije—, y usted también lo sabe.

—¿Se lo confesó él? —preguntó en voz baja.

—No fue necesario. Me dio un par de pistas. Llegado el momento, me lo habría contado, a mí o a otra persona. El silencio lo estaba destrozando.

Ella negó levemente con la cabeza.

—No, señor Marlowe. Esa no era la razón por la que se estaba derrumbando. Roger no sabía que la había matado. No se acordaba de nada en absoluto. Sabía que algo andaba mal e intentaba recordarlo, pero no podía. La conmoción le había borrado el recuerdo. Quizá lo habría recordado con el tiempo, o eso fue lo que le sucedió en los últimos momentos. Pero antes no. Hasta entonces no.

—Esas cosas no suceden, Eileen —dijo Spencer con un gruñido.

—Claro que suceden —dije—. Conozco dos casos probados. Uno de ellos era un borracho con lagunas en la memoria que mató a una mujer a la que conoció en un bar. La estranguló con el pañuelo que ella llevaba sujeto con un alfiler muy vistoso. La mujer se fue con él a casa y nadie sabe lo que ocurrió, salvo que la mataron, y cuando la policía atrapó al sujeto, este llevaba el alfiler en su corbata y no tenía la menor idea de dónde lo había conseguido.

—¿Nunca? —preguntó Spencer—. ¿O en ese momento nada más?

—Nunca lo reconoció. Y ya no se le puede preguntar. Lo llevaron a la cámara de gas. El otro caso tiene que ver con una herida en la cabeza. El sujeto vivía con un rico homosexual, uno de esos que colecciona primeras ediciones, es experto en cocina internacional y tiene una biblioteca secreta de enorme valor tras una pared falsa. Tuvieron una disputa. Se pelearon por toda la casa, de habitación en habitación, lo destruyeron todo y el rico se llevó la peor parte. Cuando capturaron al asesino, tenía arañazos y contusiones, y un dedo partido. Lo único que sabía con certeza era que tenía jaqueca y que no podía encontrar el camino de regreso a Pasadena. Daba vueltas y se detuvo varias veces en la misma gasolinera para que le señalaran el camino. El empleado de la estación de servicio lo tomó por un loco y llamó a la policía. Cuando volvió a parar allí, lo estaban esperando.

—No creo que a Roger pudiera pasarle algo así —replicó Spencer—. No estaba más loco que yo.

—Cuando se emborrachaba, perdía la conciencia —dije.

—Yo estaba allí, le vi hacerlo —intervino Eileen con absoluta calma.

Sonreí a Spencer. Era algo parecido a una sonrisa, no de las más efusivas, pero sentí que mi cara hacía un gran esfuerzo.

—Nos lo va a contar —le dije—. Limítese a escucharla. Nos lo va a contar. No puede contenerse.

—Sí, eso es verdad —dijo Eileen con solemnidad—. Hay

cosas que a nadie le gusta contar sobre un enemigo, y mucho menos sobre su propio marido. Y si tengo que contarlas públicamente en el estrado de los testigos, no te va a gustar nada, Howard. Tu destacado, talentoso, popular y lucrativo escritor va a parecer un miserable. Era muy sexy, ¿verdad? Quiero decir, en el papel. ¡Y el pobre idiota, cómo se esforzaba por estar a la altura de su fama! Para él Sylvia era solo un trofeo. Yo los espiaba. Debería sentirme avergonzada de ello. Se supone que debes decir eso, pero no me avergüenzo de nada. Fui testigo de aquella odiosa escena. La casa de invitados que ella utilizaba para sus amoríos es un lugar muy aislado, con un garaje propio y un camino de acceso que da a un callejón sin salida flanqueado por grandes árboles. Como les pasa a quienes son como Roger, llegó el momento en que dejó de ser un buen amante. Solo porque bebía demasiado. Él intentó marcharse, pero ella lo persiguió gritando desnuda, agitando en la mano algo parecido a una estatuilla. Usaba un lenguaje tan sucio y depravado que no me atrevería a describirlo. Luego quiso golpear a Roger con la estatuilla. Ustedes son hombres y saben que nada repele tanto a un varón como oír a una mujer supuestamente refinada utilizar el lenguaje de los urinarios públicos. Roger estaba borracho, sufría ataques repentinos de violencia, y en ese momento tuvo uno. Le arrancó la estatuilla de la mano. Pueden imaginarse lo demás.

—Seguro que hubo muchísima sangre —dije.

—¿Sangre? —Se rió con amargura—. Si lo hubieran visto cuando llegó a casa... Mientras yo corría hacia mi coche para huir de allí, Roger permanecía de pie mirándola. Después se agachó, la levantó en sus brazos y la llevó a la casa de invitados. Entonces me di cuenta de que el estallido de violencia lo había serenado en cierta medida. Llegó a casa una hora después. Estaba muy tranquilo. Cuando me vio esperándolo, se estremeció. Pero en ese momento no estaba borracho. Solo aturdido. Tenía sangre en el pelo, en la cara y en la pechera de la chaqueta. Lo llevé al aseo que está junto al estudio, lo desnudé y lo lavé lo suficiente para llevarlo arriba y darle una ducha. Lo metí en la cama. Busqué una maleta vieja, bajé, recogí la ropa ensangrentada y la puse dentro. Limpié el lavabo y el suelo, después cogí una toalla mojada y me cercioré de que su coche quedara limpio. Lo guardé y saqué el mío. Fui hasta el embalse de Chatsworth y ya se imaginan lo que hice con la maleta llena de ropa y de toallas manchadas de sangre.

Hizo una pausa. Spencer se rascaba la palma de la mano izquierda. Ella le echó un vistazo y prosiguió:

—Mientras estuve fuera, se levantó y bebió mucho whisky. A la mañana siguiente no se acordaba de nada. O sea que no pronunció una palabra sobre lo ocurrido, ni se comportó como si tuviera en la cabeza otra cosa que no fuera una resaca. Y yo no le conté nada.

—Echaría de menos la ropa —dije.

Eileen asintió con la cabeza.

—Creo que a la larga sí, pero no lo sacó a relucir. En aquel momento todo pareció precipitarse. Los diarios solo hablaban de eso, después Paul desapareció y más tarde estaba en México, muerto. ¿Cómo podía imaginar lo que iba a ocurrir? Roger era mi esposo. Había hecho algo terrible, pero Sylvia era una mujer despreciable. Y él no sabía lo que hacía. Luego la prensa dejó de hablar del asunto de manera tan repentina como había comenzado. El padre de Linda debió de influir. Roger leyó la información que publicaron, por supuesto, e hizo precisamente el tipo de comentarios que uno esperaría de un espectador inocente que conocía por casualidad a la gente implicada.

—¿Y no tuviste miedo? —preguntó Spencer sin inmutarse.

—Estaba muerta de miedo, Howard. Si él llegaba a recordarlo, probablemente me mataría. Era un buen actor, como la mayoría de los escritores, y quizá ya lo sabía y solo esperaba una oportunidad. Pero yo no podía estar segura. Cabía la posibilidad, solo la posibilidad, de que hubiera olvidado todo aquel asunto para siempre. Y Paul había muerto.

—Si nunca habló de la ropa que usted había tirado al embalse, eso significa que sospechaba algo —dije—. Y recuerde que en las notas que dejó aquella vez en la máquina de escribir, la noche en que disparó el revólver en su dormitorio y la encontré forcejeando con él para quitárselo, decía que un hombre bueno había muerto por él.

—¿Decía eso?

Los ojos de Eileen se dilataron en su justa medida.

—Lo escribió en su máquina. Lo rompí, él me lo pidió. Supuse que usted ya lo había leído.

—Nunca leí nada de lo que escribía en su estudio.

—Pero leyó la nota que dejó la noche que Verringer se lo llevó. Incluso rebuscó en la papelera.

—Eso fue diferente —repuso con frialdad—. Estaba buscando una pista para saber adónde había ido.

—Muy bien —dije, y me recosté—. ¿Algo más que contar?

Ella negó lentamente con la cabeza con una expresión triste.

—Supongo que no. Al final, la tarde en que se mató, es posible que se acordara. Nunca lo sabremos. ¿Queremos saberlo?

Spencer se aclaró la garganta.

—¿Y qué papel desempeñaba Marlowe en todo esto? La idea de traerlo aquí fue tuya. Me convenciste, ¿te acuerdas?

—Tenía mucho miedo. Tenía miedo de Roger y tenía miedo por él. El señor Marlowe era amigo de Paul, casi el último de sus conocidos que lo vio. Paul pudo haberle contado algo. Tenía que cerciorarme. Si era peligroso, quería que estuviera de mi parte. Si descubría la verdad, quizá aún habría alguna manera de salvar a Roger.

De pronto, y sin razón aparente, vi que Spencer endurecía su actitud. Se inclinó hacia delante y sacó la mandíbula.

—A ver si aclaramos todo esto, Eileen. Tenemos a un detective privado que ya había chocado con la policía. Lo habían metido en la cárcel. Era sospechoso de haber ayudado a

Paul, y lo llamo como tú lo llamas, a salir del país y huir a México. Si Paul era un asesino, eso era un delito. Por lo tanto, si descubría la verdad y podía demostrar su inocencia, ¿confiabas en que se quedaría tranquilo, mano sobre mano, sin hacer nada? ¿Esa era tu idea?

—Estaba asustada, Howard. ¿No puedes entenderlo? Vivía en una casa con un asesino que podía sufrir ataques de locura. Estaba sola con él la mayor parte del tiempo.

—Eso lo entiendo —dijo Spencer sin dejar de mostrarse duro—. Pero Marlowe no aceptó y tú seguiste sola. Después Roger disparó el revólver, y durante la semana siguiente también estuviste sola. Luego Roger se suicidó, y resultó muy conveniente que quien estuviera solo en esa ocasión fuera Marlowe.

—Es verdad —dijo ella—. ¿Y qué? ¿Acaso pude evitarlo?

—Muy bien —prosiguió Spencer—. Existe la posibilidad de que pensaras que Marlowe descubriría la verdad y, sabiendo que el revólver había sido disparado una vez, se lo entregaría a Roger y le diría algo así como: «Mira, amigo, es usted un asesino, yo lo sé y su esposa también. Es una mujer estupenda. Ha sufrido mucho. Sin hablar del marido de Sylvia Lennox. ¿Por qué no hace algo decente y aprieta el gatillo? Todo el mundo pensará que fue porque bebiste demasiado. Así que ahora voy a pasear por la orilla del lago y a fumarme un cigarrillo, amigo. Buena suerte, y adiós. Ah, aquí tienes el revólver. Está cargado y es todo tuyo».

—Te estás volviendo insoportable, Howard. Nunca pensé nada por el estilo.

—Le dijiste a un agente que Marlowe había matado a tu marido. ¿Con qué intención lo hiciste?

Ella me miró enseguida, casi avergonzada.

—Fue horrible por mi parte. No sabía qué estaba diciendo.

—Quizá pensaste que Marlowe le había disparado —sugirió Spencer con calma.

Eileen entornó los ojos.

—Desde luego que no, Howard. ¿Por qué razón? ¿Por qué iba a hacerlo? Es una insinuación abominable.

—¿Por qué? —Spencer quería saberlo—. ¿Qué tiene de abominable? La policía tuvo la misma idea. Y Candy les dio un motivo. Les dijo que Marlowe pasó dos horas en tu dormitorio la noche en que Roger disparó al techo, después de que se durmiera a fuerza de pastillas.

La señora Wade se ruborizó hasta la raíz del cabello. Miró a Spencer sin lograr articular palabra.

—Y no llevabas ropa —dijo Spencer de manera brutal—. Eso es lo que Candy les contó.

—Pero en la investigación... —comenzó a decir ella con voz temblorosa, pero Spencer la interrumpió.

—La policía no creyó a Candy. Por eso no dijo nada en la investigación.

Suspiró aliviada.

—Además, la policía sospechaba de ti —prosiguió Spencer con frialdad—. Todavía sospecha. Lo único que necesitan es un motivo. Me parece que ahora podrán encontrar uno.

Eileen se levantó súbitamente.

—Creo que lo mejor es que ambos abandonéis mi casa —dijo airada—. Cuanto antes, mejor.

—[illegible] —preguntó Spencer con calma, moviéndose solo para coger su vaso y descubrir que estaba vacío.

—¿Que si hice qué?

—Disparar a Roger.

Estaba allí de pie mirando al editor. El rubor había desaparecido. Tenía el rostro muy pálido, tenso y rabioso.

—Te estoy haciendo las mismas preguntas que te harían en un juicio.

—No estaba en casa. Me olvidé las llaves. Tuve que llamar al timbre para entrar. Cuando llegué, Roger ya estaba muerto. Son hechos conocidos. ¿Qué bicho te ha picado, Dios mío?

Spencer sacó el pañuelo y se secó los labios.

—Eileen, he estado veinte veces en esta casa. Nunca he visto que se cerrara la puerta principal durante el día. No digo que tú le hayas disparado. Solo te lo he preguntado, y no me digas que es imposible. Tal como estaban las cosas, habría sido muy sencillo.

—¿Que yo maté a mi esposo? —preguntó despacio y con asombro.

—Suponiendo que fuera tu esposo —dijo Spencer con el mismo tono de indiferencia—. Cuando te casaste con él, tenías otro.

—Gracias, Howard. Muchísimas gracias. Ahí tienes el último libro de Roger, su canto del cisne. Cógelo y vete. Y creo que lo mejor que puedes hacer es llamar a la policía y contarle lo que piensas. Será un final encantador para nuestra amistad. Muy encantador. Adiós, Howard, estoy muy cansada y tengo jaqueca. Voy a mi dormitorio a acostarme. Y al señor Marlowe, que supongo que ha sido quien te ha convencido de todo esto, solo puedo decirle que si no mató a Roger en sentido literal, sin duda lo empujó a la muerte.

Se dio la vuelta para marcharse.

—Un momento, señora Wade —dije con aspereza—. Terminemos el trabajo. No tiene sentido tomárselo a mal. Todos estamos intentando hacer lo correcto. ¿La maleta que tiró al embalse Chatsworth pesaba mucho?

Se volvió y me miró fijamente.

—Era una maleta vieja, como le he dicho. Sí, era bastante pesada.

—¿Cómo logró pasarla por encima de la gran cerca de alambre que rodea el embalse?

—¿Qué? ¿La cerca? —Hizo un gesto de indefensión—. Supongo que en esos casos uno tiene una fuerza extraordinaria para hacer lo que sea necesario. No sé cómo, pero lo hice. Eso es todo.

—No hay ninguna cerca —dije.

—¿No hay ninguna cerca? —Eileen lo repitió con una voz apagada, como si aquello no significara nada.

—Y no había sangre en la ropa de Roger. Y a Sylvia Lennox no la mataron fuera de la casa de invitados, sino dentro, sobre el lecho. Y casi no había sangre, porque ya estaba muerta, le dispararon con una pistola, y cuando le hicieron pulpa la cara con la estatuilla, estaban golpeando a una muerta. Y los muertos, señora Wade, sangran muy poco.

Torció los labios y me miró con desprecio.

—Seguramente usted estaba allí —dijo desdeñosa.

Después se alejó.

Nos quedamos contemplándola. Subió la escalera despacio, moviéndose con una elegancia serena. Desapareció en su dormitorio, y la puerta se cerró a sus espaldas con suavidad pero con firmeza. Silencio.

—¿Qué era eso que ha dicho sobre una cerca metálica? —me preguntó Spencer distraído.

Movía la cabeza hacia atrás y hacia delante. Estaba congestionado y sudaba. Trataba de tomárselo con mucho aplomo, aunque no le resultaba fácil.

—Solo un truco —expliqué—. Nunca me he acercado al embalse Chatsworth para saber qué aspecto tiene. Quizá está rodeado por una cerca, quizá no.

—Ya veo —dijo melancólico—. Pero lo que importa es que ella tampoco lo sabía.

—Claro que no. Ella los mató a los dos.

## 43

Algo se movió suavemente y allí estaba Candy, de pie en el extremo del sofá, mirándome. Tenía en la mano su navaja de resorte. Apretó el botón y la hoja salió disparada hacia delante. Lo apretó de nuevo y la hoja retrocedió desapareciendo dentro de la empuñadura. En sus ojos oscuros había un destello ominoso.

—*Un millón de perdones, señor* —dijo—. Estaba equivocado con respecto a usted. Ella mató al jefe. Creo que yo... —Se detuvo y la hoja volvió a aparecer.

—No. —Me puse de pie y extendí la mano—. Deme esa navaja, Candy. Usted solo es un buen criado mexicano. Le culparán a usted, y les encantará. Es el tipo de cortina de humo que les hará sonreír de placer. No sabe de lo que estoy hablando. Pero yo sí. Lo han liado todo hasta tal punto que ahora les resultaría imposible corregirlo, aunque quisieran. Y no tienen la menor intención. Le sacará una confesión con tanta rapidez que no tendrá ni siquiera tiempo para decir su nombre completo. Y en tres semanas a partir del jueves, irás a dar con su trasero a Quentin, con una condena a cadena perpetua.

—Ya le he dicho que no soy mexicano. Soy chileno, de Viña del Mar, cerca de Valparaíso.

—La navaja, Candy. Ya sé todo eso. Es libre. Ha ahorrado dinero. Probablemente en casa usted tiene ocho hermanos y hermanas. Espabílese y regrese al lugar de donde vino. Este empleo ya no existe.

—Hay muchos empleos por aquí —dijo con calma. Entonces se metió la mano en el bolsillo, sacó la navaja y la dejó caer en mi mano—. Esto lo hago por usted.

Me puse la navaja en el bolsillo y él levantó la vista hacia la galería.

—*La señora.* ¿Qué hacemos ahora?

—Nada. No hagamos nada. La *señora* está muy cansada. Ha vivido sometida a una enorme tensión. Y no quiere que la molesten.

—Tenemos que llamar a la policía —dijo Spencer dispuesto a la acción.

—¿Por qué?

—Por Dios, Marlowe, tenemos que hacerlo.

—Mañana. Recoja su manuscrito de novela inconclusa y vayámonos.

—Tenemos que llamar a la policía. Existe una cosa que se llama ley.

—No tenemos que hacer nada semejante. No contamos con suficientes pruebas ni siquiera para aplastar una mosca. Deje que las fuerzas de la ley hagan el trabajo sucio. Que los abogados decidan qué hacer. Ellos escriben las leyes para que otros abogados las desmenucen en presencia de unos abogados llamados jueces, de manera que otros jueces puedan concluir que los primeros jueces se equivocaron, y el Tribunal Supremo pueda decir que el segundo grupo metió la pata. Claro que existe algo llamado ley. Estamos hundidos en ella hasta el cuello. Y solo sirve para que los abogados hagan negocio. ¿Cuánto tiempo cree que durarían los peces gordos de la mafia si los abogados no les indicaran cómo actuar?

—Eso no tiene nada que ver con todo este asunto —dijo Spencer indignado—. En esta casa asesinaron a un hombre. Era un escritor importante y de éxito, pero eso tampoco viene al caso. Era un ser humano, y tanto usted como yo sabemos quién lo mató. Existe una cosa que se llama justicia.

—Mañana.

—Si deja que Eileen logre salirse con la suya, usted es tan malo como ella. Estoy empezando a preguntarme cosas sobre usted, Marlowe. Si hubiera estado atento, podría haberle salvado la vida a Roger. En cierto modo, le permitió a ella que se saliera con la suya. Y, por lo que a mí respecta, todo este drama de hoy no ha sido más que eso: una puesta en escena.

—Tiene razón. Una escena de amor disimulada. Como puede ver, Eileen está loca por mí. Cuando las aguas se serenen, quizá nos casemos. Estará bien forrada para entonces. Todavía no le he sacado ni un solo pavo a la familia Wade y me estoy impacientando.

Se quitó las gafas y las limpió. Se secó el sudor bajo los ojos, volvió a ponerse las gafas y miró al suelo.

—Lo siento —dijo—. Esta tarde he recibido un golpe durísimo. Ya fue terrible saber que Roger se había suicidado. Pero esta otra versión hace que me sienta degradado... aunque sea por el simple hecho de saber lo que pasó. —Levantó la vista y me miró—. ¿Puedo confiar en usted?

—¿Para hacer qué?

—Lo correcto, sea lo que sea. —Se inclinó, recogió el montón de hojas amarillas y se lo puso bajo el brazo—. No, olvídelo. Creo que ya sabe lo que está haciendo. Soy un editor bastante bueno, pero esto me desborda. Creo que lo que verdaderamente soy es un tipo muy aburrido.

Spencer pasó por delante de mí, y Candy primero se apartó y después fue a toda prisa hacia la puerta principal y la mantuvo abierta. El editor, saludando con un leve gesto de cabeza, salió por delante de él. Lo seguí. Me detuve junto a Candy y miré fijamente sus ojos oscuros y brillantes.

—Sin trucos, *amigo* —dije.

—La *señora* está muy cansada —me respondió en voz

baja—. Se ha ido a su dormitorio. Nadie la molestará. Yo no sé nada, *señor. No me acuerdo de nada... A sus órdenes, señor.*

Saqué la navaja del bolsillo y se la devolví. Sonrió.

—Nadie confía en mí, pero yo confío en usted, Candy.

—*Lo mismo, señor. Muchas gracias* —dijo en español.

Spencer ya se había subido al coche. Encendí el motor, di marcha atrás en el camino de acceso y lo llevé de vuelta a Beverly Hills. Lo dejé en la entrada lateral del hotel.

—Mientras volvíamos he estado dándole vueltas a todo el asunto —dijo al apearse—. Eileen debe de estar un poco loca. Creo que nunca la condenarán.

—Ni siquiera harán el intento —le expliqué—. Pero ella no lo sabe.

Intentó poner bien el montón de papeles amarillos que tenía bajo el brazo, logró ordenarlo y se despidió con un gesto de cabeza. Lo vi empujar la puerta del hotel con el pie para abrirla y entrar. Solté el freno y el Oldsmobile se apartó del bordillo blanco. Eso fue lo último que vi de Howard Spencer.

Regresé a casa tarde, cansado y deprimido. Era una de esas noches en las que el aire pesa y los ruidos nocturnos suenan lejanos y atenuados. La luna era brumosa e indiferente. Deambulé por la casa, puse unos cuantos discos, pero apenas los escuché. Creí oír un golpeteo constante en algún sitio, aunque en toda la casa no había nada que hiciera ese sonido. El tictac estaba en mi cabeza. Era el reloj que marcaba el tiempo de alguien que iba a morir.

Recordé la primera vez que había visto a Eileen Wade, y la segunda, la tercera y la cuarta vez. Pero después algo en su imagen comenzó a desdibujarse. Ya no parecía del todo real. Un asesino siempre es irreal cuando uno sabe que es un asesino. Hay gente que mata por odio, por miedo o por codicia. Hay asesinos taimados que planifican y esperan salirse con la suya. Existen los asesinos rabiosos, que no piensan en absoluto. Y están los asesinos que viven enamorados de la muerte, gente para quien el asesinato es una especie de suicidio asistido. En cierta manera, todos están locos, pero no en el sentido en que lo decía Spencer.

Era ya de día cuando por fin me acosté.

El timbre del teléfono me sacó del pozo negro del sueño. Di vueltas en la cama, busqué a tientas las pantuflas y me di cuenta de que apenas llevaba durmiendo poco más de dos horas. Me sentía como una comida a medio digerir consumida en una fonda de mala muerte. No lograba abrir los ojos y tenía la boca como si estuviera llena de arena. Conseguí ponerme de pie, me encaminé a tropezones hacia el salón, levanté el auricular y dije:

—Un momento, por favor.

Solté el auricular, entré en el baño y me eché un poco de agua fría en la cara. Al otro lado de la ventana se oía el sonido de algo que hacía zap, zap, zap. Era el jardinero japonés a quien había bautizado como Harry Corazón de Roca, que venía una vez a la semana. Estaba podando el arbusto grande del jardín, del modo en que un jardinero japonés poda un arbusto. Se lo pides cuatro veces, y él responde «La semana que viene», y entonces llega a las seis de la mañana y se dedica a podarlo al otro lado de la ventana de tu dormitorio.

Me sequé la cara y regresé junto al teléfono.

—¿Sí?

—Le habla Candy, *señor.*

—Buenos días, Candy.

—*La señora está muerta.*

Muerta. En cualquier lengua es una palabra fría, negra y silenciosa.

—Espero que no sea culpa de usted.

—Creo que ha sido la medicina. Se llama Demerol. Creo que había cuarenta o cincuenta pastillas en el bote. Ahora está vacío. Anoche no cenó. Esta mañana he subido por la escalera de mano y he mirado por la ventana. Vestida como ayer por la tarde. He roto la mosquitera. *La señora está muerta. Fría como agua de nieve.*

Fría como agua de nieve.

—¿Ha llamado a alguien?

—Sí. *Al doctor Loring.* Él ha llamado a la policía. Aún no ha llegado.

—Al doctor Loring, ¿eh? El hombre indicado para llegar tarde.

—No le he enseñado la carta —dijo Candy.

—¿La carta para quién?

—Para el señor Spencer.

—Désela a la policía, Candy. No deje que el doctor Loring la vea. Solo la policía. Y otra cosa, Candy. No ocultes nada, no les diga ninguna mentira. Estuvimos allí. Dígales la verdad. Esta vez, la verdad y nada más que la verdad.

Hubo una corta pausa.

—*Sí* —dijo por fin—. Comprendo. *Hasta la vista, amigo.*

Colgó.

Marqué el número del Ritz-Beverly y pregunté por Howard Spencer.

—Un momento, por favor. Le pongo con recepción.

—Aquí, recepción —dijo una voz de hombre—. ¿En qué puedo servirlo?

—He preguntado por Howard Spencer. Sé que es temprano, pero se trata de algo urgente.

—El señor Spencer se marchó anoche. Tomó el vuelo de las ocho a Nueva York.

—Vaya, lo siento, no lo sabía.

Fui a la cocina para hacer café, litros de café. Sabroso, fuerte, amargo, hirviente, implacable y depravado. El fluido vital de los hombres cansados.

Un par de horas más tarde me llamó Bernie Ohls.

—Bien, chico listo. Ven aquí a sufrir.

# 44

Fue como la vez anterior. Salvo que era de día y estábamos en el despacho del capitán Hernández. El sheriff se encontraba en Santa Bárbara, inaugurando la semana de festejos. Allí estaban el capitán Hernández, Bernie Ohls, un hombre del despacho del juez de instrucción, el doctor Loring, que tenía cara de haber sido atrapado practicando un aborto, y un hombre de apellido Lawford, funcionario de la Oficina del Fiscal del Distrito, un hombre alto, escuálido e inexpresivo, de cuyo hermano se decía que era el jefe de la lotería ilegal en el distrito de Central Avenue.

Hernández tenía delante varias hojas manuscritas en un papel de barba color carne, escrito con tinta verde.

—Se trata de una reunión oficiosa —anunció Hernández cuando todos estuvimos sentados de la forma más cómoda posible que permiten las sillas de respaldo recto—. No hay grabadoras ni taquígrafos. Pueden decir lo que quieran. El doctor Weiss representa al juez de instrucción, que decidirá si se requiere llevar a cabo una investigación. ¿Doctor Weiss?

Era un hombre gordo y simpático que parecía competente.

—Creo que no habrá necesidad de una investigación —dijo—. Los primeros indicios señalan un envenenamiento por narcóticos. Cuando llegó la ambulancia, la mujer aún respiraba, muy débilmente, y se encontraba en un coma profundo, con todos los reflejos negativos. En ese estado se consigue salvar a uno de cada cien. Tenía la piel fría y solo un examen detallado pudo detectar que todavía respiraba. El criado pensó que estaba muerta. Falleció aproximadamente una hora después. Tengo entendido que la señora sufría de vez en cuando violentos ataques de asma bronquial. El doctor Loring le recetó Demerol como medida de emergencia.

—¿Existe alguna información o deducción sobre la cantidad de Demerol ingerido, doctor Weiss?

—Una dosis fatal —respondió con una sonrisa desmayada—. No hay forma de confirmarlo con rapidez sin conocer el historial clínico y la tolerancia natural o adquirida al fármaco. De acuerdo con su confesión, ingirió dos mil trescientos miligramos, cuatro o cinco veces la dosis letal mínima para quien no sea adicto.

Miró de manera interrogativa al doctor Loring.

—La señora Wade no era adicta —dijo el médico con frialdad—. La dosis prescrita era de una a dos tabletas de cincuenta miligramos. El máximo que yo permitiría sería de tres a cuatro tabletas en un período de veinticuatro horas.

—Pero usted le dio cincuenta de una sola vez —intervino el capitán Hernández—. Es un medicamento demasiado peligroso para tener tal cantidad en casa, ¿no cree, doctor? ¿Cuán grave era el asma bronquial que sufría?

El médico sonrió con una expresión despectiva.

—Era intermitente, como toda asma. Nunca llegaba a lo que se denomina estado asmático, un ataque de tal intensidad que el paciente parece estar a punto de asfixiarse.

—¿Alguna observación, doctor Weiss?

—Bien —comenzó a decir muy despacio—, suponiendo que la nota no existiera y que no tuviéramos otra prueba de la cantidad de tabletas ingeridas, podría tratarse de una sobredosis accidental. El margen de seguridad no es muy amplio. Mañana lo sabremos con certeza. No querrá suprimir la nota, Hernández, por amor de Dios.

El capitán miró ceñudo el escritorio de su despacho.

—Estaba pensando. No sabía que los narcóticos podían ser un tratamiento normal para el asma. Uno aprende algo nuevo cada día.

Loring se sonrojó.

—He dicho que era una medida de emergencia, capitán. Un médico no puede estar en todas partes al mismo tiempo. El inicio de una crisis asmática puede ser muy rápido.

Hernández le echó un vistazo y luego se volvió hacia Lawford.

—¿Qué dirían en su departamento si entrego esta carta a la prensa?

El funcionario de la Oficina del Fiscal del Distrito me clavó unos ojos vacíos.

—¿Qué hace este tipo aquí, Hernández?

—Yo lo he invitado.

—¿Cómo sabe que no va a contarle a algún reportero lo que oiga aquí?

—Es un gran hablador, eso ya lo descubrieron ustedes. Cuando lo detuvieron.

Lawford sonrió y a continuación se aclaró la garganta.

—He leído esa supuesta confesión —dijo con cautela—. Y no me creo ni una sola palabra. Tenemos antecedentes de agotamiento emocional, de desolación por la pérdida del marido, de ingestión de narcóticos, así como de la angustia de la vida en Inglaterra durante la guerra, bajo los bombardeos, de ese matrimonio clandestino, del hombre que regresa aquí y todo lo demás. No cabe duda de que desarrolló un sentimiento de culpa e intentó librarse de él mediante algo parecido a una transferencia. —Se detuvo y miró a su alrededor, pero solo vio rostros carentes de expresión—. No puedo hablar en nombre del fiscal del distrito, pero, en mi opinión, con esa confesión no habría base para acusar a la mujer, ni aunque estuviera viva.

—Y después de dar por buena en su momento otra confesión, no les interesa creer otra que pone en entredicho la primera —intervino Hernández cáustico.

—Tranquilo, Hernández. Cualquier agencia responsable del cumplimiento de la ley tiene que tomar en consideración las relaciones públicas. Si los periódicos publican esta confesión, estaremos metidos en un lío. Eso se lo puedo asegurar. Hay muchos grupos reformistas dando vueltas a nuestro alrededor que esperan precisamente una oportunidad así para pegarnos una puñalada. Tenemos un gran jurado que está en ascuas por la paliza que le dieron la semana pasada al teniente de su brigada antivicio.

—Bien —dijo Hernández—, la criatura es suya. Firme el recibo.

Reunió las hojas de papel de barba rosado y Lawford se inclinó para firmar un impreso. Recogió los papeles, los dobló, se los guardó en el bolsillo interior de la chaqueta y se marchó.

El doctor Weiss se puso de pie. Era firme, de naturaleza amable y no se dejaba impresionar con facilidad.

—La última investigación judicial sobre la familia Wade fue demasiado rápida —dijo—. Supongo que no nos tomaremos la molestia de convocar esta.

Con un gesto de cabeza saludó a Ohls y a Hernández, le dio un apretón de manos formal a Loring y salió. El doctor Loring se levantó para irse, pero tuvo un instante de vacilación.

—¿Quiere decir que puedo comunicarle a cierta persona interesada que en el futuro no habrá más investigaciones sobre este asunto? —dijo muy envarado.

—Siento haberlo mantenido tanto tiempo alejado de sus pacientes, doctor.

—No ha respondido a mi pregunta —insistió Loring con brusquedad—. Será mejor que le advierta...

—Lárguese —le espetó Hernández.

El doctor Loring se estremeció de la impresión. Luego se

dio la vuelta y salió del despacho lo más deprisa que pudo. La puerta se cerró y pasó medio minuto antes de que alguien hablara. Hernández se estiró y encendió un cigarrillo. A continuación me miró.

—¿Y bien? —dijo.

—Y bien, ¿qué?

—¿A qué está esperando?

—Entonces, ¿aquí termina todo? ¿Punto final? *¿Kaput?*

—Dígaselo, Bernie.

—Claro que es el final —dijo Ohls—. Yo ya estaba listo para interrogarla. Wade no se pegó el tiro. Demasiado alcohol en su cerebro. Pero, como te dije, ¿dónde estaba el motivo? Su confesión puede tener algunos detalles erróneos, pero demuestra que ella lo espiaba. Conocía la disposición de la casa de invitados de Encino. La esposa de Lennox le había quitado a sus dos hombres. Lo que ocurrió allí fue cualquier cosa que te quieras imaginar. Te olvidaste de hacerle una pregunta a Spencer. ¿Tenía Wade una Mauser PPK? Sí, era dueño de una pequeña pistola Mauser automática. Hoy hemos hablado con Spencer por teléfono. Wade perdía la memoria cuando se emborrachaba. El pobre desgraciado creía que él había matado a Sylvia Lennox, o bien la mató de verdad. O quizá tenía alguna razón para saber que lo había hecho su mujer. De una manera u otra, habría acabado confesándolo. Es cierto que llevaba mucho tiempo chupando matarratas, pero era un hombre de verdad casado con una nulidad bellísima. El mexicano lo sabe todo al respecto. Ese desgraciado tiene información de prácticamente todo. Eileen Wade vivía en un sueño. A veces estaba aquí, en el presente, pero la mayor parte del tiempo estaba allá, en otra época. Si alguna vez le apetecía el sexo en grande, no era con su marido. ¿Entiendes de lo que estoy hablando?

No le respondí.

—Estuviste a punto de beneficiártela, ¿no?

Le di la misma respuesta.

Tanto Ohls como Hernández sonrieron con amargura.

—No somos precisamente unos descerebrados —dijo Ohls—. Sabemos que hay algo cierto en esa historia de que se quitó toda la ropa. Convenciste al mexicano de que callara, y él no quiso decir nada más. Estaba dolido y confuso, estimaba a Wade y quería estar seguro. Y cuando lo estuviera, habría usado su navaja. Para él se trataba de un asunto personal. Nunca contó nada sobre Wade. La señora sí, y lo enredó todo de forma deliberada para confundir a su marido. Todo encaja a la perfección. Al final creo que ella le tenía miedo. Y Wade nunca la tiró por la escalera. Aquello fue un accidente. Resbaló y el tipo trató de agarrarla. Candy también lo vio.

—Nada de eso explica por qué quería tenerme cerca.

—Puedo sugerir un par de razones. Una de ellas es bastante antigua. Es algo con lo que cada policía se ha tropezado cien veces. Eras el cabo suelto, el tipo que había ayudado a escapar a Lennox, su amigo, y es probable que su confidente hasta cierto punto. ¿Qué sabía y qué te había contado? Él se llevó el arma con que la mataron y sabía que la habían disparado. Eileen Wade pudo pensar que lo hizo por ella. Eso la llevó a creer que sabía que era ella quien había disparado. Cuando Lennox se suicidó, estuvo segura. ¿Y tú, qué pasaba contigo? Quería tirarte de la lengua y contaba con su encanto para lograrlo, y una situación perfecta para tener la excusa de estar cerca de ti. Y si le hacía falta un chivo expiatorio, tú eras el indicado. Se puede decir que coleccionaba chivos expiatorios.

—Le atribuyes demasiados conocimientos —dije.

Ohls partió un cigarrillo en dos y comenzó a masticar una mitad. Se colocó la otra detrás de la oreja.

—Otra razón es que quería un hombre, un hombre grande y fuerte, que pudiera estrecharla entre sus brazos y hacerla soñar de nuevo.

—Esa no me vale. Ella me odiaba.

—Por supuesto —intervino Hernández con sequedad—. La rechazó, pero ella lo habría superado. Y luego usted le tiró toda la historia a la cara, en presencia de Spencer.

—¿Han estado yendo al psiquiatra últimamente ustedes dos?

—Demonios —dijo Ohls—, ¿no lo sabes? Estos días nos tropezamos con ellos por todas partes. Tenemos a dos en la plantilla. Lo que hacemos ha dejado de ser trabajo de policías. Se ha convertido en una rama del tinglado médico. Esos psiquiatras trabajan dentro y fuera de la cárcel, en los tribunales y en las salas de interrogatorios. Escriben informes de quince páginas sobre por qué un matón adolescente asaltó una licorería, violó a una colegiala o vendía marihuana a los alumnos de los últimos cursos. Dentro de diez años la gente como Marty y como yo estaremos haciendo tests de Rorschach o el de palabras asociadas, en lugar de ejercicios físicos o prácticas de tiro para mantenernos en forma. Cuando salgamos a investigar un caso, llevaremos pequeños maletines negros con polígrafos portátiles y ampollas con suero de la verdad. Es una lástima que no hayamos logrado ponerles las manos encima a los cuatro gorilas que hicieron polvo a Big Willie Magoon. Posiblemente podríamos haberlos reinsertado y hacer que adoraran a sus madres.

—¿Puedo largarme ya?

—¿Qué es lo que no le convence? —preguntó Hernández estirando y soltando una banda de goma.

—Estoy convencido. El caso está muerto. Ella está muerta, todos están muertos. Todo limpito y en orden. Lo único que se puede hacer es ir a casa y olvidarlo todo. Eso es lo que voy a hacer.

Ohls cogió la mitad de cigarrillo que tenía detrás de la oreja, lo miró como si se preguntara cómo había llegado hasta allí, y lo tiró por encima del hombro.

—¿De qué se queja? —dijo Hernández—. Si a la señora Wade no se le hubieran acabado las armas, podría haber hecho blanco de nuevo.

—Además —intervino Ohls ceñudo—, ayer el teléfono funcionaba.

—Pues sí —respondí—. Y hubieran llegado a la carrera y solo se habrían tropezado con una historia confusa, contada por una persona que no iba a reconocer nada, salvo unas cuantas mentiras sin sentido. Esta mañana cuentan con lo que supongo que es una confesión completa. No me han dejado leerla, pero si fuera solo una carta de amor, no habrían citado a la gente del fiscal del distrito. Si en su momento hubieran trabajado en serio en el caso Lennox, alguien habría descubierto su hoja de servicio durante la guerra, dónde fue herido y todo lo demás. En algún sitio habría aparecido la conexión con los Wade. Roger Wade sabía quién era Paul Marston. También lo sabía otro detective privado con el que me puse en contacto.

—Es posible —admitió Hernández—, pero así son las pesquisas policiales. No nos dedicamos a jugar con un caso totalmente claro, aunque nadie esté presionando para cerrarlo y olvidarlo. He investigado cientos de homicidios. Algunos están cortados por el mismo patrón, son ordenados y pulcros, siguen todas las reglas. Muchos de ellos tienen una faceta lógica y otra que no lo es tanto. Pero cuando se tienen los motivos, los medios, la oportunidad, una huida y una confesión por escrito justo después un suicidio, uno lo deja tal como está. No existe ningún departamento de policía en el mundo que tenga el personal o el tiempo necesarios para poner en duda lo evidente. Lo único que teníamos en contra de que Lennox fuera un asesino era que alguien lo consideraba un buen tipo incapaz de hacer algo así, y había otras personas que sí podían hacerlo. Pero los otros no huyeron, no confesaron, no se volaron los sesos. Él sí. Y en cuanto a ser un buen tipo, me imagino que el sesenta o el setenta por ciento de todos los asesinos que terminan en la cámara de gas, en la silla eléctrica o colgando de una soga son personas a los que sus vecinos consideraban tan inofensivos como un vendedor de cepillos para el pelo. Tan inofensivos, tranquilos y bien educados como la señora de Roger Wade. ¿Quiere leer lo que escribió en la carta? Ande, léalo. Tengo que bajar al vestíbulo. —Se puso de pie, abrió un cajón y colocó una carpeta sobre el escritorio—. Hay cinco juegos de fotocopias aquí, Marlowe. Que no le pille mirándolas.

Se dirigió a la puerta pero antes de salir volvió la cabeza hacia Ohls.

—¿Quiere que hablemos los dos con Peshorek?

Ohls asintió y se marchó tras él. Cuando me quedé solo en el despacho, abrí la carpeta y eché un vistazo a las fotocopias. A continuación conté los grupos de fotocopias, tocando solo los bordes del papel. Eran seis, cada una de varias páginas grapadas. Cogí uno, lo enrollé y me lo deslicé en un bolsillo. Después leí el siguiente. Luego me senté a esperar. Unos diez minutos más tarde, Hernández regresó solo. Volvió a ocupar su lugar tras el escritorio, contó las fotocopias de la carpeta y la guardó en uno de los cajones. Levantó la vista y me miró sin expresión alguna.

—¿Satisfecho?

—¿Lawford sabe que tiene esas copias?

—Yo no se lo he dicho. Bernie tampoco. Fue Bernie quien las hizo. ¿Por qué?

—¿Qué pasaría si una de ellas se extraviara?

Sonrió con un gesto desagradable.

—Eso no ocurrirá. Pero en caso de que ocurriera, no sería responsabilidad de nadie en el despacho del sheriff. El fiscal del distrito también tiene fotocopiadoras.

—No le cae muy bien el fiscal del distrito Springer, ¿verdad, capitán?

Esbozó un gesto de sorpresa.

—¿A mí? A mí me cae bien todo el mundo, hasta usted. Lárguese de aquí, tengo trabajo.

Me levanté para marcharme.

—¿Anda armado estos días? —preguntó de repente.

—A veces.

—Big Willie Magoon llevaba dos pistolas. Me pregunto por qué no las utilizó.

—Seguramente creía que tenía asustado a todo el mundo.

—Sí, podría ser —dijo Hernández como de pasada. Cogió una banda de goma y la estiró entre los pulgares, cada vez más, hasta que se partió. Se frotó el pulgar en el sitio donde le había golpeado la banda rota—. Todo se puede estirar demasiado. Por muy duro que uno parezca. Hasta la vista.

Cerré la puerta a mis espaldas y salí deprisa del edificio. Tonto una vez, tonto siempre.

# 45

De nuevo en mi cuchitril del sexto piso del edificio Cahuenga, repetí mi habitual doble jugada con el correo matutino. Del buzón al escritorio, del escritorio a la papelera. Como en el béisbol: de Tinker a Evers a Chance. Despejé un espacio en la mesa y desplegué las fotocopias. Las había enrollado de tal modo que no se hicieran pliegues.

Volví a leerlas. Había suficientes detalles y razones para satisfacer a cualquier mente abierta. Eileen Wade había matado a la esposa de Terry en un feroz ataque de celos y, más tarde, cuando se presentó la oportunidad, había matado a Roger porque estaba segura de que lo sabía. El disparo del revólver contra el techo unas noches antes había sido parte del montaje. La pregunta sin respuesta, y que permanecería así eternamente, era por qué Roger Wade se había quedado quieto y le había permitido salirse con la suya. Debía de saber cómo acabaría todo, de manera que se dio a sí mismo de baja y no le importó. Su oficio eran las palabras, tenía palabras para casi todo, pero para aquello no.

> Me quedan cuarenta y seis tabletas de Demerol de mi última receta. Ahora tengo la intención de tomármelas todas y acostarme en la cama. La puerta tiene echado el pestillo. Dentro de muy poco tiempo será del todo imposible salvarme. Y esto, Howard, debe quedar clarísimo: escribo en presencia de

la muerte. Todas y cada una de estas palabras son la verdad. No me arrepiento de nada, a no ser, quizá, del hecho de que no pude encontrarlos juntos para matarlos a los tres. No lo lamento por Paul, a quien has oído que llamaban Terry Lennox. Era el cascarón vacío del hombre que amé y con el que me casé. Ya no significaba nada para mí. Cuando lo vi esa tarde, por primera y última vez después de su regreso de la guerra, ni siquiera lo reconocí a primera vista. Luego me di cuenta de quién era, y él me reconoció al instante. Debería haber perecido joven en la nieve de Noruega, ese amante mío que yo había entregado a la muerte. Volvió siendo amigo de jugadores, esposo de una puta con dinero, un hombre mimado y destrozado, que probablemente fue un bribón en el pasado. El tiempo hace que todo se vuelva mezquino, ajado y repulsivo. La tragedia de la vida, Howard, no consiste en que lo hermoso perezca temprano, sino en que se hace viejo y vil. Eso no me sucederá. Adiós, Howard.

Guardé la fotocopia en el escritorio y cerré el cajón con llave. Era la hora de comer, pero no tenía hambre. Saqué del cajón de abajo la botella de la oficina, me serví un lingotazo, cogí la guía de teléfonos y busqué el número del *Journal.* Lo marqué y le pedí a la chica que me pusiera con Lonnie Morgan.

—El señor Morgan no estará aquí antes de las cuatro de la tarde. Pruebe con la sala de prensa del ayuntamiento.

Lo llamé allí y di con él. Se acordaba de mí.

—He oído que ha estado muy ocupado últimamente.

—Tengo algo para usted, si lo quiere. Pero no creo que sea el caso.

—¿Sí? ¿De qué se trata?

—La fotocopia de la confesión de dos asesinatos.

—¿Dónde está usted?

Se lo dije. Quería más información. No iba a decirle nada más por teléfono. Dijo que no se ocupaba de la sección de sucesos. Le respondí que seguía siendo periodista del único diario independiente de la ciudad. Pero aún tenía ganas de discutir.

—¿Dónde consiguió esa copia de lo que sea? ¿Cómo puedo saber que no estoy perdiendo el tiempo?

—El original está en la Oficina del Fiscal del Distrito. No la van a hacer pública. Destapa un par de cosas que ellos tienen escondidas detrás de la nevera.

—Lo llamaré. Tengo que consultar con mis jefes.

Colgamos. Bajé a la cafetería, me comí un sándwich de ensalada de pollo y tomé un poco de café. El café era de segunda mano, y el sándwich tan sabroso como un pedazo de tela arrancado de una camisa vieja. Los estadounidenses comen cualquier cosa, siempre que esté tostada, sujeta con un par de palillos de dientes, y por los lados asomen hojas de lechuga, preferiblemente algo marchitas.

A eso de las tres y media, Lonnie Morgan vino a verme. Era el mismo tipo de ser humano que la noche que me llevó a casa en su coche desde la cárcel: largo, flaco, tenso e inexpresivo. Me dio la mano sin mucho entusiasmo y sacó un arrugado paquete de tabaco.

—El director editorial, el señor Sherman, me ha dicho que viniera a ver qué es lo que tiene.

—No lo podrá utilizar a no ser que acepten mis condiciones.

Abrí el cajón y le entregué las fotocopias. Leyó las cuatro páginas, y luego las releyó más despacio. Pareció muy entusiasmado, tanto como un funerario en un funeral de pobre.

—Páseme el teléfono.

Lo empujé hacia él por encima del escritorio. Marcó un número y esperó un instante.

—Soy Morgan —dijo—. Quiero hablar con el señor Sherman.

Esperó un momento, después se oyó otra voz femenina, y a continuación le pasaron con el director editorial, a quien le dijo que lo llamara por otra línea.

Colgó y se quedó allí sentado, con el teléfono en el regazo, apretando el botón con el dedo índice. El timbre sonó de nuevo y se llevó el auricular al oído.

—Esto es lo que hay, señor Sherman. —Lo leyó despacio y con claridad. Al final hubo una pausa—. Un momento, señor. —Bajó el teléfono y me miró desde el otro lado del escritorio—. Quiere saber cómo lo ha conseguido.

Extendí la mano y le quité las fotocopias.

—Dígale que no importa un carajo cómo lo conseguí. Lo que importa es dónde. El sello que hay al dorso lo deja bien claro.

—Señor Sherman, al parecer se trata de un documento del despacho del sheriff de Los Ángeles. Creo que sería muy fácil comprobar su autenticidad. Además, hay un precio.

Morgan escuchó un poco más.

—Sí, señor —dijo luego—. Está aquí. —Empujó el teléfono por encima de la mesa—. Quiere hablar con usted.

La voz era brusca y autoritaria.

—Señor Marlowe, ¿cuáles son sus condiciones? Y no olvide que el *Journal* es el único periódico de Los Ángeles que tal vez podría considerar la posibilidad de tratar este asunto.

—No se ocuparon mucho del caso. Es cierto, señor Sherman. No se lo voy a negar, pero en ese momento era solo el escándalo por el escándalo. No se trataba de esclarecer la culpabilidad de nadie. Si su documento es auténtico, estamos ante algo muy distinto. ¿Cuáles son sus condiciones?

—O publica usted la confesión íntegra, como un facsímil, o no la publica en absoluto.

—La vamos a verificar. ¿Se da cuenta?

—No sé cómo lo van a hacer, señor Sherman. Si se lo pregunta al fiscal del distrito, lo negará o se la enviará a todos los diarios de la ciudad. Estará en la obligación de hacerlo. Si pregunta al despacho del sheriff, los remitirán al fiscal del distrito.

—No se preocupe por eso, señor Marlowe. Tenemos nuestras propias vías. ¿Y sus condiciones?

—Acabo de exponerlas.

—Vaya. ¿No pretende que le paguemos?

—No con dinero.

—Bueno, supongo que usted conoce su oficio. ¿Puede ponerme de nuevo con Morgan?

Le pasé el teléfono a Lonnie Morgan. Estuvo hablando un poco más y colgó.

—Está de acuerdo —dijo—. Me llevaré las fotocopias y él la verificará. Hará lo que le pide. Reducidas a la mitad, ocuparán la mitad de la página 1A.

Le devolví las fotocopias. Las cogió y se rascó la punta de su larga nariz.

—¿Le importa que le diga que es usted un tonto de capirote?

—Estoy de acuerdo con usted.

—Aún puede cambiar de idea.

—De eso nada. ¿Recuerda la noche en que me recogió en la puerta de la Bastilla local? Dijo que tenía un amigo del que debía despedirme. Nunca llegué a decirle adiós. Si publican estas fotocopias, será mi despedida. Me ha llevado mucho, muchísimo tiempo.

—Está bien, amigo. —Hizo una mueca pícara—. Pero sigo creyendo que es usted un tonto. ¿Tengo que decirle por qué?

—Dígamelo, sí.

—Sé mucho más sobre usted de lo que piensa. Esa es la parte frustrante del trabajo de periodista. Siempre se saben más cosas de las que se pueden utilizar. Se vuelve uno cínico. Si se publica esta confesión en el *Journal*, habrá mucha gente que se sienta tocada. El fiscal del distrito, el júez de instrucción, la gente del sheriff, un ciudadano poderoso e influyente que se apellida Potter, y un par de matones llamados Menéndez y Starr. Es probable que acabe usted en el hospital o vaya de nuevo a la cárcel.

—No lo creo.

—Piense lo que quiera, colega. Le estoy dando mi opinión. El fiscal del distrito se enfadará porque echó tierra sobre el caso Lennox. Incluso si el suicidio y la confesión de Lennox lo justificaran, mucha gente va a preguntar por qué una persona inocente como Terry Lennox escribió semejante confesión, cómo murió, si se suicidó de veras o si alguien lo ayudó, por qué no se investigaron las circunstancias del suicidio y cuál fue la razón para que se diera por concluido el asunto con tanta rapidez. Además, si tiene el original de la fotocopia, creerá que la gente del sheriff ha jugado sucio a sus espaldas.

—No tienen por qué publicar el sello al dorso.

—No vamos a hacerlo. Tenemos buenas relaciones con el sheriff. Creemos que es una persona honesta. No le echamos la culpa de que no pueda acabar con tipos como Menéndez. Nadie puede acabar con el juego, ya que en algunos lugares es legal en todas sus variantes, y en otros sitios son legales algunas de esas variantes. Usted ha robado esto del despacho del sheriff. No sé cómo lo ha hecho. ¿Me lo quiere contar?

—No.

—Bien. El juez de instrucción se molestará porque aceptó enseguida la teoría del suicidio de Wade. El fiscal del distrito también lo ayudó. Harlan Potter se enojará porque se volverá a abrir un caso que logró cerrar utilizando mucho poder. Menéndez y Starr se molestarán por razones que no conozco bien, pero sé que le dieron un aviso. Y cuando esos chicos se mosquean, alguien acaba mal. Quizá le den el mismo trato que a Big Willie Magoon.

—Es probable que Magoon se extralimitara en su trabajo.

—¿Por qué? —preguntó Morgan pronunciando las palabras con claridad—. Porque esos chicos están obligados a demostrar que tienen la sartén por el mango. Si se toman el trabajo de decirle que abandone una cosa, usted debe abandonarla. Si no lo hace y ellos dejan que se salga con la suya, parecerá que son débiles. Los tipos duros que manejan el cotarro, los peces gordos, el consejo de dirección, nadie de ellos quiere saber nada de gente débil. Son peligrosos. Y, para colmo, está ese tal Chris Mady.

—He oído que es el que manda en Nevada.

—Está en lo cierto, colega. Mady es un buen tipo, pero sabe lo que es mejor para Nevada. Los maleantes ricos que trabajan en Reno y Las Vegas se cuidan mucho de incomodar al señor Mady. Si lo hicieran, sus impuestos subirían enseguida, y la colaboración de la policía se reduciría en la misma medida. Entonces los grandes jefes de la Costa Este llegarían a la conclusión de que es necesario hacer algunos cambios. Quien no consigue llevarse bien con Chris Mady es que no trabaja bien. Hay que sacarlo de allí y poner a otro en su lugar. Y para ellos, sacar a alguien de allí tiene un solo significado. Salir en una caja de madera.

—Nunca han oído hablar de mí —dije.

Morgan frunció el cejo y movió un brazo arriba y abajo en un gesto carente de sentido.

—No hace falta. La propiedad que tiene Mady en la orilla del lago Tahoe en Nevada es colindante con la propiedad de Harlan Potter. Es posible que se saluden de vez en cuando. Es posible que algún miembro de la plantilla de Mady oiga decir a uno que está en la nómina de Potter que un idiota llamado Marlowe está haciendo ruido con cosas que no le incumben. Es posible que ese comentario al paso llegue a oídos de alguien que llame a un teléfono de Los Ángeles, y un tipo musculoso reciba la sugerencia de salir a entrenarse con dos o tres amigos. Si alguien quiere que a usted lo eliminen o le den una lección, no tiene que decirle el porqué a los chicos musculosos. Para ellos es pura rutina. Nada personal. Quédate tranquilo hasta que te rompamos el brazo. ¿Quiere que le devuelva esto?

Me ofreció las fotocopias.

—Usted ya sabe lo que quiero.

Morgan se levantó despacio y se guardó las fotocopias en el bolsillo interior de la chaqueta.

—Podría equivocarme —dijo—. Es posible que usted sepa más de todo esto que yo. No sé cómo se toma las cosas una persona como Harlan Potter.

—Enfurruñado —respondí—. Lo conozco personalmente. Pero no trabaja con matones. Le sería imposible reconciliarlo con su opinión sobre cómo quiere vivir.

—Déjese de tonterías —replicó Morgan en un tono cortante—. Cerrar una investigación criminal llamando a alguien por teléfono o eliminando a los testigos no es más que una cuestión de método. Y, para la nariz de la civilización, los dos métodos apestan. Hasta la próxima... espcro.

Salió del despacho como si lo arrastrara el viento.

## 46

Fui a Victor's con la idea de tomarme un gimlet y esperar allí a que saliera a la calle la edición vespertina de los periódicos de la mañana. Pero el bar estaba repleto de gente y no resultaba divertido. Cuando el camarero que conocía pudo acercarse a servirme, me llamó por mi nombre.

—Le gusta una gota de angostura, ¿verdad?

—Habitualmente no. Pero esta noche sí, un par de gotas.

—Hace tiempo que no veo a su amiga. La de las esmeraldas.

—Yo tampoco.

Se fue y regresó con la copa. Me la bebí a sorbos, para que durara más, porque no tenía deseos de achisparme. O me emborrachaba del todo o permanecía sobrio. Algo más tarde pedí otra de lo mismo. Poco después de las seis el chico de los periódicos entró en el bar. Uno de los camareros le gritó que se largara, pero logró hacer una ronda rápida entre los clientes antes de que lo agarraran por el brazo y lo echaran a la calle. Yo fui uno de los que compró el diario. Abrí el *Journal* y eché un vistazo a la primera página. Lo habían publicado. Todo estaba allí. Habían invertido las fotocopias para que aparecieran en negro sobre blanco, y reducidas de tamaño cabían en la mitad superior de la página. En otra página había un editorial breve y muy directo. Lonnie Morgan firmaba media columna que aparecía en la tercera página.

Me acabé la copa, salí y fui a cenar a otro lugar. Después volví a casa.

El artículo de Lonnie Morgan era una recapitulación de los hechos y los sucesos relacionados con el caso Lennox y el «suicidio» de Roger Wade: los hechos como habían sido publicados. No añadía nada, ni concluía nada, ni tampoco acusaba a nadie. Era claro, conciso y eficaz. El editorial era otra cosa. Planteaba preguntas, de esas que hace la prensa a los funcionarios públicos cuando los sorprenden con los pantalones bajados.

El teléfono sonó a las nueve y media, y Bernie Ohls dijo que pasaría por mi casa de camino a la suya.

—¿Has visto el *Journal*? —preguntó esquivo, y colgó a continuación, sin esperar la respuesta.

Cuando llegó se quejó de los escalones y dijo que tomaría una taza de café si lo invitaba. Le respondí que haría un poco. Mientras lo preparaba, se paseó por la casa como si fuera suya.

—Para ser una persona que podría no hacerse querer, vives demasiado solo —dijo—. ¿Qué hay al otro lado de la colina?

—Otra calle. ¿Por qué?

—Sólo preguntaba. Tendrías que podar los arbustos.

Llevé el café al salón. Bernie se sentó y comenzó a bebérselo. Encendió uno de mis cigarrillos, fumó durante uno o dos minutos y después lo apagó.

—Estoy a punto de que el tabaco deje de interesarme —dijo—. Quizá se deba a los anuncios de la tele. Te hacen odiar todo lo que intentan venderte. Deben de pensar que la gente es medio tonta. Cada vez que un cretino de chaqueta blanca con un estetoscopio colgando del cuello enseña un tubo de pasta dental, o una cajetilla de cigarrillos, o una botella de cerveza, o un elixir bucal, o un frasco de champú, o una cajita de algo que hace que un luchador obeso huela a violetas de montaña, siempre tomo nota para no comprarlo. Demonios, no compraría el producto ni aunque me gustara. ¿Has leído el *Journal*, eh?

—Un amigo me ha avisado. Un periodista.

—¿Tienes amigos? —dijo asombrado—. ¿No te ha contado cómo consiguieron el material?

—No. Y en este estado no tiene la obligación de hacerlo.

—Springer tiene una rabieta de órdago. Lawford, el funcionario de la Oficina del Fiscal del Distrito que recibió la carta esta mañana, jura que la llevó directamente al despacho de su jefe, pero da qué pensar. Lo que ha publicado el *Journal* parece una reproducción directa del original.

Seguí bebiendo el café sin decir nada.

—Lo tiene bien merecido —prosiguió Ohls—. Springer debería haberse encargado él mismo. No pienso que la filtración proviniera de Lawford. Él también es un político.

Me miró con cara de palo.

—¿Para qué has venido, Bernie? No te caigo bien. Éramos amigos... tanto como se pueda ser amigo de un policía duro. Pero la cosa se ha estropeado un poco.

Se inclinó hacia delante y sonrió con cierto aspecto lobuno.

—A ningún policía le gusta que un particular haga su trabajo a sus espaldas. Si me hubieras dicho algo de la relación entre Wade y la mujer de Lennox cuando Wade apareció muerto, habría descubierto lo demás. Si me hubieras comentado algo del lazo de la señora Wade con Terry Lennox, la habría tenido en la palma de la mano, y viva. Si desde el principio hubieras hablado con franqueza, quizá Wade aún estaría vivo. Sin hablar de Lennox. Te consideras un genio, ¿verdad?

—¿Qué quieres que te diga?

—Nada. Es demasiado tarde. Ya te dije que los tipos listos no engañan a nadie, salvo a sí mismos. Te lo dije con claridad, cara a cara. Pero no quisiste enterarte. Ahora mismo lo más inteligente que podrías hacer sería irte de la ciudad. No le caes bien a nadie, y hay un par de tipos que cuando alguien no les cae bien, no se quedan con los brazos cruzados. Un chivato me ha pasado la información.

—No soy tan importante, Bernie. No vale la pena que sigamos gruñéndonos el uno al otro. Wade estaba muerto antes de que te ocuparas del caso. Después de eso, no le importaba a nadie, ni a ti, ni al juez de instrucción, ni al fiscal del distrito. Quizá metí la pata en algunas cosas. Pero la verdad salió a flote. Podrías haber detenido a la mujer ayer por la tarde, pero ¿con qué pruebas?

—Tenías cosas que contarnos sobre ella.

—¿Yo? ¿Con el trabajo policial que llevé a cabo a vuestras espaldas?

Se levantó con brusquedad. Tenía el rostro congestionado.

—Está bien, tipo listo. Ella estaría viva. La habríamos detenido por sospechas. La querías muerta, desgraciado, y lo sabes.

—Quería que pudiera mirarse a sí misma durante un buen rato, con calma. Y lo que hiciera después era asunto suyo. Yo quería limpiar el nombre de un hombre inocente. Me importaba un carajo cómo lograrlo, y tampoco me importa ahora. Cuando tengas claro lo que quieres hacer conmigo, podrías encontrarme con facilidad.

—Esos matones se encargarán de ti, charlatán. No tendré que molestarme para nada. Crees que no eres lo suficientemente importante como para cabrearlos. Como detective privado de apellido Marlowe, así es. No lo eres. Pero como persona a la que se le advirtió que lo dejara y se burló de ellos en público, en un periódico, es muy diferente. Eso ha herido su orgullo.

—Es una lástima. Como sueles decir, solo pensar en ello me hace sangrar por dentro.

Fue hacia la puerta y la abrió. Se quedó allí de pie, contemplando los escalones de secuoya y los árboles en la colina al otro lado del camino y en la ladera al final de la calle.

—¡Qué sitio tan bonito y tranquilo! —dijo—. Tiene la tranquilidad justa.

Bajó los escalones, subió al coche y se fue. Los polis nunca se despiden. Siempre tienen la esperanza de volver a verte en una rueda de identificación.

# 47

Al día siguiente, durante un tiempo más bien corto, las cosas parecieron animarse un poco. Springer, el fiscal del distrito, convocó una conferencia de prensa matutina e hizo una declaración. Era de esos sujetos rubicundos, corpulentos, de cejas negras y cabello prematuramente gris, a quienes siempre les va bien en política.

—He leído el documento que se supone que es una confesión de la desafortunada e infeliz mujer que se quitó la vida recientemente, un documento que podría ser auténtico o no, pero que, si lo es, se trata, sin lugar a dudas, del fruto de una mente perturbada. Estoy dispuesto a suponer que el *Journal* ha publicado el documento de buena fe, a pesar de sus muchos absurdos e incoherencias, con cuya enumeración no pienso aburrirlos. Si Eileen Wade escribió esas palabras (y mi despacho, trabajando codo con codo con el personal de mi respetado colaborador el sheriff Petersen, establecerá en pocos días si lo hizo o no), puedo decirles que no las escribió con la mente clara o la mano firme. Hace escasas semanas esa infortunada mujer encontró a su esposo bañado en la sangre que había derramado por su propia mano. ¡Imagínense la conmoción, la desesperación, la absoluta soledad que debió de sufrir tras semejante desgracia! Y ahora se ha unido a él en la amargura de la muerte. ¿Acaso se gana algo removiendo las cenizas de los muertos? ¿Algo aparte de vender unos cuantos ejemplares más de un periódico que necesita desesperadamente aumentar la tirada? Nada en absoluto, amigos míos, nada. Dejémoslo así. Como Ofelia, en esa obra maestra del drama que lleva por título *Hamlet*, escrita por el inmortal William Shakespeare, Eileen Wade «llevó la ruda por otro motivo».* Mis enemigos políticos querrían exagerar esa diferencia, pero mis amigos y los que me votan no se llamarán a engaño. Ellos saben que este departamento siempre ha defendido una forma sabia y reposada de aplicar la ley, una justicia atemperada por la compasión, un gobierno sólido, estable y conservador. No sé qué defiende el *Journal*, y tengo que admitir que no me interesa mucho. Dejemos que el público ilustrado juzgue por sí mismo.

El *Journal* publicó aquella sarta de idioteces en su primera edición (era un periódico que funcionaba las veinticuatro horas del día) y Henry Sherman, el director editorial, respondió de inmediato a Springer con un comentario que llevaba su firma.

> El señor Springer, el fiscal del distrito, estaba en buena forma esta mañana. Es un hombre de buena figura y habla con una voz de barítono que da gusto escuchar. No nos ha aburrido con hechos. Cuando el señor Springer quiera que le demostremos la autenticidad del documento en cuestión, el *Journal* tendrá el gusto de complacerlo. No esperamos que el señor Springer emprenda acción alguna para reabrir casos que han sido cerrados oficialmente con su aprobación o bajo su orientación, de la misma manera que no esperamos que el señor Springer haga el pino en la torre del ayuntamiento. Y, como lo expresa con tanto tino el señor Springer, ¿acaso se gana algo removiendo la ceniza de los muertos? O, como pre-

* Juego de palabras intraducible, que se basa en dos de los significados de la palabra rue: ruda y arrepentimiento. Se ha preferido tomar el texto más conocido de Hamlet en español. *(N. del T.)*

feriría reformularlo el *Journal* aunque de manera menos elegante, ¿acaso se gana algo descubriendo quién ha cometido un asesinato cuando la asesina ya está muerta? Nada, por supuesto, salvo justicia y verdad.

En nombre del difunto William Shakespeare, el *Journal* desea dar las gracias al señor Springer por su laudatoria mención de *Hamlet*, y por su alusión a Ofelia, en esencia correcta, pero no exacta. «Llevad vos la ruda por otro motivo» no se decía de Ofelia, sino que lo decía ella, y su verdadero significado nunca ha estado del todo claro para las mentes menos eruditas. Pero pasémoslo por alto. Suena bien y contribuye a difuminar el problema. Quizá se nos permita citar, de la misma obra dramática, que cuenta con la aprobación oficial del fiscal del distrito, algo bueno que fue dicho por un mal hombre: «Y donde haya crimen el hacha caerá».*

Lonnie Morgan me llamó a mediodía y me preguntó qué me había parecido. Le dije que no creía que le hiciese ningún daño a Springer.

—Solo les gustará a los intelectuales —respondió—, y esos ya lo conocen bien. Lo que preguntaba era qué pasa con usted.

—Pues no pasa nada. Estoy aquí sentado, esperando tener poco trabajo y mucho dinero.

—No era eso exactamente lo que preguntaba.

—Aún disfruto de buena salud. Deje de intentar asustarme. He logrado lo que quería. Si Lennox aún estuviera vivo, podría ir a ver a Springer y escupirle en la cara.

—Usted lo ha hecho por él. Y ahora Springer lo sabe. Tienen cien maneras de tenderle trampas a la gente que no les cae bien. No entiendo por qué ha dedicado tanto tiempo a esto. Lennox no se lo merecía.

—¿Y eso qué tiene que ver?

Guardó silencio un instante.

* Esta cita de *Hamlet* y las anteriores corresponden al Acto IV, escena 5. *(N. del t.)*

—Lo siento, Marlowe —dijo después—. Cerraré mi bocaza. Buena suerte.

Después de la despedida habitual, colgamos.

Linda Loring me llamó alrededor de las dos de la tarde.

—No mencione nombres, por favor —dijo—. Acabo de llegar en avión de ese gran lago que está al norte. Allí hay alguien muy cabreado por una cosa que apareció anoche en el *Journal.* A mi casi ex marido le dio de lleno en la cara. El pobrecillo sollozaba cuando lo dejé. Voló hasta allí para informar.

—¿Qué quiere decir con eso de su casi ex marido?

—No sea idiota. Por una vez en la vida mi padre lo aprueba. París es un sitio magnífico para obtener un divorcio tranquilo. Así que pronto me iré a esa ciudad. Y si a usted todavía le quedara un poco de cordura, lo mejor que podría hacer sería gastar algo de aquella preciosa acuñación que me enseñó largándose lo más lejos posible.

—¿Qué relación guarda conmigo todo eso?

—Es la segunda idiotez que me pregunta. Solo se engaña a sí mismo, Marlowe. ¿Sabe cómo cazan a los tigres?

—No tengo ni idea.

—Atan una cabra a una estaca y después se esconden. Por lo general, la cabra lo pasa muy mal. Usted me cae bien. Aunque no entiendo por qué, pero es así. Detesto la idea de que sea usted la cabra. Se ha esforzado mucho por hacer lo correcto... o lo que creía que era lo correcto.

—Es muy amable por su parte —dije—. Si asomo la cabeza y me la cortan, sigue siendo mi cabeza.

—No se haga el héroe, idiota —repuso molesta—. El hecho de que alguien que conocíamos decidiera hacer de chivo expiatorio no significa que usted tenga que imitarlo.

—Si se queda suficiente tiempo por aquí, la invitaré a una copa.

—Invíteme en París, es una ciudad encantadora en otoño.

—Eso también me encantaría. He oído que es todavía mejor en primavera. Nunca he estado allí. No podría opinar.

—Si sigue así, nunca irá.

—Adiós, Linda. Espero que encuentre lo que busca.

—Adiós —me respondió con una voz gélida—. Yo siempre encuentro lo que busco. Pero cuando lo encuentro, deja de gustarme.

Colgó. El resto del día transcurrió sin que sucediera nada. Cené y dejé el Oldsmobile en un taller que abría las veinticuatro horas para que me alinearan los frenos. Regresé a casa en taxi. La calle estaba desierta, como siempre. En el buzón había un cupón para recibir una pastilla de jabón gratis. Subí despacio los escalones. Era una noche tibia y había una ligera niebla suspendida en el aire. Los árboles de la colina apenas se movían. No soplaba brisa. Empecé a abrir la puerta pero me detuve cuando la hoja estaba a unos veinte centímetros del marco. Dentro estaba oscuro, no se oía ningún ruido. Pero tenía la sensación de que había alguien en el salón. Quizá un muelle chirrió en silencio, o distinguí el brillo de una chaqueta blanca al otro lado de la habitación. Posiblemente en una noche cálida y apacible como esa la sala situada al otro lado de la puerta no estaba lo bastante tibia, pero sí en calma. Quizá flotaba cierto olor a hombre en el aire. O quizá solo tenía los nervios a flor de piel.

Di un paso a un lado, abandoné el portal y me recosté en los arbustos. No pasó nada. No se encendió ninguna luz dentro, ni hubo ningún movimiento que pudiera detectar. Llevaba el revólver en una funda colgada del cinturón, al lado izquierdo, con la culata hacia delante, era un 38 de cañón corto de la policía. Lo saqué lo más deprisa que pude, pero eso tampoco me sirvió para nada. El silencio continuó. Llegué a la conclusión de que no era más que un tonto. Me enderecé y levanté un pie para volver a la puerta principal, pero en ese momento un coche apareció por la esquina, subió la colina a gran velocidad y se detuvo, casi sin hacer ruido, al pie de los escalones. Era un vehículo grande y negro, con las líneas de un Cadillac. Podría haber sido el coche de Linda Loring, excepto por dos cosas. Nadie se apeó a abrir la puerta y las ventanillas que daban a mí estaban cerradas herméticamente. Esperé y escuché, agachado junto a los arbustos, pero no había nada que esperar y nada que oír. Solo era un coche negro, inmóvil, al pie de mis escalones de secuoya, con las ventanillas cerradas. Si tenía el motor en marcha, yo no lograba oírlo. Entonces se encendió un gran reflector rojo y el rayo de luz iluminó un punto situado a unos siete metros más allá de la esquina de la casa. Después, muy despacio, el enorme coche retrocedió hasta que el haz de luz pudo recorrer la fachada de la casa, de una punta a otra.

Los policías no van en Cadillacs. Los Cadillacs con reflectores rojos pertenecen a los peces gordos, los alcaldes, los comisionados de policía, quizá a los fiscales de distrito. Quizá a los gángsteres.

El reflector comenzó a desplazarse. Me tiré al suelo, pero de todos modos me descubrió. Se detuvo sobre mí. Nada más. La puerta del coche seguía sin abrirse, la casa continuaba en silencio y a oscuras.

Entonces una sirena gimió en un tono muy bajo durante uno o dos minutos, hasta que se acalló. Y por fin las luces de la casa se encendieron y un hombre que vestía una chaqueta blanca de etiqueta salió a los escalones y su mirada se deslizó por la pared hasta los arbustos.

—Entra en la casa, muerto de hambre —dijo Menéndez con una risita—. Tienes compañía.

No me habría costado mucho trabajo pegarle un tiro. Pero retrocedió enseguida y fue demasiado tarde, incluso si hubiera querido hacerlo. Entonces empezó a abrirse una de las ventanillas traseras del coche y pude oír el sonido del mecanismo. Una pistola ametralladora disparó una ráfaga corta a la ladera de la colina, a unos diez metros de mí.

—Entra, muerto de hambre —repitió Menéndez desde el umbral—. No tienes ningún otro sitio adónde ir.

Me enderecé, eché a andar y el reflector me siguió sin perderme de vista. Guardé el revólver en la funda. Subí al pequeño rellano de madera, atravesé el umbral y me detuve dentro. Al otro lado del salón había un hombre sentado con las piernas cruzadas y un revólver que reposaba de lado sobre el muslo. Era larguirucho, correoso, y su piel tenía el aspecto reseco propio de la gente que vive en sitios muy soleados. Vestía una larga gabardina marrón, parecida a un chubasquero, con la cremallera abierta casi hasta la cintura. Me miraba, y ni sus ojos ni el revólver se movieron. Estaba tan tranquilo como una pared de adobe a la luz de la luna.

## 48

Estuve mirándolo demasiado tiempo. Hubo un movimiento rápido a mi lado que percibí a medias, y un dolor lacerante se apoderó de mi hombro. El brazo se me durmió por completo, hasta la punta de los dedos. Me volví y vi a un mexicano grande y malcarado. No sonreía, se limitaba a observarme. La 45 que empuñaba se deslizó a su costado. Llevaba bigote y tenía la cabeza cubierta de abundante grasiento y cabello negro, peinado hacia arriba y hacia abajo, en todas las direcciones. Se cubría la coronilla con un sombrero sucio, y el barboquejo suelto le colgaba por delante de una camisa bordada que apestaba a sudor. No hay nada más duro que un mexicano duro, de la misma manera que no hay nada más amable que un mexicano amable, ni más honrado que un mexicano honrado, y por encima de todo, nada más triste que un mexicano triste. Ese tipo era uno de los duros. En ninguna parte los fabrican más duros.

Me froté el brazo. Sentí cierto hormigueo, pero el dolor y sobre todo el entumecimiento persistían. Si hubiera intentado sacar un arma, lo más probable es que se me hubiera caído.

Menéndez tendió la mano hacia el mexicano. Sin dar la sensación de que estaba mirando, le tiró un revólver y Menéndez lo cogió al vuelo. Se encontraba delante de mí, con la cara brillante.

—¿Dónde te gustaría, muerto de hambre?

Le bailaban los ojos.

Simplemente lo miré. No hay respuesta para una pregunta así.

—Te he hecho una pregunta, muerto de hambre.

Me humedecí los labios y le respondí con otra.

—¿Qué le pasó a Agostino? Creía que era tu guardaespaldas.

—Chick se ha vuelto blandito —respondió con amabilidad.

—Siempre fue un tipo blando, como su jefe.

El hombre sentado en la silla parpadeó. Estuvo a punto de sonreír. El tipo duro que me había dejado el brazo paralizado no se movió ni dijo nada. Sabía que respiraba. Me llegaba su olor.

—¿Alguien ha tropezado con tu brazo, muerto de hambre?

—He resbalado con una enchilada.

Con un gesto negligente, casi sin mirarme, me cruzó la cara con el cañón del revólver.

—No te hagas el gracioso conmigo, muerto de hambre. El tiempo para eso se te acabó. Te lo advertimos, y con buenas maneras. Cuando me tomo el trabajo de visitar a alguien personalmente y le digo a ese alguien que se abstenga, se abstiene. De lo contrario, acaba tirado en el suelo, y no se levanta nunca más.

Notaba un hilo de sangre que me bajaba por la mejilla. Sentía el entumecimiento y el dolor en el pómulo donde me había golpeado. Se difundió hasta que me dolía toda la cabeza. El golpe no había sido muy fuerte, pero el objeto utilizado era sólido. Sin embargo, aún podía hablar, y nadie intentó impedírmelo.

—¿Cómo has acabado encargándote de las palizas, Mendy? Pensaba que eso era trabajo de baja calificación para tipos como los que zurraron a Big Willie Magoon.

—Es el toque personal —dijo amablemente—, partiendo del hecho de que tenía razones personales para darte una advertencia. Lo que le hicieron a Magoon fue solo una cuestión de negocios. Llegó a pensar que podría mangonearme... a mí, que le pago la ropa y los coches, que le he llenado de dinero la caja fuerte y le he pagado la hipoteca de su casa. Esos chicos de la Brigada Antivicio son todos iguales. He pagado hasta la factura de la escuela de sus críos. Esperas que el hijo de perra demuestre un poco de gratitud. ¿Y qué hace entonces? Entra en mi despacho privado y me abofetea delante de los sirvientes.

—¿Por qué? —le pregunté con la vaga esperanza de que se mosqueara con alguna otra persona.

—Porque una mujerzuela pintarrajeada le dijo que usábamos dados trucados. Parece que era una de las amiguitas que se llevaba a la cama. Ordené que la echaran del club y que le devolvieran hasta el último centavo que traía encima cuando llegó.

—Es comprensible —dije—. Magoon debería saber que ningún jugador profesional hace trampas en el juego. No lo necesita. Pero ¿qué te he hecho yo?

Volvió a golpearme, con esmero esta vez.

—Me has hecho quedar mal. En mi negocio a nadie se le dice una cosa dos veces. Ni siquiera a los duros. Tiene que hacer lo que le dicen, o ya no controlas nada. Y si no controlas nada, estás fuera del negocio.

—Me huelo que hay algo más —dije—. Perdóname si saco el pañuelo.

El revólver me siguió mientras sacaba el pañuelo del bolsillo y me limpiaba la sangre de la cara.

—Un sabueso de tres al cuarto cree que puede tomarle el pelo a Mendy Menéndez —dijo despacio—. Que puede convertirme en un hazmerreír. Que puede hacerme un corte de mangas, a mí, a Menéndez. Debería liquidarte con un cuchillo, muerto de hambre. Debería cortarte en rebanadas.

—Lennox era tu amigo —respondí escudriñándole los ojos—. Murió. Lo enterraron como a un perro, sin poner siquiera un nombre sobre el fango donde metieron el cadáver. Y yo tuve algo que ver en la demostración de su inocencia. Y eso te hace quedar mal, ¿eh? Él te salvó la vida y perdió la suya, y eso no te importó absolutamente nada. Lo único que te importa de verdad es hacerte pasar por un pez gordo. Nunca te ha importado nadie que no seas tú mismo. No eres grande, solo eres gritón.

Se le congeló la expresión y echó el brazo hacia atrás para golpearme por tercera vez, con todas sus fuerzas. Su brazo aún retrocedía cuando di un paso al frente y le propiné una patada en la boca del estómago.

No pensaba, no había planeado nada, no había calculado cuáles eran mis posibilidades, ni siquiera si las tenía. Estaba harto de sus bravuconadas, estaba dolorido y sangraba, y en ese momento me sentía algo aturdido por los golpes.

Se dobló tratando de respirar y el revólver le cayó de las manos. Lo buscó frenético, palpando a su alrededor, mientras de su garganta salían roncos jadeos. Le pegué un rodillazo en la cara. Se puso a aullar.

El hombre que estaba en la silla se echó a reír. Eso me desconcertó. Después se levantó con el revólver en la mano.

—No lo mate —dijo afable—. Queremos usarlo como carnada.

Entonces algo se movió en las sombras del pasillo y apareció Ohls, muy sereno, con la mirada vacía e inexpresiva. Miró a Menéndez, que estaba de rodillas con la cabeza en el suelo.

—Blandito —dijo Ohls—. Como una papilla.

—No es blando —expliqué—. Está lastimado. Se puede lastimar a cualquier hombre. ¿Big Willie Magoon era blando?

Ohls me miró. El otro hombre me miró. El mexicano duro junto a la puerta no emitió ni el menor sonido.

—Sácate ese maldito cigarrillo de la boca —le gruñí a Ohls—. O te lo fumas o lo dejas. Estoy harto de verte. Estoy harto de ti, punto. Estoy harto de polis.

Pareció sorprenderse. Después sonrió.

—Esto ha sido una trampa, chaval —dijo con alegría—. ¿Te ha hecho mucho daño? ¿Este canalla te ha atizado en la jeta? Bueno, te lo tenías bien merecido y, además, nos has sido de gran utilidad.

Miró a Mendy, que tenía las rodillas debajo de él. Estaba saliendo de un pozo, centímetro a centímetro. Jadeaba al respirar.

—¡Qué parlanchín se vuelve —exclamó Ohls— cuando no tiene a su lado tres picapleitos que le impidan abrir la boca!

Levantó a Menéndez de un tirón. La nariz le sangraba. Con dedos torpes sacó un pañuelo de su esmoquin blanco y se lo llevó a la nariz. No dijo una sola palabra.

—Te han engañado, cariño —le dijo Ohls hablando poco a poco—. No siento mucha lástima por Magoon. Se lo merecía. Pero es un policía, y los mequetrefes como tú no pueden tocar a un policía, nunca jamás.

Menéndez bajó el pañuelo y miró a Ohls. Me miró a mí. Miró al hombre que estaba sentado en la silla. Se giró despacio y miró al mexicano duro que permanecía junto a la puerta. Todos lo miraron. En sus rostros no había ninguna expresión. Entonces apareció de la nada una navaja y Mendy se lanzó sobre Ohls. El teniente dio un paso a un lado, lo agarró por la garganta y con un golpe de la otra mano hizo caer la navaja sin dificultad, casi con indiferencia. Ohls abrió las piernas, enderezó la espalda, dobló levemente las rodillas y con una sola mano levantó a Menéndez del suelo con un gesto, sin esfuerzo, agarrándolo por el cuello. Atravesó el salón con él y lo pegó contra la pared. Lo bajó, pero no le soltó la garganta.

—Si me tocas con un solo dedo, te mato —le dijo—. Con un solo dedo.

Entonces lo soltó.

Mendy le sonrió con menosprecio, miró su pañuelo y lo dobló para ocultar la sangre. Se lo llevó de nuevo a la nariz. Echó un vistazo al revólver que había usado para golpearme.

—Aunque lo pudieras coger, no está cargado —comentó distraído el hombre de la silla.

—Una trampa —le dijo Mendy a Ohls—. Ya lo he oído.

—Pediste tres gorilas —dijo Ohls—, pero te mandaron tres agentes de Nevada. A alguien en Las Vegas no le gusta que te hayas olvidado de consultar con él. Ese alguien quiere conversar contigo. Puedes irte con los agentes o puedes venir conmigo al centro, y que te cuelguen detrás de la puerta por las esposas. Hay un par de chavales allí a los que les encantaría verte.

—Que Dios tenga piedad de Nevada —dijo Mendy en voz baja echándole otro vistazo al mexicano duro.

Después se santiguó a toda prisa y salió por la puerta principal. El mexicano duro salió detrás de él. Acto seguido, el otro, el tipo de aspecto reseco por el sol del desierto, recogió el revólver y el cuchillo y también se marchó. Cerró la puerta. Ohls aguardaba sin moverse. Se oyó el sonido de los tirones de las portezuelas al cerrarse y luego un vehículo se alejó en la noche.

—¿Estás seguro de que esos salteadores son policías? —le pregunté a Ohls.

Se volvió como si le sorprendiera verme allí.

—Tenían estrellas —dijo conciso.

—Buen trabajo, Bernie. Muy bueno. Maldito hijo de perra, ¿crees que llegará vivo a Las Vegas?

Fui al baño, dejé correr el agua fría y me puse una toalla mojada sobre la parte dolorida. Me miré en el espejo. Tenía la mejilla hinchada y azulada, con algunos desgarros causados por la fuerza con que el cañón del revólver me había golpeado el pómulo. También descubrí una mancha pálida bajo el ojo izquierdo. Durante varios días no iba a estar muy apuesto que digamos.

El reflejo de Ohls apareció detrás de mí en el espejo. Se pasaba por los labios su maldito cigarrillo sin encender, como un gato que juguetea con un ratón medio muerto, tratando de que intente escapar una vez más.

—La próxima vez no intentes tomarle el pelo a la policía —dijo en un tono áspero—. ¿Crees que te dejamos robar esas fotocopias para divertirte? Presentíamos que Mendy vendría a intentar liquidarte. Hablamos con Starr y le pusimos las cartas sobre la mesa. Le dijimos que no podíamos acabar con el juego en el condado, pero que podíamos ponerle tantos obstáculos que las ganancias caerían en picado. En nuestra zona ningún gángster puede apalear a un policía, ni siquiera a uno corrupto, y salir tan fresco. Starr nos convenció de que no tenía nada que ver con eso, que la organización estaba molesta por ello y que Menéndez iba a recibir un aviso. Así que cuando Mendy pidió unos tipos duros de fuera de la ciudad para que vinieran a darte un repaso, Starr le mandó a tres de sus hombres en uno de sus coches, pagando todos los gastos. Starr es comisionado de policía en Las Vegas.

Me volví y miré a Ohls.

—Los coyotes del desierto comerán bien esta noche. Enhorabuena. El trabajo de la policía es maravilloso, estimulante e idealista, Bernie. Lo único feo del trabajo de la policía son los policías que lo llevan a cabo.

—Peor para ti, héroe —replicó con un inesperado tono frío y violento—. Cuando has entrado en el salón de tu propia casa para que te zurraran, me ha costado trabajo aguantar la risa. Me ha encantado, chaval. Era un trabajo sucio y debía hacerse de modo sucio. Para que ciertos individuos hablen, hay que darles cierta sensación de poder. No te han lastimado mucho, pero teníamos que dejar que te zurraran un poco.

—Lo siento —dije—. Siento mucho que hayas tenido que sufrir tanto.

Se puso tenso y me acercó el rostro.

—Odio a los jugadores —dijo con una voz ronca—. Los odio tanto como a los que venden droga. Transmiten una enfermedad que corrompe igual que los narcóticos. ¿Crees que esos palacios de Reno y Las Vegas son sitios para que la gente se divierta de manera inocente? Mentira, fueron ideados para el hombrecito de la calle, el tonto que quiere obtener algo por nada, el tipo que entra con el sobre de la paga en el bolsillo y pierde el dinero para la compra del fin de semana. El jugador rico pierde cuarenta de los grandes y se ríe, y regresa a por más. Pero el jugador rico no es el que alimenta el negocio. El verdadero robo es el de monedas de diez, de veinticinco, de medio dólar, y solo muy de cuando en cuando, un dólar o un billete de cinco. El gran dinero del negocio entra como el agua del grifo en tu bañera, es un chorro interminable que nunca deja de fluir. Cada vez que alguien quiere acabar con un jugador profesional, yo me ofrezco a hacerlo. Me gusta. Y cada vez que el gobierno de un estado recibe dinero del juego y lo llama impuestos, está contribuyendo al negocio de la mafia. El peluquero o la chica del salón de belleza apuestan dos dólares por cabeza. Eso es para el sindicato, que es quien se queda con las ganancias en realidad. La gente quiere una policía honesta, ¿verdad? ¿Para qué? ¿Para proteger a los tipos que tienen privilegios? En este estado existen hipódromos legales que funcionan todo el año. Funcionan honestamente, y el estado recibe su parte, y por cada dólar que se apuesta en las ventanillas, hay otros cincuenta en apuestas clandestinas. En cada boleto de apuestas hay ocho o nueve carreras, y la mitad de ellas, las que no tienen importancia y nadie les presta atención, pueden ser amañadas en el momento en que alguien lo decida. Un jockey solo tiene una manera de ganar una carrera, pero hay veinte maneras de perder, aunque haya árbitros vigilando por toda la pista, que no lograrán hacer nada en absoluto si el jockey conoce bien su negocio. Eso es jugar legalmente, colega, un negocio limpio y honesto, aprobado por el estado. ¿Es correcto, no crees? No, según mis reglas no lo es. Porque se trata de juego, y engendra jugadores, y cuando lo sumas todo, solo hay una clase de juego, el malo.

—¿Te sientes mejor? —le pregunté mientras me ponía un poco de tintura de yodo en las heridas.

—Soy un viejo policía cansado y apaleado. Lo único que siento es rabia.

Me volví y lo miré.

—Eres un policía de primera, Bernie, pero a pesar de eso te equivocas. Todos los policías se parecen en una cosa: siempre le echan la culpa a lo que no la tiene. Si un tipo pierde la paga en una mesa de dados, prohibido el juego. Si se emborracha, prohibido el alcohol. Si mata a alguien en un accidente de tránsito, prohibido producir coches. Si lo pescan con una chica en la habitación de un hotel, prohibido practicar sexo. Si se cae por la escalera, prohibido construir edificios.

—¡Cierra el pico!

—Claro, hazme callar. Solo soy un simple ciudadano. Déjate de tonterías, Bernie. No tenemos mafias, sindicatos del crimen y pandillas de gángsteres debido a que los ayuntamientos y las legislaturas estén llenos de políticos corruptos y sus secuaces. El crimen no es la enfermedad, es un síntoma. Los maderos son como el médico que te receta una aspirina para un tumor cerebral, salvo por el hecho de que el poli siempre preferirá curarte con una porra. Somos un pueblo grande, brutal, rico y desenfrenado, y el crimen es el precio que pagamos por serlo, y el crimen organizado es el precio que pagamos por la organización. Nos acompañará durante mucho tiempo. El crimen organizado no es más que el reverso sucio de la fuerza del dólar.

—¿Y cuál es la cara limpia?

—Nunca la he visto. Quizá Harlan Potter podría decírtelo. Vamos a tomar una copa.

—Estabas fantástico cuando has entrado por esa puerta —dijo Ohls.

—Tú aún has estado mejor cuando Mendy te ha sacado la navaja.

—Choca esos cinco —dijo y me tendió la mano.

Tomamos una copa y él se marchó por la puerta trasera, que había abierto con una barra la noche anterior, durante una visita de reconocimiento. Las puertas traseras son fáciles de forzar si se abren hacia fuera y son tan viejas que la madera se ha vuelto seca y agrietada. Se sacan los pernos de las bisagras y lo demás es muy sencillo. Cuando se marchó para ir al otro lado de la colina, donde había dejado el coche, Ohls me enseñó un arañazo en el marco de la puerta. Podría haber abierto la puerta principal con la misma tranquilidad, pero habría roto la cerradura y se habría notado demasiado.

Lo seguí con la vista mientras subía entre los árboles, precedido por el rayo de una linterna, hasta que desapareció al llegar a la cumbre. Cerré la puerta con llave, me preparé otra copa, esta vez con más agua, regresé al salón y me senté. Miré el reloj de muñeca. Aún era temprano. La sensación de que había transcurrido mucho tiempo desde mi llegada era solo aparente.

Descolgué el teléfono, llamé a la operadora y le di el número de la casa de Loring. El mayordomo preguntó quién llamaba y después fue a ver si la señora estaba en casa. Sí que estaba.

—Tenía razón, yo era la cabra —dije—, pero han atrapado vivo al tigre. Estoy algo maltrecho.

—Tendrá que contármelo en algún momento.

Su voz sonaba tan lejana como si ya estuviera en París.

—Podría contárselo mientras tomamos una copa, si tiene tiempo.

—¿Esta noche? Estoy haciendo las maletas para marcharme. Me temo que no podrá ser.

—Sí, ya lo veo. Bueno, he pensado que quizá le gustaría saberlo. Fue muy amable al avisarme. Y no tenía nada que ver en absoluto con su padre.

—¿Está seguro?

—Totalmente.

—Espere, un momento. —Desapareció unos instantes y al regresar su voz tenía un tono más cálido—. Quizá pueda encontrar un poco de tiempo para tomar una copa. ¿Dónde?

—Donde usted diga. Hoy no tengo coche, pero puedo llamar a un taxi.

—Tonterías. Pasaré a recogerlo, pero tardaré algo más de una hora. ¿Cuál es su dirección?

Se la dije, ella colgó y yo encendí la luz del portal y me quedé junto a la puerta abierta, respirando el aire de la noche. Ya estaba mucho más fresco.

Regresé al interior y traté de llamar a Lonnie Morgan, pero no logré encontrarlo. Después, para ver qué ocurría, llamé al Club Terrapin, en Las Vegas, al señor Randy Starr. Lo más probable era que no se pusiera. Pero contestó. Tenía una voz serena y competente, de hombre de negocios.

—Es un placer hablar con usted, señor Marlowe. Los amigos de Terry son mis amigos. ¿En qué puedo servirlo?

—Mendy está en camino.

—¿Hacia dónde?

—Hacia Las Vegas, con los tres matones que usted mandó en su busca, en un gran Cadillac negro con un reflector rojo y sirena. Supongo que es suyo.

Se echó a reír.

—Como una vez dijo un reportero, en Las Vegas usamos Cadillacs como remolques. ¿De qué va todo esto?

—Mendy organizó una emboscada en mi casa con un par de tipos duros. Planeaba darme una paliza, para decirlo amablemente, por un artículo publicado en un periódico del que al parecer me consideraba responsable.

—¿Y era usted responsable?

—No soy dueño de ningún periódico, señor Starr.

—Yo tampoco soy dueño de tipos duros que van en Cadillac, señor Marlowe.

—Es posible que fueran agentes de policía.

—No podría decirlo. ¿Alguna otra cosa?

—Mendy me ha golpeado con un revólver. Yo le he dado una patada en el estómago y un rodillazo en la nariz. Parece que no le ha gustado mucho. De todos modos, espero que llegue vivo a Las Vegas.

—Estoy seguro de que así será, si viene hacia aquí. Me

temo que tengo que dar por terminada esta conversación ahora mismo.

—Un momento, Starr. ¿Participó usted en la puesta en escena de Otatoclán o lo hizo Mendy solo?

—¿Podría repetirlo?

—No se haga el tonto, Starr. Mendy no estaba cabreado conmigo por lo que dijo, no hasta el punto de esperarme en mi propia casa y darme el mismo trato que a Big Willie Magoon. Ese motivo no era suficiente. Me advirtió que sacara la nariz del asunto Lennox y que no removiera nada. Pero no lo hice, simplemente porque las cosas salieron así. Y él ha hecho lo que acabo de contarle. Eso quiere decir que existía una razón más poderosa.

—Ya veo —dijo despacio, sin perder el tono amable y sereno—. ¿Usted cree que hubo algo extraño en la muerte de Terry? ¿Que no se pegó un tiro, por ejemplo, sino que lo hizo otra persona?

—Creo que los detalles podrían ayudar. Escribió una confesión que resultó falsa. A mí me escribió una carta que alguien echó al correo. La iba a sacar a escondidas un camarero o un botones para meterla en un buzón por él. Estaba acorralado en el hotel y no podía salir. En la carta había un billete de una cantidad muy elevada, y justo terminó de escribirla cuando llamaron a la puerta. Me gustaría saber quién entró en la habitación.

—¿Por qué?

—Si hubiera sido un botones o un camarero, Terry habría añadido una línea y hubiera dicho de quién se trataba. Si hubiera sido un policía, la carta no habría ido a parar al correo. ¿Quién fue? ¿Por qué Terry escribió aquella confesión?

—No tengo ni idea, Marlowe. No se me ocurre nada.

—Lamento haberlo molestado, señor Starr.

—No ha sido una molestia, me alegra tener noticias suyas. Le preguntaré a Mendy qué piensa al respecto.

—Sí, en caso de que vuelva a verlo vivo. Si eso no ocurre, entérese. O lo hará alguna otra persona.

—¿Usted?

La voz se le endureció pero siguió siendo serena.

—No, señor Starr. Yo no. Alguien que podría echarlo de Las Vegas sin tener que soplar mucho. Créame, señor Starr. Solo tiene que creerme. Estoy siendo absolutamente sincero.

—Veré a Mendy vivo. No se preocupe por eso, Marlowe.

—He supuesto que estaría usted al tanto. Buenas noches, señor Starr.

# 49

Cuando el coche se detuvo y se abrió la portezuela, salí de casa y me dispuse a bajar los escalones. Sin embargo, el chófer negro de mediana edad mantenía la puerta abierta para que Linda Loring se apeara. A continuación la siguió escaleras arriba llevando un pequeño maletín de viaje, así que me limité a esperar.

Ella llegó a mi lado y se volvió hacia el chófer.

—El señor Marlowe me llevará luego al hotel, Amos. Gracias por todo. Te llamaré por la mañana.

—Sí, señora Loring. ¿Puedo hacerle una pregunta al señor Marlowe?

—Por supuesto, Amos.

El chófer dejó el maletín de viaje junto a la puerta, dentro de la casa. Linda entró y nos dejó solos.

—«Me hago viejo... me hago viejo... me remango las perneras del pantalón.» ¿Qué significa eso, señor Marlowe?

—Nada en absoluto. Solo suena bien.

Sonrió.

—Es de *La canción de amor* de J. Alfred Prufrock. Otra: «En el salón las mujeres van y vienen hablando de Miguel Ángel». ¿Le sugiere algo, señor?

—Sí... me sugiere que el tipo no conocía muy bien a las mujeres.

—Pienso exactamente lo mismo, señor. Empero admiro mucho a T. S. Eliot.

—¿Ha dicho usted «empero»?

—Sí, señor Marlowe, eso mismo. ¿Es incorrecto?

—No, pero no lo diga delante de un millonario. Podría pensar que le está haciendo mofa.

Sonrió con tristeza.

—Nunca se me ocurriría semejante cosa. ¿Ha tenido un accidente, señor?

—No. Todo fue planeado así. Buenas noches, Amos.

—Buenas noches, señor.

Bajó los escalones de regreso y yo volví a entrar en la casa.

Linda Loring estaba de pie en el centro del salón, mirando a su alrededor.

—Amos se graduó en la Universidad Howard —dijo—. No vive usted en un sitio muy seguro... para ser un hombre tan temerario.

—No hay lugares seguros.

—Dios mío, qué cara. ¿Quién le ha hecho eso?

—Mendy Menéndez.

—¿Y qué le hizo usted a él?

—No mucho. Le di un par de patadas. Se metió en una trampa. Va camino a Nevada, en compañía de tres o cuatro duros agentes de policía. Olvídelo.

Ella se sentó en el sofá.

—¿Qué le gustaría tomar? —le pregunté.

Cogí un paquete de cigarrillos y se lo ofrecí. Me dijo que no quería fumar, que tomaría cualquier cosa.

—Había pensado en champán —dije—. No tengo ninguna cubeta para hielo, pero está frío. Hace años que lo tengo guardado. Dos botellas de Cordon Rouge. Creo que es bueno, aunque no soy un experto.

—¿Para qué lo guardaba?

—Para usted.

Sonrió, aunque seguía examinando mi rostro.

—Está lleno de arañazos. —Extendió los dedos y me tocó

suavemente la mejilla—. ¿Lo guardaba para mí? No es muy verosímil. Nos conocimos hace solo dos meses.

—Entonces lo guardaba hasta que nos conociéramos. Voy a buscarlo.

Agarré su maletín de viaje y comencé a atravesar el salón.

—¿Adónde va usted con eso? —preguntó cortante.

—Es un maletín de viaje, ¿no?

—Suéltelo y venga aquí.

Lo hice. Tenía los ojos brillantes y a la vez parecían algo soñolientos.

—Esto es nuevo —dijo despacio—. Algo totalmente nuevo.

—¿En qué sentido?

—Nunca me ha puesto un dedo encima. No me ha tirado los tejos, no se me ha insinuado, no me ha manoseado, nada de nada. Pensé que era usted duro, sarcástico, malvado y frío.

—Supongo que a veces lo soy.

—Ahora estoy aquí y tengo la impresión de que una vez hayamos bebido una buena cantidad de champán, sin preámbulo, tiene usted la intención de cogerme y llevarme a la cama. ¿Es así?

—Francamente, semejante idea se ha movido en el fondo de mi mente.

—Me siento halagada, pero suponga que no quiero que sea de ese modo. Usted me gusta. Me gusta mucho. Pero de ahí no se deduce que quiera acostarme con usted. ¿No está llegando a conclusiones precipitadas solo porque he traído un maletín de viaje?

—Puedo haberme equivocado —dije. Tomé su maletín de viaje y lo dejé junto a la puerta principal—. Traeré el champán.

—No tenía la intención de ofenderlo. Quizá quiera guardar el champán para otra ocasión más propicia.

—Solo tengo dos botellas. Una ocasión más propicia requeriría una docena.

—Vaya, ya veo —dijo ella con repentino enojo—. Sencillamente soy alguien para llenar el tiempo hasta que aparezca otra mujer más bella y atractiva. Muchísimas gracias. Ahora me ha ofendido, pero supongo que es una ventaja saber que estoy a salvo aquí. Si cree que una botella de champán me va a convertir en una mujer alegre, puedo asegurarle que se equivoca de lleno.

—Ya he reconocido mi error.

—El hecho de que le contara que me estoy divorciando de mi marido, y de que le haya pedido a Amos que me deje aquí con un maletín de viaje no me convierte en una mujer tan fácil como cree —continuó todavía enojada.

—¡Puñetero maletín de viaje! —rugí—. ¡Al diablo el maletín de viaje! Si lo vuelve a mencionar, lo tiraré a la calle. Le he preguntado si quería beber algo. Ahora voy a la cocina a por el champán. Eso es todo. No se me ha pasado por la cabeza emborracharla. No quiere acostarse conmigo. Lo entiendo perfectamente. No hay razón alguna para que lo haga. Pero aún podemos tomarnos un par de copas de champán, ¿no? Esto no tiene por qué convertirse en un forcejeo sobre quién seduce a quién, cuándo y dónde, o con cuánto champán.

—No tiene por qué perder los estribos —dijo ella ruborizándose.

—Esa es otra estratagema —respondí burlón—. Conozco cincuenta y las detesto todas. Son todas falsas y miran torcido.

Se levantó, vino a mi lado y me pasó la yema de los dedos con delicadeza por los cortes y las hinchazones de la cara.

—Lo siento. Soy una mujer cansada y desilusionada. Por favor, sea gentil conmigo. Sé que nadie me consideraría una ganga.

—No está usted más cansada ni desilusionada que la mayoría de las personas. Según las reglas, usted debería ser el mismo tipo de niña frívola, mimada y promiscua que su hermana. Por algún milagro, no lo es. Tiene toda la honestidad y la mayor parte del coraje que hay en su familia. No necesita que nadie sea gentil con usted.

Me di la vuelta y salí del salón en dirección a la cocina. Saqué de la nevera una de las botellas de champán, la descorché y llené rápidamente dos copas bajas. Me bebí una. El hormigueo de las burbujas me hizo lagrimear, pero me terminé la copa. Volví a llenarla. Después lo puse todo sobre una bandeja y volví con ella al salón.

Linda Loring no estaba allí. El maletín de viaje tampoco. Dejé la bandeja y abrí la puerta principal. No la había oído abrirse, y mi visitante no tenía coche. No había oído nada en absoluto.

Entonces su voz sonó a mi espalda.

—Idiota, ¿creías que iba a salir corriendo?

Cerré la puerta y me volví. Se había soltado el cabello, llevaba unas zapatillas con borlas en los pies desnudos y una túnica de seda, del color de una puesta de sol en un grabado japonés. Se me acercó despacio, con una sonrisa inesperadamente tímida. Le ofrecí una copa. Ella la aceptó, tomó un par de sorbos y me la devolvió.

—Es excelente —dijo.

Acto seguido, sin fingimiento ni afectación, se echó en mis brazos y pegó su boca a la mía abriendo los labios. La punta de su lengua tocó la mía. Tras un largo tiempo, echó la cabeza hacia atrás, pero sin quitarme los brazos de alrededor del cuello. Sus ojos se habían vuelto soñadores.

—Deseaba que ocurriera desde el principio —dijo—. Solo debía ponértelo difícil. No sé por qué. Quizá solo sea por los nervios. En realidad, no soy una mujer fácil. ¿Lo lamentas?

—Si hubiera creído que lo eras, te habría tirado los tejos la primera vez que te vi en Victor's.

Movió la cabeza despacio negando y sonriendo.

—No me lo parece. Por eso estoy aquí.

—Quizá esa noche no. Esa noche estaba dedicada a otra persona.

—Quizá no le tiras los tejos a mujeres en los bares.

—La verdad es que no suelo. Hay muy poca luz.

—Pero muchas mujeres van a los bares a que les tiren los tejos.

—El alcohol es un afrodisíaco... hasta cierto punto.

—Los médicos lo recomiendan.

—¿Quién ha hablado de médicos? Quiero mi champán.

La besé un poco más. Era un trabajo ligero y plácido.

—Quiero besar tu pobre mejilla —dijo ella, y me besó la cara—. Está ardiendo.

—El resto de mí se está congelando.

—No es verdad. Quiero mi champán.

—¿Por qué?

—Porque si no lo bebemos, pierde la fuerza. Además, me gusta su sabor.

—Está bien.

—¿Me quieres mucho? ¿O me querrás si me acuesto contigo?

—Es posible.

—No tienes que acostarte conmigo, lo sabes. No voy a obligarte a que lo hagas.

—Gracias.

—Quiero mi champán.

—¿Cuánto dinero tienes?

—¿En total? No tengo ni idea. Unos ocho millones de dólares.

—He decidido acostarme contigo.

—Mercenario —dijo.

—Yo he pagado el champán.

—Al diablo el champán —respondió.

## 50

Una hora después Linda estiró un brazo desnudo y me pellizcó la oreja.

—¿Considerarías la posibilidad de casarte conmigo? —dijo.

—No duraríamos ni seis meses.

—Vaya por Dios. Supón que no es así. ¿No valdría la pena? ¿Qué esperas de la vida? ¿Cobertura total contra todo riesgo posible?

—Tengo cuarenta y dos años y la independencia me ha echado a perder. Tú también estás algo deteriorada por el dinero, aunque no mucho.

—Yo tengo treinta y seis. Tener dinero no es una desgracia, y tampoco lo es casarse con alguien que tenga. La mayoría no se lo merecen, y no saben cómo comportarse. Pero eso no durará mucho. Habrá otra guerra, y al final nadie tendrá dinero, salvo los bribones y los estafadores. Los impuestos nos habrán arruinado a todos los demás.

Le acaricié el cabello y enrosqué un mechón en torno a mi dedo.

—Quizá tengas razón.

—Podríamos volar a París y pasarlo de maravilla. —Se incorporó sobre un codo y me miró. Veía el brillo de sus ojos, pero no lograba descifrar su expresión—. ¿Tienes algo en contra del matrimonio?

—Para dos de cada cien es maravilloso. Los demás se limitan a trabajar para que funcione. Veinte años después, lo único que le queda al hombre es una mesa de trabajo en el garaje. Las chicas de Estados Unidos son tremendas. Las esposas se apoderan de un territorio demasiado grande. Además...

—Quiero más champán.

—Además, sería solo un episodio en tu vida. El primer divorcio es el único difícil. Después ya no es más que un problema económico. Para ti, ningún problema. Dentro de diez años te cruzarás conmigo en la calle y te preguntarás dónde rayos me has visto antes. Eso si reparas en mí.

—Eres un hijo de puta engreído, seguro de ti mismo, satisfecho e intocable. Quiero un poco de champán.

—Así te acordarás de mí.

—Además, presuntuoso. Muy presuntuoso. Y algo maltrecho ahora mismo. ¿Crees que voy a recordarte? ¿Crees que voy a acordarme de ti por muchos hombres con quienes me case o me acueste? Dime por qué.

—Lo siento. He exagerado el alegato en mi favor. Te traeré más champán.

—¿No somos dulces y razonables? —dijo sarcástica—. Soy una mujer rica, cariño, y seré infinitamente rica. Podría comprarte el mundo si valiera la pena comprarlo. ¿Qué tienes ahora? Una casa vacía a la que regresas después del trabajo, sin un perro o un gato siquiera, y una pequeña oficina atiborrada donde te sientas y esperas. Aunque me divorciara de ti, no te dejaría volver a eso.

—¿Cómo podrías impedírmelo? No soy Terry Lennox.

—Por favor, no hablemos de él. Ni de ese carámbano dorado, la mujer de Wade. Ni de su marido, borracho y acabado. ¿Quieres ser el único hombre que me ha rechazado? ¿Qué clase de orgullo es ese? Te he hecho el cumplido más grande que puedo hacer. Te he pedido que te cases conmigo.

—Me has hecho un cumplido mayor.

Se echó a llorar.

—¡Tonto, tonto sin remedio! —Las mejillas se le humedecieron y sentí las lágrimas que las bañaban—. Imagina que dura seis meses, un año o dos años. ¿Qué perderías, a no ser el polvo sobre tu mesa, el hollín en tus persianas venecianas y la soledad de una vida de por sí bastante vacía?

—¿Todavía quieres un poco de champán?

—Sí.

La estreché contra mí y lloró sobre mi hombro. No estaba enamorada de mí y los dos lo sabíamos. No lloraba por mí. Era solo el momento oportuno para verter unas lágrimas.

Entonces se separó, yo salí de la cama y ella fue al baño para arreglarse un poco. Serví el champán. Cuando regresó sonreía.

—Siento todo este lloriqueo —dijo—. Dentro de seis meses no voy a acordarme ni siquiera de tu nombre. Lleva el champán al salón. Quiero ver luces.

Hice lo que me pidió. Se sentó en el sofá como antes. Coloqué el champán frente a ella. Miró la copa pero no la tocó.

—Me presentaré —dije—. Beberemos juntos una copa.

—¿Como esta noche?

—Nunca volverá a ser como esta noche.

Ella levantó su copa de champán, bebió un sorbo lentamente, hizo girar su cuerpo sobre el sofá y me lanzó el resto a la cara. De pronto se puso a llorar de nuevo. Saqué un pañuelo, me sequé la cara y la de ella.

—No sé por qué lo he hecho —dijo—. Pero, por Dios, ahora no digas que soy una mujer, y que las mujeres nunca saben por qué hacen las cosas.

Le serví más champán y me reí de ella. Se lo bebió despacio, se giró hacia el otro lado y se acostó sobre mis rodillas.

—Estoy cansada —dijo—. Esta vez tendrás que llevarme en brazos.

Al poco rato estaba durmiendo.

Por la mañana seguía durmiendo cuando me levanté e hice café. Me di una ducha, me afeité y me vestí. Entonces se despertó. Desayunamos juntos. Llamé a un taxi y bajé su maletín de viaje por los escalones de secuoya.

Nos dijimos adiós. Seguí el taxi con la vista hasta que desapareció. Subí los peldaños, fui derecho al dormitorio, retiré toda la ropa de cama y volví a ponerla. Sobre una de las almohadas había un largo cabello negro. Tenía un trozo de plomo en la boca del estómago.

Los franceses tienen una frase para eso. Los muy cabrones tienen una frase para todo y siempre dan en el blanco.

Decir adiós es morir un poco.

# 51

Sewell Endicott me dijo que trabajaría hasta tarde y que podía pasar a verlo al anochecer, alrededor de las siete y media.

Su despacho hacía esquina, tenía una alfombra azul, un escritorio de caoba roja con las esquinas talladas, muy antiguo y a todas luces muy valioso, las estanterías habituales con puertas acristaladas, que guardaban libros de abogacía con una encuadernación color mostaza, las caricaturas habituales de famosos magistrados ingleses, hechas por Spy, y un gran retrato del juez Oliver Wendell Holmes en la pared meridional, en solitario. El sillón de Endicott era de cuero negro. Cerca había un secreter con una tapa [illegible] llena de papeles. Era un despacho que ningún decorador habría tenido forma de volver afeminado.

Estaba en mangas de camisa y parecía cansado, pero su cara era así sin más. Fumaba uno de sus insípidos cigarrillos. Llevaba la corbata floja con restos de ceniza encima. Tenía el pelo lacio todo despeinado.

Me miró en silencio después de que me sentara.

—Es usted el hijo de perra más terco que he conocido. No me diga que todavía está revolviendo toda esa porquería.

—Hay algo que me preocupa en cierta medida. ¿Sería correcto entender que cuando fue a verme a la cárcel actuaba en representación del señor Harlan Potter?

Asintió. Me toqué el lado de la cara con la yema de los

dedos y con mucha delicadeza. Los cortes habían cicatrizado y la hinchazón había desaparecido, pero uno de los golpes debió de lastimar un nervio. Una parte de la mejilla aún estaba dormida. Me la tocaba todo el rato. Con el tiempo todo se arreglaría.

—¿Y cuando fue a Otatoclán había sido comisionado temporalmente como funcionario de la Oficina del Fiscal del Distrito?

—Sí, pero no me lo restriegue, Marlowe. Era un cliente muy valioso. Quizá le concedí demasiado peso.

—Espero que aún sea cliente suyo.

Negó con la cabeza.

—No. Eso se ha terminado. El señor Potter lleva sus asuntos legales por medio de firmas de San Francisco, Nueva York y Washington.

—Supongo que me detesta, en caso de que piense en mí.

—Por curioso que parezca —Endicott sonrió—, culpó de todo a su yerno, el doctor Loring. Las personas como Harlan Potter siempre tienen que culpar a alguien. No es posible que sea él quien se equivoque. Creía que si Loring no hubiera estado recetando a la mujer fármacos peligrosos, nada de eso habría ocurrido.

—Está equivocado. Usted vio el cuerpo de Terry Lennox en Otatoclán, ¿verdad?

—Sí. En la trastienda de un carpintero. Allí no tienen una morgue propiamente dicha. El hombre estaba haciendo el féretro. El cuerpo estaba helado. Vi la herida en la sien. No había problemas de identidad, en caso de que sus dudas vayan por ahí.

—No, señor Endicott, no iban por ahí, porque en este caso no creo que fuera posible. Iba algo disfrazado, ¿no?

—Tenía más oscuros el rostro y las manos, y el pelo teñido de negro. Pero las cicatrices seguían siendo bien visibles. Y las huellas digitales se pudieron comprobar con facilidad en objetos que había tocado en su casa.

—¿Qué tipo de policía tienen allí?

—Muy primitiva. El *jefe* apenas sabe leer y escribir. Pero entendía de huellas digitales. Hacía mucho calor. Mucho. —Frunció el ceño, se quitó el cigarrillo de la boca y lo dejó caer con negligencia en un enorme cenicero de basalto negro—. Tuvieron que traer hielo del hotel —añadió—. Mucho hielo. —Me miró de nuevo—. Allí no embalsaman a nadie. Las cosas hay que hacerlas muy deprisa.

—¿Habla usted español, señor Endicott?

—Solo algunas palabras. El gerente del hotel me hizo de intérprete. —Sonrió—. Un tipo elegante y bien vestido. Parecía duro, pero era muy cortés y servicial. Todo quedó resuelto en un santiamén.

—Recibí una carta de Terry. Me imagino que el señor Potter lo sabrá. Se lo dije a su hija, la señora Loring. Se la enseñé. Dentro había un retrato de Madison.

—¿Un qué?

—Un billete de cinco mil dólares.

Alzó las cejas.

—Vaya. Bueno, podía permitírselo. La segunda vez que se casaron su mujer le dio un cuarto de millón enterito. Siempre me pareció que él tenía la intención de irse a vivir a México, sin que eso tuviera que ver con lo ocurrido. No sé qué pasó con el dinero. No participé en eso.

—Aquí le traigo la carta, señor Endicott, si no tiene nada en contra de leerla.

Se la entregué. La leyó con detenimiento, como leen todos los abogados. La dejó sobre la mesa y se recostó con la mirada perdida.

—Un tanto literaria, ¿no cree? —comentó con calma—. Me pregunto por qué lo hizo.

—¿Por qué se mató, por qué confesó o por qué me escribió esta carta?

—Por qué confesó y se suicidó, claro está —respondió con una voz cortante—. La carta es comprensible. Al menos usted ha obtenido una recompensa razonable por todo lo que hizo por él y todo lo que ha hecho desde entonces.

—Lo del buzón no lo entiendo. La parte en la que dice que hay un buzón en la calle, debajo de su ventana, y que el camarero del hotel le va a mostrar la carta antes de echarla para que pueda ver que cumple.

Algo se durmió en los ojos de Endicott.

—¿Por qué? —preguntó indiferente.

Tomó otro de sus cigarrillos de una caja cuadrada. Le di fuego con mi mechero por encima de la mesa.

—En un sitio como Otatoclán no debe de haber buzones.

—Continúe.

—Al principio no me di cuenta. Después busqué el lugar. Es un pueblecito. Apenas tiene mil o mil doscientos habitantes. Una sola calle pavimentada a medias. El coche oficial del jefe es un Ford modelo A. La oficina de Correos está en la esquina de una de las tiendas, la carnicería. Un hotel, un par de cantinas, ninguna carretera decente y un pequeño aeródromo. Hay mucha caza en las montañas de los alrededores, de ahí el aeródromo. Es la única manera razonable de llegar.

—Siga. Ya sabía lo de la caza.

—Así que hay un buzón en la calle. Claro, y un hipódromo, un campo de golf, una filmoteca y un frontón de *jai alai*, y un parque con una fuente de luces de colores y una glorieta para la banda.

—Pues debió de confundirse —dijo Endicott con frialdad—. Quizá sería algo que le pareció un buzón, por ejemplo, una papelera.

Me levanté. Estiré la mano, cogí la carta, la doblé y me la metí en el bolsillo.

—Una papelera —repetí—. Por supuesto, sería eso. Pintada con los colores de la bandera mexicana, verde, blanco y rojo, con un letrero bien grande: «Mantenga limpia la ciudad». En español, claro está. Con siete perros sarnosos a su alrededor.

—No se haga el gracioso, Marlowe.

—Siento haber hecho un alarde de inteligencia. Y ya he discutido otro aspecto con Randy Starr. ¿Cómo es posible que la carta fuera a parar al correo? Según lo que dice en la carta, el método había sido acordado de antemano. Eso significa que alguien le habló del buzón. Y que alguien mintió. Por lo tanto, alguien puso en el correo la carta con cinco de los grandes dentro, a pesar de todo. Enigmático, ¿no le parece?

Exhaló el humo del cigarrillo y contempló cómo ascendía.

—¿A qué conclusión ha llegado y por qué ha metido a Starr en este asunto?

—Starr y un matón de apellido Menéndez, al que han echado de la ciudad, eran compañeros de Terry en el ejército británico. En cierto sentido son mala gente, quizá en casi todos los sentidos, pero aún conservan algo de orgullo y cosas por el estilo. Se trabajó para encubrir el asunto por razones obvias. Pero hubo otro tipo de encubrimiento en Otatoclán por razones totalmente diferentes.

—¿Y cuál es su conclusión? —volvió a preguntar esta vez en un tono más cortante.

—¿Y la suya?

No me contestó, así que le di las gracias por el tiempo que me había dedicado y me marché.

Cuando abrí la puerta, fruncía el ceño, pero creo que era un gesto sincero de perplejidad. O quizá estaba tratando de recordar el aspecto que tenía el exterior del hotel y si allí había un buzón o no.

No era más que otra rueda que comenzaba a dar vueltas. Y estuvo girando un mes entero antes de que ocurriera algo.

Un viernes por la mañana un extraño me esperaba en mi despacho. Era un mexicano o sudamericano muy bien vestido. Se sentó junto a la ventana abierta fumando un cigarrillo pardo de olor fuerte. Era alto y muy esbelto, con un bigote negro bien recortado y el cabello negro, más largo de lo que lo llevamos aquí, y un traje color crema de un tejido ligero. También llevaba unas gafas de sol verdes. Se levantó cortés.

—¿El señor Marlowe?

—¿En qué puedo servirlo?

Me tendió un papel doblado.

*—Un aviso de parte del señor Starr en Las Vegas, señor. ¿Habla usted español?*

—Sí, pero despacio. Preferiría hablar en inglés.

—Pues en inglés. A mí me da lo mismo.

Tomé el papel y lo leí. «Le presento a Cisco Maioranos, un amigo mío. Creo que puede aclarar sus dudas. S.»

—Entremos, señor Maioranos.

Mantuve la puerta abierta para que entrara. Al pasar junto a mí me llegó su perfume. También llevaba las cejas trazadas con primor. Pero probablemente no era tan fino como parecía, porque tenía cicatrices de navajazos a ambos lados de la cara.

## 52

Tomó asiento en la silla de los clientes y cruzó las piernas.

—Me han dicho que busca usted cierta información sobre el señor Lennox.

—Solo la última escena.

—Yo estaba allí en ese momento, *señor*. Trabajaba en el hotel. —Se encogió de hombros—. Un puesto poco importante y, por supuesto, temporal. Era el recepcionista diurno.

Hablaba inglés perfectamente, pero con la entonación del español. Esa lengua —quiero decir, el español de Estados Unidos— tiene una melodía específica, que sube y baja, y para un oído norteamericano parece no tener nada que ver con el significado. Es como las olas del océano.

—No tiene tipo de eso —dije.

—Uno a veces pasa por malos momentos.

—¿Quién echó al correo la carta que Lennox me envió?

Sacó una caja de cigarrillos.

—Pruebe uno de estos.

Negué con la cabeza.

—Demasiado fuertes para mí. Me gustan los cigarrillos colombianos. Los cubanos son la muerte.

Esbozó una sonrisa, sacó otro, lo encendió y exhaló el humo. El tipo era tan elegante que estaba empezando a irritarme.

—Sé lo de la carta, *señor*. El *mozo* tenía miedo de subir a la habitación del señor Lennox después de que pusieran al *guardia.* El agente, el poli, como dicen ustedes. Así que yo llevé la carta al *correo.* Después del disparo, por supuesto.

—Debería haber echado un vistazo dentro. Había un billete de los grandes.

—La carta estaba cerrada —replicó con frialdad—. *El honor no se mueve de lado como los cangrejos, señor.*

—Le pido disculpas. Continúe, por favor.

—Cuando entré en la habitación y le cerré la puerta al *guardia* en la cara, el señor Lennox tenía un billete de cien pesos en la mano izquierda. En la derecha tenía una pistola. Y en la mesa frente a él había una carta. Además de otro papel que tampoco leí. No cogí el billete.

—Demasiado dinero —dije, pero no reaccionó al sarcasmo.

—Él insistió. Al final cogí el dinero y después se lo di al mozo. Saqué la carta bajo una servilleta, en la bandeja donde le habían subido el último café. El agente me miró mal, pero no dijo nada. Estaba a mitad de la escalera cuando oí el disparo. Escondí enseguida la carta y volví a subir. El poli intentaba abrir la puerta a patadas. Usé mi llave. El señor Lennox estaba muerto.

Pasó suavemente la yema de los dedos por el borde del escritorio y suspiró.

—Sin duda, ya usted sabe lo demás.

—¿Estaba lleno el hotel?

—No, no estaba lleno. Había media docena de huéspedes.

—¿Americanos?

—Dos *americanos del norte.* Cazadores.

—¿Americanos de verdad o emigrantes mexicanos?

Pasó despacio un dedo por la tela color crema que le cubría la rodilla.

—Creo que uno de ellos podía haber sido de origen español. Hablaba la lengua de la frontera. Muy poco elegante.

—¿Se acercaron alguna vez a la habitación de Lennox?

Levantó bruscamente la cabeza, pero las gafas verdes no me ayudaban.

—¿Qué razón tendrían para ello, *señor?*

Asentí con la cabeza.

—Bien, ha sido muy amable por su parte venir aquí a contarme todo eso, señor Maioranos. Dígale a Randy que se lo agradezco. ¿Lo hará?

—*No hay de qué, señor.* No tiene importancia.

—Y más adelante, si tiene tiempo, podría mandarme a alguien que sepa de qué demonios está hablando.

—*¿Señor?* —Su voz era suave pero helada—. ¿Duda de mi palabra?

—Ustedes siempre están hablando del honor. En ocasiones el honor es el disfraz de los ladrones. No se enfade. Quédese ahí tranquilo y déjeme contarlo de otra manera.

Se reclinó en la silla con un gesto altanero.

—Entienda que solo estoy especulando. Podría estar equivocado. Pero también podría estar en lo cierto. Esos dos americanos estaban allí con un objetivo. Llegaron en un avión. Se hacían pasar por cazadores. Uno de ellos es un jugador apellidado Menéndez. Quizá usó otro nombre para registrarse, quizá no. No podría decirlo. Lennox sabía que estaban allí. Y sabía por qué. Me escribió esa carta porque tenía un cargo de conciencia. Me había engañado como a un idiota y era una persona demasiado buena para olvidarse. Metió el billete, el de cinco mil dólares, en el sobre porque tenía muchísimo dinero y sabía que yo no. También añadió una pista algo peculiar, que quizá yo entendería. Era el tipo de persona que siempre quiere hacer lo correcto, pero que de alguna manera acaba haciendo otra cosa. Dice que llevó la carta al correo. ¿Por qué no la echó al buzón que hay delante del hotel?

—¿El buzón, *señor?*

—Sí, el buzón. Creo que lo llaman el *buzón del cartero.*

Sonrió.

—Otatoclán no es Ciudad de México, señor. Es un sitio muy atrasado. ¿Un buzón en Otatoclán? Allí nadie entendería para qué sirve. Nadie recogería las cartas.

—Bien, olvídelo. Usted no llevó ningún café a la habitación del señor Lennox, señor Maioranos. Usted no entró en la habitación cuando estaba el policía en la puerta. Pero los dos norteamericanos sí. Le pagaron al policía. Y a otras personas, claro está. Uno de los norteamericanos golpeó a Lennox por detrás. Luego tomó la Mauser, sacó uno de los cartuchos, retiró el proyectil y volvió a meter el cartucho en la recámara. Entonces pegó la pistola a la sien de Lennox y apretó el gatillo. Le hizo una herida bastante fea, pero no lo mató. A continuación se lo llevaron en una camilla, cubierto y bien oculto. Y cuando llegó el abogado norteamericano drogaron a Lennox y lo metieron en hielo en un rincón de la *carpintería* donde estaban haciendo el féretro. El abogado lo vio allí, estaba frío, profundamente aletargado, y en la sien tenía una herida con sangre ennegrecida. Parecía muerto. Al día siguiente enterraron el féretro lleno de piedras. El abogado regresó a casa con las huellas y con un documento muy conveniente para todos. ¿Le gusta esta versión, señor Maioranos?

Se encogió de hombros.

—Está dentro de lo posible, *señor.* Haría falta dinero e influencias. Si ese señor Menéndez fuera pariente cercano de gente importante en Otatoclán, como el *alcalde* o el dueño del hotel, quizá sería posible.

—Bien, eso es otra posibilidad. Es una buena idea. Y explicaría por qué eligieron un sitio tan remoto como Otatoclán.

Esbozó una sonrisa fugaz.

—Entonces, ¿el señor Lennox aún podría estar vivo?

—Por supuesto. El suicidio sería solo un montaje que ratificaría la confesión. Tenía que ser suficientemente bueno como para engañar a un abogado que había sido fiscal del distrito, pero si no resultaba, el actual fiscal quedaría muy mal parado. Ese Menéndez no es tan duro como se cree, pero lo fue lo bastante para pegarme con el revólver en la cara por haber metido las narices donde no debía. Por lo tanto, tenía sus razones. Si se descubría el montaje, Menéndez estaría en medio de un buen lío internacional. A los mexicanos les gustan tan poco los policías que se dejan sobornar como a nosotros.

—Todo eso es posible, *señor,* como bien sé. Pero me ha acusado usted de mentir. Ha dicho que yo no había entrado en la habitación donde estaba el señor Lennox para coger la carta.

—Ya estabas allí, amigo... escribiéndola.

Se llevó las manos a la cara y se quitó las gafas. Nadie puede cambiar el color de los ojos de una persona.

—Supongo que es demasiado temprano para un gimlet —dijo.

## 53

Le habían hecho un trabajo magnífico en Ciudad de México. ¿Y por qué no? Los médicos, los técnicos, los hospitales, los artistas y los arquitectos de allí son tan buenos como los de aquí. A veces hasta un poco mejores. La prueba de la parafina para detectar los nitratos de la pólvora fue inventada por un policía mexicano. No lograron hacerle una cara perfecta a Terry, pero se la mejoraron muchísimo. Incluso le habían cambiado la nariz, quitando un poco de hueso y dejándola menos afilada, menos nórdica. No habían podido eliminar todas las cicatrices, por lo que habían puesto algunas en el otro lado de la cara. No es tan raro ver cicatrices de navajazos en los países latinos.

—Incluso me injertaron un nervio aquí —dijo llevándose la mano a lo que había sido el lado malo de la cara.

—¿Cuánto he acertado?

—Casi en todo. Te has equivocado en algunos detalles, pero no son importantes. Fue algo muy rápido, a veces hubo que improvisar, y ni yo mismo sabía lo que iba a ocurrir. Me dijeron que hiciera ciertas cosas y dejara una pista fácil de seguir. A Mendy no le gustó que te escribiera, pero yo insistí. Te subestimó un poco. No se dio cuenta del detalle del buzón.

—¿Sabías quién había matado a Sylvia?

No me respondió directamente.

—Es muy duro denunciar a una mujer por asesinato, incluso aunque nunca haya significado gran cosa para ti.

—El mundo es muy duro. ¿Harlan Potter estaba al corriente?

Volvió a sonreír.

—¿Crees que él habría permitido que alguien se enterara? Tengo la impresión de que no. Me parece que cree que estoy muerto. ¿Quién le iba a decir lo contrario, a no ser tú?

—Lo que yo le cuente lo puedes envolver en una brizna de hierba. ¿Cómo está Mendy, si es que aún vive?

—Le va bien en Acapulco. Salió con vida gracias a Randy. A los chicos no les gusta maltratar a los polis. Mendy no es tan malo como crees. Tiene su corazoncito.

—Igual que las serpientes.

—Bueno, ¿qué tal el gimlet?

Me levanté sin responderle y fui a la caja fuerte. Di vueltas a la combinación y saqué el sobre con el retrato de Madison y los cinco billetes de cien con olor a café. Lo dejé caer todo sobre el escritorio y después recogí los billetes de cien.

—Estos me los quedo. Cubren mis gastos y la investigación. Disfruté jugando con el retrato de Madison. Ahora es todo tuyo.

Lo extendí sobre el borde del escritorio frente a él. Lo miró pero no lo tocó.

—Quédatelo —dijo—. Tengo mucho dinero. Podías haberlo dejado todo así.

—Lo sé. Después de que ella matara a su marido y se saliera con la suya, podría haberse dedicado a algo mejor. Él no tenía verdadera importancia, claro. No era más que un ser humano, con sangre, cerebro y emociones. También sabía lo que había ocurrido y hacía muchos esfuerzos por vivir con ello. Escribía libros. Quizá lo hayas oído mentar.

—Mira, no podría haber hecho otra cosa —dijo muy despacio—. No quería que nadie saliera lastimado. A este lado de la frontera no habría tenido la menor oportunidad. Es imposible preverlo todo en tan poco tiempo. Tenía miedo y me di a la fuga. ¿Qué querías que hiciera?

—No lo sé.

—Ella tenía una vena de locura. Lo habría matado de todos modos.

—Es posible.

—Bueno, no seas tan inflexible. Vamos a tomarnos una copa a algún sitio fresco y tranquilo.

—Ahora no tengo tiempo, señor Maioranos.

—Tiempo antes éramos grandes amigos —dijo con tristeza.

—¿Lo éramos? Lo he olvidado. Me parece que se trataba de otras dos personas. ¿Vives en México de modo permanente?

—Sí, claro. Ni siquiera estoy aquí legalmente. No he venido. Te dije que había nacido en Salt Lake City. Pues nací en Montreal. Muy pronto seré ciudadano mexicano. Lo único que se necesita para ello es un buen abogado. Siempre me ha gustado México. No sería tan arriesgado ir a Victor's a tomarnos el gimlet.

—Recoja su dinero, señor Maioranos. Está demasiado manchado de sangre.

—Eres un hombre pobre.

—¿Cómo lo sabes?

Recogió el billete, lo estiró entre sus dedos delgados y se lo guardó en un bolsillo interior. Se mordió el labio con esos dientes blancos que uno puede lucir cuando tiene la piel muy morena.

—No podía contarte más que lo que te dije la mañana que me llevaste a Tijuana. Te di la oportunidad de llamar a las autoridades y entregarme.

—No estoy dolido contigo. Eres esa clase de persona. Durante mucho tiempo no podía entenderte. Tenías buenos modales y excelentes cualidades, pero había algo que no encajaba. Tenías unas normas e intentabas vivir conforme a ellas, pero eran estrictamente personales. No guardaban relación con ningún tipo de ética o de escrúpulos. Eras un buen tipo solo porque tenías buen temperamento. Pero te sentías igual de bien entre matones o gángsteres que entre personas decentes. Siempre que los gángsteres hablaran un inglés pasable y se comportaran de forma aceptable en la mesa. Eras un derrotista moral. Pienso que puede ser a causa de la guerra, o quizá naciste así.

—No lo entiendo —dijo—. De veras. Estoy tratando de recompensarte y no me dejas. No podía contarte más de lo que te dije. No me lo habrías permitido.

—Nadie me ha dicho nunca nada tan elogioso.

—Me alegro de que te guste algo mío. Me metí en un lío terrible. Por suerte conocía al tipo de gente que puede resolver esa clase de líos. Tenían una deuda conmigo debido a un incidente ocurrido hace mucho tiempo, durante la guerra. Probablemente sea la única vez en la vida en la que hice lo correcto y con la mayor celeridad. Y cuando los necesité ellos cumplieron. Sin cobrarme nada. No eres el único individuo en el mundo que no tiene una etiqueta con el precio, Marlowe.

Se inclinó por encima del escritorio y cogió uno de mis cigarrillos. Bajo el intenso bronceado su rostro tenía un tono irregular. Las cicatrices destacaban por contraste. Lo vi sacar de un bolsillo un lujoso mechero de gas y encender el cigarrillo. Me llegó una vaharada de su perfume.

—Compraste buena parte de mí, Terry. Con una sonrisa, un gesto de la cabeza, un ademán amable, unas copas tranquilas en un bar silencioso, aquí y allá. Fue muy bueno mientras duró. Hasta la vista, *amigo.* No voy a decir adiós. Ya te lo dije cuando significaba algo. Te lo dije cuando era triste, solitario y final.

—He regresado demasiado tarde —dijo—. La cirugía plástica lleva su tiempo.

—Si no te hubiera hecho salir de tu guarida, no habrías regresado nunca.

De repente aparecieron unas lágrimas en sus ojos. Volvió a ponerse las gafas de sol a toda prisa.

—No estaba seguro de hacerlo —dijo—. No había tomado una decisión. Ellos no querían que te contara nada. No me había decidido.

—No te preocupes por eso, Terry. Siempre habrá cerca alguien que lo decida por ti.

—Estuve en los comandos, amigo. Si eres blando, no te aceptan. Me hirieron de gravedad y no me divertí nada con los médicos nazis. Algo me ocurrió entonces.

—Lo sé, Terry. En muchos sentidos, eres una persona magnífica. No te estoy juzgando. Nunca lo he hecho. Se trata solo de que ya no estás aquí. Te fuiste hace mucho tiempo. Vistes bien, hueles bien y eres tan elegante como una puta de cincuenta dólares.

—Solo hago el papel —dijo casi con desesperación.

—Pero te gusta, ¿verdad?

Su boca se torció en una sonrisa de amargura. Se encogió de hombros de una manera expresiva, muy latina.

—Por supuesto. Lo único que queda es actuar. No hay nada más. Aquí dentro —se golpeó el pecho con el mechero—, aquí ya no queda nada. Hubo algo, Marlowe, hace mucho tiempo. Bueno, creo que esto es el final.

Se levantó. Yo también me levanté. Me tendió una mano delgada. Se la estreché.

—Hasta la vista, señor Maioranos. Encantado de haberlo conocido, aunque haya sido por tan poco tiempo.

—Adiós.

Se dio la vuelta, cruzó el despacho y se marchó. Vi cómo se cerraba la puerta. Oí sus pasos que se alejaban por el pasillo de imitación a mármol. Al poco rato el sonido se atenuó hasta extinguirse del todo. Seguí escuchando. ¿Para qué? ¿Acaso quería que se detuviera de repente, se diera la vuelta y volviera para convencerme de que no debía sentirme así? Pues no lo hizo. Esa fue la última vez que lo vi.

Jamás volví a ver a ninguno de ellos, salvo a los policías. Todavía no se ha inventado la manera de decirles adiós para siempre.